Colección particular

Colección particular

Juan Marsé

Prólogo de
Ignacio Echevarría

Lumen

narrativa

Primera edición: abril de 2017

© 1977, 1985, 1987, 1988-1989, 1990, 1994, 2014, 2017, Juan Marsé Carbó
© 2017, Penguin Random House Grupo Editorial, S. A. U.
Travessera de Gràcia, 47-49. 08021 Barcelona
© 2017, Ignacio Echevarría, por el prólogo y la edición

Printed in Spain — Impreso en España

ISBN: 978-84-264-0433-6
Depósito legal: B-2.303-2017

Compuesto en M. I. Maquetación, S. L.
Impreso en Egedsa
Sabadell (Barcelona)

H 404336

Penguin
Random House
Grupo Editorial

Colección particular

Prólogo

Puede que, dicho así, de manera tan categórica y apriorística, el juicio carezca de valor, pero no quiero perder la oportunidad de declarar que considero a Juan Marsé el mejor narrador que ha dado la literatura española en muchas décadas. Empleo el término *narrador* en su acepción más clásica, la que sirve para nombrar, desde tiempos inmemoriales, al contador de historias. Una figura muy anterior a la del novelista, que —no debemos olvidarlo— es un tipo de narrador tardío, surgido al amparo del libro, de la imprenta. Se tiende a asimilar las dos figuras, la del narrador y la del novelista. Pero, aunque uno y otro se solapan con frecuencia, conviene advertir que no siempre pertenecen a la misma especie. De hecho, cabe pensar en novelistas que no son propiamente narradores (se me ocurre de pronto, por acudir a uno lo suficientemente conspicuo y cercano, Camilo José Cela). Hay mucha confusión en este terreno, demasiados malentendidos respecto a qué es narrar y qué novelar. Pero no es cuestión aquí de entrar a fondo en este asunto, sin duda enrevesado. Baste decir que Juan Marsé pertenece a la estirpe cada vez más rara de novelistas en los que se reconocen los rasgos de los narradores genuinos.

Tales rasgos suelen manifestarse más comúnmente entre los cuentistas. Y es lógico que así sea: al fin y al cabo, el cuento es un género mucho más antiguo que la novela, mucho más determinado por las viejas técnicas de la narración oral, por mucho que en sus modalidades modernas haya alcanzado niveles de sofisticación y hasta de complejidad comparables a los de aquélla. Es posible aún, entre los cultivadores del cuento, encontrarse con escritores en los que el viejo arte de narrar se preserva casi intacto, como fue el caso —excepcional, sin duda— de Isak Dinesen. Más difícil es que eso ocurra entre los novelistas, dado que la novela es un género mediado decisivamente por la escritura y su reverso, la lectura, y por eso mismo desentendido en buena medida de las condiciones que al narrador tradicional imponía la escucha atenta y continuada, con su imperativo de encanto.

Esta última palabra, *encanto*, es la que mejor sirve para caracterizar el arte narrativo de Juan Marsé. Éste, sin embargo, nunca ha dejado admitir su debilidad por «ella, la vieja puta, la marrana sentimental y embustera, la vieja alcahueta madre de todos los sueños y encantamientos que el hombre es capaz de proyectar en este mundo: la novela». Tanto más interés tiene, siendo así, asomarse a su exigua producción como cuentista, que el presente volumen reúne en su casi integridad.

Puesto que he comenzado haciendo distinciones y señalando malentendidos, no está de más que traiga a colación el que induce demasiado comúnmente a pensar que un narrador, cualquier narrador, por el hecho de serlo, es por igual apto para escribir novelas que cuentos. No es así, ni mucho menos. Por supuesto que abundan los casos de narradores que cultivan indistintamente la novela y el cuento, alcanzando en ambos géneros parejos niveles de excelencia. Por poner un ejemplo muy querido por Marsé, pensemos en Juan Carlos Onetti. Pero las aptitudes que reclaman uno y otro género no son idénticas, y no siempre conviven en un mismo escritor, dándose el caso de estupendos cuentistas que son medianos novelistas, y viceversa (Hemingway sería un ejemplo paradigmático, casi tópico, de lo primero).

La franja generacional en la que se encuadra Juan Marsé, la que se conoce como «generación del 50», es pródiga en excelentes cuentistas, algunos también novelistas y otros no (como Ignacio Aldecoa o Jesús Fernández Santos, como Medardo Fraile). La trayectoria de Marsé, sin embargo, es, en rigor, la de un novelista, por mucho que en su etapa de aprendizaje e incorporación al mundo literario publicase casi inevitablemente unos pocos cuentos en revistas como *Ínsula*, *Triunfo* o *Destino*. Sólo tardíamente, en 1987, vio la luz su primer y único libro de cuentos, *Teniente Bravo*. Uno solo, entre más de una docena de novelas, largas y breves (dejando a un lado ediciones singulares de cuentos infantiles o ilustrados). Un dato del que vale la pena tomar nota.

En su edición definitiva, *Teniente Bravo* reunía tres piezas; las tres —cada una a su modo— magistrales, como no dejará de constatar el lector del presente volumen. Pero las tres eran y siguen siendo, en el contexto de la obra narrativa de Marsé, una rareza. Canas al aire de un novelista tentado ocasionalmente (ya sea por razones alimenticias o de amistad, por simple capricho o por no saber esquivar las solicitudes de antólogos o de directores de revistas y suplementos literarios) de escribir un cuento, siempre con la mente puesta en la siguiente novela.

Uno se pregunta el porqué de esta escasez, de esta renuencia a practicar un arte para el que Marsé ha demostrado tener talento más que sobrado. La extrañeza es tanto mayor si se considera que el sustrato narrativo del que se alimenta buena parte de la novelística de Juan Marsé son las «aventis», narraciones orales más o menos improvisadas sobre la marcha por una hambrienta y desatada imaginación infantil.

Las «aventis» tienen un indiscutible parentesco con el viejo arte de narrar, y es sin duda la circunstancia de haberlas cultivado temprana y asiduamente lo que mejor explica que Juan Marsé sea, en el sentido más estricto, un narrador genuino, además de novelista. Pero hay una diferencia determinante entre los cuentos tradicionales, por así llamarlos, y las «aventis»; diferencias que conviene no pasar por alto. Mientras aquéllos son el producto destilado de una experiencia determinada, que ha ido adquiriendo su forma particular a través del tiempo, las «aventis» son resultado, más bien, de superponer a una realidad mugrienta un correlato mítico —o simplemente peliculero— que aspira a redimirla, a transfigurarla.

En el primer relato de este volumen, el titulado «Historia de detectives», se ve perfectamente cómo opera esa imaginación infantil, y de qué modo se nutre no tanto de la experiencia real como de ese mundo paralelo que constituía, tanto para los niños como para los hombres de la postguerra, el cine.

«Menos mal —escribió Manuel Vázquez Montalbán, con palabras que Marsé podría hacer suyas— que cuando éramos adolescentes, y tuvimos que aprender a gesticular, a tratar de colocar el esqueleto ante la vida, nos ayudó el cine y pudimos imitar incluso a James Dean; menos mal que aprendimos a inclinar un hombro más que otro, como él, o a remangarnos la camisa para poder enseñar los bíceps, como Marlon Brando, en aquellos casos en los que había bíceps que enseñar. Éramos conscientes de que había otro mundo, otra realidad, y en cierto sentido eso nos forzaba a ser drogadictos de cualquier posibilidad, de cualquier ventana abierta a la evasión. Por eso fuimos tan cinéfilos, porque buscábamos en las salas oscuras de los cinematógrafos aquellas realidades alternativas en technicolor o en un privilegiado claroscuro hecho a la medida de Gene Tierney y que nada tenía que ver con el color luto o medio luto de las altas damas del franquismo.»

Algunas de las piezas reunidas en este volumen ilustran a la perfección estas palabras. La obra entera de Marsé, en realidad, viene a ilustrarlas, con su decidida opción por la novela. Y es que el cine mismo, como Marsé —sólo que desde hace mucho más tiempo—, siente debilidad por la novela. De hecho, las palabras empleadas más arriba por Marsé para referirse a la novela proceden de un viejo artículo del autor («El paladar exquisito de la cabra», 1994) sobre las relaciones del cine con la novela.

Por aquí vamos a parar a lo que probablemente constituya una de las claves para explicarse los derroteros de Marsé como narrador: el aliento del que se nutrió su narrativa fue el aliento épico del cine. Éste fue el que animó una imaginación que, lejos de concentrarse —como hacen los cuentos—, tiende a explayarse, a extenderse sobre una realidad que se trataba de maquillar con la pintura de los sueños de celuloide. La narrativa entera de Marsé participa de la tensión —de la dialéctica— entre esa imaginación fugitiva y la lealtad de la memoria. Se trata de un juego que requiere tiempo y circunspección, tráficos sutiles, y un preciso control de las energías puestas en movimiento. Algo que suele reclamar el volumen y el espesor de la novela; que se nutre de su voracidad, de su glotonería.

Las reglas de ese juego aparecen formuladas en «Historia de detectives» y «El fantasma del cine Roxy», los dos primeros relatos de este volumen. Uno y otro, convenientemente articulados, cifran una especie de poética: una declaración de amor (al cine de una determinada época) a la vez que una declaración de principios. De principios narrativos.

«Historia de detectives» es, de hecho, una perfecta miniatura del arte novelístico de Marsé, como lo es también, de manera a la vez más imperfecta y más sofisticada, «El fantasma del cine Roxy», en el que se hacen aún más explícitos, siempre con el cine por medio, los resortes del mito y su función redentora.

Muy distinto es el caso de «Teniente Bravo». En un texto que se da aquí a modo de apéndice («"Teniente Bravo" y yo»), Marsé explicaba que, antes de ser escrito, «Teniente Bravo» era un «relato oral», una anécdota cómica —un chiste, casi— mil veces repetida a solicitud de los amigos, que no se cansaban de oírla. «Al repetirla tantas veces, parece que fui aprendiendo a controlar el ritmo y a dosificar el disparate argumental, que fue aflorando poco a poco como la sangre y los moratones en el rostro del valiente y obstinado teniente. Así, sin esfuerzo aparente, por pasar el rato, el chiste fue adquiriendo en silencio las garras y las alas de un cuento literario.»

Estas palabras describen muy bien de qué modo iban adquiriendo forma las viejas narraciones orales, contadas una y mil veces a la lumbre de cualquier fuego, pulidas a través del tiempo, como cantos rodados, en un proceso ininterrumpido que sólo la escritura consigue detener, no sin antes «traducir» convenientemente el efecto que la historia en cuestión producía al ser contada de viva voz.

Sigue diciendo Marsé, todavía refiriéndose a «Teniente Bravo»: «[es] una historia viciada; quiero decir que de alguna manera, ya estaba *escrita* antes de ponerme yo a redactar y describir el primer gesto desafiante y altivo del teniente delante de su potro de gimnasia, ese gesto que lo llevará a enfrentarse estúpidamente a su propio honor y a su destino. Los efectos de la historia oral eran inmediatos y sumamente hilarantes: el auditorio estallaba a reír cada vez que el pobre teniente estrellaba sus huesos contra el polvo; en el texto, en cambio, el *in crescendo* de la pequeña tragedia es mayor y determinante, un efecto de gesticulación ritual repetido hasta el infinito, una acumulación de gestos casi idénticos y desesperados que culminan en la pura insensatez y en la dislocación y el ridículo».

De nuevo otro apunte revelador, que esta vez instruye sobre la forma en que la escritura se sirve de recursos específicos para retener o más bien reeditar —añadiéndole en este caso furor y patetismo— lo que, contado de viva voz, con ayuda de la entonación y de los gestos, de la dosificación de los énfasis y los silencios, producía hilaridad.

«Teniente Bravo» es un cuento redondo, ejemplar. Se abre y se cierra en sí mismo y se sostiene por sí solo, transpolable a cualquier tiempo y escenario. No ocurre de igual modo con «Historia de detectives» y «El fantasma del cine Roxy», los otros dos relatos del libro al que «Teniente Bravo» daba título, los dos íntimamente ligados a un mundo novelístico con el que comparten todo un tejido de motivos y de referencias comunes, presentes a la vez en ambos textos: ese desvencijado Lincoln Continental varado en una explanada fangosa; Juanito Marés, inequívoca contrafigura de Juan Marsé niño; toda una escenografía —la de los barceloneses barrios de Gracia, del Guinardó, del Carmelo— vista a la luz de una época determinada —la inmediata posguerra— y poblada de tipos bien reconocibles. Y el cine, claro, el cine.

El presente volumen podría ser tomado como un vademécum de la narrativa de Marsé. Algo así como *La boîte en valise* de Duchamp: un libro en el que parece representada casi toda su obra, por lo demás asombrosamente compacta.

«Historia de detectives» y «El fantasma del cine Roxy» ofrecen evidentes conexiones con novelas como *Si te dicen que caí* y *Un día volveré.* La tensa relación que en el segundo de estos dos relatos mantienen el guionista y el director de cine prefigura la que en *Esa puta tan distinguida* mantienen el guionista y el productor, siendo el guionista, en los dos casos, un trasunto bien reconocible del propio Marsé, como sus «rivales» lo son de muy determinados cineastas españoles.

«Parabellum» es un esbozo de *La muchacha de las bragas de oro.* La confrontación de una y otra versión de un mismo esquema argumental instruye muy eficazmente sobre el «método» novelístico de Marsé, su manera de «poblar» narrativamente la historia que se propone contar, confiriéndole matices, densidad, vida.

«El pacto», escrito el mismo año 1977 en el semanario *Por favor,* del que Marsé fue redactor jefe, es una de las viñetas narrativas con la que el Marsé periodista afilaba su peculiar talento para la sátira política y cultural. El cuento retoma de forma distinta, más chusca, el mismo asunto de «Parabellum», y se cierra, significativamente, con una paráfrasis de la cita de Henry James que serviría de elocuente epígrafe de *La muchacha de las bragas de oro*: «Sus padres no podían hacer gran cosa con el porvenir y han hecho lo que han podido con el pasado».

En cuanto a «Colección particular», la pieza que da título al presente volumen (y que se recupera aquí por primera vez), se trata de un extenso relato por entregas fabricado con el mismo barro de «Historia de detectives» y «El fantasma del cine Roxy», el barro del que está hecha, en definitiva, toda la narrativa de Marsé. Escrito bajo la presión de los plazos quincenales, es un texto más desgarbado, de escritura menos pulida que otros de Marsé, quien, para salir del paso, echa mano de personajes ya aparecidos en novelas anteriores (como la Rosita de *Ronda del Guinardó*), además de recurrir a su muy reconocible galería de «secundarios».

En «Colección particular» se prefigura ya el estupendo personaje del Capitan Blay, que había hecho una fugaz aparición en *Ronda del Guinardó* (posteriormente suprimida por el autor), pero que se perfilará en *El embrujo de Shanghai*, novela de la que este relato, cuatro años anterior, constituye un primer pálpito. La urgencia de su escritura impone al texto una risueña desinhibición que permite apreciar con especial claridad los resortes de la imaginación de Marsé, quien hace aquí uso de la primera persona autorial y se dibuja a sí mismo, niño aún, llevando un antifaz día y noche. Casi todos sus temas concurren aquí apretujadamente, entremezclados con algunos episodios inolvidables, ya por cómicos y disparatados (como el titulado «La cadena del miedo»), ya por emocionantemente líricos («Vagones ametrallados»).

A la misma zona fronteriza entre periodismo y literatura que apreciamos en «El pacto» podrían adscribirse otras piezas de menor calibre que no tienen cabida aquí, por haber estimado su autor y los editores que no alcanzan la suficiente entidad como relatos. Sí la tiene, en cambio, «El caso del escritor desleído», original contribución de Marsé a un volumen colectivo en homenaje a Robert Louis Stevenson. La feroz sátira que Marsé hace del mundillo literario y del progresivo envilecimiento a que lo aboca su exposición en los medios de comunicación es de naturaleza semejante a la que hacía en «Noches de Boccaccio» de la *gauche divine* barcelonesa o, en «El jorobado de la Sagrada Familia», del escultor catalán Josep Maria Subirachs; pero en estos dos casos el trazo demasiado grueso y cierta obsolescencia de los objetivos apuntados resta interés y vigencia a la lectura, motivo por el que el autor, con buen criterio, ha estimado preferible no recoger estas dos piezas.

En la narrativa de Marsé, por otro lado, nunca están del todo ausentes el humor y la sátira, a los que sirven de contrapeso su vena elegíaca y romántica. No faltan, sin embargo, las ocasiones en que el relato se escora decididamente hacia aquéllos —como en *La muchacha de las bragas de oro* o en *El amante bilingüe*—, si bien en las novelas esto nunca ocurre de la manera tan desinhibida y a ratos brutal de algunos de sus relatos. Esta observación sirve para poner en evidencia hasta qué punto el relato breve es un molde que Marsé emplea con exigencia a veces distinta a la de sus novelas, a veces a modo de divertimento o de ejercicio. Tal parece ser el caso de «La liga roja en el muslo moreno», de nuevo una contribución a un volumen colectivo para el que le solicitaron un cuento erótico. Una anécdota sexual, a medio camino entre el lance picaresco y la fantasía masturbatoria, da pie a que Marsé exhiba aquí sin tapujos —y con admirable maestría, por cierto— la zona más calenturienta de su imaginación, atenta siempre a los detalles sensoriales, que acierta a transmitir con golosa precisión.

Quedan por mencionar, en este rápido atisbo de los materiales aquí reunidos, dos piezas de índole muy diversa, que se desmarcan notoriamente del conjunto.

«Conócete a ti mismo, Fritz», la pieza que cierra este volumen, es, en rigor, el esquema de un guión de cine. Lo escribió Marsé a sugerencia de Fernando Trueba, quien, por las fechas en que filmaba la adaptación cinematográfica de *El embrujo de Shanghai*, le preguntó si tenía alguna idea para una película. Marsé retomó unos viejos apuntes y esbozó esta «sinopsis argumental», que ofrece el esquema desnudo de lo que podría ser tanto una película como un relato más extenso. Nunca llegó a mandárselo a Trueba, pues entretanto la relación entre ambos se torció, por razones fáciles de presumir. Además del interés que por sí misma guarda la historia, hay que subrayar el que brinda la rara oportunidad de observar el esquema desnudo de una narración sin desarrollos colaterales, sin el condimento de los detalles, de la prosa siempre tan plástica y vibrante del autor. Ya no se trata aquí del germen de un relato, como en «Parabellum», sino de su dibujo a lápiz, por así decirlo, sin colores. A ese doble interés se añade el de ser, muy excepcionalmente, una historia que transcurre por entero fuera de los escenarios comunes a toda la obra de Marsé, en Berlín y Buenos Aires. Pero el tema de la impostura, de los desdoblamientos de la personalidad, es uno de los más recurrentes en la narrativa de Marsé, y desde este punto de vista «Conócete a ti mismo, Fritz» se inserta con toda naturalidad en su mundo.

«Noticias felices en aviones de papel» es el relato más extenso de los aquí reunidos, y también el más reciente (se publicó en 2014). Es un cuento de ribetes fantásticos, transido de una melancolía crepuscular. En él emergen una vez más, aunque sutilmente desplazados, motivos tan familiares como el de la paternidad ausente y cochambrosa, o el de la infancia aterida, que en este caso, mediante un giro insólito, conecta a los niños que pueblan la memoria y la narrativa de Marsé con los niños judíos del gueto de Varsovia, en una especie de salto mortal que dota de una imprevista amplitud al paisaje tantas veces visitado. La cita de Bergen Evans que sirve de epígrafe al relato —«Quizá hemos acabado con el pasado, pero el pasado no ha acabado con nosotros»— vuelca una nota de ironía sobre la fatalidad a que parece abocada toda la narrativa de Marsé, que no es otra que la de la fidelidad a su propia memoria.

En la medida en que, como se viene diciendo, Marsé es sustancialmente un novelista, el contenido de este libro admite ser leído, hasta cierto punto, como si de una visita al taller o a la cocina del escritor se tratara. Sólo una pocas de las piezas aquí reunidas se atienen con rigor a la mecánica más estricta y convencional del cuento. Sin detrimento de su interés ni de su calidad, el resto pueden ser tomadas como «muestras» del arte novelístico de Marsé, como apuntes, retales, esbozos, ejercicios, digresiones en que opera un mismo principio de «fractalidad», conforme al cual el segmento posee características semejantes al todo.

Marsé es, según ha declarado en múltiples ocasiones, un escritor gandul y lento; y es también, a pesar de ello, un escritor perfeccionista, que no pierde oportunidad de limar y de pulir sus propias creaciones («siempre me gustó corregir —ha dicho—; en realidad, me pasaría la vida corrigiendo»). Estos dos rasgos aparentemente contradictorios se diría que debieran abocarlo preferentemente a la práctica del cuento, género que, sobre exigir menos esfuerzo que la novela, permite un mayor control. El que no haya sido así cabe atribuirlo, antes que a la dificultad específica del género cuento, subrayada a menudo por Marsé, a que su imaginación viene determinada por el principio expansivo de la memoria, por su ritmo y su delectación.

En cualquier caso, Marsé, novelista antes que cuentista, pero narrador antes que novelista, escribe siempre al amparo de la experiencia personal, lo que se traduce en el inevitable regreso a un puñado de temas medulares, recurrentes, obsesivos; los mismos que afloran en estos relatos, que, sumados, dan el mismo acorde que se desprende de la narrativa entera de este escritor, a la que esta *Colección particular* puede servir de preámbulo y también de epílogo, como renovada incitación a su lectura o como feliz inventario de reminiscencias.

IGNACIO ECHEVARRÍA
Barcelona, enero de 2017

I

Historia de detectives

Con pequeños malentendidos con la realidad construimos las creencias y las esperanzas, y vivimos de las cortezas a las que llamamos panes, como los niños pobres que juegan a ser felices.

FERNANDO PESSOA,
Libro del desasosiego

1

En los días luminosos y en la zona alta de la ciudad, desde esta calle que se encabrita en la colina como si quisiera mirarse en el Mediterráneo, la vista alcanza muy lejos mar adentro pero el corazón se engaña: el barrio dormita al sol y es una atalaya sobre un sueño que nunca acaba de discurrir. A veces, sin embargo, más allá del puerto y su rompeolas, más allá de la blanca espuma de los balandros que festonea el litoral, en la popa de los buques de carga que parecen anclados en el horizonte y en el herrumbroso castillo de proa de los grandes petroleros que navegan hacia el sur, hemos visto centellear aros de plata en las orejas de los marineros acodados a la borda, sirenas tatuadas en sus pechos de bronce y corazones traspasados por una flecha y un nombre de mujer; si te fijas mucho, claro, si de verdad quieres ver lo que miras y no te dejas deslumbrar por el sol.

Pero en los días grises, la mirada se enreda en el zarzal de neblinas y humos rasantes que atufan el laberinto de Horta y La Salud, y no consigue ir más allá. La ciudad se aplasta remota y gris, como una charca enfangada, un agua muerta.

Fue un día malo de éstos, lloviznando y con ráfagas de viento helado, cuando nos juntamos en el automóvil trabado en medio del barro para un trabajito especial. Por la ventanilla vimos una gaviota que planeaba extraviada en medio de la ventisca. A ratos el viento arreciaba y entonces la lluvia parecía suspendida en el aire, silenciosa y oblicua. Después, la gaviota se dejó caer en picado sobre nosotros, rozó con su ala cenicienta el parabrisas astillado del Lincoln y antes de remontar el vuelo nos miró de soslayo con su ojo de plomo.

—Un día de mil demonios —dijo Marés sentado al volante, y convidó a fumar—. Abrid bien los ojos.

Habló con su voz de ventrílocuo, sin mover los labios. Y como en sueños, a través del humo más azul y más transparente que jamás haya soltado un apestoso cigarrillo elaborado en años apestosos, vimos cruzar el descampado, viniendo hacia nosotros, a una mujer con boina gris y gabardina clara, muy pálida y muy guapa y llorosa. Era un sábado por la tarde de un mes de abril que parecía noviembre.

Juanito Marés escrutó a David y a Jaime, en los asientos de atrás, y después a mí. Al clavarme el codo en las costillas, comprendí que me había elegido:

—Bonitas piernas —dijo mirando a la mujer.

—Sí, jefe.

—¿Te gustan?

—Ya lo creo, jefe.

—Pues no las pierdas de vista.

Entornó los ojos de gato y puso cara de viejo astuto Barry Fitzgerald ordenando al poli sabueso seguir a la chica en *La ciudad desnuda*, añadiendo con la voz ronca:

—Andando, es toda tuya.

Ella pasó por nuestro lado dejando en el aire un acre perfume a cebollas y lágrimas, tal vez a vinagre. Bajo los faldones de la gabardina, muy ceñida en la cintura, la plenitud de las corvas sugería unos muslos que por fuerza tenían que rozarse al andar. Sin embargo, era una mujer delgada, de pechos pequeños y fina de caderas. No la conocíamos de nada, nunca la habíamos visto, pero el jefe sabía algunas cosas: que era nueva en el barrio, que vivía en la pensión Ynés con un niño pequeño y que su marido la había abandonado. Se hacía llamar señora Yordi, pero al parecer su verdadero nombre no era ése.

—Es todo lo que sabemos —concluyó Marés dándome otra vez con el codo—. En marcha.

Tiré el cigarrillo, me calé el sombrero hasta la nariz y bajé del automóvil sin poder apartar los ojos de aquellas piernas largas, enlutadas por las medias y la lluvia, mientras cruzaban un mar de fango negro.

Una trepidante aventura iba a comenzar, y algo me decía que esta vez acabaría mal. Me quedé parado unos segundos bajo la lluvia fina, junto al morro del Lincoln. Ante mí se abría el Campo de la Calva, una explanada negruzca y encharcada al final de la calle, sobre la falda de la colina festoneada de ginesta. Un barrio tan alto, tan cerca de las nubes, que aquí la lluvia todavía está parada antes de caer, solía decir Marés. Esta plataforma sobre la colina había sido proyectada como plaza pero aún no era nada, un barrizal; a un lado había una hilera de casas bajas con la taberna de Fermín y la papelería-librería Estevet, y al otro lado nada, el declive del monte y los pinos y castaños con Vallcarca al fondo. Lo llamaban Campo de la Calva porque una tarde, hace algunos años, cuando la guerra, los moros de Regulares jugaron aquí un partido de fútbol con la cabeza cortada y rapada de una puta, y dicen que de tanto patearla y hacerla rodar, la cabeza se quedó lisa y pulida como una bola de billar, sin nariz ni ojos ni orejas, y que la mandíbula se soltó y que al final del partido la enterraron con la boca abierta. Tiempo después, nosotros excavamos el Campo y lo único que encontramos fue la calavera de un perro.

Estaba pensando en todo eso mientras veía alejarse a la señora Yordi.

—¡¿Qué demonios estás esperando?! —bramó el jefe asomándose a la ventanilla del Lincoln—. ¡Vamos, síguela!

—Creo que esta mujer nos traerá problemas.

—No te pases de listo, Roca. Quiero un informe completo, así que espabila.

—Es muy difícil «marcar» a una mujer tan bonita sin llamar la atención, jefe.

—¡Pues a ver cómo te las apañas! ¡Andando!

—Está bien, ya voy.

Pero seguía allí clavado sin poder moverme, como si la boca abierta de la furcia calva, debajo de la tierra, se hubiese cerrado como un cepo en mis tobillos. Soplaba un viento racheado y cabrón que arrastraba papeles y hojas de laurel por la Bajada de la

Gloria. Hacia Los Penitentes, al otro lado de la colina de las Tres Cruces, del cielo gris se descolgaban nubes borrascosas como peñascos de piedra pómez.

Marés soltó una maldición y finalmente me puse en marcha tras la señora Yordi. La suerte estaba echada.

Cuando la señora ya había dejado atrás la papelería de Susana y se disponía a torcer en la esquina, el viento cambió bruscamente de dirección y la embistió por la espalda, y entonces ella se dobló un poco hacia atrás y pareció que se reclinaba confortablemente en el mismo viento, dejándose llevar un trecho por él: los faldones de la gabardina pegados a las nalgas, la corta melena negra partida en dos sobre la nuca, sujetándose la boina con la mano. Me perturbó un zureo de palomas, el olor afrutado de su axila.

Al verla desaparecer en la esquina, me subí el cuello de la cazadora y aceleré el paso.

2

Dos horas después estaba de vuelta y Marés seguía sentado al volante del viejo Lincoln. Abrió la puerta del coche con el pie y me senté a su lado. Por el retrovisor vi a David y a Jaime derrumbados en los asientos de atrás con el pelo mojado y los ojos de fiebre. Salieron a cumplir su misión después que yo, pero habían terminado antes. Ahora llovía un poco más.

—Al volver he pasado por casa —dije a modo de disculpa—. Bien. La he seguido durante tres cuartos de hora. Cogió la Bajada y Nuestra Señora del Coll y luego siguió por Avenida Hospital Militar, siempre en dirección Lesseps. Ya no lloraba.

Encendí un cigarrillo y reflexioné, cerrando los ojos en medio de las espirales de humo para ver mejor, otra vez, el movimiento de sus caderas. La señora camina todo el rato con la barbilla enhiesta y los ojos bajos, sin prisas, sin sentir la lluvia. No la sentiríamos en la cara si no la encrespara el viento, recuerdo que pensé, es un calabobos muy fino. La señora no llora, pero dirías que la acosan amargos pensamientos. Va sin paraguas y la gabardina le queda corta, tres dedos por encima de la rodilla, y la falda del vestido aún debe ser más corta, pues ni siquiera asoma; el bolso colgado al hombro, medias color ceniza y zapatos de tacón alto con dos tiras negras cruzándose enroscadas por encima del tobillo.

Tendrá unos treinta años y los pómulos altos y pulidos como de marfil. Cada vez que vuelve la cabeza, tras la tenue cortina de lluvia vislumbro unos ojos oscuros almendrados y el párpado dulce y parsimonioso, oriental. Durante algún trecho la sigo tan de cerca que puedo oler la lluvia en su pelo y oír el roce de las medias de seda en los muslos.

—Cuando quiera detalles sobre su persona, ya te los pediré —dijo secamente Marés—. Prosigue.

Pasamos frente al bar Las Cañas, el cine Mahón, la charcutería de la plaza Lesseps, la tintorería, la Delegación de Falange. A su paso, hombres tambaleantes y mal afeitados la miran hurgándose los bolsillos del pantalón, mascullando roncas obscenidades. Quizá para ahuyentar su tristeza, ella se para ante un escaparate y mirándose en el cristal atusa con los dedos su airosa melena, corrige la posición de la boina, saca del bolso una barra de carmín que restriega con fuerza por sus labios y finalmente se frota los párpados de cera, tan estáticos y misteriosos, con la yema del dedo anular. Se parece asombrosamente a Fu-Lo-Suee, la hija de Fu-Manchú: los mismos ojos de china perversa y venérea.

—Quise verla mejor y me paré cerca y me agaché simulando atarme el cordón del zapato —añadí con la voz nasal, detectivesca, y capté de reojo el desdeñoso bufido del jefe—. Pero entonces ella se vuelve inesperadamente y me mira, quieta, con sus ojos de hielo. El corazón me da un vuelco. ¡Hostia, qué mirada! Me hago el distraído guipando al vagabundo que empuja renqueante un cochecito de niño cargado de botellas y trapos viejos, y que tropieza en el bordillo y a punto está de caerse, pobre diablo.

Interrumpí el informe para darle al cigarrillo un par de chupadas, y a mi espalda David soltó una tos pedregosa y espesa como una mermelada barata hecha de algarrobas o Dios sabe qué. Medité en la continuación de mi relato viendo rebotar la lluvia sobre el morro del automóvil, un Lincoln Continental 1941 de líneas aerodinámicas y radiador cromado venido de quién sabe dónde a morir aquí como chatarra. De su pasado esplendor quedaba algún destello en medio de la herrumbre, algún cristal, pero todo él parecía más bien una gran cucaracha calcinada y sin patas, sin ruedas ni motor, y nadie en el barrio recordaba cómo y cuándo había llegado hasta aquí arriba, quién lo abandonó sobre esta pequeña loma al noroeste de la ciudad, y por qué. El Lincoln estaba varado en el mar de fango negro y cercado por un montón de cosas muertas: pedazos de estufas de hierro, una butaca desventrada, pilas de neumáticos, somieres oxidados y colchonetas mugrientas y desgarradas.

—Un poco más abajo, delante del cine Roxy —proseguí con mi informe—, el manco que vende tabaco y cerillas debajo de un paraguas me la empieza a piropear guarramente. Ella se pasa a la otra acera, calle Salmerón abajo. Y no volvió la vista atrás ni una sola vez. Entonces vi algo que me puso los pelos de punta: un tranvía casi la atropella.

Le estaba contando a Marés solamente lo que había pasado, pero lo bueno era lo que me habría gustado que pasara, las cosas que llegué a imaginar mientras la seguía de cerca embebido en el olor a musgo de su pelo. Por ejemplo, que el tranvía la atropella y su cabeza golpea contra el empedrado y pierde el sentido. Está allí caída de espaldas en el suelo con una bata de raso blanco y chinelas con borlas rosadas, se interrumpe la circulación, se forma un corro de gente a su alrededor y alguien pide un médico y una voz dice que se le haga el boca a boca, rápido, quién sabe hacer el boca a boca. La misma accidentada, en medio de su inconsciencia, me señala con el dedo suplicando que sea yo quien le haga el boca a boca.

—Vaya. Te tocó la china —dijo David.

Así que me decido y le hago el boca a boca a la señora con el beneplácito de todos los presentes. Tiene los labios fríos como gusanos de seda y éste es el beso más extraño e inolvidable de mi vida. La boca se abre y transmite oleadas de calor, sabor a carmín y reiterados pliegues de carnoso cariño abriéndose como una vulva o como una flor. Hacia el final, ella abre un instante sus ojos de china maligna y caliente, y me mira fijo. En sus pupilas luminosas la lluvia se refleja combada, fruncida por el viento, como una miniatura.

—¡Vaya cuento chino, tu boca a boca! Ya vale, chaval —protestó Marés—. Queremos la verdad.

3

—Está bien —dije—. No pasó nada más hasta llegar casi a la Rambla del Prat —proseguí—. Delante del bar Estadio se encontró con alguien que no esperaba. Charles Lagartón, el panadero, que está parado al borde de la acera esperando para cruzar, se vuelve y sonríe a la señora Yordi descolgando morro y papada como un asqueroso sapo chafardero que es. Vaya, ¿usted por aquí, señora?, un poco lejos de nuestro barrio, ¿verdad?, y con este tiempo tan malo. Y ella disimulando su contrariedad y su fastidio, algo nerviosa, pero amable: Pues mire, precisamente iba a comprar un paraguas… Mentira, como veremos enseguida.

Me paro y me agacho detrás del buzón de correos, pero el gordo Lagartón me ve, y también ella, otra vez. Inevitable, si quiero mantenerme cerca y enterarme de lo que hablan. A través de la llovizna ahora peinada por el viento, afilada y gris como pelajos de rata, mis ojos no se apartan de la boca de la señora Yordi, que dice:

—Mire ese niño. Me viene siguiendo desde lo alto de la calle Verdi.

Charles Lagartón entorna los ojitos de cerdo y me guipa un rato, las manos enlazadas a la espalda y las piernas cortas separadas como si estuviera de pie en la cubierta de la *Bounty* poniendo cara bestial de capitán Bligh con su asquerosa verruga en la mejilla.

—Hum —gruñe—. Juraría que es el chico de Berta, maldito sea. El domingo pasado él y su pandilla de *trinxas* desarrapados estuvieron siguiéndome mientras paseaba cerca de la estación de Sants.

—¿Os dais cuenta? Lo llama pasear, a estraperlear con sacos de harina, el cabrón. Pero ella, tan discreta y paciente, tan oriental y misteriosa bajo la llovizna, se desentiende de esas patrañas. Dice:

—¿Ah, sí? ¿También le seguían a usted? ¿Y por qué?

—Por nada. Juegan.

—¿Y a qué juegan?

—A detectives, a espías —gruñe el panadero—. Escogen a una persona cualquiera que pasa por la calle y la siguen durante horas.

—Vaya —recelando ella pero no de mí, sino del gordo malcarado que sonríe burlón con su boca de besugo y la mira fijo como intentando adivinar sus pensamientos—. Qué divertido, ¿no?

Como ya sabéis, añadí, a esta distancia yo entiendo lo que hablan dos personas porque de pequeño aprendí a leer el movimiento de los labios.

—Que sí, que ya lo sabemos —impaciente David.

Observé al jefe Marés. Me escuchaba con aire pensativo y severo, los brazos sobre el volante y la mirada al frente, más allá del ciego parabrisas. Había encendido otro de sus famosos cigarrillos de anís Players de Virginia, que llevaba en una caja de metal azul pálido, y David volvió a toser su mermelada pedregosa. Jaime palmeó su espalda doblada y protestó:

—¡Rayos y centellas! ¿Cómo puedes fumar esta porquería?

—Huele a anís.

—Huele a alpargatas quemadas. Apesta.

—El coche es lo que apesta —le dije.

—Es pura mierda —insistió Jaime—. ¿Por qué no compras aunque sea Ideales, de vez en cuando?

—Silencio —ordenó el jefe sin levantar la voz—. Termina con tu maldito informe, Roca. Y procura ir al grano.

—Sí, jefe.

Con su cara de enterado, el gordo panadero insiste en sus explicaciones reteniendo a la señora Yordi:

—Bueno, eso dicen estos sinvergüenzas. Que es un juego de espías y de agentes secretos. O de atracadores y facinerosos, vaya usted a saber.

—¡No me diga!

—Fíjese en el sombrero que lleva éste. Era de su padre, que está en la cárcel por atracador y por rojo separatista.

Ella lo mira con verdadero odio durante una fracción de segundo. Es muy difícil percibir eso en unos ojos achinados que siempre miran todo con una dulzura perversa y como sifilítica, una especie de pus en la pupila, seguramente porque han visto muchas miserias en esta vida; pero me di cuenta. Y me llegó también la frialdad de su voz al responderle:

—Cómo puede decir eso, señor Oms.

—Es mala gente, señora, todo el barrio lo sabe.

La señora Yordi iba a replicar, pero se contuvo. Finalmente, más relajada, dijo:

—En fin. Cosas de críos.

—De todos modos es una falta de educación, que la sigan, y más tratándose de una señora como usted. Si este niño la molesta, llame a un guardia…

—No, de ningún modo.

Enfurruñada, haciendo por irse. Qué gusto seguir el borroso movimiento rosado de sus labios mientras se despide una y otra vez del pesado Lagartón, sin conseguir librarse de él. Porque este fati con ojos de rana venenosa no para de hablar: que son unos golfos y no valen para nada, que se pasan el santo día en los billares y en la calle y en el cine, o acurrucados como polluelos en el interior de este automóvil podrido y lleno de piojos varado en medio del fango y las basuras, nido de pordioseros, fumando y planeando seguimientos y pesquisas por la ciudad misteriosa y corrompida, husmeando el delito entre la niebla y «marcando» de cerca a los sospechosos bajo la lluvia, mientras se oye a lo lejos la sirena de un buque pidiendo entrada en el puerto…

Las sirenas de los buques, en días borrascosos como éste, nos hacían pensar en putas francesas apoyadas en farolas, de noche, con faldas de satén negro abiertas en el costado.

—Déjelos, no son más que niños que juegan a películas —decía ella—. Y adiós, se me hace tarde.

—Que no, que ya son muy ganapias, señora —excitándose el panadero estraperlista y mamón—. ¡Que ni crecen ni reverdecen de la maldad que se los come!

—Bueno, no se ponga usted así.

—Se empieza con pistolas de juguete y atracos de película. Balas de saliva, muertos de mentira. Pero un día serán balas y muertos de verdad, señora, como el sombrero de éste. Habrá que verlos de mayores. Peor que la peste.

—Maldito capitán Bligh —masculló David—. ¡Maldito seas!

—Sí, ¿por qué no se lo tragaría el mar?

—Es un bocazas —dijo Marés—. Un soplón y nada más, no hay que hacerle caso.

—Pero anda por ahí diciendo que el padre de éste está en la Modelo y además criticando su sombrero —dijo Jaime—, y eso es tener muy mala leche.

—Ni caso —insistió el jefe—. El Lagartón es un mal bicho, de acuerdo, y algún día nos ocuparemos de él. Ahora sigue, Roca.

Cuando le dijo a la señora Yordi lo de mi padre en la cárcel, yo agaché la cabeza, me quité el sombrero y lo escondí entre el pecho y la camisa; no porque sintiera vergüenza, sino de la rabia que me dio. Es un sombrero flexible, de los buenos, un Stetson auténtico, especial para seguir de cerca a rubias peligrosas en días de lluvia. Lo escondí momentáneamente por mi padre, por respeto a su memoria de pistolero republicano y rojo separatista con sombrero de ala flexible sobre los ojos...

—Bien hecho —cortó David—. Padre no hay más que uno, aunque esté en la trena.

—O en la tasca y mamado todo el puto día, como el que yo me sé —se lamentó Jaime.

—Exacto.

—¿Habéis terminado, cotorras? —Marés impaciente, limpiando el cristal del parabrisas con el puño furioso—. Entonces continúa, Roca. ¿Qué más has podido leer en sus labios? ¡Qué más, qué más!

Pues que ella entonces empieza por fin a caminar de espaldas, empieza a irse, dejando al chismoso panadero con la palabra en la boca. ¿Qué, no ha vuelto a saber nada de su marido?, susurra todavía el Lagartón mirándole las caderas: Ay, estos niños fisgones que nos siguen en nuestras escapaditas y espían nuestras intimidades por el ojo de la cerradura, qué malos son, ¿verdad, señora?, qué situación más comprometida a veces para una mujer casada, ¿no le parece...?

—¿Todo eso decía? —preguntó el jefe.

—Más o menos. A ratos la lluvia no me dejaba leer en sus labios. Lo que importa es el sentido de lo que dijo. Pero ella no le hace caso y se aleja Salmerón abajo por la acera de la derecha.

Había tallos de clavel pisoteados y gladiolos tronchados sobre el asfalto húmedo en el cruce con Travesera, y un ciego enfurecido golpeando el bordillo con su bastón, esperando que alguien lo pase al otro lado, escupiendo a las nubes. Y el olor a pan calentito en la esquina de Luis Antúnez, y un poco más abajo mi otro olor preferido, a bacalao seco y aceitunas aliñadas en barricas sobre la acera. Suelto la zarpa al pasar y pesco un puñado de aceitunas, sigo calle abajo y delante de mí un vagabundo arrastra un cesto de mimbres con una cuerda y en el cesto va un niño sobre botellas vacías de champán y envuelto en harapos. El crío me mira con sus ojitos legañosos mientras vamos caminando y me saca la lengua sonriendo, y yo le voy tirando aceitunas y él las pilla una tras otra abriendo la boca como un cazo.

Pasamos el cine Mundial y, delante del bar Monumental, la señora se para. Antes de entrar, mira a un lado y a otro, recelosa. Espero un par de minutos y entro tras ella.

La señora Yordi está sentada con un hombre fuerte y moreno en una mesa del rincón, al fondo del grandioso bar, detrás de los billares. En una de las mesas de billar juegan dos chicos muy serios y bien peinados, con pantalones de golf, con tacadas estudiadísimas y mucho cuento. Me acerco simulando asombro ante su estilo finolis y desde allí controlo de reojo a la pareja, quietos y susurrantes en la penumbra. El hombre es mayor, de unos cuarenta, gafas negras, nariz de cuervo, bigotillo recortado y un palillo entre los dientes. La cabeza gacha, las manos en los bolsillos de la gabardina, ella se mira las rodillas muy juntas y calla todo el rato. El tipo le habla al oído, el brazo en el respaldo de la silla y sin tocarla a ella, pero como si estuviera muriéndose de ganas de hacerlo. La luz es tan mala que no distingo sus labios, apenas el movimiento del palillo que la lengua del tío desplaza de un lado a otro de la boca.

Luego afino la vista y capto que le dice: «Haré lo que pueda, señora, se lo prometo…». Sólo se oye el toc-toc de las bolas de billar. Ella sigue callada y él añade: «Confíe en mí, señora, no se deje llevar por la desesperación, todo se arreglará, tengo amigos influyentes…», más o menos.

—He tenido mucho cuidado de que ella no me viera —dije—. Ha sido fácil, no levantaba la vista del suelo, estaba como avergonzada. Diez minutos después salieron juntos del bar y pararon un taxi. Se fueron deprisa y lo último que vi de ella fue su mano abierta aplastada contra el cristal de la ventanilla, debatiéndose como si la estuvieran besando a la fuerza o estrangulando.

4

Juanito Marés repiqueteó los dedos sobre el volante del coche y miró afuera. El viento había cesado pero en el cielo sombrío las nubes corrían veloces, apelotonándose, y la tarde se encendía como una luz roja arcillosa, como si fuera a llover barro.

—¿Qué dirección tomó el taxi?

—Para arriba —dije—. Plaza Lesseps.

—Está bien. —Marés buscó la cara de David en el retrovisor—. Ahora tú, David. Cuenta.

David carraspeó antes de decidirse a hablar. Me miró fijamente. Su informe empezaba con una afirmación sorprendente:

—El hombre que yo he seguido, te estaba siguiendo a ti mientras tú seguías a la señora. —Excitado e intrigado, añadió—: Pasó por aquí cuando acababas de salir tras ella, y el jefe me ordenó: sigue a este hombre. El tío te «marcó» hasta el bar Monumental. Se paró cuando tú te paraste, te esperó cuando el encuentro con Charles Lagartón, cambió de acera cuando tú lo hiciste. Todo.

—¡Cáspita!

—Y mantuvo siempre la misma distancia, unos veinte metros.

—¡Fantástico! Pero te lo estás inventando, David.

—Jaime también lo ha visto. Que diga si miento.

—Por mi madre que es verdad —dijo Jaime.

El jefe no abrió la boca. Lo miramos esperando su veredicto. Sólo dijo:

—Descríbelo.

Un hombre delgado y un poco cabezón, de estatura mediana tirando a bajo, de unos treinta y cinco años, pelo negro planchado con raya en medio y la cara blanca como el papel, relamida, anticuada y galante y como si llevara colorete en las mejillas y usara fijapelo, como si alguna vez hubiese sido muy fino y educado y rico, o muy amado y feliz, lejos de aquí, en otra barriada y en otra época. De cerca te das cuenta de que la palidez de la cara es una mascarilla de polvos de arroz, y que los labios afilados y prietos parecen labios de madera pintados. Lleva un paraguas de señora con mango de marfil y adornos de plata y pedrería, pero con una varilla rota, y abrigo negro sobre el pijama a rayas y zapatillas de felpa de estar por casa, como si hubiese salido del escenario de un teatro a comprar el periódico en la esquina.

—Al entrar tú en el bar Monumental —continuó David—, él se plantó en la acera, cerró el paraguas y pensé que también iba a entrar. Pero no. Se quedó allí como una estatua, mirando la puerta.

A su lado, en la boca del callejón, un joven perdulario con gafas de aviador o de motorista en la frente y una astrosa manta militar sobre los hombros resbala despacio apoyando la espalda en un farol y se desploma con las manos en los bolsillos, indiferente, sonriendo a los que pasan. Lo arriman contra la pared y le dan cachetes, pero él no reacciona; mantiene los ojos abiertos y las manos en los bolsillos del pantalón, como si nada, tan campante, pero no reacciona.

—El hombre, maquillado y con su pijama debajo del abrigo, no veía nada a su alrededor, sólo la puerta del bar —dijo David—. De pronto se acercó a la puerta y se dio de morros contra el cristal.

Mantuvo la nariz pegada al cristal un rato, sin moverse, y cuando se apartó era otro hombre. Como si le hubiesen caído veinte años encima de golpe. Como si hubiera visto un fantasma. Cruzó muy abatido la calle y alcanzó la otra acera de verdadero milagro, pues casi lo pilla un tranvía. Y girando sobre los talones, se quedó allí en el bordillo mirando fijamente la puerta del bar con el paraguas cerrado bajo el sobaco, calándose hasta los huesos como un tonto, los afeites de pálido galán enamorado chorreándole por las mejillas de muerto. Sus pies chapoteaban en las zapatillas, bajo los bordes enfangados del pantalón del pijama. Luego retrocedió hasta un portal, pero no lo hizo pensando en la lluvia, no por no mojarse, sino porque no le vieran llorar como un niño abandonado al borde del arroyo. La gente pasaba por su lado sin hacerle caso.

—Entonces, con mano temblorosa, saca el pañuelo del bolsillo y se le cae al suelo un billetero. No se da cuenta, o no le importa. Parece un hombre sonado, tocado del ala.

Desde hacía rato, a David no le divertía nada contar esta jodida historia y se notaba. Abrevió el final: el hombre triste con colorete en las mejillas se cansó de lloriquear bajo la lluvia y se fue. Vagó sin rumbo por los sucios callejones de Gracia como un viejo chiflado y desmemoriado, siempre seguido de cerca por David, recaló en el vestíbulo del cine Delicias y allí encendió un cigarrillo, pero lo tiró enseguida y subió a la cabina de proyección y habló un rato con el operador, dejó la puerta abierta y se oían sus voces y las de la película y alguien lloraba allí, no sé si en la cabina o en la película, luego volvió a bajar, aún más abatido, siguió su camino y acabó sentado con cara de lelo en el portal de una torre de la calle Legalidad.

—Entonces lo dejé y me vine —concluyó David, controlando a duras penas un nuevo brote de su tos bronquítica en conserva—. Y se acabó. Fin.

—¿Y el billetero?

—Aquí está.

Era de piel falsa de cocodrilo, pequeño y tan plano que no parecía contener nada. Pero dentro había cinco billetes de a duro y una amarillenta y sobada fotografía de retratista ambulante en la que se veían palomas y un soldado y una muchacha muy borrosos cogidos de la mano en una plaza. La foto se caía a trozos y olía a polvo. El impacto de un sol antiguo y congelado en los jóvenes rostros de la pareja borraba sus facciones y persistía solamente una palpitación de la sonrisa, un parpadeo espectral, una antigualla de felicidad.

5

David volvió a toser y miró al jefe esperando su aprobación. Todavía era un novato, pero con este trabajo podía ganarse definitivamente las credenciales.

Marés reflexionaba. Chasqueó la lengua y dijo:

—Está bien. Aquí tienes tus credenciales.

Sacó del bolsillo la cartulina y se la dio. Llevaba escrito con tinta invisible:

DAVID BARTRA

Agencia de Detectives Donald Lam/Berta Cool

Pesquisas, seguimientos, misiones secretas, sabotajes

c/. Verdi, Campo de la Calva, s./n.

—Pero no te las has ganado, que conste —añadió Marés—. Tu informe está mal desde el principio, porque se basa en una deducción equivocada.

—¿Equivocada?

—Sí.

Marés encendió otro cigarrillo perfumado de los suyos y miró aviesamente a David a través del espejito retrovisor.

—Piensa un poco con el cerebelo, chaval —añadió.

—Ya lo hago, jefe…

—Veamos. Basándote en todos los datos que tenemos, no sólo en los tuyos, sino también en los de Roca sobre la señora Yordi, ¿cómo lo enfocarías?

David alzó la mano, miraba la punta enrojecida de los dedos y bizqueaba, confuso.

—Hum. No lo sé.

El jefe volvió la cara hacia él y arrugó la nariz. Los asientos de atrás soltaban un agrio pestucio. De noche los vagabundos solían dormir en el Lincoln Continental abrazados a sus pringosas botellas de vino.

—¿Qué dices tú, Jaime?

—Es un asunto enrevesado, jefe.

Marés esperó un poco, por si Jaime quería exponer alguna teoría, y luego me miró a mí.

—¿Y tú, tienes alguna idea?

—Tengo una, pero no me convence.

—Adelante, chico.

—No sé —dije encogiéndome de hombros—. No quiero aburrirte, jefe.

—Abúrreme. Es una orden.

Carraspeé, y con la voz fría, sin inflexiones, aventuré:

—Esta señora tiene un fulano porque necesita comida para su niño pequeño, y porque está sola, sin marido. Se cita con su amante en el bar. Ese taxi iba al meublé La Casita Blanca, que está un poco más arriba de la plaza Lesseps. Y ese hombre pintado y con pijama y zapatillas me seguía a mí porque es un marica.

Marés ronroneó como un gato ensayando su voz impostada y tardó unos segundos en contestar:

—Casi aciertas —el humo del cigarrillo le hizo entornar los ojos, y también su natural malicia y puñetería. Ahora habló otra vez sin mover los labios y su voz fría y artificiosa parecía venir de lejos, de otros ámbitos del sentimiento, como la voz de los ventrí-

locuos—. Sí, todo coincide para hacernos creer que el tío del pijama te seguía a ti, Roca. Sin embargo, a quien seguía es a ella. Tú
lo que hiciste fue interponerte entre los dos, y en realidad él ni
siquiera te vio. La seguía a ella igual que tú, pero de lejos, siempre
por detrás de ti. —Miró a David por el retrovisor—. Cualquiera
se habría dado cuenta menos un novato como tú, David. Piénsalo: ¿por qué razón este señor, que pasó por aquí como un sonám-
bulo, se pondría a seguir a Mingo Roca, un *xava* del barrio al que
seguramente no había visto en su vida? ¿Eh?

David bajó los ojos y en tono de excusa murmuró:

—Pues a mí una vez un desconocido me siguió desde las
Atracciones Apolo del Paralelo hasta el Monte Carmelo.

—Sería un bujarrón.

—¿Y cómo sabes que éste no lo es?

—Porque los conozco —dijo el Jefe. Guardó silencio unos segundos y añadió—: El hombre que la seguía es su marido. ¿Se os
ocurre alguna otra explicación?

Se replegó sobre sí mismo ondulando como una oruga y puso
los pies sobre el volante, se quitó un zapato y un calcetín y se rascó las junturas de los dedos. Después, alzando la maloliente pezu-
ña hasta tocarse la nariz, pinzó con el dedo gordo y el otro el cigarrillo colgado en las comisuras infectadas de la boca y siguió
fumando tranquilamente con el pie, las manos cruzadas en la nuca.
Era medio contorsionista, además de medio ventrílocuo, habilidades que le habían enseñado antiguos compañeros de trabajo de su
madre, artistas de variedades derrotados y sin trabajo.

—Bien. Recapitulemos.

Siempre decía lo mismo y se comportaba del mismo modo,
retrasando cuanto podía la solución del enigma. Oídos nuestros

informes, Marés se convertía en la Araña-Que-Fuma y se quedaba reflexionando envuelto en el humo azul del pitillo que manejaba diestramente con la pata. Analizaba todos los datos, los confrontaba, requería ciertos detalles en apariencia banales, y, al final, después de rechazar nuestras sugerencias, imponía su criterio mediante deducciones generalmente convincentes sobre causa y efecto, otorgando al comportamiento de los sospechosos, por enigmático que fuese, una motivación que nosotros no habíamos previsto, casi siempre amarga y desoladora. Desde muy chico había dado muestras de esa extraña y terrible facultad: diríase que adivinaba el secreto infortunio y la amargura que por aquellos días casi todo el mundo soportaba en lo más íntimo resignadamente, diríase que percibía en las personas la memoria antigua o reciente de alguna humillación con sólo verles la cara, o por su manera de andar o de pararse en la calle con la mirada caída sobre alguna cosa, por un detalle de nada. Un día que vimos al señor Elías llorando en la taberna, solo, sentado en un rincón y escuchando en la radio una marcha militar, Marés dijo que el hombre lloraba porque la radio le estaba recordando una hija suya que hacía de puta en Zaragoza, detrás de un cuartel de Infantería donde un brigada criaba mil cerdos con las sobras del rancho. ¡Y era verdad, lo supimos cuando el hermano mayor de Jaime volvió de la mili y nos habló de la Puri! ¡Y los mil cochinos cebados con las sobras de la cocina del cuartel, también era verdad!

A fin de cuentas, Juanito Marés era algo mayor que nosotros, se había criado aquí y era catalán, además de un poco contorsionista y ventrílocuo: más serio, con más lenguas, más preparado. Por eso era el jefe.

6

Cuando Marés empezó a hablar, yo miraba a través de la ventanilla del Lincoln una gigantesca nube de plomo en forma de puño alzándose iracundo contra el cielo desde el horizonte borroso del mar, muy lejos del puerto, allá en los confines del Oriente. Pensé en el destino incierto de la señora de ojos de china bajo la lluvia, y pensé en el destino cumplido y atroz de la furcia cuya cabeza cercenada y calva yacía enterrada debajo de nosotros: vida y muerte extrañamente juntas, fundidas en la misma soledad y en la misma fiebre adolescente, en una sola carne de mujer soñada, sojuzgada y al fin destruida. Y pensando confusamente en todo eso sentí un vértigo y me quedé de pronto como sordo o como atontado de las bombas. Me asusté e interrumpí a Marés:

—¿Y qué hacemos con el billetero, la foto y el dinero, jefe?

—De momento que lo guarde David. —Juanito Marés me observó unos segundos y luego prosiguió—: Decía que el hombre del paraguas roto y polvos de arroz en la cara tiene que ser un actor de teatro. Y que, además, se trata del marido de ella, del propio señor Yordi, que dicen que abandonó a su mujer hace algún tiempo. Y no me preguntéis nada por el momento, es una corazonada... Ante todo aclaremos que Yordi no puede ser un apellido: Yordi es la manera que vosotros los charnegos pronunciáis Jordi, que es el verdadero nombre catalán del marido, no su apellido, que juraría que es Jardí. Jordi Jardí, actor secundario y fracasado. Los conozco y los huelo de lejos, por mi casa han pasado muchos, amigos de mi madre. Así que ella sería la señora Jardí, no Yordi. ¿Está claro, analfabetos, kabileños sin escuela, jodidos murcianos?

Acurrucados al fondo del Lincoln, David y Jaime parpadearon desconcertados y Marés continuó: porque este infeliz que se pone a hacer pucheros en la calle, delante del bar donde ella se ha citado con un fulano, está bien claro que es su marido. Y como es actor, y los sábados y domingos tiene función en algún teatro de aficionados de los muchos que hay en el barrio, en L'Artesà o en Els Teixidors o en el Orfeó Gracienc, donde seguramente hace pequeños papeles de galán maduro y refinado a lo Charles Boyer, con las sienes plateadas y botines y guantes, pues a veces ya sale de casa maquillado y vestido para la función, muchos lo hacen; quizá él lo haga porque en la calle prefiere el anonimato, ir disfrazado de otro, ser otro —añadió Marés pensativo—, muchos actores sin fortuna sueñan con ser otro… Todo concuerda: se dice en el vecindario que dejó plantada a su mujer, pero en realidad se fue para esconderse en otra casa porque hay una denuncia contra él y la bofia lo está buscando. Así, locamente enamorado de su mujer, y sospechando que ella va a verse con un hombre, esta tarde los celos lo han desviado de su trayecto habitual hacia el teatro encaminándolo a la pensión Ynés, donde ella vive, ha esperado hasta verla salir y la ha seguido.

—Todo concuerda —repitió, rascándose la oreja con el dedo gordo del pie—. ¿Qué decís, sí o no?

Asentimos con la cabeza.

—Ahora bien, el infeliz se equivoca —prosiguió Marés—. Ella no le está engañando por gusto, porque él sea un pobre diablo y un fracasado. El fulano que la espera en los billares del Monumental, no es propiamente ningún querido o macarra consentido de la señora. ¿Quién es entonces? ¿Por qué se ven a escondidas?

—Hombre, tú qué crees —sonreí burlón—. Al tío le gustaban

sus piernas y sus pechos una cosa mala, se le iba la mano. En este momento se la está follando, jefe.

—Tal vez. Pero no es su querido ni su amante. ¿Desde cuándo una mujer enamorada acude tan triste, tan desganada de todo y llorando a una cita con su amante? Os digo que es otra cosa. ¿No habéis visto sus medias zurcidas, su gabardina tan corta y con el cinturón tan apretado bajo los pechos, y esos zapatos de mujer fatal que no le van a una señora tan fina, que la hacen tambalearse un poco? ¿No os parece que quiere gustar como sea a alguien, gustar mucho y deprisa y como con vicio, y después vestirse de otra manera? Hay que verla como yo la estoy viendo, chicos, hacedme el puñetero favor de imaginarla de otra manera, si de verdad queréis destacar en este oficio de detectives. Espabilad, venga, esforzaos un poco más en atar cabos sueltos y en aventurar audaces conclusiones, aprended a ser más perspicaces y mal pensados, o nunca llegaréis a nada…

Veamos ahora de cerca al tío ese con el que se entiende la señora, añadió bajando la voz, el supuesto amante, ese fulano del palillo entre los dientes y la nariz ganchuda sentado en lo más oscuro del bar, detrás de los billares, como un buitre esperando alguna carroña. Ahí está, echado sobre los hombros lleva un chaquetón de cuero negro con solapas de terciopelo y en su mano enguantada abultan las sortijas como sabañones cuando levanta la panzuda copa de Fundador. ¿Quién es, un estraperlista, un funcionario rumboso de la Comisaría de Abastos, un poli, un chulo putas? ¿Cómo lo has descrito, Roca, ya no te acuerdas? Yo sí: unos aires de tío pistonudo y pavero, camisa azul, bigotito negro, fijapelo y brillantina en la cabeza de zepelín y gafas negras. ¿Y no le viste la araña negra en la solapa? Porque es un falangio, claro está, un enchufado de los luceros, un flecha de esos que tienen cogida la vaca por la mamella y no la sueltan. ¿Y ella qué busca en este camarada imperial, qué puede querer de un hombre así una mujer tan bonita casada con un actor de tres al cuarto que sólo ha conocido teatrillos de barriada? Pues un gran favor, un aval, precisamente para su marido. Porque un falangista bien relacionado y dispuesto a hacer favores, sobre todo favores a una mujer sola y desesperada, ya se sabe, tiene influencias, puede conseguir un certificado de buena conducta, una recomendación, lo que ella le pida.

—Haré lo que pueda… confíe en mí, señora…, dices que le dijo con la zarpa en la rodilla. O sea, todo concuerda.

Pero nosotros no lo veíamos tan claro.

—¿El qué? —dije sacudiéndome el lío de la cabeza. De pronto todo aquello me parecía un camelo, una tomadura de pelo—. Anda ya, jefe. Es demasiado.

Miré a través de la llovizna y me puse a pensar no sé por qué en la ciudad aterida y promiscua que se extendía a nuestros pies bajo un manto de neblina, en las largas colas del sábado frente a los cines con calefacción, en los tranvías repletos bajando por las Ramblas, en los vestíbulos de las casas de putas abarrotados de hombres, en las parejas de novios sobándose desesperadamente en la última fila del cine Roxy, en las alegres muchachas con chubasqueros de colores entrando cogidas del brazo en las salas de baile. Y nosotros aquí arriba rumiando musarañas.

Permanecimos en silencio, mareados por la historia y el tufo a perdulario que anidaba en el auto, y, por segunda vez en poco tiempo, en total desacuerdo con el jefe. Aun sin haberlo comentado, los tres pensábamos lo mismo: esta vez sus famosas deducciones le habían llevado demasiado lejos.

—Todo es muy raro y complicado —murmuró Jaime—. Y no puede ser tan complicado...

—No lo es. Es muy sencillo.

—Hum —dijo David—. ¿Y por qué tiene que ser su marido precisamente ese payaso llorón y lelo?

—Sí —dije—. ¿Por qué? Yo creo que este hombre no es más que un borracho que se ha escapado de casa en pijama, que no tiene un céntimo y que llora por eso, porque no puede entrar en el bar a tomarse un vaso de vino.

Marés nos dedicó una sonrisa burlona.

—¿Con cinco duros en la cartera?

—Una cosa es segura —reflexionó David—. No vive con ella y con el niño en la pensión. Tal vez sólo iba a visitarlos, pero ¿en pijama? ¿De dónde ha salido? Dice Roca que después de deambular por ahí le vio entrar en una torre de la calle Legalidad. Eso está bastante lejos.

—En esa torre vive escondido de la poli —dedujo Marés fulminantemente—. Está clarísimo.

—No dispares a ciegas, Coyote —le dije.

—Eso —intervino Jaime—. ¿Cómo sabes que vive allí?

No contestó. Cerró el puño y mordisqueaba los nudillos.

—Pruebas, jefe —entonó David palmeándole la espalda—. No tenemos pruebas.

Marés reflexionaba. Con la mano en forma de trompetilla delante de la boca, tarareó una melodía extraña y sombría. Esa melodía lo acechaba siempre como una tristeza de atardecer, como una pena muy sentida, una fatiga rara o una enfermedad. Su madre, que era adivina y médium y que había actuado en cafés cantantes y nidos de arte cuando era joven, los sábados por la noche recibía en casa a dos desastrados matrimonios de vicetiples y tenores retirados y juntos cantaban zarzuelas y se emborrachaban de vino, llorando de emoción lírica alrededor de un viejo piano hasta la madrugada, a veces acompañados de otros curiosos desechos de la farándula que a nosotros nos fascinaban: viejos rapsodas, vedettes gordas, joteros famélicos y magos sin trabajo que hacían juegos de mano. El mago Fu-Ching ya no tenía dientes y estaba tísico y alcoholizado, pero aún nos maravillaba con sus elegantes trucos, su precisión gestual, su fría autoridad.

El fulgor de un relámpago alumbró fugazmente una cueva de nubes crapulosas en el cielo, y seguidamente la ronca voz impostada de Marés se confundió con el trueno:

—Perseguir a una mujer bajo la lluvia de esta manera, llorando, en pijama y zapatillas y maquillado como una figura de museo de cera —dijo muy despacio—, seguirla por las calles como si le empujara una fiebre, una calentura mala, sólo puede hacerlo un hombre locamente enamorado. —Y en un susurro insistió—: Enamorado de una mujer hasta más allá de la muerte.

Durante un rato su voz remota de ventrílocuo siguió construyendo la historia con los oscuros materiales de la tormenta. Escrutó el parabrisas ciego del Lincoln, ahora impoluto —ya no llovía— como si contemplara una película en la pantalla, y finalmente se calló.

David se removió inquieto en su asiento.

—Bueno, vamos a suponer que sí, jefe, que ése es el intríngulis del caso...

—Yo no lo creo —cortó Jaime—. Que ya empezamos a ser mayorcitos, tú.

—Pero, aunque fuera verdad —insistió David—, no tenemos pruebas.

—¡Silencio! —ordenó Marés—. ¿Quién dirige aquí las pesquisas? —Todos permanecimos mudos, y él añadió—: Pues entonces, las cosas son como yo digo. El caso está resuelto. Fuera. Se acabó.

Se dejó resbalar un poco en el asiento y se ovilló cruzando los pies en su cogote, y yo noté sus amodorrados ojos de gato en mi perfil, como esperando de mí una señal de complicidad. Se había replegado en alguna de sus intrépidas aventis interiores, y por un momento me pareció que su furiosa cabeza rapada olía a pólvora. David y Jaime abandonaron el automóvil en silencio, como un reproche. Yo también me apeé, y, cerrando la maltrecha puerta de golpe, dije:

—Mañana veremos qué pasa, jefe.

Lo dejamos solo dentro del Lincoln, engatillado tras la cortina de humo de sus perfumados cigarrillos de mentira. Por debajo de su pie tranquilamente asomado a la ventanilla, la puerta abollada y herrumbrosa lucía un trozo de plancha milagrosamente bruñida y en ella se reflejó fugazmente el perfil de la ciudad lejana y andrajosa, dormida bajo un cielo desplomado.

7

Al día siguiente, domingo, a primeras horas de la mañana, algunos vecinos de la calle Legalidad se congregaron en la esquina con Escorial alertados por los gritos histéricos de dos muchachas que iban a misa y vieron algo que les heló la sangre. Marés nos mandó aviso con un chico y fuimos corriendo, pero al llegar ya había tanta gente en la calle que casi no podíamos abrirnos paso.

Se podía ver perfectamente mirando hacia arriba desde la acera frontal, al otro lado de la calle: al borde de la azotea de una vieja torre de dos pisos, debajo de una pequeña glorieta de madera, un hombre ahorcado giraba muy despacio en el aire, la cabeza recostada en el hombro y la lengua afuera, grande y negra como un zapato. Bastó que yo me mirara un segundo en los ojos asombrados de David, que el día anterior había visto al muerto tan de cerca bajo la lluvia, para reafirmarme en la horrible sospecha. Jaime también lo identificó en el acto. Temblando un poco, muy juntos los tres y cogidos de la mano, como si temiéramos perdernos en medio de la gente, nos situamos en primera fila para desde allí mirar, larga y obsesivamente, entre maravillados e incrédulos, las zapatillas de felpa en los pies rígidos que aún se balanceaban, los bordes enfangados y desgarrados del pantalón del pijama, los cabellos negros y lisos impecablemente peinados con la raya en medio y las sienes plateadas. Pulcro y anticuado suicida, todavía con restos de colorete en las mejillas y churretones negros bajo los ojos, parecía sin duda haber sido otra persona en otra vida, en otra historia y en otra época, un verdadero señor escapado de otra función, de otro escenario. Quién sabe cuántas horas llevaría allí colgado, muerto y bien muerto, y, sin embargo, de pronto, soltó un eructo que todo el mundo congregado allí pudo oír perfectamente.

Primero llegaron las autoridades y después una camioneta negra. El ahorcado giraba en la cuerda y se le desprendió la zapatilla del pie izquierdo, rebotó en la baranda de piedra y cayó a la calle. Un vecino la recogió con las yemas del índice y el pulgar, con toda clase de prevenciones, como si temiera infectarse, la trasladó al portal de la torre y la dejó apoyada contra la verja de hierro, como puesta a secar al sol.

De pronto todos estos sencillos pormenores de la tragedia nos parecían incomprensibles, y encontramos a faltar a Juanito Marés. Sólo después de que descolgaran el cadáver y los curiosos empezaran a desfilar, lo vimos apoyado tranquilamente en un costado de la fúnebre camioneta, mirándonos con sonrisa burlona. La camioneta se fue y Marés se sentó en la acera, contorsionándose. Cuando llegamos a su lado se había convertido en un escorpión.

Una semana después, en el Campo de la Calva, nos armamos de valor y paramos a la señora de la gabardina corta para hacerle entrega del billetero. El jefe nos obligó, empeñado en que el billetero del ahorcado pertenecía ahora a su viuda, y que nadie le discutiera eso porque se liaba a hostias con él. Fue su última orden, y fue obedecida con nuestros bolsillos repletos de garbanzos cocidos y todavía calientes, acabados de birlar en una tienda de la calle Sostres.

—Señora, esto es suyo —dijo David, ofreciéndole el billetero de piel de cocodrilo con los ojos en el suelo y la voz de pito más estrangulada que jamás le habíamos oído—. Su marido lo perdió en la calle.

Ella llevaba la misma boina gris, los mismos zapatos negros y el mismo bolso de correa, pero no iba pintada en absoluto y parecía más alta. Abrió el billetero, vio los cinco duros y después se quedó mirando detenidamente la fotografía del soldado y la muchacha bajo el mustio sol antiguo que los manchaba como un ácido. Ni negó ni admitió que aquellas cosas le pertenecieran, no dijo nada, apenas nos miró, apenas nos sonrió. Su delicada nariz captó fugazmente el aroma a garbanzos cocidos que salía de nuestros bolsillos, y sus ojos rasgados se demoraron otro breve instante en la contemplación de la vieja fotografía, vimos su lento y dulce parpadeo, luego cerró el billetero, lo guardó en su bolso, murmuró «gracias» y continuó su camino.

Aquellos fantásticos días de peligro y maldad quedaron lejos al fin, y ya nadie se acuerda de su olor a pólvora y a carroña ni de nuestra intrépida vocación de detectives. Yo he vuelto a pensar a veces en el ahorcado con zapatillas y fijapelo, en su girar lento y rígido colgado de la cuerda, como si quisiera enroscarse en el aire y desaparecer, he vuelto a pensar en su zapatilla hogareña rebotando en la calle, y también en la señora con ojos de china agraviada y doliente mirando todavía aquel dinero que debió de caerle como llovido del cielo... A fin de cuentas, en aquellos tiempos, cinco duros eran cinco duros. Pero sobre todo pienso en Juanito Marés agazapado en la oxidada carrocería del viejo Lincoln Continental, solo, los pies en el cogote y envuelto en el humo azul purísimo de sus aromáticos cigarrillos de regaliz, intoxicado de crímenes y de viudas peligrosas, de enrevesadas intrigas y de amores desdichados.

El fantasma del cine Roxy

… mis sueños son muy razonables. En uno de ellos me encontraba en Sunset Boulevard, a la sombra de unos árboles, esperando un taxi amarillo para ir a almorzar. No aparecía ningún taxi amarillo, todos los coches que pasaban por allí eran de 1916. Y entonces me dije: «Es inútil que esté aquí de plantón esperando un taxi amarillo, puesto que estoy teniendo un sueño de 1916». Después de esta reflexión, me fui andando hasta el restaurante.

ALFRED HITCHCOCK
El cine según Hitchcock, por François Truffaut

És quan dormo que hi veig clar.

J. V. FOIX

—Y a partir de esta escena —dijo el escritor—, en el preciso instante en que el enano cabezudo vestido de boy-scout parpadea nervioso e inicia su escalada político-montserratina hacia las cumbres de la patria con la mochila a la espalda, aclamado por el gentío que le arroja flores y calderilla, entonces es cuando aparece la pierna desnuda y luminosa de Ivy/Miriam Hopkins balanceándose al borde del lecho en sostenida sobreimpresión, a lo largo y ancho de toda la secuencia y en todos los planos siguientes, el muslo inmortal de la puta Ivy pendulando en la pantalla y en el subconsciente reprimido del pobre doctor Jekyll como una dulce amenaza venérea o como una romántica pesadilla de felicidad con su liga negra y sus chancros purulentos, perturbando así la clamorosa ascensión patriotera y floral de nuestro Honorable enano parpadeante, hasta que aparece la palabra fin.

—Estás loco —dijo el director—. Olvídalo, no pienso rodar ninguna de tus calenturas infantiles.

—¿Calenturas? Te estoy hablando de la patria tan soñada y anhelada.

—¿Con el doctor Jekyll y el muslo de una puta? No me hagas reír.

—Tranquilo. Nunca haré nada que pueda darte el menor gusto.

—Háblame del vagabundo bajo la lluvia, en la posguerra.

—Entonces concédeme un respiro y bebamos algo.

Empuñando sendos bolígrafos de punta fina, las caras tapadas con pañuelos negros como si fueran a atracar un banco o asaltar un tren (en realidad no pueden verse el uno al otro), colaboran por última vez el escritor de ficciones y el director de cine en el guión original de una película que no debería rodarse jamás, cuando, en una pausa moderadamente alcohólica, solicitada por el novelista, éste evoca la época feliz de sus aventuras infantiles con la pandilla en los espesos y ardientes cines de barrio. Programa doble, No-Do y paja, recuerda:

Aquel tronante gallinero con bancos de madera y el palco lateral izquierdo cuya pringosa barandilla yo cabalgaba y espoleaba en la penumbra plateada, galopando disparando dentro y fuera de la pantalla al mismo tiempo estoy en Arizona con Destry/James Stewart y la guapa Frenchie/Marlene Dietrich con su peca junto a la boca y suntuosos párpados de seda advierte el peligro en el Saloon y le salva la vida a *Destry rieles again* interponiéndose entre él y la bala, muriendo en sus brazos vestida de puta del Oeste.

—Maldito literato —gruñó el director—. Maldito mirón de cine malo.

—En ese palco fantástico que olía a meados y a serrín —prosiguió el literato sin inmutarse— he visto yo el mejor cine malo del mundo y además nos hacíamos pajas durante la proyección. Una tarde, Juanito Marés, que siempre veía la película enfundado en su viejo chubasquero con capucha, se la estuvo meneando cada vez que en la pantalla aparecía Ella Raines, una artista de ojos verdes venéreos que hacía películas malas de esas que a ti no te gustan y a mí sí.

El director asintió, impaciente.

—Bueno, vamos a seguir trabajando.

—La Dama Desconocida. Cuando la preciosa Ella cruzaba las rodillas enfundadas en medias color de humo, veíamos la mano verdinegra de Juanito deslizarse por debajo del chubasquero como una serpiente.

—¿No me has oído? Por favor.

—Como quieras.

—Así no acabaremos nunca.

—Me proponía simplemente estimular tu escasa imaginación visual, *regista*.

—Bien. ¿Dónde estábamos? Ah, sí…

—Por ejemplo, había pensado la emocionante escena del tórrido casibeso entre Susana y el joven vagabundo sentados en un cine, justo en el momento en que empieza a nevar silenciosamente sobre la platea.

—¿Casibeso? ¿Empieza a nevar dónde…?

—En la platea del Roxy y en la sesión de tarde, hace muchos años. O mejor, no empieza: ellos en la butaca se casibesan, plano picado y entonces desde arriba, entre remolinos de copos blancos, vemos en torno a ellos toda la platea ya nevada, silenciosa y fantasmal, bellísima.

El director dio un puñetazo sobre la mesa.

—El inconveniente, mi querido y reputado narrador —dijo irritado y confuso—, es que el Roxy ya no existe. Lo derribaron.

Se desploma en la plaza de Lesseps la fachada del cine en medio de una roja polvareda, el techo se abate sobre el patio de butacas, el escenario permanece erguido un instante, se rasgan y desprenden y caen las viejas cortinas azules, los apliques de metal y de yeso, y la pantalla se agita y se repliega cayendo sobre sí misma como una vela desinflada todavía con la piel estremecida por otras imágenes de otro desastre, otras voces, otra memoria: sobre las calles de *San Francisco* se desploman las casas entre nubes de polvo, la gente huye despavorida muriendo aplastada o cayendo en las profundas grietas que se abren en el asfalto. Entre las ruinas de la cabina de proyección asoman trozos de película como rizos decapitados, la mano yerta de Jack Holt aplastado bajo los escombros, Blackie deambula por las calles con la cara ensangrentada buscando a Mary. Una hora antes, en su poco recomendable salón de variedades El Paraíso,

Blackie Norton/Gable esboza su cínica sonrisa ladeada frente a Mary/Jeanette MacDonald cursi remilgada que le pide trabajo: «Soy cantante». Blackie el simpático rufián: «A ver las piernas».

—Pero no fue un terremoto lo que acabó con el cine Roxy —argumentó el director.

—Lo sé —dijo el escritor—. Fueron tus aburridas películas.

SECUENCIA 37. CINE.
Interior/Exterior/Noche Blanco y Negro

Cine Selecto en la barriada de Gracia, verano de 1941, público dicharachero picantón, en la platea un rancio olor a jabón barato de fabricación casera y a tortilla de cebolla y en el foso de los músicos una catipén a sobaco estofado.

En el escenario selectas variedades: conjunto de señoritas vicetiples de caderas como armarios y musculosas pantorrillas vistiendo el uniforme azul de la Sección Femenina de Falange y brincando cogidas de las manos al son de una dulce sardana frente a la montaña de Montserrat pintada de purpurina plateada en el bamboleante telón de fondo. La orquestina del foso se esmera en la interpretación de la sardana autorizada, y las maduras y poco entusiastas vicetiples brincan con sus faldidas negras plisadas y sus camisitas azules y sus boinas rojas, y ahora el público tocado en su fibra más íntima y vernácula por los méritos artístico-patrióticos del cuadro enmudece respetuoso y lírico con los ojos empañados por un sentimiento de nostalgia, lo que de todos modos no le impide escudriñar el robusto muslamen y las saltarinas pechugas de las artistas. En medio de un gran estrépito sobre las tablas polvorientas, la montaña purpurada se tambalea peligrosamente desprendiendo una brillante constelación de luceros de plata, y resbala sobre las rollizas sardanistas la nerviosa luz de las diablas, azul y rojo y amarillo y verde y otra vez azul. En el apoteosis final aparecen en escena monaguillos montserratinos saltimbanquis, coro de graves payeses cantores entonando el «Virolai» vestidos de falangistas y cabezudos bailando vestidos de boy-scouts. Y mediante un golpe teatral sorprendente, un revolcón futurista diabólicamente concebido por el anónimo director escénico, uno de los traviesos enanos cabezudos que pasea su ancha faz de cartón con la mochila a la espalda y atuendo excursionista, y que simula escalar la Montaña Santa entre el clamor popular, se parece asombrosamente a Jordi Pujol, futuro presidente de la Generalitat.

El público simple y vulgar de barriada trabajadora silba y se emociona y aplaude el bonito pastel patriòtic-sardanístic-joseantoniano sin sospechar, por supuesto, el devenir siniestro de la Historia.

—De la coreografía no opino —dijo el director—. Pero ni el cine Rovira ni el cine Selecto me sirven. Escogeré el local en su momento.

—No los has conocido, eres demasiado joven.

—Ni ganas. Yo veo vídeo.

Dijo esto último sin inmutarse y sin que se le trabara la lengua. Se hizo el longuis, sonriendo al vacío. Su sonrisa era la de Margaret Dumont simulando no ver la pierna de Groucho Marx en su regazo.

—Que alguien haya puesto en tus manos trescientos millones de pesetas para que hagas una película —dijo lentamente el escritor— constituye para mí un enigma indescifrable. Viendo vídeo, según tu deplorable expresión, has aprendido el oficio, sin necesidad de sumergirte en aquellos cines de barriada de programa doble. Te felicito. Eres un señorito de celuloide, un degustador de zooms y travellings enlatados. ¡Pero si supieras lo que te has perdido en los gallineros!

El espacio mágico del Roxy lo ocupan hoy las glaciales dependencias de un banco. Desde la calle, al anochecer, cuando el reflejo neurótico de los faros de los automóviles se desliza a lo largo de la fachada de cristal, en su amplio vestíbulo cifrado en mármol y felpudo se ha visto en ocasiones navegar silencioso y esbelto entre la niebla a un transatlántico en ruta hacia Nueva York y a Charles Boyer acodado en la borda con su abrigo negro y su fular de seda, elegante pasajero transcontinental de achampañada sonrisa parisina contemplando, más allá del mar apacible y plateado y del punzante recuerdo de un amor contrariado, el tráfico ruidoso y enloquecido de la plaza de Lesseps.

Hacia el mediodía de una pesada jornada laboral, desde su pequeña mesa escritorio, cautivada y mecida por el hilo musical y por el parloteo pajaril del dinero deslizándose entre sus expertos dedos, la solterona y romántica señorita Carmela, empleada en la sección de créditos, ve a Clark Gable apoyado indolentemente en un extremo del mostrador. A la señorita Carmela le tiemblan las rodillas. Con la americana desabrochada, Gable luce un chaleco de fantasía y la famosa sonrisa ladeada y socarrona. No parece un cliente del banco, sino el mismísimo Rhett Butler en persona disponiéndose a entrar en un salón lleno de hermosas damas y petulantes caballeros del Sur. Gable, mientras se ajusta los guantes, obsequia a su fiel admiradora con un seductor y taimado fruncido de la frente y luego le guiña un ojo.

—El único fantasma que hay en ese banco —repuso el director muy serio— es el de un crédito que me negaron…

—Habla con la señorita Carmela y te convencerás. Hace un par de meses vio a James Cagney abofeteando a una rubia platino en el despacho del director, y la semana pasada pilló a Tyrone Power y a Gene Tierney besándose apasionadamente en los lavabos…

—Vale, tú ganas —masculló el realizador—. Será el Roxy.

SECUENCIA 37. CINE ROXY.
Interior/Exterior/Noche

La luz plateada del proyector como un blanco parpadeo de alas de mariposa atravesando las tinieblas del local entre suaves copos de nieve que flotan sobre la gran platea blanca, inmaculada y fantasmal.

Y casi desierta. Cinco espectadores distantes solitarios con guantes y bufandas de lana y embutidos en gruesos ceñidos abrigos años cuarenta, dos con sombrero, tres con boina hasta las cejas y todos con nieve hasta las rodillas y en los hombros. No se mueven, encogidos y ateridos de frío, sus ojos tristes muy abiertos absorben espectros y quimeras, luces y sombras de otra vida más intensa, más hermosa. A su alrededor se perfilan bajo la nieve las filas de butacas —aunque ya sólo se ven los respaldos—, el pasillo central y los laterales con las herrumbrosas estufas de leña apagadas y frías, y enfrente el escenario donde cuelga la frágil pantalla a cuyos pies la nieve se arremolina ovillándose sucia como un perro callejero que se echa a dormir, creciendo rápidamente su espesor ya cubre las botas destrozadas del joven vagabundo despeinado macilento, de pie inmóvil macuto a la espalda, mirando extenderse ante él un mar de fango negro y nieve pura.

Encadena a Simone Simon carita de gata enfurruñada juntando las manos ante la boca como si rezara con los ojos al techo diciendo: «Chico, Diana, cielo».

Estallan los obuses en las enfangadas trincheras de la Primera Guerra Mundial y el gas de la muerte se expande silenciosamente por la platea del Roxy desde finales de enero de 1939.

Encadena a escalinata parque Güell con su Dragón de cerámica brillante batido por una lluvia encendida, un chaparrón abrileño traspasado de sol. Recibiendo esta lluvia florecida, tres niños harapientos descalzos cabalgan el Dragón espoleándose empapados y blandiendo espadas de madera.

Encadena a papelería-librería Estevet y tres caras sucias de niños aplastadas contra el cristal del escaparate (mirando desde dentro hacia fuera) en medio de carpetas y libros y lápices de colores y el vagabundo que avanza, lejos todavía, sin rostro (un reflejo borroso en el cristal) al otro lado de la explanada interminable como un mar de fango.

Los niños que aplastan los morros contra el cristal son los mismos que hemos visto cabalgar el Dragón bajo la lluvia dorada.

NIÑO 1.º: Ya viene.

NIÑO 2.º: Este vagabundo no es como los otros.

NIÑO 3.º: ¿Avisamos a Susana? Parece peligroso.

En primavera, al azar de nuestras correrías por el barrio, agua-
ceros sorpresivos y luminosos nos retenían ocasionalmente en las
miserables encrucijadas del hambre y la indigencia, portales oscuros y solares ruinosos, nidos de pedigüeños. Un día nos refugia-
mos en el salón de las Cien Columnas del parque Güell, donde se
hallaban acampados aquellos férreos vagabundos de la posguerra.
Y allí, sentados en corro igual que ellos alrededor de un cacharro
con brasas, bajo la gran plaza sostenida por las altas columnas,
muy cerca del Dragón, mientras veíamos caer la lluvia soleada nos
contábamos aventis furiosas.

Hoy he olvidado el furor de las aventis, pero sigo viendo caer
esa lluvia clara erizada de luz y oigo todavía sobre la ciudad su convencional rumor de lejanías, que hace soñar a niños y a vagabundos: una sosegada respiración de la tierra, el majestuoso pulso de
la libertad.

Invierno de 1941. Rambla de Cataluña en panorámica tarjeta-
postal, el paseo poco transitado y la doble hilera de tilos deshoja-
dos, oscuros, raquíticas ramas arañando un cielo gris de plomo.
Frente al cine Kursaal serpentea de frío una cola de cien personas,
se oyen gritos, la compulsiva cola se rompe, la gente huye despavorida.

Aguerridos falangistas intelectuales peinados con fijapelo y
envarados de furor estético asaltan el cine Kursaal, invaden la platea nevada y silenciosa y avanzan por el pasillo central alborotando los copos de nieve que la luz del proyector rescata de las tinieblas. Se paran los escuadristas ante la pantalla y arrojan huevos y
pintura negra contra Noël Coward y sus patriotas amigos náu-
fragos en el océano en torno a un bote salvavidas después de ser

torpedeados por un submarino alemán en la película inglesa *Sangre, sudor y lágrimas.*

—Un momento —rugió el director—. Que ya no sé dónde estoy. ¿En qué historia me has metido?

—Estás en casa, muchacho —dijo el escritor—. En la triste historia de siempre, en la idea y en la rabia de siempre.

—Puede ser. Pero recapitulemos.

—Muy bien.

—¿Qué estamos contando, pluma ilustre?

—Una historia de amor… si te atreves.

—Bien. ¿Y qué tenemos por ahora, además de mucha nieve?

Pulcro, tieso y elegante con su camisa de cuello de cartón a rayas y sus sólidas gafas de ejecutivo adicto a la hamburguesa y al agua tónica, el director de cine esperaba de su guionista una respuesta hollywoodense y brillante, pero no obtuvo más que esto:

—Tenemos a un joven charnego paria-desertor-quincallero o como quieras que en 1941 llega medio muerto de hambre a un barrio alto de Barcelona y el destino le convierte en defensor de una joven viuda catalana y de su hija pequeña, enfrentándose a unos flechas chulitos y matones de la vecindad, y trabajando para ellas, la madre y la hija, el resto de su vida.

—¿Andaluz?

—Por su acento, dirías que sí. Y analfabeto.

—¿Y por qué hace eso, literato? ¿Por qué se pone del lado de la viuda y su hija?

—Digamos que necesita calor de hogar.

—¡Por el amor de Dios! ¡Estas cosas ya no se dicen!

Secuencia 1. Escalinata Parque Güell.
Exterior/Atardecer

En la primera escena aparece el vagabundo cabalgando el Dragón de cerámica en medio de la escalinata, al caer la noche, bajo una fuerte ventisca de aguanieve. Nimbado por la neblina, le vemos rendir la cabeza sobre el pecho y llevar lentamente su mano derecha a la cadera.

—¿Como si fuera a disparar?

—Tal vez. Dejémoslo en tal vez.

Sucio, sin afeitar, el ala del viejo sombrero ocultando sus ojos, parece dormido borracho desesperado a ratos muerto. Travelling lento y envolvente, aproximándose. Tonos grises y negros desleídos por el torbellino helado, como en sueños.

Inicia música cuando ya la cámara, por su proximidad al personaje, revela algunos detalles: bajo la mugrienta americana gris de solapas alzadas, no lleva camisa, sino hojas de periódico con fotos (el Führer y el Caudillo gordito-feminoide-sonrisa-ratonil de pleitesía y vergonzante vasallaje al teutón en la estación ferroviaria de Hendaya). El ancho cinturón, las botas destrozadas y el macuto a la espalda son de soldado.

Con su cabeza rapada y sus pómulos furiosos dejándose llevar a lomos del Dragón, yendo/viniendo de quién sabe dónde, oscuro, solitario y terrible, el vagabundo cruza inanimado y espectral un espacio mítico fundido en una sobreimpresión o una doble transparencia de la niñez: crepúsculo en la pradera/jinete solitario.

El aguanieve funde el papel de periódico en el pecho del jinete, destiñe los ojos y la sonrisa rastrera del Caudillo, deshace la trama del horror, emborrona la primera plana de la Historia.

—¿Y por qué aguanieve? —preguntó receloso el director.

—No lo sé. Me gusta.

—Palabras, palabras, palabras.

—Es una imagen.

—Las imágenes deben tener un sentido, hombre de letras.

—Estamos en la posguerra, no lo olvides.

—Y qué. ¿Qué tiene que ver la nieve?

—Yo de aquellos años recuerdo sobre todo el frío y el hambre. La nieve y el hambre. El viento y el hambre.

El director de películas lo miraba de reojo.

—Esta nieve es falsa —insistió, realista y miope—. Esta nieve se ha deslizado en tu vida desde alguna película.

Estaban en la terraza del escritor sentados bajo el toldo naranja, una tarde gris y bochornosa de octubre, respirando mierda a través de los pañuelos atados a la nuca como bandoleros: el día más contaminado del año, según la radio.

Con dos dedos alzó el escritor el borde del pañuelo y bebió un sorbo de whisky muy aguado. Por la mañana temprano había llovido auténtico barro y sobre la mesa de mármol la botella y los vasos chapoteaban en una charca rojiza. El director cinematográfico se levantó y fue a sentarse en la baranda, de espaldas al vacío y a unos setenta metros sobre la calle. Al acomodarse, se agarró al esquelético laurel plantado en la tinaja, roído de polución y parásitos. En los tiestos sobre la baranda agonizaban claveles y geranios purulentos.

—No te sujetes a las hojas muertas del geranio —lo previno el escritor—. Te necesito aquí arriba.

—¿Cómo se llama el pistolero?

—No he dicho que sea un pistolero.

—Bueno, tu charnego, ¿cómo se llama?

—Vargas.

—¿Qué más?

—Nada más. Y repito: no te agarres a las flores, que te irás al infierno con ellas.

SECUENCIA 7. PAPELERÍA-LIBRERÍA ESTEVET.
Exterior/Día

El pequeño y fascinante escaparate de la papelería de Susana cuando por la mañana le da el sol, caras sucias de niños aplastadas contra el cristal, ojos con orzuelos mirando hipnotizados: mágicas cajitas de lápices de colores, acuarelas, calcomanías, estilográficas que parecen de verdad, plumiers, compases, la bola del mundo, láminas recortables de soldados, de aviones Spitfire y Messerschmitt, de barcos, de la jungla misteriosa, cuadernos de espiral, papel de seda, bolitas de vidrio. Y dos libros en catalán, uno de ellos sobre flores y pájaros.

Una voz de mando sobresalta a los chicos, que se apartan del escaparate.

Voz OFF: ¡Quitaos de en medio, trinchas!

Cuatro jóvenes falangistas frente al escaparate retroceden de espaldas, remolones y tardones con sus negros machetes al cinto y sus boinas rojas plegadas y sujetas al hombro, uno de ellos se agacha, coge puñados de fango y los arroja contra el cristal, otro lanza una piedra.

Salta el cristal del escaparate con afilado estrépito como una risa.

Fragmento curvo puntiagudo del cristal, como una daga, sobre la cubierta del libro catalán ilustrada con flores y pájaros ahora salpicados de fango.

Corte al chasis oxidado de un automóvil sin ruedas ni motor ni cristales varado entre la alta hierba, en un descampado. Dentro del auto duerme el vagabundo con los pies sobre el volante y el sombrero sobre la cara. Tras él, al fondo del plano, a unos trescientos metros, un decorado artificioso: la suave colina salpicada de amarilla ginesta y el final de la calle Verdi con las últimas casas despintadas y bajas, entre ellas la papelería.

Cuando se oculta el sol, el vagabundo se despierta.

Por aquellos años, las calles del barrio no estaban asfaltadas y se podía escribir en la tierra con una navaja.

Vargas llegó a esta colina un atardecer de invierno, viniendo de muy lejos. Cruzó el descampado y al final de la calle se paró, pisando con sus botas enfangadas y rotas la tierra acuchillada, las cicatrices de nuestros juegos. Hoy se le recuerda alto, no sé por qué, pero no lo era. Enjuto y envarado, eso sí, con un aura felina en hombros y nuca y esa parsimonia en las manos y en la mirada que un niño que ha crecido en el Roxy relaciona oscuramente con puntería infalible y sangre fría pasmosa.

Traía Vargas el pelo negro revuelto, la boca dura y enferma y una pelambre joven en las mejillas. Sus ojos fríos y grises miraban a través de una escarcha, una vidriosa ausencia. Tras él, la tarde moría con fulgores de vinagre y oro. Los chavales lo ven venir desde la puerta de la papelería. Ya saben que se ha pasado el día durmiendo en el auto varado en medio del fango…

—Fango y nieve —gruñó el director—. Vamos a hacer una película de fango y nieve, ¡mira por dónde!

—Se trata de un Lincoln Continental, un cascarón herrumbroso y calcinado —prosiguió inmutable el escritor— que los chavales utilizan para jugar y los vagabundos para dormir. En la película, ese Lincoln Continental es emblemático: el fantasma de la aventura, si quieres.

—¡Una especie de western de barrio con mucho fango y mucha nieve rodado en el parque Güell con ese Dragón de cerámica como protagonista! ¡¿Es eso lo que quieres?!

Los aburridos domingos nos pateábamos solares y descampados con las manos hundidas en los bolsillos y los ojos en el suelo. A veces, entre los hierbajos y el polvo, encontrábamos formas deshechas de felicidad: una cajetilla de Lucky Strike arrugada con un cigarrillo dentro, un condón usado, varillas de paraguas para hacer flechas, una vaina de bala con el fulminante intacto.

En febrero de 1941, una mañana fría y luminosa, encontramos a un joven perdulario durmiendo dentro de nuestro Lincoln Continental. Tenía pupas en los labios y la cabeza rapada. Calzaba botas militares, pero no calcetines, y debajo de la americana harapienta no llevaba camisa, sino hojas de periódico amarillentas de sol y con las fotos podridas por la lluvia.

SECUENCIA 2. CALLE/FACHADA PAPELERÍA-LIBRERÍA.
Exterior/Anochecer

Frente a la papelería-librería Estevet, tres niños de pie inmóviles miran sin un parpadeo al desconocido que se acerca caminando despacio.

Chaval rubio cabezón con flequillo y dulce mirada bizca coloca ante su ojo derecho un cuaderno escolar enrollado a modo de catalejo.

Corte a Vargas que avanza todavía lejos visto en el teleobjetivo-catalejo (con mucho cielo azul sobre su cabeza) el ala del sombrero sobre los ojos y los pulgares engarfiados en la hebilla plateada del cinturón, aunque sus manos no se ven porque estamos en plano medio, por lo que parece un jinete insomne y fatigado viniendo al trote.

(El plano-catalejo es más que convencional, es pura mentira, artificioso y falaz, pero honesto en un detalle: la falsa impresión que produce Vargas de llegar desde muy lejos montado a caballo se debe a una leve cojera del propio Vargas, según veremos enseguida.)

El director sonrió burlón bajo el pañuelo de bandolero que le tapaba la cara.

—No hace falta que planifiques, riguroso prosista, no se te paga para eso —dijo—. Plano medio o primer plano, es asunto mío.

El novelista puso cara de nazi canallesco pero refinado y gentil con la policía y con las mujeres, tipo Claude Rains-Alex Sebastian en *Notorius*.

—Termina de leer la secuencia y luego lo discutimos, peliculero.

Encadena con el vagabundo parado frente a los niños, que ahora pueden verle de cerca. El chaval de la libreta-catalejo sentado a la puerta de la papelería (caras sucias de tres niños pegadas al cristal) esconde su artilugio a la espalda y rinde la cabeza, avergonzado, cuando la mano grande y oscura de Vargas revuelve sus cabellos rubios a modo de saludo y caricia.

SHANE: *Hola, muchacho. Me vigilabas mientras venía por el camino, ¿verdad?*

JOEY: *Sí, señor.*

SHANE: *Así me gusta. El hombre que se acostumbra a ser buen observador llegará siempre a donde se proponga.*

El director gruñó:

—Este diálogo me suena.

—Está hecho para que suene.

—Y de la planificación, vuelvo a repetírtelo, me ocupo yo. Y todos esos niños viéndolo llegar, fuera.

—Entonces ya puedes tirar toda la secuencia a la papelera —dijo el escritor, indignado—. ¿No te das cuenta de que estas imágenes y su ritmo nacen de la mirada de un niño, y que sin ese niño y su mirada no expresan nada?

El director se desplazó arrastrando el trasero sobre la baranda y se agarró al laurel alegremente, una vez más.

—Déjame a mí el sentido de las imágenes, literato. Sigamos.

Mirándose en los espejos del suntuoso y confortable lavabo del Banco Central, la señorita Carmela se pinta los labios con la barra de carmín rojo frambuesa dejándose mecer por el hilo musical (una selección de viejos éxitos de la Columbia Pictures con muchos, muchos violines) cuando, de repente, un cruce de cables en su ensueño la sintoniza con la melodía de fondo de *Un lugar en el sol* y en un ángulo del espejo se refleja la trémula imagen de George Eastman/Montgomery Clift con su vulgar y raído traje gris abriendo tímidamente la puerta y entrando pasmado en el lavabo como si entrara en un rutilante baile de sociedad, en la gran fiesta que los aristocráticos y adinerados Vickers dan en honor de su hija Angela/Liz Taylor hermosa y malcriada muchacha de ojos verdes y hombros desnudos con su precioso vestido blanco tobillero rodeada de jóvenes admiradores. Pasa, muchacho solitario y soñador, ¡oh, sí, pasa y diviértete, Monty, saca las manos de los bolsillos del pantalón, sacúdete ese aire de timidez y desvalimiento y pasa, Monty!

Retrato de familia en blanco y negro: Susana, su marido Jan Estevet y su hijita Neus de pocos meses (en brazos de su padre) quietos sonrientes en una luminosa fotografía junto al dragón de cerámica del parque Güell.

El marido serio pulcro dominguero, ella muy joven y rubia ojos claros golosos de luz y boca dorada como la de Madeleine Carroll, una actriz tan guapa que, aunque la filmaran en blanco y negro, daba siempre technicolor.

—Maldito Dragón —dijo el director—. No entiendo qué puñeta pretendes con ese Dragón.

—Se trata del mundialmente famoso Dragón de Gaudí —dijo el escritor deseando impresionarle con la escenografía—. De cerámica troceada, ya sabes…

—Ya sé, hombre, ya sé.

SECUENCIA 22. PAPELERÍA-LIBRERÍA.
Interior/Exterior/Día

La foto del matrimonio y la niña en un portarretratos de cuero marrón y cantos dorados sobre el pequeño escritorio en un ángulo de la papelería-librería Estevet, un local estrecho y largo, un poco oscuro, polvoriento.

Susana con grueso jersey negro y bufanda roja está subida a un taburete ordenando los estantes. En el suelo junto a la estufa la niña de cuatro años está jugando con una muñeca de trapo y un tranvía de hojalata.

A través del cristal roto del escaparate, parcialmente sujeto con anchas tiras de esparadrapo o de papel engomado, panorámica del barrio alto y a lo lejos la ciudad gris y aplastada y al fondo el puerto, entre la neblina.

En primer término, el vagabundo que viene de lejos se yergue como surgido de la tierra y avanza por la calle enfangada cojeando levemente, rodeado de un enjambre de niños, empuja la puerta de la papelería y entra.

—Ya está. El retorno de un pandillero a su antiguo barrio —dijo el director desalentado—. ¿No es ése el tema?

—No.

—Pero ese tipo viene huyendo de algo. ¿De qué?

El escritor se encogió de hombros.

—Del hambre, de la guerra, de la ley, de su propio infortunio, de sí mismo.

—Entonces es un paria y nada más.

—Cálmate, cineasta.

Furioso, el realizador se arrancó el pañuelo de la cara. Rodeado ahora de laurel y jazmín sin aroma, cogió su rodilla derecha con ambas manos y se balanceaba temerariamente de espaldas al vacío.

—Explícate, maldito *writer*.

—Sencillamente, es un charnego procedente del sur que recala en Barcelona —dijo el escritor—. Uno de tantos. La resaca de la guerra. O de la cárcel.

—Pero es un delincuente. Un tipo duro, peligroso.

—Eso lo decidirá el espectador, ¿no crees? Toma, bebe.

Ofreció al quisquilloso cineasta una tónica bien fría y vio aterrado, por encima del borde del pañuelo, que su mano derecha soltaba la rodilla y se agarraba, inclinándose hacia atrás, al tallo esmirriado del reseco laurel. Añadió:

—Y si quieres vivir para contarlo, te aconsejo que sueltes el laurel y vengas a sentarte aquí a mi lado.

El escritor vació el botellín de agua tónica en su vaso, encendió un cigarrillo rubio con grave riesgo para su salud (no hacía ni dos meses que había dejado de fumar) y se lo ofreció, pero el director seguía aferrado a su laurel. Su horrible fin despanzurrado en la calle era inminente.

—Anda, ven —le dijo el escritor—. Mira, tengo una idea tan genial para la secuencia diecisiete que te va a enfurecer.

SECUENCIA 17. TÚNEL SUBTERRÁNEO.
Interior/Exterior/Noche

En la profunda y húmeda tiniebla del túnel crece el silencio y un sostenido rumor de brisa en el bosque. Los muros tiznados dejan oír filtraciones de agua ensimismada, espectrales goteras, estertores metálicos. Un doble destello alejándose paralelo y simétrico sobre los raíles, igual que dos fugitivos alacranes de plata, se distingue al fondo del túnel cuando, inesperadamente, en medio del silencio, empieza a nevar.

Muy lentamente al principio, espaciados y leves copos blancos flotando en medio de la tiniebla subterránea, luego con más intensidad e imponiendo paradójicamente un silencio más hondo en el túnel, cayendo la nieve grávida y esponjosa, abundante y pertinaz.

Está nevando copiosamente dentro del túnel (en blanco y negro, a ser posible).

—¡¿Qué diablos te propones con tanta nieve?!

—Debe ser —dijo el falaz escritor, tragando la basura atmosférica a través del pañuelo— que añoro la naturaleza, el aire puro de la ficción.

—A ver si te aclaras.

—Comprendo que pedirte que hagas verosímil al espectador una copiosa nevada dentro de un túnel, cuando habitualmente en tus películas ni siquiera has sido capaz de hacerme creer en personajes corrientes haciendo cosas tan simples y cotidianas como conducir un coche o encender un pitillo o abrir una puerta, comprendo que pedirte esa nieve, repito, son ganas de perder el tiempo. El don de crear vida se tiene o no se tiene. Los simples fotógrafos como tú deberíais empezar por el principio, por las «vistas animadas»: salida de los obreros de la fábrica de papá. Y ante todo, deberíais devolver a Hollywood aquel risible Oscar, los inmerecidos aplausos y el esmoquin prestado.

—Pues anda que tú. En el fondo, no eres más que un redactor.

—No lo considero un insulto. Recuerdo que de niño, en la escuela del pueblo, un día el maestro me mandó hacer una redacción sobre el almendro en flor. No podía haberme pedido nada que me resultara más grato y más fácil: ese árbol nevado alumbraba mi infancia como una antorcha mágica. Lo que me salió en la redacción, sin embargo, fue una especie de cuento sobre las nieves perennes en la cumbre de no sé qué montaña lejana... Nada que ver, aparentemente. —Reflexionó unos segundos y concluyó, bajando el tono—: Pero en el fondo yo estaba hablando del almendro.

—Naturalmente, el maestro te puso un cero.

El llamado redactor se encogió de hombros.

—Tú no lo entenderías. No eres más que un fotógrafo.

—Y a mucha honra. Me revienta el cine de ideas.

—Eso está bien. Sin embargo, no deberías rodar un solo plano que no contenga una idea.

El director sonrió burlón.

—¿En qué quedamos, celebrado prosista?

—Una idea que haga avanzar la acción, quiero decir —aclaró con voz meliflua.

—Pero ¿qué historia es la que debe avanzar? ¿Qué película queremos hacer? Porque tú no te aclaras.

De nuevo el moderno realizador, que no creía en la necesidad de hacer avanzar la historia —modernamente hablando, importa poco que la historia se mueva, y menos aún que vaya a ningún lado, solía decir en las entrevistas: «En mis películas, es el espectador el que debe moverse» (y en efecto, éste se movía, generalmente en dirección a la salida y antes de concluir el film)—, se balanceaba entre las flores muertas colgado sobre el abismo.

El fatuo escritor en mala hora contratado como guionista cerró los ojos y dijo:

—Antes de esparcir tu masa encefálica sobre la acera y poner perdido mi viejo Lincoln Continental 1941, termina de leer la secuencia y luego discutimos los diálogos.

—Te he hecho una pregunta.

—Está bien —suspiró el escritor—. Veamos, ¿qué tenemos por ahora? Tenemos a un vagabundo fugitivo de su propio destino que la marea migratoria de la posguerra arroja a Barcelona, y del que sólo sabemos que se hace llamar Vargas; que no entiende una palabra de catalán, lengua abolida por el Imperio; que se acoge a la hospitalidad de una joven viuda con una hija y que él las protege del miedo y la soledad y los turbios manejos de un vecino, un jefecillo de Falange que gallea en el barrio. Ésa es, digamos, la armazón argumental, pero…

—No me gusta, no me gusta.

—… pero lo que vamos a contar no es eso, no es eso, don Pepote.

—Llámame don José Ortega y Gasset y olvídame.

—Nunca olvido una cara, y menos si me he sentado en ella. Decía que lo que vamos a contar en realidad es una historia de amor-no-correspondido, muy frecuente en Cataluña: el amor callado del charnego desarraigado y analfabeto hacia una tierra-mujer-cultura oprimida, simbolizada en Susana y en su humilde librería-papelería, un reducto de libros prohibidos.

—De ningún modo pienso contar una estúpida historia de contrariados amores transidos de sociología política… y de mitología del Oeste camuflada.

—Te hablo de un sueño —susurró el introvertido escritor—. En fin, termina de leer la escena y luego ya puedes desparramar tus aburridos sesos por la calle, pero sin salpicar mi coche, por favor.

Sentada en el otro extremo de la baranda, alzando la rodilla con las manos entrelazadas y mostrando el rotundo muslo inmarcesible, Marlene los mira cantando «Falling in Love Again».

Banda sonora con imagen de Marlene Dietrich en cartón recortable tamaño natural su sombrero de copa ladeado y ella sentada, no sobre el famoso barril, sino al borde del escenario del Roxy y de cara a la platea. Travelling lento hacia Marlene cartón mientras oímos un alegre tintineo de bisutería barata, in crescendo: brazaletes de vidrio y de latón, pulseritas de hueso y de carey y nomeolvides y cadenitas de baratija entrechocando musicalmente en las compulsivas muñecas de las pajilleras del cine en plena labor, sus manos calientes y suaves como la seda trabajando en la sombra bajo el abrigo o la gabardina púdicamente doblada sobre el regazo.

—¿Sabes cuál es tu mayor defecto, jodido literato consagrado? —dijo el director manoteando el aire, agarrándose in extremis al clavel—. Que no sabes resistirte a la tentación decimonónica de crear personajes inolvidables.

—¿Y qué tiene de malo eso?

Corte a escenas retrospectivas (días antes de la llegada de Vargas al barrio) de Susana en su modesta vivienda-altillo de madera, al fondo de la papelería. Susana en camisón cabellera suelta gato negro lustroso restregándose contra sus tobillos. Susana sentada a la mesa del pequeño comedor bajo la turbia luz del petromax enseña a su hija Neus, acurrucada en su regazo, a leer en catalán un cuento infantil.

Susana (el dedo en el libro abierto): «La lluna, la pruna, vestida de dol».

Corte al día siguiente en la papelería los niños pandilleros ayudan a Susana despachando lápices tinteros gomas de borrar mientras ella en el altillo prepara la comida o hace la limpieza o acuesta a la niña. Pelo recogido, falda negra y jersey negro.

Corte a Susana con gabardina clara cinturón ceñido y boina gris saliendo de la papelería con un capacho de palma va a la compra dejando el negocio y la niña al cuidado de los chicos. En el centro de la papelería hay una mesa abarrotada de sobadas novelas baratas y maltrechos tebeos y encima un letrero escrito a mano que ofrece ocho novelas por cinco céntimos.

Los niños guardianes se pasan el día leyendo sentados en el suelo y vigilando a la pequeña Neus, o recostados en la escalera del altillo, o en el portal de la calle si hace sol.

Tres de estos chavales, ahora sentados en el portal, ven venir al vagabundo cojeando levemente.

—Oye, ¿Neus no es Nieves en catalán?

—Sí.

—Me lo temía.

El director alzó los ojos del papel que estaba leyendo y añadió con ensalivada parsimonia:

—Bien. Antes de que Vargas entre en esa papelería, los sufridos espectadores de la película y un servidor quisiéramos, si no hay inconveniente, saber algo más sobre el difunto marido de Susana. Si no hay inconveniente.

El guionista le contó lo que sabía: Jan Estevet había sido un hombre justo, amante de la libertad, luchador catalán cabal y formal, bastante mayor que Susana y muy atractivo, como hemos tenido ocasión de ver en la foto del matrimonio con la niña. A mediados de 1939, hace dos años, una noche lluviosa la policía fue a buscarlo a la papelería-librería y se lo llevó en un coche. Lo acusaron de falsificar salvoconductos y pasaportes y de imprimir octavillas clandestinas en catalán. Pasó un año en la

Modelo, después fue trasladado al penal de Burgos y Susana no volvió a saber de él hasta que alguien que lo trató durante su cautiverio, y por mediación de un compañero de lucha clandestina que volvía de Francia —una historia confusa—, le hizo saber que Jan había muerto en Toulouse a finales de 1940 a causa de una pulmonía.

—La noche que van a buscarlo a su casa, llueve —insiste el escritor—. Se lo llevan preso en un Balilla marrón con cortinitas negras en las ventanillas. El coche se lanza cuesta abajo desde lo alto de la calle Verdi, estrecha y vertiginosa en su parte alta, como un tobogán colgado sobre la ciudad...

—Para, para. ¿Es que vamos a rodar eso? ¿La escena está en el guión?

—No.

—Entonces, ¿para qué quieres cortinitas en el coche? ¿Por qué pierdes el tiempo describiendo lo que no veremos?

—Bueno, tú querías saber qué le pasaba a este hombre. Y te conviene saberlo, aunque no lo ruedes.

—Si no ha de verse, no existe —gruñó el realizador—. En cine, yo sólo creo en lo que veo, como santo Tomás.

—Y así te luce el pelo, *directed by.*

—Pásame la secuencia 17, esa diarrea felliniana.

SECUENCIA 17-B. TÚNEL NEGRO.
Interior/Exterior/Noche

Sigue nevando en las entrañas subterráneas de la ciudad (en blanco y negro otra vez, si no le molesta, *signore regista*) cuando, apoyado por la música, inicia un lento travelling en retroceso desde la boca del túnel hasta descubrir que estamos en:

Un apeadero del metro de Barcelona. Estación Fontana. Noche de bombardeos, febrero de 1938. En el muro de losetas blancas, a lo largo del andén, el rótulo-rombo repetido de la estación Fontana y en el suelo la gente, familias enteras que han huido de sus casas y duermen envueltas en frazadas y abrigos.

Los ojos dorados asustados de Susana se asoman al borde de la frazada, su corta melena rizada y rubia, su niña muy pequeña dormida en brazos, en su hombro una robusta mano masculina manchada de tinta de impresor, la sombra protectora de su marido. Susana durmiéndose mira caer la nieve silenciosa en la boca del túnel. Rumor lejano de bombardeo, un eco siniestro que regurgita la boca del subterráneo, un eructo interminable repetido en las profundas encrucijadas de túneles, muy en lo hondo, donde misteriosamente sigue nevando —aunque nadie pueda verlo, señor director, aunque su cámara no la filme, debajo de la ciudad bombardeada sigue nevando en toda la red de túneles del metro. Que sí.

Encadena nieve del túnel con platea nevada del Roxy en las últimas filas, jadeantes pajilleras con las faldas arremangadas y ligas calientes pringadas de regaliz y caramelo por ansiosos dedos infantiles en medio de un tufo a coliflor y a miseria de ropas agrias y siempre el alegre tintineo de pulseritas baratas y los copos blancos de otra vida, otro país, otros amores y aventuras arremolinándose al pie de la pantalla donde Charles Boyer elegante gabán solapas de terciopelo se quita el sombrero Stetson en la esquina nevada de la Quinta Avenida neoyorquina y se inclina besando gentil mundano seductor de ojos negros y pestañas apasionadas la mano de ¿Irene Dunne? ¿Margaret Sullivan? ¿Olivia de Havilland? ¿Bette Davis?

—Y bien, intertextual guionista —dijo el director—. Eso del túnel nevado no se lo va a creer nadie.

—¿Por qué no, Cecil B. De Cent?

—¡Porque en febrero del treinta y ocho en Barcelona no nevó! ¡Todo el mundo lo sabe!

La acción del film transcurre en aquella época en que hacía mucho viento, o la gente caminaba como si hiciera mucho viento y a veces se caía por las calles. Las trenzas de las niñas olían a castañas asadas, las manos de la taquillera del cine tenían rojos sabañones, a Toni/Annabella se la lleva un huracán de arena en el desierto de *Suez* después de salvar a Ty Power/Fernando de Lesseps (¡el tipo cuyo nombre lleva la plaza donde precisamente estaba el cine Roxy!) atándolo a un poste. En las aceras, en las escaleras del metro, en las puertas de los cafés y de las iglesias, la gente se desplomaba de debilidad, de miedo, de tristeza. Al caído lo rodeaba enseguida un corro de mirones ociosos que indagaban indiferentes, con las manos en los bolsillos, la palidez de su rostro, la espuma verde que florecía en sus labios, las gastadas suelas de sus zapatos y el estado de su ropa interior.

—¿Te refieres a si llevaba la camiseta limpia o sucia?

—Exactamente, director.

—¿Y por qué tenía la gente esa curiosidad?

—Lo ignoro.

—¿Y qué piensas hacer con semejante y portentosa imagen cinematográfica, literato?

—No lo sé. Todavía no lo sé.

—Vaya, vaya.

El realizador sonrió con expresión de perdonavidas. En torno a su cabeza enhiesta y sensible como un cactus, en los desérticos alrededores de su persona, la chispa del ingenio podía producir catástrofes. El escritor intuyó esa atroz posibilidad al verlo raspar una cerilla para encender el cigarrillo: algo se inflamó fugazmente en la terraza, con una crepitación siniestra, como si el aire de la tarde fuera de celuloide y hubiese empezado a arder.

SECUENCIA 23. PAPELERÍA-LIBRERÍA.
Interior/Día

Vargas empuja la puerta y entra, se quita el sombrero y cojeando leve- mente se dirige hacia la mesa del centro llena de libros de saldo. Sin mirar a nadie, coge un libro y empieza a hojearlo con aire distraído.

Susana subida al taburete, ordenando carpetas en el estante, se vuelve y lo mira con recelo.

SUSANA: Ya iba a cerrar, es muy tarde…

En el suelo, su hija Neus juega con una muñeca y un tranvía amarillo de hojalata.

Los chavales, que han entrado detrás del vagabundo, perma- necen junto a la puerta y no le quitan ojo. ¿Qué va a hacer?, se preguntan. ¿Sacará la navaja y le quitará a Susana el poco dinero que tiene? ¿Robará comida, ropa de abrigo, los trajes del difunto señor Estevet…?

Vargas se tambalea imperceptiblemente, la novela resbala de sus manos, sus párpados parecen de plomo, se agacha para frotarse la rodilla dolorida, recoge la novela del suelo y la devuelve a la mesa. Entonces mira a Susana, duda, parpadea y le pregunta si tiene lápices de colores.

Anticipándose a Susana, los niños responden que sí y se apresuran a mostrarle al vagabundo algunas cajas de lápices. Vargas las examina como dormido y pregunta si tienen plumillas, y uno de los chicos dice de qué clase: ¿para letra normal o para redondilla?, añadiendo, como si quisiera aclararle las dudas al cliente: es más bonita la redondilla, señor, sobre todo para escribir artísticas felicitaciones de Navidad y Año Nuevo.

Vargas no contesta, su mano tantea la mesa buscando apoyo. Susana ha bajado del taburete y se acuclilla junto a su hija, como si quisiera jugar con ella o protegerla.

Pero el vagabundo no hace nada. Parece no saber muy bien lo que quiere.

Ahora examina una regla negra lacada, se golpea con ella la palma de la mano, fuerte, hasta hacerse daño.

Jugando, la niña empuja el tranvía que rueda hasta chocar contra el tobillo de Vargas, el cual da un respingo y se revuelve como un felino, la mano en la cadera.

Al encaminarse hacia el despacho del jefe de negociado, la señorita Carmela es consciente del vuelo airoso de su falda acampanada. Recorre animosa y diligente un pasillo interior del banco, una franja de penumbra azul por donde hace muchos años corría precisamente la fila tercera de butacas, cuando, de pronto, su sensible naricilla percibe un hedor corrupto, una insoportable vaharada de huevos podridos.

Se para y oye risas de niños.

Aquí, en este punto del pasillo, donde ella se ha parado tapándose la nariz, Juanito Marés arrojó hace cuarenta años una bomba fétida en protesta porque, debido a un fallo en la cabina de proyección, la película se había parado congelando a Ginger Rogers y a Fred Astaire en elegantes estatuas: él, con las negras alas del frac volando abiertas y un pie adelantado como si pisara una moneda para ocultársela a Ginger; ella, con el vuelo de su falda y el de su corta melena rubia detenidos en el aire, los desnudos hombros encogidos, la cadera un poco arqueada. La imagen parpadeó un instante y se apagó.

La señorita Carmela huye del mal olor y en el pasillo quedan vibrando algunas notas del Continental y la luz de la linterna del furioso acomodador persiguiendo todavía por entre las butacas al malvado niño-fétido.

Corte a taberna del barrio, atmósfera espesa olor a azufre y a vinazo, sobre el manchado mostrador de zinc abollado parpadea el reflejo de turbios neones del otro lado de la calle encharcada mientras la radio emite un bolero pastoso, entrechocar de bolas de billar y palabras herrumbrosas de borracho al fondo del local. (La escena merece una iluminación brillante, de convencional sordidez y al mismo tiempo vivificante resplandor, con balanceos sensuales de la cámara y una ternura artificiosa y felina y descaradamente vulgar de barrio canalla apoyada en diálogos enfáticos y coloristas. Que sí, peliculero insulso. Hazme caso siquiera una vez.) Junto al mostrador, un perro viejo perdiguero y tres muchachos de unos dieciocho veinte años con camisa azul falangista escuchan atentamente a un hombre grueso canoso pelo de cepillo, luego salen los tres flechas a la calle (sin el perro) alzando las barbillas belicosas y el perfil altanero, una jeta dura y unos andares suaves, algo entre matones de barrio y atildados petimetres del Liceo Francés.

La intrépida y madura puta Purita (que no trabaja aquí en el barrio, por supuesto) está sentada recostada contra la pared leprosa de la taberna comiendo pan negro que moja en una lata de sardinas; llama cariñosamente al perro, le tira un trozo de pan y lo acaricia, y luego mira con desprecio descolgado de su boca aceitosa y brillante de carmín corrido al tabernero de pelo de cepillo y mandil azul.

PURITA: Eres un miserable, Fermín. ¿Qué te ha hecho esa pobre chica? ¿Por qué la has tomado con ella?

FERMÍN: Come y calla, furcia.

PURITA: Flecha cabrón. ¿Y qué te hizo su marido, para que lo denunciaras?

FERMÍN: Yo no denuncié a nadie. Pero esta papelería era un nido de rojos separatistas, y lo sigue siendo.

PURITA: Sé lo que estás tramando, maricón de los luceros, facha.

FERMÍN: Esta papelería debe ser cerrada y precintada, la viuda vende libros catalanes.

PURITA: ¡Tú andas tras ese local hace tiempo! ¡Quieres reventarle el negocio a Susanita, asustarla con tus niñatos escuadristas para que se vaya de aquí! Eres una mala persona, Fermín. Cruzado de mierda, chorizo del Imperio, mamón de la Vieja Guardia.

FERMÍN: Cállate, meuca, más te vale. Sabemos lo que eres.

Y diciendo esto el tabernero suelta una patada al perro metido entre sus piernas, y el animal escapa aullando y se esconde debajo de una mesa.

—Es dudoso que el hombre sea el mejor amigo del perro —dijo el guionista con aire pensativo.

—¿Quién habla así? —inquirió incrédulo el director—. ¿Purita?

—No, pobre chica.

—La frasecita se las trae. Scott Fitzgerald fue desterrado de Hollywood por mucho menos que eso.

—Debería decirla el propio perro, claro está, pero tú no te atreverías a hacer hablar a un perro. Además, no sabes dirigir a los perros.

—Tú nunca has creído en mi trabajo, ¿verdad que no?

—No se me paga para eso.

—Si no crees en mi trabajo, ¿por qué has aceptado escribir esta película?

—Lo hago por estar cerca de las estrellas.

El director lo miró severamente y dijo:

—Entonces no hables de mí a la ligera. He leído tus declaraciones a la prensa y me han molestado bastante.

—¿Hablar yo de ti a la ligera? ¿A qué te refieres?

—Me ha parecido que ponías en duda mi competencia como director de cine.

El escritor a sueldo sonrió ampliamente, saboreando por anticipado la respuesta que iba a dar. En este momento le habría gustado tener dientes como fichas de dominó/Fernandel.

—Te equivocas —dijo—. Jamás he tenido la menor duda sobre eso: tú eres el más incompetente de cuantos he conocido.

Corte a los tres jóvenes flechas avanzando en línea por la calle oscura inflamados de espíritu nacionalsindicalista y con expresión de soplagaitas abanderados, uno de ellos recitando en alta voz engolada:

FLECHA 1.º: ¿Dónde estará aquella novia que en los senos ocultaba mi pistola de escuadrista…?

Corte a papelería-librería donde Vargas, rodeado de chavales que lo miran fascinados sin pestañear, empuja suavemente y ya relajado el tranvía de hojalata con el pie, devolviéndolo a la pequeña Neus.

La niña sonríe confiada al desconocido y después a su madre.

Vargas de pronto muy cansado busca con los ojos dónde sentarse y lo hace en la escalera de madera del altillo al fondo del local, en los primeros peldaños. ¿Permite que descanse aquí cinco minutos, señora?, pregunta con los ojos y sonríe. En realidad no puedo comprarle nada, señora, no tengo ni un céntimo.

SUSANA: ¿Se encuentra mal?

VARGAS: No, no. ¿Podría darme un vaso de agua…?

SUSANA: ¿Quiere un vaso de leche?

Vargas sonríe agradecido, mientras hace esfuerzos por quitarse las botas destrozadas y enfangadas. El enjambre de niños pandilleros se precipita para ayudarle, inútilmente: el cuero de las botas parece estar pegado a la piel.

Susana se dispone a subir al altillo cuando suena violentamente la campanilla de la puerta.

Los tres falangistas irrumpen en la papelería.

—Y bien, pluma consagrada —gruñó el director balanceándose sobre el abismo urbano con los dedos entrelazados sujetando su rodilla—. Me temo que no llegaremos a ninguna parte con todo eso.

—Como quieras.

—Una vulgar historia de perdedores en un arrabal enfangado.

—En su balanceo insensato se fue hacia atrás un poco más de la cuenta, y su mano, moviéndose como una centella, agarró el tallo del clavel—. La película parece un homenaje a los charnegos que aterrizan en Barcelona buscándose la vida... Estos claveles no huelen a nada.

—Te aconsejo que los sueltes.

—Son artificiales, de plástico, como el clima austero y estático, de western enfangado, de tu historia. Por cierto, todo lo que escribes para el cine es artificioso y convencional.

—Hubo hace mucho tiempo un tipo de cine artificioso con grandes estrellas convencionales, que me gustaba mucho. Pero esos claveles a los que ahora tú te agarras para no precipitarte al abismo, no son artificiales, no son de brillante plástico con duros alambres por dentro. Son de verdad, maestro, es decir: frágiles, enfermos e indefensos, y se romperán en tus manos porque la atmósfera de la ciudad los ha podrido, y te caerás de cabeza al abismo.

—Sigamos con la secuencia 23.

—Pero no te agarres al clavel español.

RAIKER: ¿Quién eres, forastero?
SHANE: Un amigo de los Starret.

Corte a la papelería-librería de Susana cuando se abre la puerta y entran los tres flechas de la centuria de Fermín Palacios. Las mismas camisas azules, los mismos correajes negros, los mismos cabellos planchados y los mismos himnos idiotas y canciones ratoneras que se traen habitualmente de sus mítines y asambleas —pero sonando sólo en sus propios oídos sordos, en sus huecas cabezas-sona-jero y en sus mentes taradas, es decir: banda sonora subjetiva espa-ñoleando castiza y cutre, estúpidamente patriotera, autojaleándose.

Cierran la puerta tras ellos y, sin mediar palabra, empiezan a revolver los libros de saldo de la mesa, a manosearlos, a hojearlos desdeñosamente y a tirarlos al suelo.

Susana con su hija en brazos retrocede unos pasos. La pandilla de chavales se apiña en un rincón.

FLECHA 1.º: *(A Susana)* ¿Cuándo te vas a enterar, bruja? Los libros en lengua vernácula están prohibidos en todo el Imperio.

FLECHA 2.º: Si no te denunciamos es porque a mi tío Fermín le das lástima, que conste. Roja. Masona. ¿Quieres ir a la cárcel?

FLECHA 3.º: ¡Fuera toda esa mierda intelectual!

Su mano enguantada y torva, como una negra manopla, barre el contenido de un estante, la mesa del centro y el pequeño mostrador. Un lápiz rueda hasta los pies de Vargas sentado en la sombra, y al que los escuadristas azules no han prestado atención o todavía no han visto. Es un grueso lápiz que escribe por ambos extremos, las puntas muy afiladas, la una roja y la otra azul.

Vargas, con extraña parsimonia, se inclina a recoger el lápiz y lo cuelga en su oreja. Se queda mirando al flecha 1.º entornando los ojos.

La pequeña Neus asustada se agarra al cuello de su madre mientras los libros rebotan malamente en el suelo, descosidos, inermes. Rabia y lágrimas asoman a los ojos de Susana.

SUSANA: ¡Basta! No tenéis derecho a hacer eso. Los compro a peso, no me fijo en el título ni en el autor…

FLECHA 3.º: ¿Ah, no? ¿De veras? Pues entérate de la basura que tienes escondida aquí, escucha: *(Leyendo la cubierta de los li-*

bros que va tirando) Carner, Sagarra, Riba, Salvat-Papasseit, Foix, Maragall, López-Picó…

FLECHA 2.°: Bueno, éste por lo menos es mitad español: López.

FLECHA 3.°: Tienes razón, camarada.

Y devuelve el libro al estante.

FLECHA 1.°: ¡Vamos a hacer un buen fuego con todos estos bolcheviques del Ampurdán!

Patea los libros tirados al suelo y uno de ellos rueda desencuadernándose como un pájaro herido llega a los pies del vagabundo.

Vargas mira el libro sin tocarlo y habla en tono seco:

VARGAS: Este libro es mío. Acabo de comprarlo.

Permanece sentado en la escalera del altillo, en penumbra, y los escuadristas lo miran como si acabaran de advertir su presencia.

FLECHA 1.°: ¿Y tú quién eres, perdulario?

VARGAS: Un amigo de los Estévet.

(Nota importante: el charnego Vargas pronuncia mal el apellido —que conoce por haberlo leído en el rótulo sobre la puerta de la calle— cargando el acento en la penúltima sílaba en vez de hacerlo en la última. Así, al decir Estévet, casi le oímos decir Starret. Un personal homenaje a Alan Ladd.)

Vargas se incorpora despacio.

FLECHA 2.°: No te metas en eso y sigue tu camino.

FLECHA 3.°: Sí, será mejor que te largues, vagabundo. No te busques líos.

No le prestan más atención, pero Vargas sigue mirando fijamente al falangista 1.° y sus ojos brillan en la sombra delgados y fríos como el filo de la navaja. Y cuando vuelve a hablar, en su voz calmosa anida una ronquera abyecta, súbitamente despiadada:

VARGAS: Tú, muchacho. Recoge mi libro y ponlo sobre la mesa.

El aludido lo mira con asombro, sonriendo por un lado de la boca:

FLECHA 1.º: ¿Habéis oído?

FLECHA 2.º: ¿Qué ha dicho este piojoso? Pídele la documentación, Gonzalo.

FLECHA 1.º: *(Burlón, a Vargas)* ¿Y para qué quieres tú un libro, charnego asqueroso? ¿Acaso sabes leer?

VARGAS: *(Avanzando dos pasos)* Recógelo, mamón. Que eres un mamón y un hijo de perra.

Con ademanes fulgurantes y a la vez suaves, apenas entrevistos por los niños, Vargas se ha quitado el lápiz rojo/azul de la oreja al tiempo que en su otra mano aparece súbitamente una navaja de tamaño regular, más bien pequeña. Sacándole punta al lápiz, se acerca cabizbajo y pensativo al flecha 1.º, se para a un palmo de su cara y lo mira a los ojos.

Susana y la pandilla contemplan la escena expectantes y asustados. Todo ocurre muy rápido.

Las volutas del lápiz que hace saltar el filo de la navaja salpican una tras otra el pálido y crispado rostro del escuadrista azul, que al fin ha comprendido. Todavía intenta una salida airosa, irguiéndose, cuando ya sus camaradas retroceden hacia la puerta.

FLECHA 1.º: Está bien, luego veremos su documentación…

VARGAS: *(Tirándole volutas a la cara)* Luego no verás nada, capullo. Tú no eres quién para pedirme la documentación. Recoge el libro.

Finalmente el joven flecha obedece, se agacha, coge el libro y lo pone sobre la mesa. Da media vuelta, el rostro encendido y el gallardo pecho sembrado de volutas rojas y azules, se junta con sus camaradas y los tres salen de la papelería cerrando la puerta violentamente. Fundido y encadenado.

Y esa misma noche, después de cerrar la tienda, explicó el guionista, mientras los chavales recogen los libros del suelo y ordenan los estantes y el escaparate ayudados por Vargas, Susana en camisón, el pelo suelto y un largo abrigo de su marido echado sobre los hombros, desciende la escalera del altillo —acaba de acostar a la niña— con un vaso de leche que ofrece sonriente al vagabundo.

Calló el escritor a sueldo, y el realizador parpadeó confuso:

—¿Sí? ¿Y qué más?

—Nada más. Te basta con esa imagen. No se puede expresar más con menos elementos. La Susana hogareña, nocturna y cálida, sonriendo al forastero y con un vaso de leche en las manos. —Sonrió irónico, añadiendo—: Podrías tal vez iluminar el vaso de leche por dentro, a la manera de Hitchcock. El forastero debe percibir esa luz en sus manos, y el espectador también.

—Tal vez. Pero no veo la necesidad de expresar ningún calor de hogar en la escena, con esa nocturnidad que dices, ese camisón y esa leche.

—Cuando yo propongo una imagen —dijo el fatuo guionista, en tono despectivo—, esa imagen, si la ruedas, debe expresar exactamente lo que yo he decidido que exprese. Ni más ni menos.

—El asunto es —dijo el director incompetente y zafio— si a mí me interesa que esa imagen exprese esto o aquello o lo de más allá.

—El asunto es —replicó el escritor con la voz impertinente y meliflua de Humpty Dumpty— quién es el maestro aquí. Eso es todo.

SECUENCIA 24. LIBRERÍA-PAPELERÍA.
Interior/Noche

Arriba en un rincón del altillo mal iluminado Susana y Vargas de pie, a su lado se amontonan algunos muebles viejos, papel de embalaje y una colchoneta enrollada. Vargas con el rostro en la sombra, el macuto a la espalda y el sombrero en la mano. Susana con el abrigo negro de su marido echado sobre los hombros, las mejillas sonrosadas y el vaso de leche (vacío) en las manos.

SUSANA: *(Indica la colchoneta)* Puede dormir aquí, por una noche… Desde esa ventanita se ve el parque Güell. *(Sonríe tímida)* Bueno, hasta mañana, que descanse.

VARGAS: Buenas noches, señora. Y gracias.

Corte a Susana de pie en el altillo alumbrado por relámpagos con su hija llorando en brazos, en camisón y con el largo y pesado abrigo de hombre echado sobre los hombros desnudos. Paso del tiempo: noche de tormenta. Vargas tumbado en su colchoneta, fulgores amarillos y el eco del trueno retumbando ampliando a lo lejos ámbitos de soledad y desventura y terror que hacen llorar sin saber por qué a la pequeña Neus en brazos de su madre.

Vargas se incorpora y mira a Susana. (Inicia música entre el lejano retumbar de los truenos.)

SUSANA: Los truenos le dan miedo.

VARGAS: Encenderé una vela.

Encadena a sucursal bancaria ex cine Roxy bajo una gran tormenta la animosa y eficiente señorita Carmela se afana en los inhóspitos y solitarios archivos del sótano buscando unos documentos cuando, súbitamente, se va la luz dejándola completamente a oscuras. Asustada enciende su linterna de pilas y nota en las medias una carrera subiéndole por el muslo como una maligna y diminuta araña de hielo. Todo su cuerpo se estremece. Oye el suave aleteo alrededor de su cabeza y percibe en la frente el roce frío y viscoso de una telaraña o unas alas que no son para volar en este mundo.

Retrocediendo aterrada, la señorita Carmela deja caer la linterna y la carpeta con los papeles y se dispone a gritar. A su lado el fru-fru de la seda agitándose anuncia la inminente transmutación del murciélago en Drácula/Bela Lugosi ya su capa negra y su negro pelo engomado transpira el perfume del musgo y de la neblinosa noche Universal Pictures cuando, ceremonioso y cortés, el pálido conde se inclina, recoge del suelo la linterna y los documentos y los entrega a la señorita Carmela.

DRÁCULA: Le ruego disculpe este recibimiento. Mi criado tiene la noche libre.

Advierte el conde los ardientes deseos de la empleada bancaria por regresar a su oficina y le indica una salida de emergencia al parking. Ameno conversador, mientras la acompaña guiándola a través de la oscuridad comenta en tono desenfadado algunos pormenores de su famoso y tórrido romance con la pizpireta Clara Bow, pero la señorita Carmela cree percibir en su voz un deje de melancolía y una vibración maníacodepresiva.

Corte a Vargas en su rincón-dormitorio la espalda recostada contra la almohada y un libro abierto en las manos, el pitillo humeante en sus labios resecos cuarteados a la luz de la vela que arde sobre un taburete a su lado.

Mira directamente a la cámara y sonríe con timidez.

VARGAS: *(Por el libro)* A ver si aprendo…

Susana descalza en camisón y con el abrigo echado sobre los hombros pasea de un lado a otro del altillo para tranquilizar a Neus y que se duerma. La manita de la niña, moviéndose entre el sueño y el sobresalto, hurga en el cálido escote de su madre. Una pátina de sudor, una púrpura plateada cabrillea entre los pechos de Susana como una brillante cola de pez. Ella mira la boca dura del vagabundo y luego aparta los ojos.

Vargas deja también de mirarla, se inclina a un lado de la colchoneta para apagar el cigarrillo en una lata y ve en el suelo, entre los trastos, un rótulo de madera despintado escrito en catalán:

PAPERERIA I LLIBRERIA «ROSA D'ABRIL»

SUSANA: Me obligaron a quitarlo.

VARGAS: ¿Y eso por qué? *(Intenta leer el rótulo, se esfuerza por deletrearlo)* ¿Qué dice? No sé leer, señora. Abro este libro todas las noches y miro y remiro las letras, a ver si aprendo, pero nada, soy un borrico…

Susana sonríe y señala el rótulo.

SUSANA: Está en catalán.

VARGAS: Algún día lo aprenderé.

Un relámpago y el trueno inmediato sobresaltan a la niña. Susana la mece, pensativa, mirando el rótulo en el suelo. Sonríe al ver a Vargas coger el rótulo y ponerlo detrás de su espalda a modo de cabezal.

SUSANA: Algún día volveremos a colgarlo en la calle, encima de la puerta, y todo será otra vez como antes. ¿Me ayudará a ponerlo?

VARGAS: Sí, la ayudaré.

Encadena paso de tiempo explosión de luz primaveral en la papelería-librería, Vargas el pelo limpio negro bien peinado hacia atrás camisa blanca jersey amarillo despachando detrás del mostrador papel rosa de cartas y sobres rosas a dos muchachas que se ríen sonrojadas, y papel carbón para copias a un señor serio larguirucho con perfil de pájaro.

SEÑOR: *(Carraspeando, tímido)* Y también quería una lámina recortable con aviones Spitfire y otra con submarinos…

Hacia el mediodía acude la pandilla y lo ayudan a despachar y sobre todo a sumar.

Susana prepara la comida arriba en el altillo y se oye una canción en la radio y luego noticias del descalabro alemán en el norte de África. Al atardecer, la pandilla prefiere charlar con Vargas sentados en el portal antes que leer tebeos o contar aventis de la guerra en Birmania.

Siempre que se le pregunta por la guerra, Vargas habla de la lluvia.

Vargas (primer plano) con los tensos labios marcados de cicatrices imita el ruido del viento en el bosque y el de la lluvia sobre los tejados y los campos y el desierto y también la furia de los ríos cuando se desbordan e inundan los valles y los pueblos ahogando a personas y animales. Vargas habla siempre de la guerra nuestra como de una terrible inundación y con el dedo se señala la frente.

VARGAS: Hasta aquí llegó el agua. *(Agachándose en medio de los chicos cierra los ojos y con la boca hace:)* Glu-glu-glu.

Susana y la pequeña Neus se ríen.

Dentro de su desgracia, este charnego analfabeto deja entrever formas seductoras.

Encadena a mesa camilla en el comedor con Susana de noche enseñando a leer y escribir a Vargas a la luz del petromax. La mano de Susana guía la mano del alumno, torpe sonámbula agarrotada con el lápiz traza en un cuaderno de hojas pautadas letras-palabras-oraciones en progresión caligráfica: primero garabatos y luego la caligrafía se estiliza, la pluma sustituye al lápiz.

Paso de tiempo: en sobreimpresión páginas y páginas del cuaderno escolar escritas por la mano de Vargas. Cerca, la mano de Susana, quieta, expectante. Vargas se traba en una palabra con la pluma hace un borrón. La mano de Susana se posa en la suya y la guía de nuevo trazando la oración: «Señora maestra, soy un comediante».

Encadena a ropa mojada tendida en alambres en azotea gris barrida por el viento que hace restallar la colada como un látigo en la cara de Vargas, de pie al borde del terrado y contemplando a lo lejos la ciudad crepuscular con las manos en los bolsillos del pantalón y el viento en los cabellos.

Atardecer de verano, el barrio bullicioso a los pies de Vargas, un resplandor de oro y grana sobre su cabeza y un intenso olor a jazmín en el aire traspasado por alegres chillidos de voces infantiles y pájaros como flechas, en el cielo un cohete de verbena como una palmera de luz cobija a una pesada cometa hecha con papel de periódico y cola de trapos.

Corte al cine Roxy sesión de tarde y chavales que fuman furtivamente un cigarrillo compartido agachándose entre las butacas, lanzando al aire rosquillas de humo que flotan en el haz luminoso plateado del proyector y se reflejan en la pantalla —sombras deshilachadas de un sueño mezclándose con las sombras de otro sueño, con el otro humo del cigarrillo que fuma el sonriente villano Rupert de Hentzau/Fairbanks Jr. Sombras siniestras que se deslizan en la poderosa frente arrebatada de pasión de Heathcliff/Olivier, en sus ojos arrasados por el amor y la locura y la venganza, Heathcliff el huérfano de pie en un gótico tenebroso ventanal de su mansión habitada por la soledad y el infortunio, las manos en los bolsillos, los cabellos al viento.

HEATHCLIFF: *(Desesperado)* ¡Cathy. Cathy!

—Maldito novelasta —gruñó el director inventando quizá sin saberlo un insulto de doble filo: contra el novelista y contra el cineasta—. Maldito seas, tú y tus pajilleras sesiones de tarde de sábado.

—En esta escena emblemática del terrado, con viento romántico en los cabellos y mirada soñadora y desafiante —dijo el escritor—, sugiero que a Vargas lo filmes con una camisa negra, amplia de mangas y abierta en el cuello, donde debe llevar atado un pañuelo verde con un arpa dorada.

—Vete al cuerno.

Bastantes años después de la guerra, cuando fueron autorizadas por el Gobierno Civil las primeras audiciones de sardanas los domingos por la mañana en el parque Güell y acudían jóvenes falangistas provocadores a burlarse y armar follón y reventar la fiesta, Vargas acompañaba a Susana y a su hija al *aplec* y se esforzaba cómicamente en aprender a bailar (nunca lo conseguiría) aunque, al cabo de un rato, después de ver cómo se reían la pequeña Neus y Susana y la pandilla, se retiraba del corro.

Sentado en el banco ondulante de la plaza, los codos en las rodillas y entretenido en cortar una ramita de abeto con la navaja,

Vargas permanece cerca de Susana y Neus y al mismo tiempo observa las evoluciones provocadoras de los flechas alrededor de los sardanistas. Tres de ellos llevan un bote de pintura negra y una brocha y repintan el borroso emblema, la araña negra, en las esferas de piedra del paseo con palmeras, sobre la plaza, y luego en el mismo banco ondulante de cerámica troceada, acercándose al sitio donde se sienta Vargas.

Vargas simplemente se incorpora, y los flechas tal vez no se han fijado en él. Pero pasan de largo.

De vuelta a casa, en la colina cenicienta al final de la calle Verdi, la pequeña Neus corre alegremente hacia su madre con una brazada de ginesta que le tapa la cara. Susana y Vargas la esperan un poco más arriba. Cuando la niña está a punto de llegar a ellos —Susana rodilla en tierra abriendo los brazos— un golpe de viento le arrebata algunas flores arrojándolas al aire: tallos de ginesta cuelgan de los cables del tendido eléctrico como notas musicales en un pentagrama.

El viento silbando allá arriba en los cables y una mota de polvo en el ojo de Susana, Vargas intenta quitársela soplando suavemente, los dos arrodillados frente a frente en la colina. Corriendo y palmeando alrededor, la pandilla canta:

PANDILLA: Tiene Susana / la cara / de manzana…

Corte a Gary Cooper y George Raft camisas blancas y gorras de marino mercante fin de siglo cantando «tiene Susana cara de manzana» borrachos de ron y moviendo como marionetas sus dedos pulgares vendados. Raft lleva un aro de plata en la oreja, según observa la pequeña Neus sentada muy tiesa y maravillada entre su madre y Vargas en la séptima fila, los tres comiendo cacahuetes.

La niña sostiene el cucurucho y de vez en cuando las manos sonámbulas ardorosas de Vargas y Susana —aparentemente absortos en la película— coinciden en el cucurucho y se rozan al coger cacahuetes.

Ya hemos hablado del peculiar encanto de Raft con su aro de plata en la oreja, pero ¿cuál era el de Cooper en este film? Probablemente su alegría de trabajar con Frances Dee, la hermosa muchacha casada con su amigo Joel McCrea, y el estar por vez primera a las órdenes de Henry Hathaway, un director que sería muy importante en su carrera. Cooper se salva en el único bote mientras el barco naufraga y Susana tantea en la sombra del cine la manita de su hija y piensa, no sabe por qué, de pronto, en su marido que tal vez se podría haber salvado.

George Raft yace para siempre junto a su amada francesita en el camarote sumergido bajo el océano en medio de algas cimbreantes y un banco de pececillos acerados que da bandazos compulsivos recorriendo las entrañas espectrales del barco de vela hundido en el fondo del mar, sobre una roca y ligeramente escorado a estribor. (Plano desechado del guión y al parecer no rodado por Hathaway ni por nadie, pero que un servidor, por si te interesa, *regista* de secano, guarda en su anegada filmoteca mental.)

El 8 de enero de 1950 Jan Estevet Mas sale de la cárcel en libertad vigilada y escapa al sur de Francia acompañado por dos camaradas. El activista volverá a Barcelona en diversas ocasiones, pero siempre clandestinamente y sin avisar a Susana.

Dos años después, Susana recibe una carta de una amiga exiliada en Toulouse, en la que le dice que su marido vive con otra mujer.

SECUENCIA 57. ALTILLO/PAPELERÍA.
Interior/Noche

Después de cerrar la tienda y apagar las luces, Susana sube fatigada la maltrecha escalera del altillo y Vargas sube tras ella, al llegar arriba sus hombros se rozan en la penumbra, ella viste un pijama de hombre y ha llorado, tropieza y se tuerce el tobillo. Se dobla hacia un lado cayendo y Vargas la sujeta por la cintura. Susana rinde la cabeza, los rubios cabellos se derraman sobre su cara y la carta de Toulouse resbala de su mano y

Corte a labios de Susana entreabiertos húmedos sin color, la cabeza recostada en el brazo de Vargas, el brazo de Vargas en el respaldo de la butaca del cine, sábado sesión de noche invierno del 52: Susana dormida en la butaca entre su hija y Vargas, muy abrigados los tres y cerca de la estufa lateral. Neus (14 años, espigada, rubia como su madre) fascinada con la película *Cumbres borrascosas* y Vargas inclinándose hacia Susana como si fuera a oler sus cabellos o a besarla. Suavemente con la mano aparta un mechón sobre sus ojos y

Corte a Vargas subiendo por la escalera del altillo llevando en brazos a Susana con su pijama de hombre y la carta en la mano y el tobillo dolorido. Él la deposita en la cama, le quita la zapatilla del pie, masajea con suavidad su tobillo y hasta lo sopla. Ella tiene cosquillas y se ríe entre las lágrimas.

Vargas se incorpora y busca los ojos dorados en la penumbra. Espera, de pie, inmóvil, respetuoso, fiel, encendido. Su magro rostro cubierto de cicatrices retrocede un poco más en la penumbra, y el telón de sombras cae sobre él.

Susana desde el lecho lo mira con tristeza y temor, esboza una débil sonrisa y bruscamente vuelve la cara sobre la almohada. Con su voz sin inflexiones Vargas le da las buenas noches, da media vuelta y sale del cuarto.

—Para una sola secuencia, dos escenarios —gruñó el director olisqueando su vaso de agua tónica, que se estaba volviendo misteriosamente de un color verdoso negruzco—. Caprichos de guionista derrochador y romántico. ¿Tú crees que nos concederán los millones suficientes para rodar tus depravadas virguerías escenográficas, literato, y no hablo de las submarinas…?

—Respecto a esta escena —prosiguió el eventual guionista sin hacerle caso—, me preocupa tu famosa incompetencia para iluminar los rostros y los cuerpos que se desean y tu notoria incapacidad para representar el amor auténtico y profundo, el amor más allá de los tópicos visuales de la pornografía blanda. Tiemblo al pensar la cantidad de posibilidades calenturientas que habrás visto en Susanita en ese holgado pijama de hombre, tal vez sin botones…

—Intelectual depravado —cortó el director—. Eso es lo que eres.

—Depravado, quizá. Lo de intelectual lo considero un insulto.

SECUENCIA 58. FACHADA PAPELERÍA-LIBRERÍA.
Exterior/Día

El escaparate luce un cristal nuevo que al atardecer refleja el paso ensimismado y perezoso de nubes blancas gordas algodonosas teñidas de rosa, pacíficas nubes viajando hacia el sur.

De repente, la imagen se hace literalmente añicos: una pedrada rompe de nuevo el cristal del escaparate.

Encadena a Vargas en la calle barriendo con una escoba los diminutos cristales astillados en medio de una gran polvareda obliga a apartarse a dos chiquillos descalzos. Es verano, los fangos del descampado se han convertido en polvo rojo y la misma calle parece un incendio. Uno de la pandilla ayuda a Vargas con una pala y una caja de cartón. Enseguida ven acercarse al tabernero Fermín Palacios flanqueado por dos fieles escuadristas con cara de tango y ojeras.

FERMÍN: *(A Vargas)* Quiero hablar con la viuda Estevet.

VARGAS: Ella no quiere hablar con usted.

FERMÍN: Tú, chaval *(Al de la pandilla)*, entra y dile a esa puta que estoy aquí. Rápido, tengo que ir al banco. *(Con la mano tantea el billetero sobre el corazón.)*

Vargas retiene al niño con la mirada. Deja de barrer, apoya indolentemente las manos y la barbilla en el palo de la escoba y, mientras a su alrededor se aquieta el polvo rojo, entorna los ojos escrutando al tabernero y a su escolta azul.

VARGAS: No está, camarada imperial. ¿Quiere saber adónde ha ido?

FERMÍN: No tengo nada contra ti, muchacho. No te hagas mala sangre.

VARGAS: Pues ha ido a encargar otro cristal para el escaparate. Doscientas pelas del ala, una auténtica fortuna en estos tiempos, ¿no le parece, aguerrido azote de bolcheviques y de herejes?

Fermín Palacios lo mira en silencio. Uno de sus jóvenes centuriones da un paso al frente con expresión amenazadora y su jefe lo contiene con un gesto. Luego sonríe vagamente al charnego.

FERMÍN: Me caes bien, Vargas, así que voy a explicarte algo.

El tabernero ha venido a parlamentar acicalado y endomingado (americana gris a rayas y cruzada, pantalón crema, zapatos de dos colores y muchos emblemas en las solapas) quizá para impresionar a Susana. Amigablemente ahora le explica a Vargas que él nunca ha querido perjudicar a la viuda Estevet y que es mentira lo que dicen de él en el barrio, aunque, en efecto, le gustaría alquilar este local para instalar un salón de juegos para la juventud, futbolines y billares y demás, nuestra juventud merece un esfuerzo. Está dispuesto a ofrecerle a la viuda una cantidad razonable por el traspaso, y a él, a Vargas, un buen empleo en el nuevo negocio. Y concluye con la voz ensalivada:

FERMÍN: Me gustan tus maneras, muchacho. Piénsalo, y mira de convencer a tu ama. Vendiendo libros nunca te harás rico, tanto si los libros son en catalán como si son en castellano. ¡Para morirse de hambre!

VARGAS: Estoy acostumbrado a morirme de hambre. ¿Ve esa ventana? Ahí, mire.

Ahora la pandilla, expectante desde el inicio de la escena, va a ser testigo de algo asombroso. Cuando Fermín Palacios había empezado a exponer sus planes acerca del salón de juegos, ellos vieron que Vargas, aparentemente interesado en la propuesta, había soltado la escoba acercándose al tabernero con toda confianza, mirándole como hipnotizado y con la cara casi pegada a la suya.

Y ahora, al indicarle la ventana ciega sobre la puerta de la papelería, y hacia la cual ya levantan los ojos Fermín y los dos flechas, ven, o mejor sólo llegan a entrever el movimiento fulgurante de sus dedos al deslizarse entre las solapas de la americana del tabernero y extraer limpiamente, visto y no visto, un billetero plano de piel color salmón que oculta con rapidez a la espalda.

VARGAS: Pues en una ventana igual, pero no tapiada, una que está detrás del altillo, este muerto de hambre, un servidor, se pasa las horas leyendo libros…

Vargas retiene la atención de los tres falangios el tiempo justo para que sus veloces manos hagan un trabajito en la espalda: articulándose con endiablada precisión y rapidez, los dedos abren el billetero y extraen doscientas pesetas —que adivina por tamaño y textura—, el precio exacto del cristal nuevo. Y con la misma maravillosa limpieza y habilidad, visto y no visto, las manos de Vargas deslizan otra vez el billetero entre la americana y el arrogante pecho de Fermín Palacios, y luego, engatillando el dedo índice, sacude unas motas de polvo en su solapa y añade:

VARGAS: Así que no perdamos el tiempo. Tengo trabajo.

Vargas le vuelve la espalda.

FERMÍN: Eres un chulo y acabarás mal, muchacho. Te conviene pensar en mi propuesta…

VARGAS: Lárguese. Y si el mamón de su sobrino o alguno de sus valientes señoritos azules vuelve por aquí a romper el cristal… *(Sonríe)* usted volverá a pagarlo, jefe.

Los niños pandilleros se sonríen por debajo de las narices mo-
cosas.

SHANE: He de marcharme.
JOEY: ¿Por qué, Shane?.
SHANE: No puede uno dejar de ser lo que es. Yo lo he intenta-
do inútilmente.

—Pero no se irá.
—No.

Así pues, añadió el escritor, la línea argumental se tensa como
un arco ensartando cinco fechas clave en la historia: 1941, la llegada al barrio del joven delincuente, su protección a la viuda (supuesta) y a su hija, su trabajo en la papelería, su alfabetización, su
veneración por Susana. 1950-1952, Vargas arraigado en Cataluña, fiel servidor y guardaespaldas de Susana, enamorado de ella y
viviendo en secreto su mal de amores. El punto de flexión más
tenso del arco está ahí: los planos del charnego aplicándose en la
lectura de libros catalanes, echado en su colchoneta y a la luz de
una vela, la llegada de la carta de Toulouse que hace llorar a Susana, el cine de barrio en invierno, la noche de la torcedura del tobillo, etc. 1960, el inesperado regreso al hogar de Jan Estevet con
su prestigio de héroe, aclarando malentendidos y suscitando el
perdón, la alegría de Susana, la soledad de Vargas. Y la curva ya en
descenso: 1975, Vargas es un viejo *murciano* afable y pintoresco,
cojo y servicial, algo borrachín y pendenciero, del que hacen mofa
los chiquillos y que aún trabaja en la PAPERERIA I LLIBRERIA
«ROSA D'ABRIL», ampliada y con nueva fachada. Un buen hombre al que el barrio aprecia, pero que ha empezado a olvidar. Y fin.

SECUENCIA 80. FACHADA (REMOZADA)
PAPELERÍA-LIBRERÍA.

Exterior/Día

Un Vargas envejecido y embutido en un mono azul está terminando de pintar la puerta de la papelería cuya fachada luce ahora un flamante color marfil.

La joven Neus (22 años) hermosa y rubia como su madre (la misma actriz interpreta los dos papeles) avanza desde la puerta hacia nosotros sonriendo con las manos a la espalda y una rebeca naranja echada sobre los hombros, hasta ocupar totalmente con su cara la pantalla en primer plano.

NEUS: *(A la cámara)* Nunca se fue del barrio, nunca se casó, nunca aprendió *(Sonríe como avergonzada)* a hablar correctamente el catalán, aunque tal vez la culpa fue mía y de mi madre, que no supimos enseñarle... Nunca dejó de trabajar en la papelería ni de ayudarnos en la casa, y siguió haciéndolo cuando papá volvió de Francia. Durante años ha sido el criado de mamá y mío, nuestro apoyo, nuestro amigo más fiel, nuestro ángel custodio. Nunca he conocido a un hombre como Vargas. Nunca.

Encadena mismo escenario quince años después, en 1975. Vemos a Vargas (60 años) subido a lo alto de una escalera de mano apoyada contra la fachada de la papelería, terminando de colgar sobre la puerta el viejo rótulo que, en su rincón-dormitorio del altillo, le sirvió de cabezal durante más de treinta y cinco años.

Luego baja de la escalera, retrocede de espaldas y observa el rótulo a distancia. De la tienda salen corriendo tres niños, golpean la escalera y casi la tiran. Restregando las encallecidas manos en los pantalones, refunfuñando, el martillo y los alicates colgando del cinto como revólveres, cansado, achacoso, hablando solo, el viejo Vargas carga la escalera al hombro y se retira de escena.

—En este largo plano crepuscular —se le ocurrió al escritor— podríamos volver a escuchar parte de aquel diálogo entre la hermosa viuda y el charnego la primera noche que él durmió en el altillo, cuando descubre apoyado en la pared el rótulo represaliado porque está escrito en catalán y ella dice:

SUSANA: Algún día, volveremos a colgarlo sobre la puerta de la calle.

VARGAS: Algún día, sí.

SUSANA: ¿Me ayudará usted cuando llegue ese día?

VARGAS: (*Sonriendo animoso*) La ayudaré, señora. Cuente conmigo.

—No decían exactamente eso —masculló el director.

—Bueno, ¿pero te vale o no?

El escritor obtuvo una mueca desdeñosa por respuesta. Observó el confiado balanceo del cineasta sobre el abismo y súbitamente recordó una película mala de Joan Fontaine haciendo de mujer mala llamada Ivy (*Abismos*) en la que se mataba malamente cayendo por el hueco del ascensor.

Y entonces vio al director de cine caer hacia atrás muy despacio, su mano crispada aferrándose inútilmente al tallo del putrefacto y rojo clavel español; vio las suelas cremosas de sus flamantes puntiagudos zapatos italianos en el instante de voltearse y los ojos desorbitados de terror en su entrepierna, girando todo él en el vacío como quien improvisa una voltereta hacia atrás en el césped del jardín para hacer reír a su hijo pequeño… Finalmente vio los titulares de los periódicos del día siguiente:

HORRIBLE MUERTE
DE UN DIRECTOR DE CINE

Y en caracteres más pequeños: «En el momento de la tragedia estaba escribiendo una película en colaboración con un novelista que en diversas ocasiones, siempre que la prensa le pidió su opinión —y cuando no se la pidió, también—, declaró que el ahora difunto cineasta era tonto de solemnidad».

—Ya veremos —contestó por fin el director—. Las mejores ideas se me ocurren durante el rodaje.

—Ya.

—De veras. Me gusta arriesgar, con los personajes sobre todo. Yo soy partidario de lo que Truffaut llamaba una situación caliente con personajes congelados.

—¿Seguro que decía eso? —el escritor sonrió—: Me recuerda a la pobre señorita Carmela.

—¡Maldición! ¿Qué hacemos con ella?

Hitchcock con su barriga de violoncelo sube al tren en Metcalft portando un violoncelo. Poco después, casi a la hora de cerrar el banco, la señorita Carmela lo ve cruzar impertérrito el vestíbulo, siempre acarreando el voluminoso chelo, y pararse a hablar con el vigilante armado de la entrada. Entonces, mientras ella recoge sus objetos personales y los mete en el bolso, ya para irse, Hitchcock y el guardia vuelven la cara al mismo tiempo y miran a la señorita Carmela de soslayo, como si sospecharan de ella.

El simpático asesino psicópata Bruno/Robert Walker con sus hombros delicados encogidos como si tuviera escalofríos se dirige a la estación Pensilvania a coger un tren que le llevará a Metcalft en cuyo parque de atracciones, junto al lago y sobre la hierba de Isla Mágica, debe dejar un encendedor que lleva las iniciales G. H. grabadas y un pequeño relieve como adorno representando dos raquetas de tenis con los mangos cruzados.

El reloj del Banco Central señala la 1.30 horas y la señorita Carmela recoge su bolso y sale a la plaza Lesseps. Aunque tal vez demasiado tarde, ha comprendido al fin: dos violoncelos, dos pies que se topan, dos raíles de tren, dos raquetas cruzadas, dos chicas que se parecen y las dos con idénticas gafas de miope (¡tres, contándose ella también!) y dos elegantes y guapos asesinos, aunque sólo uno de ellos cometa el asesinato. Vuelve la cabeza atrás y comprueba que no la sigue nadie. Conforme se aleja de ese banco que fue cine populoso, de esos ámbitos embrujados llenos de sombras y de voces muertas, la señorita Carmela se tranquiliza.

Bajo el alegre sol de mayo, esperando frente a un paso de peatones con el semáforo en rojo, saca un cigarrillo del bolso y entonces a su lado un hombre con sombrero, atento y elegante y de hombros como frioleros, le ofrece lumbre de su mechero.

—¿Me permite? —sonríe el desconocido.

Buena suerte, señorita Carmela.

Encadena imagen última de Vargas: un anciano cojo y abstraído que está limpiando con un paño el cristal del escaparate de la PAPERERIA I LLIBRERIA «ROSA D'ABRIL», y que tiene un sobresalto cuando unos chicos pasan alborotando con cohetes y petardos y arrojan un *trueno* entre sus pies.

Sobre la cabeza encanecida del viejo charnego, en el cielo rojo del atardecer, estallan cohetes de fiesta y una música vulgar y chillona se derrama por la colina. Verbena de San Juan, verano de 1985.

—Bueno, ¿y qué diablos hacemos con esta cursi que ve visiones? —insistió el director.

—¿La señorita Carmela?

—Ésa.

—En mi opinión, la pobre señorita Carmela merece una oportunidad. —El escritor reflexionó—. Bastaría un ligero retoque en la secuencia 82. El encendedor en la mano del hombre (no vemos su rostro) que le ofrece lumbre, lleva grabada la letra V. Es Vargas, ya en sus años de madurez.

El cineasta bramó:

—¡¿Estás sugiriendo que Vargas tiene una aventura con esa loca solterona?!

—Querido *directed by*, deberías mostrarte más respetuoso y más comprensivo con tus personajes, sobre todo si son perdedores. La señorita Carmela es una mujer solitaria, sensible y cultivada. No ha tenido mucha suerte en la vida, pero ella suple esa carencia con imaginación y ternura. Y tiene una bonita figura y un trasero más que notable.

El director asintió, resignado.

—Ciertamente, Vargas es un perdedor.

JOEY: «Shane, sabía que ganarías. Estaba completamente seguro. ¿Ése era él? ¿Era Wilson el pistolero?».

SHANE: «En efecto, era Wilson. Rápido, muy rápido en disparar... *(Sin poder contenerse)* ¡Pero yo soy aún más rápido!».

—¡Corten! —ordena George Stevens saltando de su silla de director y encaminándose hacia Alan Ladd, que interpreta la escena final montado a caballo—. Alan, creo que esta última frase no está en el guión.

—Pues debería estar, George.

—No es necesaria, y por eso no está.

—Cosecha propia —dice Ladd con su encantadora sonrisa rubia—. ¿No te gusta? Se me acaba de ocurrir.

—Pero ¿por qué, Alan?

—Porque es verdad, George. ¡Yo soy el más rápido de la película!

—Cierto, muchacho, lo acabamos de ver. Has liquidado a los hermanos Raiker y a Wilson. Precisamente por eso no es necesaria la frase.

Alan Ladd tenía una gran disciplina profesional, además de una puntería infalible. Con su mano enguantada aparta un rubio mechón caído sobre su frente y reflexiona unos segundos. Las muchachas del plató admiran su sonrisa triste de pistolero solitario, su espalda recta y desdeñosa de la muerte y los flecos de su elegante cazadora de gamuza blanca bien ceñida por el ancho cinturón.

—De acuerdo, George. No diré la frase.

—Bien, Alan, así me gusta.

—Era muy pretenciosa. Estoy listo para rodar. Cuando quieras.

Stevens mira a su actor con afecto y le guiña el ojo:

—Vamos allá. La humildad es importante en este oficio, hijo.

Vuelve el director a su silla de lona al tiempo que la potente voz de su ayudante ordena:

—¡Silencio! ¡Rodamos!

Y con voz todavía más autoritaria y poderosa resonando en el silencioso plato, Stevens reclama:

—¡Motor! ¡Acción!

Plano general de Barcelona y en sobreimpresión los protagonistas Susana, Vargas, Neus y los niños pandilleros todos en línea cogidos del brazo y sonrientes caminan hacia nosotros surgiendo de las ruinas del cine Roxy, mientras sobre sus cabezas nimbadas de luz y desde el fondo de la pantalla se acerca agrandándose la palabra.

FIN

Teniente Bravo

Ni por ley ni por deber combato,
ni por los hombres públicos, ni por los
[vítores del gentío.
Un solitario impulso de placer
me atrajo a este tumulto en las nubes.

W. B. YEATS,
Un aviador irlandés prevé su muerte

El ansiado potro de saltos que el teniente Bravo hizo traer una noche al campamento en una camioneta desvencijada, conducida por un musculoso ex legionario de andares felinos, albergaba un ratón en su barriga de paja. El potro era una antigualla, zanquilargo y pesado y con tantos costurones que bien podía haber vivido el desastre de Annual y hasta la guerra de Cuba. El mismo ratón que lo habitaba parecía de otra época, bigotudo y altanero y un poco rubiales, un poco decimonónico y colonial. Cuando el aparato de gimnasia era descargado de la camioneta, el sargento Lecha vio fugazmente el hocico impertinente del roedor asomado a una raja del cuero y frotándose las patitas delanteras, y golpeó repetidas veces el lomo del potro con la mano para obligarle a salir de su escondrijo. Como era noche cerrada, no vio si el ratón escapaba o no.

La camioneta emprendió el regreso a Ceuta, el sargento se encaminó hacia los sombríos barracones del campamento y el potro quedó plantado en medio de un páramo de tierra bermeja, acogotado y sordo al fragor de la resaca que el viento traía desde la playa. Una de sus patas de madera había sido sustituida por una rama de cerezo delgada y torcida. Viejísimo y quebrantado, con la piel raída y mugrienta, bajo la furiosa noche sin estrellas parecía un animal manso y estúpido abrevando en el polvo.

Poco después del toque de diana, el ratón salió a pasear cautelosamente a lo largo de la pata postiza, recorriéndola un par de veces antes de esconderse de nuevo en la tripa perforada. La madera de cerezo de la pata tenía grabada a punta de navaja, de arriba abajo, una vieja inscripción casi ilegible e interminable: «No somos los novios de la muerte y que le den por culo a Abd-el-Krim. Luisito y Fermín». Las gaviotas empezaron a chillar y a volar bajo, y de pronto la niebla retrocedió sobre las oscuras aguas del Estrecho como si un viento la chupara rápidamente desde la bahía de Algeciras. Iba a romper el día, pero arriba en el cielo los nubarrones color vino, entre los que a ratos emergía el Peñón como una máscara de hierro suspendida en el aire, seguían acumulándose, formando negras covachas y ensombreciendo el amanecer. Si el viento era del Estrecho traía olor a pescado, si del Sahara, a rebaños escuálidos y mugrientos conducidos por niños marroquíes de ojos vivísimos.

Un pelotón de reclutas soñolientos y atolondrados corría a formar delante del potro, restallando en la oscuridad la voz carrasposa del sargento Lecha y los trallazos de su correa. Apenas se veía nada a una distancia de tres metros, salvo el tenue rubor del alba en las azulinas cabezas rapadas de los reclutas.

A primeros de marzo de 1955, el campamento de instrucción militar de la Agrupación de Transmisiones de la Comandancia General de Ceuta, zona occidental del Ejército de Marruecos, ocupaba un breve y escarpado territorio entre las yermas colinas al oeste del istmo. El desolado páramo donde los reclutas formaban a trompicones en línea de a dos era un balcón corrido sobre el Estrecho y a menudo, según los vientos, exhalaba una repentina efusión de polvo rubio y sanguíneo que podía distinguirse desde alta mar. Debido a la proximidad de las porquerizas, unas cercas de cañas y uralita donde el brigada Gómez criaba cerdos con las sobras del rancho, frecuentaban la explanada —además de algún solitario recluta gallego que, en horas de asueto, paseaba su morriña frente al mar— tres gallinas viejas, dos patos resabiados y una cabra negra y esbelta que los veteranos llamaban Carmencita.

—¡A cubrirse! ¡Rápido, si no queréis que os meta un paso ligero de buena mañana! —La tez colorada, el pelo rizado y entrecano, grueso y paticorto pero sorprendentemente ágil, el sargento Lecha corría en pos de los remolones esgrimiendo el cinto—. ¡Estáis dormidos, coño! ¡Los cuatro últimos, imaginaria!

Extendían el brazo y se cogían la distancia a empellones sintiendo silbar la correa sobre sus cabezas pelonas, erizadas de frío. «¡Atentos! ¡Fiiiiirrr… mes! ¡Izquierda! ¡Ar!» El sargento pasó revista y consultó su reloj. Los reclutas vestían calzón de deporte de un sucio color marfileño, jersey caqui y botas viejas, algunos sin calcetines.

El sargento ordenó descanso.

—Hoy no haremos gimnasia sueca —dijo, provocando un murmullo de entusiasmo que atajó en el acto—: ¡Pero si creéis que en vez de gimnasia habrá partido de fútbol, o alguna carrerita de esas para mariquitas esprintadores, estáis muy equivocados! ¡A más de uno se le van a caer los cojones por los suelos cuando sepa lo que le espera!

Ellos ya habían reparado en la borrosa silueta que se alzaba a unos treinta metros, en la punta de una franja de tierra esponjosa y gris que, en su extremo opuesto, alcanzaba a las porquerizas. Más de uno pensó que era Carmencita madrugadora que mordisqueaba alguna raíz con la cabeza escondida entre las patas, rumiando su triste destino de cabra cuartelera. Para muchos, era el primer potro de gimnasia que veían en su vida, y todos sabían que su presencia aquí se debía a una gestión personal del teniente Bravo, su animoso instructor. Después de cursar diversas solicitudes a la Comandancia reclamando un aparato de gimnasia, cansado de esperar, el teniente había decidido adquirir este potro de segunda o tercera mano en un modesto gimnasio de Ceuta, pagándolo con su dinero y con la complicidad del sargento Lecha; aunque el sargento, que intervino en la compra como mediador, declararía más adelante, una vez consumada la tragedia, que el potro le pareció peligroso y traicionero desde el primer momento, y que él intentó disuadir al teniente de su compra. El viejo potro se había pasado diez años tirado en una leñera del Monte Hacho, cojo y cubierto de polvo y telarañas, hasta que en 1949, de forma casual, dos legionarios que cumplían condena en la fortaleza por haber sido pillados en una garita besándose en la boca durante un relevo de guardia, en Larache, lo rescataron y le cambiaron la pata rota y empezaron a ejercitarse con él, convirtiéndose en consumados gimnastas, de tal modo que tres años después, al obtener la libertad y la licencia y habiendo decidido instalar un gimnasio en Ceuta, se llevaron el potro con ellos.

—¡Tú y tú! —El sargento apuntaba con el dedo a dos reclutas adormilados de la segunda fila—. Traedlo aquí, más cerca. ¡Rápido!

—A la orden, mi sargento.

Cargaron con el potro y lo trasladaron jadeando, depositándolo delante del pelotón, según les indicó el sargento: a unos cinco metros. Visto de cerca, con las gallinas revoloteando entre sus patas, su compostura defraudó a los reclutas, que consideraron respetable sólo su altura. Al recluta Folch le resultaba particularmente familiar aquella disposición mansurrona y asnal del artilugio. De pronto, mientras lo miraba aprensivamente con el rabillo del ojo, Folch vio las lustrosas gallinas de su abuela picoteando maíz entre los apacibles cascos de su viejo burro plagado de moscas, parado y manso bajo un sol rabioso en una era del Berguedá. «A casa tenemos un burro que es paresido», dijo en voz baja y trasegando mucha saliva y mucha añoranza. «¡Qué dices, si éste es para gimnasia de alta competición, macho!», respondió a su lado el madrileño Amores deletreando muy relamido, mano sobre mano los dos en primera fila de la formación. El potro podía medir más de metro y medio, pero aparentaba menos debido a una engañosa mansedumbre de las patas, una cualidad servil y rastrera. «¿Y tendremos de saltarlo cada día, tú?», se lamentó Folch, y Amores sonrió burlón: «Está chupado, pardillo. ¡Que eres un pardillo, catalán caga, que t'han fotú y no t'han pagá!».

Suspirando con tristeza, el recluta Folch desvió los ojos hacia la cresta del Peñón que asomaba a lo lejos entre la niebla. La imponente Roca lo fascinaba, veía en su cumbre borrascosa e inaccesible un símbolo de la vastedad del mundo. Folch era un payés añoradizo que nunca había salido de su masía perdida en el valle del Bergueda, salvo para venir a la mili. Miró luego las nubes turbulentas sobre el Estrecho y el difuso resplandor agazapado en los confines del Oriente. «Y pensar que estoy tan lejos de casa, aquí, en el África remota y misteriosa», se decía a menudo, sintiendo confusamente a su espalda la presencia y el olor animal del continente negro, el borroso ensueño del desierto y la quimera esmeralda de la selva... «Amores, Amores —llamó en voz baja, viendo al sargento alejarse un tanto de la formación—, Amores, ¿es verdad que hay monos en lo alto del Peñón, y un puñal inglés clavado?». El madrileño sonrió con sus ojitos de ratón: «¿Serás cateto? Los monos los tenemos aquí y llevan estrellas y galones en la bocamanga, je je». Folch no le rió la gracia; no porque pensara que hay algunas cosas sagradas en este mundo, y que una de ellas era el Ejército —que a veces sí que lo pensaba—, sino porque vio acercarse de nuevo al sargento, impaciente por la espera.

Oyeron relinchar un caballo y el sargento miró el sendero gris que bajaba desde la trasera del pabellón de oficiales, y después miró su reloj. El teniente se retrasaba. Además de las tres gallinas, la pareja de patos ya andaba también curioseando alrededor del potro, y la cabra se había acercado a los reclutas y olisqueaba sus botas y sus ropas agrias, confiada y sumisa, habituada a los piropos o los insultos que le dedicaba la tropa:

«Carmencita, reina, que te folle un mono», dijo una voz ronca de ventrílocuo en medio del pelotón. Súbitamente se abrieron las nubes y, por un instante casi mágico, Folch vio que el mar se transfiguraba centelleando, como si millares de espejitos se deslizaran sobre el agua hacia España. Al este empezaba a dibujarse la ciudad de Ceuta y el Monte Hacho con su fortaleza-presidio recostada contra un tumulto de pesadas nubes purpúreas y un cielo teñido de rosa y malva, irreal. Mucho más cerca, pero no menos irreal, una descolorida bandera española ondeaba furiosa sobre las porquerizas con un engañoso efecto óptico —de hecho, la bandera ondeaba bastante más lejos, exactamente en la punta de una estaca en la entrada del campamento—, flanqueada por una batería de gallardetes podridos y andrajosas camisas caqui crucificadas en espantapájaros para ahuyentar a las gaviotas de la comida de los cerdos.

—¡Compañía, a cubrirse! —ordenó de nuevo el sargento, dirigiéndose a grandes zancadas hacia la cabeza del pelotón. El frío de la mañana juntaba a los reclutas hombro con hombro y los zarandeaba en bloque. La voz cavernosa del aprendiz de ventrílocuo dedicó a la cabra otra especie de eructo-reclamo cuando, por fin, el teniente Bravo apareció detrás del pabellón de oficiales y se detuvo un instante en la falda del cerro contemplando la explanada roja, el pelotón comandado por el sargento y el potro. Ajustándose los guantes negros, la fusta sujeta al sobaco, el teniente bajó a la carrera por el sendero pedregoso y retorcido.

Era un hombre pequeño y envarado, joven, bigote fino y hermoso mentón moreno, algo levantisco, hombros caídos y apariencia frágil, pero fibroso y pechugón. Llevaba el gorro ladeado sobre la ceja tupida y negra, la sahariana color caqui clarito de corte muy personal —que algunos oficiales le recriminaban y otros le envidiaban secretamente—, botas altas y calzones de canutillo, flamante correaje con la pistola enfundada al cinto y el tirante en diagonal muy ceñido sobre el pecho. Aún no se había quitado las espuelas y sus botas estaban cubiertas de polvo; venía de galopar entre matorrales secos y algarrobos silvestres, como cada mañana, más allá de las dunas al sur del campamento, en dirección a

Xauen: entusiasta y madrugador, envarado y pulcro sobre el fogoso caballo blanco, el viento le traía una lejana calentura del desierto, la miseria de las kabilas y los malolientes rebaños de la indigencia, y él galopaba de perfil hasta el toque de diana.

—¡Firrr… mes! —gritó el sargento al pelotón, yendo al encuentro del oficial y saludando—. A sus órdenes.

—Buenos días, sargento.

El teniente ordenó descanso y se plantó delante del potro con los brazos en jarras. Los reclutas retomaron su posición de descanso, mano sobre mano y con esa mirada vidriosa y bovina de los servidores de la patria en reposo, y el oficial instructor se paseó alrededor del potro golpeándose suavemente las hombreras de la sahariana con la fusta. El tintineo de sus espuelas evocaba la camaradería nocturna de jóvenes oficiales reunidos en la Sala de Banderas, risas viriles, taconazos y rumor de sables saliendo de las vainas.

—Por fin —dijo—. ¿Cuándo lo han traído, sargento?

—Anoche, mi teniente.

—Bien, bien, bien. —En sus ojos fijos en el potro de gimnasia bailaba un destello alegre—. Entonces, ¿todo arreglado?

—Bueno —el sargento bajó la voz—, ya era muy tarde, pero convencí al socio de Fermín para traerlo en su camioneta desde Hadú… Y pensé que debíamos tener una atención con él, mi teniente. Así que lo invité a un coñá. No, fueron dos…

—Hizo muy bien. ¿Algo más, sargento?

—… dos o tres copitas, sí.

—Luego me lo recuerda, cuando pasemos cuentas.

—No lo decía por eso, mi teniente, qué va —se apresuró a sonreír el sargento—. Si yo todavía le debo a usted por lo menos una docena…

—Luego, sargento —lo interrumpió con sequedad el teniente, dedicando su atención al potro.

Ya había tenido ocasión de examinarlo detenidamente en el gimnasio, pero ahora lo miraba a la luz del amanecer como si lo viera por primera vez.

Dio una vuelta a su alrededor y, con la mano enguantada, acarició el lomo con suavidad y cierta prevención; como si fuera un animal. A pesar del cuero deslucido y la raja en el costado, su serena fortaleza imponía respeto. El teniente examinó la raja y hurgó en ella con la fusta. Lo menos satisfactorio era la pata postiza; aunque parecía sólida y bien encolada, esa pata retorcida le daba al potro un aire funesto de alimaña, una dislocación perversa. El teniente retrocedió dos pasos ajustándose los guantes y, encarándose con el pelotón, entrelazó los dedos con tanta energía que se oyó claramente el crujido de los huesos.

—Tal como os había prometido, muchachos, hoy vamos a saltar el potro —dijo con la voz suave—. Hay dos maneras de hacerlo; una, con las piernas abiertas, como si jugáramos a saltar y parar, y la otra con los pies juntos, pasándolos por encima del aparato. Este salto presenta una mayor dificultad, así que —sonrió por un lado de la boca, divertido—, como todos sois unos valientes, no hay más que veros, empezaremos por ahí. Lo más importante, en esta disciplina atlética, son las manos y los pies. Poned atención: cuando yo lo diga, os vais situando de uno en uno allí, a unos veinte metros; cogéis carrerilla y, a un metro del aparato, más o menos, saltáis con los pies juntos y las manos por delante, apoyándolas un poco separadas sobre el potro, así, para que entre ellas puedan pasar los pies con las rodillas encogidas. ¿Me explico? Se cae del otro lado juntando los tacones, tieso y con las manos pegadas a los costados, así, fíjate. —Ahora miraba al recluta que tenía enfrente—. ¿Entendido?

—Sí, señor.

—No me llames señor, recluta. Yo no soy señor de nadie.

—A sus órdenes, mi teniente.

—Eso es. —Arqueó la fusta con las manos y dio un par de vueltas más alrededor del potro escrutando su aparente mansedumbre y calculando su edad, recelando su impostura, como si el potro le ocultara algún secreto—. Bien, creo que eso es todo.

Movió bruscamente la cabeza, buscó con los ojos risueños a los gallegos, siempre juntos y ateridos en la cola del pelotón, y sonrió con aire de chunga.

—Me parece que ya tenemos a más de uno acojonado. —Ajustándose de nuevo los guantes, miró al catalán—. ¿Verdad, Folch, que nos vamos a reír?

El recluta bajó la vista.

—Si usted lo dise, mi teniente…

—¿Te gustaría ser el primero, Folch?

—¿De saltar esto?

—Es muy fácil, hombre.

—Me parece que no, mi teniente.

Se oyeron risas en la formación. El sargento ahuyentó la cabra con el pie. Cerca del potro, los patos picoteaban un reguero de agua pútrida que venía de las porquerizas.

—Conque no, ¿eh? —dijo el teniente—. Está bien, yo saltaré primero. Pero sólo una vez, así que fijaos bien porque no habrá repetición. ¿Has comprendido, Folch? Después saltarás tú, y después tú. —Con la fusta apuntó a un muchacho taciturno con cabeza de pájaro y sedosa pestañas, Marcelino Pita Vega, el gallego que siempre se lamentaba de no haberse alistado en la Marina—. Si me lo saltas a la primera, Pita, mira lo que te digo: te pago un polvo con la puta más cara de Hadú. ¿Qué te parece? Pero has de prometerme que no se lo dirás al páter…

En medio de la rechifla general, que ya el sargento se aprestaba a reprimir, el recluta Pita esbozó una mansa y taimada sonrisa, y bajó los ojos al suelo y volvió a ver el cafetín moruno del barrio de Hadú, el té con yerbabuena en los vasos pringosos, los pinchitos calientes, los pajaritos fritos alineados en el mostrador y al propio teniente Bravo acodado en él, vestido de paisano con sombrero de ala flexible sobre los ojos y camelando a una mora de labios púrpura y ojos glaucos, la popular Aixa, que según los veteranos hacía maravillas en la cama. Era un domingo lluvioso al anochecer y Pita y varios paisanos suyos habían decidido por fin, venciendo la timidez, requerir los servicios de la furcia exótica… pero ese día el teniente se cruzó en su camino, y se les anticipó.

Ahora el teniente se alejaba con paso elástico hacia Carmencita, que trasquilaba hierbajos a medio camino de las porquerizas. Se paró y se volvió, encarándose al potro. Lo tenía a unos treinta metros y marcó la distancia trazando una raya en la tierra con la fusta. Mientras se quitaba las espuelas le hizo una señal al sargento, que acudió presuroso. «Déjelas por ahí, sargento», dijo al darle las espuelas. El sargento permaneció a su lado en espera de lo demás, pero el teniente no se desprendió de las botas ni de la pistola ni de la fusta, ni siquiera se aflojó el correaje, así que los reclutas pensaron: Debe de ser un salto muy fácil. Algo asustó a la cabra, dio un brinco y se alejó.

—Usted también, sargento, puede retirarse —dijo el teniente. Y mirando a los reclutas—: Fijaos bien.

Los brazos en jarras, la barbilla enhiesta, miró al potro con desafiante apostura, calculando la velocidad y el ímpetu del salto. No se lo pensó mucho. Doblando un poco la cintura, dio un imperceptible saltito a modo de estímulo y emprendió la carrera, espoleándose el muslo con la fusta. Corría con buen estilo, pero no daba la impresión de velocidad ni de empuje —le ocurría exactamente lo mismo cuando jugaba al fútbol con los reclutas: mareaba al adversario con endiablados quiebros y fintas, pero nunca daba la sensación de poder llevarse el balón hasta la portería contraria, a no ser que ellos se lo permitieran, lo cual ocurría a menudo.

Mucho antes de llegar al potro, el teniente se dio cuenta de que andaba lento. Cuando le faltaban un par de metros sujetó la fusta con los dientes y dejó las manos libres, juntó los pies y saltó. Se elevó poco, y además no soltó a tiempo las manos del potro y la bota izquierda tropezó con la muñeca. Llevaba tan poco impulso, que casi no fue una caída; se abrazó al potro y se dejó resbalar suavemente del otro lado hasta apoyar la mano en el suelo. Todo ocurrió tan rápido que nadie tuvo tiempo de reaccionar, y cuando el sargento inició un ademán de ayuda, el teniente ya se había incorporado.

—No pasa nada —dijo recuperando la fusta y el gorro, que se encasquetó jovialmente sobre los ojos echando la cabeza hacia atrás, dedicándole muecas al sol y a sí mismo. Sonriendo, flexionó las piernas un par de veces y hubo risitas en el pelotón, pero no exactamente de burla; risas solidarias con el teniente, con su estilo acrobático y volatinero, con su deportiva manera de encajar un revés.

Se quedó un rato observando el potro de cerca, mientras se ajustaba los guantes, y luego se encaminó otra vez hasta más allá de la línea que él mismo había trazado. Dos gallinas le siguieron un trecho, luego se desviaron picoteando la tierra con saña. Al darse el teniente la vuelta en la orilla de la explanada, cerca de las porquerizas, los cerdos empezaron a chillar todos a una como obedeciendo a una orden, una lenta ráfaga de viento levantó un ala de polvo bermellón y el recluta Folch vio a su abuela sentada en una silla baja en los lindes de la era soleada y desplumando una gallina en su regazo, a miles de kilómetros de allí.

Cuando el recluta volvió a abrir los ojos en medio del polvo, el teniente Bravo estaba inmóvil en la línea de salida, la mirada fija en el potro. Se concentró unos segundos, bajó la vista, se gritó a sí mismo «¡Ya!» y emprendió una carrera más reflexiva y voluntariosa, más estratégica; balanceaba ligeramente los hombros, parecía ir más confiado, sobrado de facultades. Sin embargo, no llevaba más velocidad ni más fuerza que la vez anterior, era sólo una especial confianza en sí mismo que le proporcionaba la bondad de su estilo, sus buenas maneras y su entereza y serenidad ante cualquier riesgo. En eso era muy exigente consigo mismo y con la tropa: «¡Folch, destripaterrones, manejas el fusil como si fuera un azadón!», solía gritarle en las prácticas de tiro: «¡La bala hay que mimarla! ¡No basta con tener puntería, manazas, payés del carajo, hay que tener estilo! ¡Modales de soldado, coño!», y sus duros ojos negros, mientras se paseaba a lo largo de la línea de fusileros cuerpo a tierra, espiaba por encima del hombro la furtiva relación personal que cada recluta establecía con su fusil: la mano golpeando rabiosamente el cerrojo, metiendo la bala en la recámara, restregando con suavidad la mejilla en la culata, acariciando el gatillo con el dedo.

A mitad de carrera el teniente vio la cabra que se le iba a cruzar, masculló «¡Carmencita, cabrona!», y parpadeó confuso como si despertara de un sueño. La cabeza enhiesta, una gallina trotaba en el reguero de agua negra y hedionda que provenía de las porquerizas, salpicando a la cabra. El teniente cambió el paso y afrontó el potro alegremente, el cuello muy estirado y el elegante torso envarado en el aire como si volara sentado con la espalda muy recta. Pero el pesado lastre de las piernas impuso su ley, y mientras todavía se elevaba, el teniente recibió la certeza del descalabro como una bofetada en la frente y echó la cabeza para atrás igual que un caballo frenado en plena carrera. Con la punta de las botas —las dos, esta vez— rozó el lomo del potro y cayó escorado sobre el costado, de manera fulminante, como si la tierra quisiera tragárselo.

Esta segunda caída lo hundió en la perplejidad y permaneció sentado en el suelo durante unos segundos, meditando su mala suerte. Tenía una raspadura en la barbilla, difusa, como si sudara sangre, y desgarrado el guante de la mano derecha. El sargento ya había recogido el gorro y la fusta y estaba indeciso a su lado, mirándole con sus pequeños ojos amarillos incrustados en morcilla que reflejaban preocupación y alarma, cuando, en el pelotón, se escuchó la voz ronca y estomacal: «Se va a caer, mi teniente».

El sargento dio un respingo como si le hubiese picado una avispa.

—¡¿Quién ha sido el gracioso?! —bramó—. ¡Que salga de la formación ahora mismo o de lo contrario os mando a todos a la cocina a pelar patatas hasta que os licencien! ¡Pero ya, rápido!

—Tranquilo, sargento. —El teniente se incorporó elásticamente, de un brinco, y esta vez apenas sacudió el polvo de la sahariana ni recompuso el correaje—. Luego nos ocuparemos de eso.

—Por lo visto tenemos aquí a un listillo —dijo el sargento—. ¡Da la cara, payaso! ¡Con el fusil y el macuto y una emisora de veinte kilos en la espalda los obligaría yo a saltar, mi teniente, a ver si les quedaban ganas de cachondeo!

—Saltarán cuando yo diga.

Jadeando un poco, el teniente se paseaba de nuevo alrededor del potro con los brazos en jarras. El sargento, furioso, en tres zancadas se situó detrás de la formación farfullando amenazas y escrutando los cogotes pelados de los reclutas como si quisiera taladrarlos con los ojos: «¡Os voy a meter otro pelado a navaja que se os verán los sesos!». El teniente le reclamó la fusta y se golpeó con ella los tacones altos y bruñidos de las botas, examinándolos a la patacoja, pensativo. Son las botas, se dijo a regañadientes, lamentando no habérselas quitado.

El sargento carraspeó a su lado:

—Son las botas, mi teniente. Pesan lo suyo.

—Sé muy bien lo que pesan mis botas, sargento.

—Con su permiso, yo que usted me las quitaría —dijo el suboficial con la voz neutra, rasposa—. Seguro que el problema está ahí…

—No hay ningún problema con las botas, sargento. Estoy calculando mal la distancia, eso es todo.

—Ah, si es eso —concedió el sargento—. De todos modos, mi teniente, con esos tacones, y además con el correaje y la pistola…

—¡Vamos a dejarlo, sargento! —cortó el teniente.

—A sus órdenes.

—Eso es. Muy bien.

Una bandada de frenéticas gaviotas sobrevoló las porquerizas y los cerdos arreciaron en sus chillidos.

El sargento Lecha no se daba por vencido.

—Con su permiso, mi teniente —añadió con talante reflexivo—, se me acaba de ocurrir una cosa... ¿Y si ponemos el potro más lejos?

El teniente lo miró en silencio y, mientras se frotaba vigorosamente la barbilla dolorida, esbozó una mueca de fastidio.

—Soy yo el que debe situarse más lejos —murmuró lanzando un guiño de complicidad al pelotón—. Siempre más lejos, ¿verdad, muchachos?

Algunos reclutas asintieron sonriendo, en especial el grupito de sabihondos pelotillas barceloneses —Malet, Marés, Molist, Munné—, y el teniente añadió:

—Me está bien empleado, por confiarme. Bien, a la tercera va la vencida.

Respiró hondo llenándose los pulmones de brisa marina. El sol empezaba a calentar. Sintió una dolorosa punzada en la cadera y la súbita impresión de tener una pierna más corta que otra. Se echó el gorro sobre la ceja, saludó jovialmente a la formación y, dando media vuelta, regresó con el paso largo y resuelto al punto de salida. Delgadas y melodiosas voces de ánimo se elevaron desde la cola del pelotón, y el sargento tronó:

—¡Al primero que vuelva a chistar le corto los huevos!

El sol se había desmarcado del cárdeno horizonte. Rayos sonrosados atravesaban las juntas de las cañas en las porquerizas y encendían el morro de los cerdos. Se hacía más sordo el rumor de las olas abajo en la playa invisible, un pedregal tiznado de alquitrán y de irisados pellejos de medusa como pompas de jabón.

Parado en el extremo del campo, el teniente Bravo avanzó el pie derecho inclinando el cuerpo hacia delante, como los corredores de medio fondo, y escrutó la sumisa quietud del potro entornando los párpados. Tenso, con la cólera aplazada, se balanceó ligeramente, presto a dispararse. En cuanto logre el primer salto, pensó, los demás vendrán rodados. La cosa no tenía la menor pega, sólo había que elevar los pies un poco más y evitar cualquier roce: saltaré con las botas y el correaje, o no saltaré. En realidad, se decía el teniente, es una simple cuestión de centímetros...

En el pelotón se había hecho el silencio. Folch, Amores y los gallegos contenían la respiración mano sobre mano. El sargento ahuyentó a las gallinas con el pie y después se quedó inmóvil y como agarrotado mirando de soslayo al teniente —quería y no quería verlo saltar—, que por fin arrancó a correr espoleándose con la fusta. Una mueca horrible y resolutiva torcía su boca y parecía ir más fuerte y más rápido, espoleándose con saña. Viéndole correr así, congestionado y con ojos de loco, el sargento y el pelotón presintieron esta vez no sólo el batacazo inmediato, sino también la magnitud del desastre que se avecinaba. Las botas del teniente parecían de plomo, y pasarlas por encima del potro de gimnasia, una tarea imposible. El salto fue, en efecto, peor que los anteriores, por cuanto toda la fuerza generada durante la carrera para obtener un mayor impulso sirvió precisamente para remachar aún más la escalofriante caída. El descalabro se produjo de forma tan rápida y contundente que dejó a todos estupefactos: visto y no visto, el teniente ya estaba en el suelo, peleándose consigo mismo en medio de una nube roja de polvo. ¿Cómo se podía encajar semejante morrazo sin decir ni pío?, se preguntaban los reclutas.

Con dolor intensísimo en el hombro, hematomas en la frente y en el pómulo, y un roto en el pantalón a la altura de la rodilla, que asomaba sangrando, el teniente permaneció unos segundos sentado en el suelo, jadeando, y luego rebrincó como un torero revolcado alejando a los subalternos.

—¡Quietos, coño! ¡Me cago en la leche puta, quietos!

A decir verdad, nadie en la formación se había movido. Los gallegos especialmente, y el propio Folch, estaban paralizados por un vago sentimiento de frustración y de pena. Otros reclutas, más próximos al potro —Farias, Fisas, Faneca, Falcón—, dieron por fin un paso al frente precipitándose en ayuda del teniente, y lo mismo hizo el sargento Lecha. Pero el teniente los frenó a todos aullando:

—¡Que nadie se mueva o le meto un paquete! —El revolcón le había girado el pantalón de montar y lucía la bragueta casi en la cadera—. ¡Quieto ahí, sargento, no le necesito para nada!

El sargento se mantuvo apartado a prudente distancia durante unos segundos, y luego, las manos a la espalda, mirando de reojo al potro, se acercó con paso gallináceo.

—Con su permiso, mi teniente, me parece a mí que este bicho tiene una pata torcida y que, al saltar, se mueve.

—¡¿El qué, sargento?! ¡¿Qué es lo que se mueve?!

—La pata esa. ¿Se ha fijado?

—¡No, sargento, no me he fijado en la pata esa, joder!

Los patos también se habían acercado, culeando, a picotear entre las pezuñas del potro.

—Y tiene una inscripción, ¿no la ha visto? —dijo el sargento—. Mire, mi teniente, aquí. Se lee muy mal.

—No me interesa, sargento.

—Lo han hecho con una navaja, mire.

Los reclutas miraban al sargento con una mezcla de curiosidad y de miedo. ¿Qué se proponía con tanta charla, hacer estallar al teniente? Éste terminó de sacudirse el polvo y de enderezar nuevamente su correaje, y no parecía hacerle caso. Entonces, con la voz compungida y susurrante, renunciando a hacerse oír, el sargento añadió:

—Y además hay un ratón.

El teniente se disponía a agacharse para recoger la fusta y suspendió el gesto.

—¿Qué anda usted murmurando, sargento?

—Decía que hay un ratón escondido en el potro. Anoche lo vi, mi teniente. No es que el ratoncillo tenga nada que ver con saltar bien o mal, no digo eso, de ningún modo. Lo digo sólo para que usted lo sepa, con su permiso.

Se había acercado al teniente, que ahora lo miraba erguido y algo confuso, sin un parpadeo, reprimiendo la cólera.

—Está bien, sargento. Haga el favor de permanecer donde le he dicho. Y sin comentarios.

—A sus órdenes.

El sargento se apresuró a coger del suelo el gorro y la fusta, pero, intentando ganar tiempo, lo mismo que la vez anterior, antes de entregar ambas cosas al teniente esperó un poco, examinando su cara con respetuosa atención.

—Tiene usted sangre, mi teniente.

—¿Dónde cojones ve usted sangre, sargento?

—Aquí, mi teniente, con su permiso —indicó la frente rasguñada y el pómulo, y añadió—: Con su permiso, es sangre. Convendría…

—Narices. ¿Dónde está la sangre, eh? —tanteándose la frente el teniente—. ¡¿Dónde ve usted sangre, joder, dónde?!

Le arrebató de las manos el gorro y la fusta. Llegaba un débil cante moruno del otro lado de los barracones, el sonido de una armónica y luego voces de mando, y un repentino silencio; el viento intermitente traía el fragor y el olor a sal del oleaje, los cerdos afilaron sus gruñidos y entonces los reclutas más analfabetos y torpes del pelotón, los más ineptos y asustadizos y negados para la milicia —los dulces gallegos, pero también Folch— tensaron los nervios y alzaron el mentón y adoptaron instintivamente la posición de firmes, sin que nadie hubiese dado la orden; algo en el ambiente lo aconsejaba, cierta distensión que la sangre había captado antes que la mente, una merma sutil en la autoridad del teniente. Y en esa espontánea posición de firmes, miraban en torno esperando alguna ayuda, que llegara un superior y mandara parar aquello, romper filas y todos a desayunar el cazo de agua sucia al que llamaban café… Pero no era probable que se acercara ningún otro oficial del campamento, cada cual andaría en lo suyo. En lo alto del sendero, dos moros viejos que en ocasiones hacían de pinches de cocina acarreaban una gran perola, y a un lado, asomado a la ventana del barracón-dormitorio, el gordo cabo furriel sacudía su manta seguramente plagada de chinches; ninguno de ellos prestó atención a lo que ocurría allí en la explanada.

Esgrimiendo la fusta, con talante maniático y la respiración quebrantada, el teniente Bravo se paseaba alrededor de su enemigo. «Me cago en tus muertos», dijo entre dientes serenamente, reflexivamente. El sargento lo miraba sin saber qué hacer, su preocupación iba en aumento.

—Qué, mi teniente, ¿probamos ya a ver qué tal saltan los reclutas…?

—¡Probamos una leche! —rugió el teniente, y se plantó frente al potro con los brazos en jarras y resoplando—. ¡Eso es lo que vamos a probar, la leche que mamé!

—Suai-suai, mi teniente. Tómeselo con calma, por el amor de Dios…

—¡Eso es lo que hago, sargento!

Y escrutaba el potro con mirada taciturna, como si recelara de sus medidas reglamentarias o de la bondad de los materiales con que había sido fabricado, mientras enrollaba un pañuelo blanco y ceñía con él su maltrecha frente, anudándolo en la nuca: de inmediato florecieron en la tela diminutas rositas de sangre. El pelotón se removía inquieto, fatigado por la misma postura. El teniente inclinó la cabeza vendada y cerró los ojos un instante, mordiéndose los labios. Bruscamente volvió la espalda y se encaminó hacia su línea de salida; iba cabizbajo, maldiciendo su suerte, abrumado por una adversidad cuya porfía y contundencia inesperadas lo desconcertaban. Al llegar a la línea de salida la borró con el pie, trazándola cinco metros más lejos. El hedor de la pocilga lo envolvía ahora por completo, deprimiéndole. No le pareció una distancia suficiente y se alejó aún más, pisando precavido un terreno blando y resbaladizo. Se paró y giró en redondo. De espaldas al griterío de los cochinos, mientras se quitaba los guantes a tirones, respiró en el aire caliente la bazofia encharcada y nauseabunda y también el tufillo zorruno de su propia impotencia, la enfurecida sangre que le taponaba la nariz y le golpeaba las sienes. Esta vez se tomó su tiempo: prendió los guantes del cinto, revisó los tacones de las botas golpeándolos con la fusta, se ajustó el correaje y flexionó las rodillas un par de veces. «Las botas, bueno, seguramente es eso —pensó otra vez—, pero no me verán quitármelas.»

En el pelotón, todas las caras estaban vueltas hacia él, como en un desfile, y no se oía una mosca. El sargento se había situado junto al potro, quizá en previsión de otra caída y esperando poder atenuarla de algún modo. El recluta Pita prefirió mirar hacia el lado contrario, a lo lejos, al Peñón que parecía elevarse espectralmente de la tierra con un anillo de neblina azul en su base, y su imaginación asustada voló sobre el Estrecho como una gaviota planeando libre y feliz, y de pronto, con los ojos lelos muy abiertos —los de la gaviota que él imaginaba ser ahora— vio desde el aire la sombra imponente de un acorazado hundido bajo las aguas con la quilla apuntando al sol…

—¡Fuera de ahí, sargento, hágase a un lado! —El teniente Bravo hizo silbar la fusta en el aire. Clavó los ojos en su odiado enemigo, escupió en la tierra apestada y pisó con cautela la imaginaria línea de salida. Se balanceó dos veces sobre el pie y se lanzó impetuosamente a la carrera, espoleándose con la fusta y sin poder reprimir una punta de histerismo en el codo y en los giros furiosos de la muñeca. Ahora braceaba menos y sacrificaba el estilo en beneficio de la fuerza, consiguiendo una zancada más larga y poderosa. Afrontó el salto con los pies impecablemente juntos, pero pesados y tardones, como si calzara botas de plomo soldadas entre sí. Por contra, la cabeza se le fue para atrás, pareció que se desnucaba en el aire. Tropezó, esta vez no ya con los pies, sino con las piernas, casi con las rodillas; de hecho, antes de apoyar las manos en el potro tensando la espalda, el resto del cuerpo ya se había entregado a la derrota y abortaba el vuelo, aceptando la costalada. El teniente cayó mal, rápido y de morros, sin tiempo de atenuar el choque interponiendo los brazos. Un hilo de sangre brotó de su nariz y súbitamente se le infló el labio.

El sargento y dos reclutas se precipitaron en su ayuda. «Se ha pegado un hostión del carajo», murmuró Pita, abandonando momentáneamente el fantasma del acorazado hundido en el fondo del mar junto con sus frustradas ansias marineras.

—¡Por Cristo, mi teniente, ya está bien! —dijo el sargento—. Se va a hacer daño.

Desde el suelo, el teniente lo contuvo con una maldición.

—¡Cago en la puta madre, sargento, ¿no le he dicho que no se mueva?! ¡Cago el copón divino y la madre que parió a Abd-el-Krim en el desierto! —Hizo una pausa, y, pensativo, se miraba las rasguñadas palmas de las manos—. ¡Fuera todo el mundo! ¡No ha pasado nada!

—Pero mi teniente, hágame usted caso…

Se calló el sargento esperando una cascada de insultos, pero el teniente se limitó a jadear. Recostado en un codo, el rostro manchado de sangre y polvo mezclados, con el rabillo del ojo atisbaba la puñetera quietud del potro erguido a su lado, incólume y vetusto, ensimismado y maligno sobre sus escuálidas cuatro patas; lo miraba el teniente con los dientes apretados y el corazón en un puño, resoplando, mientras los patos se acercaban de nuevo meneando el trasero, husmeando en las suelas de sus botas la plasta de mierda que se había traído de las proximidades de la pocilga.

Tardó un poco en levantarse, pero lo hizo ágilmente, lamiéndose el labio y estirando los faldones de la maltrecha sahariana.

—Si le parece, mi teniente —carraspeó el sargento—, mando romper filas y lo dejamos para mañana…

—¡¿De qué me está hablando, sargento?! ¡¿De qué cojones me está hablando?!

Se había quitado el pañuelo liado a la frente para limpiarse la sangre de la nariz. Después de un minuto de silencio, el sargento se plantó delante del potro e hizo el siguiente comentario:

—Pues no señor, que no, que no veo yo bien plantado a este potro de gimnasia. Juraría que se asienta mal, que está torcido, el cabrón.

—No diga tonterías, sargento.

—Tiene una pata postiza, mi teniente, ¿se ha fijado? —insistió.

—¡Sí, me he fijado!

—Me parece a mí que su altura no es la reglamentaria.

—¡Ah, muy bien! —estalló el teniente—. ¡Y ahora el sargento nos va a decir cuál es la altura reglamentaria de un potro de saltos! ¡Naturalmente!

Su mirada hastiada tropezó a lo lejos con la silueta fantasmal del Peñón y automáticamente pensó: cuatrocientos veinticinco metros de roca calcárea, la espina clavada en el corazón de todos los españoles, el sargento es un cretino pero buena persona… Con la fusta se golpeaba nervioso las botas y se paseaba otra vez alrededor del potro mirándolo como si quisiera arrancarle su maldito secreto, parecía un hombre acosado y sus compulsivas maneras impresionaban a los reclutas, sobre todo su creciente deterioro físico: la sangre que ahora fluía de su ceja y le tapaba el ojo, el labio partido, las erosiones en la barbilla y en la frente, las manos atropelladas y el roto del pantalón. La cabra taciturna se acercó y miró al teniente con el rabillo de su ojo de charol, grande y limpio, y luego se dirigió a la cabeza del pelotón a husmear las piernas peludas. «Carmencita, chúpamela», se escuchó ronca pero dulcemente, casi en tono de verdadero cariño, al recluta ventrílocuo amparado en el anonimato.

El viento firme del Estrecho traía rumor de olas estrellándose en la rompiente y chillidos de gaviotas, cuando el sargento Lecha ahuyentó a Carmencita de un puntapié y volvió hacia el teniente su roja faz muy compungida, procurando sonreír; lo único que podía hacer era ganar tiempo, intentar retrasar el próximo salto con cualquier pretexto.

—Con su permiso —empezó en tono risueño—, yo diría que se ha ganado usted un coñá, mi teniente...

Antes de contestar, el teniente observó, muy interesado, una repentina efusión de polvo rojo alrededor del potro.

—¿De qué demonios me está hablando ahora, sargento?

—Del coñá que todavía le debo a usted, mi teniente.

—Usted no me debe nada, sargento. —Volvió a ceñirse en la frente el ensangrentado pañuelo, mientras se lamía el labio partido.

—Un coñacito, ande, uno solo. Es bueno para los nervios —insistió el sargento, pero ya sin convicción, extraviado en su propio discurrir—, aunque sea de garrafa, eso dicen, que el brigada Mir rellena la botella cada noche... Y nos tomamos un descansito. Ande ya, mi teniente, que aquí los muchachos se están durmiendo de pie.

—¿Qué se propone, sargento? —inquirió el teniente, receloso—. ¿Y quién le ha dicho a usted que esta bazofia que sirven en la cantina es buena para los nervios? ¡¿Por qué tenemos que tomarnos ningún descanso?! ¡¿Por qué me induce usted a discutir bobadas delante de la tropa, sargento?!

El viejo chusquero bajó la cabeza y se rascó el cogote. Vio a una de las gallinas picoteando en el polvo y consideró seriamente la posibilidad de arrearle una patada en el culo capaz de hacerla volar hasta la cima del Peñón, cuando, al levantar la vista, advirtió que el teniente Bravo, escurridizo, imparable, estaba ya una vez más asomado a su abismo particular, allá en su línea de salida. Por Cristo, se dijo el sargento, ¿no habrá nada capaz de frenar a este hombre?

En el momento en que echaba a correr, Carmencita levantó la cabeza y lo miró desde la orilla del campo, Folch cerró los ojos y el gallego Pita volvió la cara ensimismado y prefirió contemplar un viejo petrolero que navegaba lento y silencioso por el Estrecho, un trémulo espejismo de herrumbre y soledad deslizándose sobre el alegre cabrilleo del sol en el agua.

La carrera del teniente fue corta y compulsiva, y el salto un garabato ansioso que se fijó en el aire un brevísimo instante. Apenas se hubo elevado, el teniente quiso suplir con su buen estilo lo que las fuerzas le negaban, pero los brazos se le doblaron y cayó pesadamente del otro lado como un saco de patatas. La boca todavía abierta, golpeó con la barbilla contra el suelo y la formación entera oyó el estrépito de dientes entrechocando y hasta el crujido de los huesos de la mollera. Revolotearon asustadas las gallinas y quedó flotando en el aire un plumón irisado que se meció unos segundos sobre el potro.

«Una castaña de puta madre», susurró un recluta en la segunda fila del pelotón.

—¡Quieto todo el mundo! —ordenó el teniente arrodillado, las manos apoyadas en tierra—. ¡Va también por usted, sargento! ¡Me cago en la leche que mamó el potro, que nadie se mueva!

El sargento Lecha, perplejo, miraba la faz contraída del teniente, la sangre espesa que manaba de su nariz, e intuyó súbitamente que su perplejidad ante esta sangre derramada no era tal vez lo que mejor se correspondía con un militar. Así que meneó la cabeza y pensó en otra cosa.

—Mi teniente, usted dirá lo que quiera, pero este aparato no está en condiciones. —Con las manos apaciblemente cruzadas en la espalda, el sargento se acercó a examinar el potro—. Hum.

Tranquila, remolona, las fláccidas odres pendulando entre las piernas, Carmencita merodeaba detrás del pelotón, y se paró a olisquear las pantorrillas blancas y muelles, casi femeninas, de los gallegos. El teniente se incorporó con una resabiada parsimonia, mirándose las manos despellejadas con extrañeza, como si fuesen las manos de otra persona. El sargento observó a dos hormigas rojas y grandes, articuladas como artefactos mecánicos, paseándose alrededor de la estrella bordada en el pecho del teniente. Con los oídos silbándole, magullado, terco, irreductible, el teniente se tragó la sangre de la nariz y miraba el potro con talante reflexivo.

—Hum —repitió el sargento, inclinándose sobre la pata postiza para examinarla más de cerca—. Algo tiene esa pata, mi teniente. No sabría decirle si es más larga o más corta que las otras —se emperró el sargento en la idea, cabeceando, ceñudo—, pero yo diría que no se asienta bien…

—Retírese, sargento.

—Si da usted su permiso, yo creo que los muchachos ya se han hecho cargo de cómo hay que saltar…

—¿Cómo van a hacerse cargo si todavía no me han visto saltar? ¿Quiere usted explicarme eso, sargento?

—Ya, pero de todos modos es como si hubiera usted saltado, mi teniente.

—Pero aún no he saltado…

—Sí, pero ya tienen una idea…

—¡Sin embargo, sargento, lo que resulta evidente incluso para esta cabra es que yo aún no he saltado el potro! Será porque no le tengo tomada la distancia, o porque no es mi día, o por las botas o por mil pollas en vinagre, ¡pero por la leche que me dieron que lo saltaré, así tengamos que pasarnos aquí todo el puto día! ¡¿Me explico, sargento?!

—A sus órdenes.

El sargento se cuadró, dio media vuelta y consultó su reloj. Luego miró hacia la trasera del barracón verde, en la ladera de las basuras: nadie a la vista, aún faltaba más de una hora para ver allí algún soldado pelando patatas o abriendo pescados y sacándoles las tripas. Que llegue alguien, pensó, que alguien interrumpa este disparate. Decidido a ganar tiempo al precio que fuera, el sargento aventuró una nueva hipótesis.

—Mi teniente, ¿y si ponemos un apoyo aquí delante del potro, como un pedestal para facilitar el salto?

—¡¿De qué pedestal de los cojones me está hablando, sargento?!

—Una piedra, unos ladrillos…

—¡Ladrillos! ¿A qué demonios cree usted que estamos jugando?

Y le volvió la espalda y se fue cojeando y limpiándose la sangre de la cara con desdeñosos fregoteos de la bocamanga. Al pasar frente a la cola del pelotón miró al recluta larguirucho y sombrío que iba para cabo de gastadores —Fermín Freiré Albariño, de Albarín, provincia de Lugo— y le guiñó el ojo amoratado, y el recluta sonrió confuso. De un fuerte tirón el teniente desprendió los guantes del cinto y se los enfundó otra vez, quizá para ocultar las manos despellejadas; o era simplemente un ritual de gestos para aplacar los nervios, para darse ánimos.

Se fue mucho más lejos, se paró y se dio la vuelta, y, mientras terminaba de ajustarse los guantes, lanzó al potro —clavado siempre en el mismo sitio, pero ahora con una apariencia trémula de araña dormida, emborronada por las vibraciones de la luz al ras de la tierra ya recalentada por el sol— una mirada torva y venenosa con su ojo circundado de sangre. El teniente sabía que era su última oportunidad. Sobreponiéndose al dolor y a la rabia, rebosante de amor propio, dirigió también una mirada a sus reclutas, pero desde muy lejos, desde una región íntima, despiadada y violenta adonde ellos no podían seguirle, más allá de su propia aceptación del error y la impotencia y la sangre, más allá del polvo y la derrota. Por su parte, los reclutas respondieron afirmándose en su medrosa pero solidaria posición de firmes, asombrados, mirando la nada con resolución. Y a su lado, ya sin capacidad de reacción, el sargento Lecha aguardaba el fin de la insensata aventura con las manos cruzadas en la espalda y la cabeza gacha, observando entre sus pies los furiosos picotazos que la gallina daba a una lombriz.

Agazapado en la línea de salida, el teniente se congeló en una estatua, en suspenso el primer paso, la rodilla casi en tierra y empuñando la fusta paralela a la pierna avanzada. Sentía un intenso dolor en la cadera. Su rostro parecía ya el de un loco, duro y desesperado, fijo siempre en su enemigo con una crispación maniática, como esperando captar en él un falso movimiento, como queriendo sorprenderle en un descuido, desenmascarar su impostura. Se apoyó en un pie, luego en el otro, balanceando suavemente la elegante espalda. Tras él, los cochinos del brigada redoblaron su desdichada sinfonía de cuchillos afilándose, y entonces, al bajar los ojos al suelo para concentrarse mejor en la carrera, el teniente vio delante de su pie una estrella de mar reseca moviéndose, girando en sentido rotatorio, transportada por un ejército de hormigas. Quiso concentrarse en el salto, pero su mirada se sentía atraída por la estrella muerta y las asombrosas hormigas (¿cómo había llegado la estrella de mar a este páramo encendido de sol y de banderas sobre la escarpada falda de una colina?) hasta que, por fin, el teniente cerró los ojos y apretó los puños y arrancó a correr espoleándose maniáticamente, cojeando y con una breve efusión de polvo rojo en los talones. Corría manteniendo el torso envarado y muy adelantado con relación a las piernas, como si la mitad inferior del cuerpo no pudiera ya seguir el gallardo mandato de su voluntad inquebrantable, belicosa, y con la fusta hostigaba su cadera y sus botas sin parar, hablándose a sí mismo entre dientes, mascullando maldiciones. Bruscamente, como si quisiera sorprender al potro empleando una estrategia inesperada, se inclinó y corrió agazapado el resto de la carrera. Algunos reclutas cerraron los ojos para no verlo, y en medio del pelotón, de nuevo la voz de hojalata arrugada, intestinal e inmisericorde del recluta ventrílocuo anunció: «¡A mí la Legión, que me hostio!», pero esta vez nadie se rió. Pita apartó la vista, Amores parpadeó incrédulo y Folch giró despacio la cabeza a un lado. El teniente Bravo estaba lanzado a una carrera furtiva, de animal acosado y corcovo. Bastante antes de llegar a su objetivo se irguió, arrojó la fusta al aire, clavó la barbilla en el pecho y pegó los brazos a los costados; corrió el último trecho como si cumpliera una penitencia. La funda con la pistola rebotaba en su ingle y él recibía los golpes como una forma más de hostigamiento. En el tramo final que precedía al salto, por su mente desfilaron vertiginosamente todos los saltos fallidos que había dado en su vida y entonces se acordó de la cosa más tonta e incongruente: «Anoche me olvidé de engrasar la pistola». Al margen de una imprevista sensación de vacío —en el interior del potro, en su perversa entraña, al apoyarse en el lomo el teniente notó algo vivo que pataleaba y que transmitió un hormigueo a sus manos— el salto fue un prodigio de bravura y estilo, pero iba tan mermado de fuerzas y tan sobrecargado de gallardía y de pasión y de cojones que, antes de darle tiempo a retirar las manos, las muñecas se le doblaron como si fuesen de trapo, las rodillas golpearon el canto del potro y su cuerpo se volteó vertiginosamente cabeza abajo como esos muñecos del futbolín que giran ensartados en la barra. El teniente se fue de morros contra el suelo y sin protegerse con los brazos, renunciando a cualquier atenuante o acomodo, y quedó tendido boca abajo, inmóvil, sangrando por la nariz y la boca.

El sargento Lecha corrió hacia él y se arrodilló advirtiendo enseguida la magnitud de la costalada. El teniente se quiso incorporar y volvió a caer de bruces, extenuado. La sangre manaba de su nariz como de un grifo. Con la ayuda de cuatro reclutas, el sargento intentó organizar el traslado del herido, que ofreció alguna resistencia. Ordenó el teniente que le dejaran tranquilo, que se apartaran todos, quería levantarse sin ayuda. Recostado en un codo, rendida la cabeza, jadeaba apaciblemente, en una postura incómoda y sumido en una especie de autoconmiseración abyecta. Tenía los ojos en blanco y en su boca torcida florecía una espuma rosada. Lo intentó, pero no pudo. Las hormigas se afanaban alrededor de la estrella de su bocamanga, se encaramaban por sus botas entre el polvo y escalaban la funda de su pistola, y a manotazos se libró de ellas. Lo último que hizo, antes de entregarse, fue arrancar el pañuelo de su frente y arrojarlo lejos. El sargento bramaba órdenes, se acercaron más reclutas a ayudar y se estorbaban entre sí, todos querían sostener al caído por los brazos y las piernas y por fin lo alzaron y giraban con él en sentido rotatorio, obedeciendo órdenes confusas y contradictorias, rectificando el giro ora a la derecha, ora a la izquierda y vuelta a empezar, sin enfilar la dirección correcta. Sentían en sus manos atolondradas el peso liviano del pelele, y de algún modo, a través de las contracciones y el terco pataleo que no se daba por vencido, percibían también aquel otro peso preceptivo y beligerante, hondo y nacional, el peso misterioso y prestigioso de los huevos y las agallas y el ardor guerrero; y sería probablemente ese precario sentimiento de lo irracional y lo sanguíneo lo único de provecho que algunos reclutas se llevarían a casa al licenciarse, si es que después de dieciocho meses presentando armas podían aún recordar esa fugaz percepción.

Mareado por tantas vueltas, debatiéndose en la semiinconsciencia, el teniente levantó la mano enguantada en medio de una nube de polvo y dijo: «¡Dejadme, cabrones!», y sufrió un acceso de tos.

Cuando por fin cinco reclutas se lo llevaron, inerme, con la fusta y el gorro cruzados sobre el pecho, aún tuvo fuerzas para volver la cabeza y, parpadeando, cegado por el sol y la sangre, lanzar a su invicto enemigo, el potro desventrado y cojo, una última mirada que pretendía fulminar una vez más su apariencia inofensiva y bovina, su engañosa sumisión.

El pelotón permaneció clavado en su sitio, viendo cómo se llevaban en volandas al teniente Bravo; lo último que vieron de él ese día fueron sus formidables botas desapareciendo rápidamente detrás del barracón verde, camino de la enfermería. Gritando órdenes detrás de la comitiva, el sargento Lecha volvió la cabeza y sólo entonces advirtió que la formación seguía allí en el páramo en posición de firmes, bajo un sol ya rabioso, todos absolutamente disciplinados y estupefactos. Llegaba apaciguado y remoto el eco de la resaca marina, que ahora babeaba una espuma negra a lo largo de la costa. El viento se había encalmado. El sargento bramó:

—¡Rompan filas!

Apéndices

«Teniente Bravo» y yo

Aquello que va del chiste a la novela.

Antes de correr su aventura en letras de molde, *Teniente Bravo* vivió durante algunos años una compulsiva y aplaudida carrera como relato oral, casi como chiste, contado por mí a los amigos y conocidos, generalmente en tertulias de sobremesa y tomando unas copas. Resultaba una anécdota medio escenificada, aparentemente antimilitar, de una comicidad infalible y contundente por poco que uno se esforzase en contarla bien, y yo solía esforzarme.

La desgraciada historia de los repetidos descalabros del joven teniente Bravo fascinaba, en primer lugar, al propio narrador. Algunos de mis amigos más frecuentados, y pienso sobre todo en el poeta Jaime Gil de Biedma, me han escuchado contarla tantas veces —en ocasiones a petición de ellos mismos— que conocen las diversas variantes que ha impuesto el paso del tiempo, el olvido y la propia dinámica interna del relato. Como los buenos vinos, la historia mejoraba con los años.

Al repetirla tantas veces, parece que fui aprendiendo a contro-

lar el ritmo y a dosificar el disparate argumental, que fue aflorando poco a poco como la sangre y los moratones en el rostro del
valiente y obstinado teniente. Así, sin esfuerzo aparente, por pasar
el rato, el chiste fue adquiriendo en silencio las garras y las alas de
un cuento literario.

Es, por tanto, una historia viciada; quiero decir que de alguna
manera, ya estaba *escrita* antes de ponerme yo a redactar y describir el primer gesto desafiante y altivo del teniente frente a su potro de gimnasia, ese gesto que lo llevará a enfrentarse estúpidamente a su propio honor y a su destino. Los efectos de la historia
oral eran inmediatos y sumamente hilarantes: el auditorio estallaba a reír cada vez que el pobre teniente estrellaba sus huesos contra el polvo; en el texto, en cambio, el *in crescendo* de la pequeña
tragedia es mayor y determinante, un efecto de gesticulación ritual repetido hasta el infinito, una acumulación de gestos casi
idénticos y desesperados que culminan en la pura insensatez y en
la dislocación y el ridículo.

De manera que el texto gana en intencionalidad, en matices,
en mordacidad y en ternura y patetismo. Figuras muy secundarias
o incluso inexistentes en las primeras versiones orales —el recluta
Folch, la cabra Carmencita, la quilla del acorazado hundido bajo
las aguas del Estrecho, la multitud de hormigas rojas haciendo
girar la estrella de mar, las gallinas y el mismo Peñón— en el texto adquieren un relieve importante. En la historieta contada de
viva voz no había tiempo para los dulces y pasmados gallegos, ni
para los cerdos, ni para la puta Aixa del barrio moro de Hadú;
sólo explicaba el loco empeño del teniente Bravo, el potro de saltos, el abrumado sargento y el grupo de reclutas pasmados y en
posición de firmes. Sobre todo, el infeliz e intrépido teniente y

su potro de saltos —que entonces todavía no lucían, por cierto, la pata torcida de rama de cerezo, la inscripción de los legionarios maricas ni el ratón en el vientre de paja.

Aquello que va del chiste a la novela.

Los fantasmas del Roxy

Sepan aquellos que no estén al corriente,
que el Roxy, del que estoy hablando, fue
un cine de reestreno preferente
que iluminaba la plaza de Lesseps.

Echaban NO-DO y dos películas de esas
que tú detestas y me chiflan a mí,
llenas de amores imposibles y
pasiones desatadas y violentas.

Villanos en cinemascope.
Hermosas damas y altivos
caballeros del Sur
tomaban el té en el Roxy
cuando apagaban la luz.

Era un típico local de medio pelo
como el Excelsior, como el Maryland
al que a mi gusto le faltaba un gallinero,
con bancos de madera, oliendo a zotal.

No tuvo nunca el sabor del Selecto
ni la categoría del Kursaal,
pero allí fue donde a Lauren Bacall
Humphrey Bogar le juró amor eterno

mirándose en sus ojos claros.
Y el patio de butacas
aplaudió con frenesí
en la penumbra del Roxy,
cuando ella dijo que sí.

Yo fui uno de los que lloraron
cuando anunciaron su demolición,
con un cartel de: «Núñez y Navarro,
próximamente en este salón».

En medio de una roja polvareda
el Roxy dio su última función
y malherido como King-Kong
se desplomó la fachada en la acera.

Y en su lugar han instalado
la agencia número 33
del Banco Central.
Sobre las ruinas del Roxy
juega al palé el capital.

Pero de un tiempo acá, en el banco, ocurren cosas
a las que nadie encuentra explicación.
Un vigilante nocturno asegura
que un transatlántico atravesó el hall

y en cubierta Fred Astaire y Ginger Rogers
se marcaban «el continental».

Atravesó la puerta de cristal
y se perdió en dirección a Fontana.

Y como pólvora encendida
por Gracia y por La Salud
está corriendo la voz
que los fantasmas del Roxy
son algo más que un rumor.

Cuentan que al ver a Clark Gable en persona
en la cola de la ventanilla dos
con su sonrisa ladeada y socarrona,
una cajera se desparramó.

Y que un oficial de primera, interino,
sorprendió al mismísimo Glenn Ford,
en el despacho del interventor,
abofeteando a una rubia platino.

Así que no se espante, amigo,
si esperando el autobús
le pide fuego George Raft.
Son los fantasmas del Roxy que no descansan en paz.

Joan Manuel Serrat

II

Parabellum

Agazapado sobre la mesa escritorio, Luys Ros empuñó la suntuosa y pesada estilográfica y la suspendió unos segundos sobre el folio veinte.

—¿Tú qué opinas, Mao? —preguntó jovialmente— ¿Lo hago?

El enorme bulldog, de un lustroso color avellana, abandonó la alfombra donde yacía y salió del estudio sin dignarse mirar a su amo. Poco después, cuando Luys Ros introduce la primera falacia en la redacción de sus memorias, considera el hecho como una simple licencia poética, un personal ajuste de cuentas con el pasado que no cesa de importunar. Pero ese detalle trivial, la alteración de la fecha en que dejó de usar el fino y bien recortado bigote (1957, año que tachó con la pluma para anotar 1942) provocaría en el texto una reacción en cadena de imprevisibles consecuencias.

Encerrado en su retiro de la playa, en esta casa donde aprendía a aceptar con indiferencia su soledad, la muerte repentina de su mujer y el desprecio de sus hijos, empezó a torturar los folios mecanografiados mediante tachaduras y notas al margen. Arrepentirse de algo es modificar el pasado, pensó. Podría encabezar el capítulo sexto como epígrafe.

O bien invocar a M: ni el pasado ha muerto, ni está el mañana ni el ayer escrito. Tres injertos ficticios en el tronco biográfico de la posguerra y nacerán las ramas que han de protegerte de cualquier acusación: ya en el año cuarenta y dos flaqueaba tu fidelidad a la ideología que te convocó en el treinta y seis: quedaría demostrado. Concibió la posible escena con Olvido, poco antes de la boda, soleada primavera en el recuerdo. Entre los utopistas de la victoria, yo era entonces uno más. La bella Olvido: sus andares de novia en el Paseo de Gracia, el vuelo airoso de su falda estampada, el dorado vello de sus brazos. Salón Rosa. Aquí.

Luys Ros consultó unas notas de su diario. 28-10-42: Hoy envío a P. L. E. un poema para la revista *Escorial*. He hablado por teléfono con L. F. V. y me confirma su asistencia a la boda. Aperitivo con Juan Antonio y mi cuñada Maribel en La Puñalada. Por la tarde, piernas cruzadas de Olvido en el Salón Rosa: sus rodillas con polvo de reclinatorio, su indiferencia ante la lista de boda. D. R. regresó de Rusia. Aquí, eso es. Confesarle a Olvido tu decisión irrevocable de renuncia. Alegre muchacha de la Sección Femenina, en cuya oficina de prensa trabajaba entonces, se llevaría un disgusto de muerte, eres alta y delgada, una terrible decepción. Su militancia tenaz, tan femenina. Tenía que ser la primera en saberlo, mañana en su casa. Pero al día siguiente, al entrar en aquel piso del Ensanche, el olor a medicinas, la palidez y la angustia de su madre, el silencio grave en el dormitorio, describir el ambiente: Olvido en la cama, demacrada, bellísima, el primer síntoma alarmante de una extraña enfermedad (por cierto, pensó mientras perfilaba la falsa escena, en esa época o poco después sufrió realmente un desvanecimiento, su madre lo recordaría si aún viviera. O sea: perfecto, encaja).

La conversación privada con el anciano médico de la familia, Goday creo que se llamaba (fallecido también, por fortuna), describir los síntomas, asesorarme con un médico: seguramente intensos dolores en pecho y brazos, parálisis parcial, etcétera. Quizá más verosímil la diabetes, tal vez leucemia, insuficiencia renal. O mejor una enfermedad cardíaca, una antigua lesión de la infancia a la que no se había dado importancia y se había reproducido, y que Olvido soportaría toda su vida con entereza ejemplar, en secreto. Sólo él lo sabría, su marido. Eso es. Sembrar el texto de las memorias con los síntomas, desde ese día hasta su muerte: mareos, vómitos, palpitaciones. Hacerlo creíble, normal. Asesorarme con discreción. Pulir el estilo, maestro. Ni énfasis ni preciosismo...

A través de la ventana abierta, le llegó a Luys Ros el bullicio de los bañistas en la playa. La doble hilera de toldos listados, en los que predominaba el color fucsia, se extendía sobre la arena. Sí, evitar la retórica litúrgica, el entrañable estilo tan celebrado ayer y que hoy hace tronchar de risa a mis hijos y a mi sobrina Mariana, malditos hijos de la paz. Luys Ros arrugó el ceño sobre la nota al margen y dejó la pluma. Este injerto, destinado al capítulo cuarto y, pendiente de ulteriores precisiones de tipo médico, concluía con su decisión de postergar la ruptura con la Falange y con el Régimen hasta que Olvido superase la «grave enfermedad».

A media tarde bajó a la sala de estar, se tumbó en el diván con una lata de cerveza y rumió una oración que no le acababa de gustar por conceptual: «En el fondo, nunca creí que la Victoria fuese capaz de una síntesis asuntiva y superadora». Pasable. Cuando vio entrar a Mariana descalza y chorreando agua, simuló un cansancio estrictamente físico. Por razones de confusa índole generacional, Mariana siempre le gastaba bromas con un lenguaje procaz:

—¿Qué buscas en el pasado, viudo fácilmente consolable?

Devuelta a la playa por la resaca de la noche, fresca y descarada. Hilos de agua desesperando en su ardiente piel, sin poder adherirse, fundiéndose. Irisados granitos de arena pegados a los muslos.

—Un refugio —dijo su tío.

—Me tienes frita pasando en limpio esos papeles. No entiendo tu letra. —Sentada en el suelo, alzó los brazos para sujetar el pelo mojado en una especie de moño—. Corriges demasiado.

Axilas sin depilar con sabor a marisco. Volcanes florecidos. La capacidad de adhesión de las caderas. El pelo resbaló otra vez mientras liaba distraídamente un pitillo con rápidos dedos de perdularia, de un color ala de mosca.

—¿Qué programa tenemos hoy, tío? ¿Te paso algo a máquina o vuelvo al agua?

Deslenguada vagabunda; inteligente y lúcida sobrina. Errante disposición física, siempre. Las mismas caderas endiabladas de su madre, Maribel, la hermana mayor de Olvido, esposa mía no te olvido. Mariana veraneando un par de semanas en Calafell, como cada año, pero esta vez sin mis hijos barbudos, Ramiro y Xavier, igual de sucios y deslenguados que ella.

Su piel a veces huele a grasa de motocicleta, al cuero insensato de los muchachos que se trae a dormir cuando yo duermo, supongo. Veintisiete años, ya madurita para esos imberbes. Hierbas ritualmente quemadas en su aliento y en su habitación, sus braguitas y sus camisetas arrugadas por todas partes, como si una maligna serpiente silenciosa fuese dejando su piel vieja por toda la casa. Su maleta llena de libros bajo la cama. Sus discos mareantes, su lenguaje obsceno.

—Hoy no te necesito, gracias —dijo Luys Ros—. Vete a nadar con tus amigos.

—De día me aburren.

El perro, viniendo del jardín trasero, metió la cabeza entre sus rodillas y ella lo acarició. Mao, chaquetero como tu amo.

Al levantarse, Luys Ros rehuyó verse reflejado en el espejo. Alto en su soledad y en su aflicción, de movimientos suaves, enjuto, fino pelo canoso fuertemente estirado hasta la nuca. Pañuelo negro alrededor del cuello, camisa guerrillera, cuidadosamente descolorida. La voz rancia, concienzuda. Maduro atractivo, todavía. ¿Por qué no había ella de sentirse atraída hacia ti, por qué negar la evidencia? Calculó en el trabajo que le esperaba arriba. El pasado que no cesa, pensó: Para un hombre que sobrepasa los cincuenta años, todo consiste en saber escoger la forma en que ha de ser derrotado.

Poco después, desde la ventana del estudio sobre la playa, vio a Mariana hundiendo despacio sus caderas en el mar. Terciopelo estremecido, la piel. Igual que su madre, se dijo, evocando la broma de Juan Antonio antes de casarse con ella: tienes el porvenir detrás de ti, Maribel de la Torre. Cuando las nalgas de su sobrina se hundieron por completo en el mar, Luys Ros cabeceó furtivamente sobre el borrador torturado de sus memorias. Mea culpa por haber dado a la prensa cierto librillo de poemas en el cuarenta y tres, desbocado romance de caballería que yacía en el desván del olvido (aunque a uno le gustaría salvar de él, precisó, cierto cordón epicolírico tendido al latín) y pasemos a otro asunto. Revisar someramente las adhesiones desde Burgos, los sucesivos cargos en los servicios de propaganda y prensa, en la fundación y dirección de tal y cual revista literaria oficializada, clasicista y satinada, luego como censor, más tarde como delegado de Editora Nacional. ¿Por qué no renuncié hasta mediados los años sesenta, por qué tardé tanto? Ciertos vaporosos deseos se habían ya convertido en formas consolidadas de la memoria, más reales que todo cuanto le rodeaba: no hay esperanza sino en los recuerdos, vividos o soñados, es igual. Veamos: aquí habría que urdir una trama según la cual, en el invierno del cuarenta y cinco, al volver de un viaje a Madrid, descubrí la única infidelidad de Olvido. A ver: ¿no fue novia de Juan Antonio antes de casarse conmigo? Amigo muerto que viene de perlas. Perfectamente creíble: aquel fin de semana, solos en esta casa, el deseo que renace incontenible, el adulterio. ¿Quién podría hoy desmentirlo? No se ofende la memoria de los difuntos inculpándolos de amor. En cuanto a Maribel, entonces la mujer de Juan Antonio, no tenía por qué haberse enterado, ni hoy puede ya importarle. Memoria en blanco de los muertos y los vivos: la historia está aún por escribir. Perfecto. Arropar la escena con detalles realistas, tallarla en el mármol de los maestros del estilo, crear la atmósfera que la hará verosímil: la furtiva pareja paseando por la playa bajo un rojo atardecer interminable, dos figuras con los cabellos al viento, Olvido con las solapas subidas del chaquetón azul y la cabeza gacha, Juan Antonio rodeando sus hombros con el fuerte brazo, jersey blanco cuello de cisne y ancho pantalón gris de mezclilla. Las olas baten el tronco de un árbol en la rompiente. De pronto, se paran y se besan. Amarrar esta ficción a un contexto real: tras ellos, en la playa desierta y fría, vagan los enfermos del hospital de San Juan de Dios. Y a la mañana siguiente, consumado el adulterio, Olvido sentada en la mecedora del jardín, bajo el sol pálido, tejiendo una bufanda azulgrana, y a escasos metros Juan Antonio de pie, jersey marrón con rombos verdes y gomina en los cabellos, pintando un cuadrito al óleo (afición suya real, por cierto, no inventada). Describir la tela a medio pintar: el sauce a la derecha, a la izquierda los erizados cactus y el espectro deshojado del rosal, y, en primer término, el borroso perfil de Olvido. Impunidad completa: yo estaría en Madrid cuando se consumó el adulterio. Perfecto.

Irónico en lo accesorio y fiel en lo esencial, desdeñando explicar cómo descubrió el hecho y prolijo en narrar el pretendido hundimiento de su fidelidad a los famosos principios del Movimiento, Luys Ros dedicaría luego dos folios a la escena atroz que tuvo con Olvido al regresar de Madrid. Lanzada frontal, caída en la depresión. Y el pacto: ella se comprometía a no volver a ver a Juan Antonio a cambio de que él no la abandonara con el niño pequeño y olvidara por un tiempo aquellos escrúpulos banales acerca del Régimen, su desencanto político. Perfecto: o sea que, en el fondo, ya en el cuarenta y cinco se hallaría moralmente despegado del sistema, pero no rompió formalmente por causa de Olvido. Vale, vale. Adjetivar mejor, sin resentimiento.

Al anochecer Luys Ros bajó a la cocina y encontró jamón dulce en la nevera. De regreso, al pasar ante el cuarto de Mariana, vio en la penumbra a ésta sentada en la cama, embutiendo la cabeza y los brazos en una camiseta incolora y leve como una tela de araña. Se paró en el umbral.

—Presente. ¿Querías algo? —dijo ella con sorna.

Con la camiseta enrollada en los hombros se había inmovilizado mirándole. Tiró de la tela y rebrincaron los pezones. Luys Ros oyó un carraspeo en la sombra y el chirrido de la aguja en el disco.

Un joven alto, de movimientos felinos y lacios cabellos grasientos, se incorporó pesadamente en el rincón más oscuro, apagó el tocadiscos y se deslizó fuera del cuarto hasta alcanzar la puerta de la calle, que cerró tras de sí con fuerza.

—Lo siento, no sabía…

—No importa —dijo Mariana—. ¿Has terminado por hoy con tu melindroso descargo de conciencia? Me tienes harta, tío, harta me tienes.

Sonreía entre la tupida maraña de pelo rizado, sucio de arena.

—¿Quieres que te sirva una copa —añadió sin mirarlo— o prefieres que te haga una paja?

Su risa tabacosa acabó en tos. Aparentando indiferencia, Luys Ros entró sonriendo sin ganas y se sirvió un whisky.

—En fin —murmuró cabizbajo.

—Dios sabe con qué tenebrosas ideas de venganza escribes ese libro —dijo Mariana—. Me das miedo, pobre unidad de destino…

—Querida niña de lengua viperina —recitó Luys Ros—, sólo me interesa evocar mi infancia, porque ya soy viejo. Deberías saber que detrás del supuesto huracán de intenciones reivindicativas de unas memorias suele silbar el viento perdido de la niñez más común y corriente.

—Un farsante bien parido —seguía sonriendo ella—, eso es lo que eres. Dime, ¿por qué no te gusto?

—Me gustaba tu madre.

—Embustero.

—Tal vez. Pero se miente más de la cuenta por falta de fantasía, ya sabes, también la verdad se inventa…

—Cursi. Alférez provisional, cadáver definitivo.

—Oye, ¿qué pensarías si de pronto un intelectual considerado de derechas por la crítica y el público, un viejo guerrero, un poeta olvidado, revelara que años atrás ya quiso renegar de sus convicciones políticas...?

—Pensaría que se trata de un sprint oportunista hacia la titulación democrática. ¿Vale?

Luys Ros encendió la luz del cuarto y dejó el vaso junto al tocadiscos.

—Lo malo de los jóvenes —dijo— es que no sabéis perdonar. Serví a la causa que creía justa con las armas, y eso es todo.

—Con las armas y con la pluma. No sólo disparaste contra la libertad. La enterraste en versos y novelas, pesadísimas por cierto. Pero eso a mí no me importa. Seguro que follas como los ángeles.

—Modérate.

—Yo no tengo nada que ocultar. ¿Y tú? ¿Qué hiciste con tu vieja pistola de escuadrista?

—La enterré hace muchos años.

En el fondo del cajón de alguna consola, pensó, envuelta en la camisa que los ratones ya habrán dejado hecha jirones. No está mal, podría servir. Capítulo sexto. 1946. Se podría incluso enfatizar un poco, darle un especial tratamiento poético y fatalista, una forma de símbolo; con una bala en la recámara y un plazo fijo: si dentro de equis años no he conseguido hacer público mi repudio a todo esto, esta bala penetrará en mi cerebro. No está mal.

—Acabas de sugerirme una idea.

Esa misma noche Luys Ros redactó una nota al margen en el folio ochenta y tres, una columna de letra apretada y diminuta explicando cómo se deshizo de la Parabellum treinta años atrás. Falsedad en la descripción, nácar en la culata.

Encerró la inventada escena en un largo paréntesis dentro de una oración retórica que encerraba otros recuerdos: sin darle importancia ni a la Parabellum ni a la promesa.

Luego, impulsado en parte por una excitación que se negaba a admitir, redactó la última ficción, basada esta vez en un hecho real: él y Maribel en la habitación de un hotel de Pamplona, borrachos los dos, un encuentro casual, verano del cincuenta. Él había ido a pronunciar una conferencia. Su cuñada Maribel de la Torre llevaba tres años separada de Juan Antonio Tey y convivía, a temporadas, con el industrial navarro del cual tendría una hija, Mariana. Sabiendo que Luys estaba en Pamplona, Maribel fue a buscarle al hotel para llorar en su pecho amigo: el único hombre que había amado era Juan Antonio, le confesó. Consolándose ambos toda la noche con un excelente rioja. La excitación verbal y sentimental, la inesperada locuacidad de los dos, las confidencias. Al grano: al día siguiente yo me desperté en la butaca y Maribel en la cama, envuelta en un albornoz, resfriada y con resaca. ¿Qué pasó realmente esa noche, o mejor, que podría haber pasado? Entre la nebulosa del recuerdo, él aún la veía salir del hotel más deprimida que cuando llegó. Maribel se fue en busca de su amante de turno, y él y Olvido no volverían a verla hasta dos años después.

Hasta aquí la verdad de su memoria. Pero mediante un leve giro, Luys Ros hizo aún más confuso el relato de este encuentro casual en Pamplona dejando entender que Maribel de la Torre se le entregó, o pudo haberlo hecho. No afirmaba nada pero tampoco lo negaba. Desplegándose en silencio por el texto, la gangrena memorialista se completó con la escena siguiente, ya totalmente inventada: Marible de la T. le habría propuesto esa noche vincularlo, mediante un sustancioso cargo, a la industria papelera de su actual amante y canalizar así su influencia en la administración, a lo que él se habría negado, reafirmándose precisamente en su íntimo deseo de acabar con esas prebendas, esa corrupción.

El turbio y falso episodio cumplía así dos finalidades: remarcar su empeño en apearse del carro de los vencedores y dar forma, de algún modo, a un viejo y quemante anhelo: siempre sintió una gran atracción por Maribel.

A medianoche, al bajar por una cerveza, había cambiado el viento y se oía el estruendo de las olas en la rompiente. Mao dormía en el diván. Mariana leía y escuchaba música en su cuarto, tumbada en la cama. Luys Ros, con los labios floridos de cerveza, se sentó a su lado y absurdamente le hizo cosquillas en un pie. Sabía perfectamente lo que iba a pasar y quiso demorarlo haciendo el imbécil un buen rato.

Mariana dejó el libro en su regazo y colgó un cigarrillo en sus labios.

—Mamá me encargó vigilar tus depresiones de camarada viudo. ¿Es cierto que has coqueteado con el suicidio?

—Si me conocieras mejor, sabrías que vengo haciéndolo desde hace cuarenta años. ¿Cuándo viene tu madre?

—Mañana.

Le acercó lumbre, pero ella ya había sacado las cerillas de su mugrienta bolsa de flecos colgada en la cabecera de la cama.

—¿Y el mechero que te regalé?

—Me gustan más las cerillas.

Luys Ros observó, bajo la sucia maraña de pelos, la veneración de los párpados ante la inminencia de la llama. Ciertamente, sus manos morenas eran hermosas y rápidas manejando la caja satinada y cobijando el fuego en una diabólica economía de gestos alrededor. Los tejanos tensos como un tambor sobre los muslos, la telaraña adherida a los pechos. Fumada. El ronroneo gatuno de sus bronquios.

—Decídete, fascista de mierda.

—Cállate...

Pero más insultos habrás de oír, y más provocaciones habrás de sufrir, pensó con tristeza. Paletadas de tierra que arrojarán sobre tus sueños muertos, sobre tus ya podridas primaveras y tus apagados luceros. Sea. Replegada la telaraña, no sin cierta sorpresa vio sus propios dedos manchados de tinta sobre la ardiente piel fucsia. Fue, tal como había supuesto, un choque violento, ganas de hacerse daño. El pezón se enderezó en la boca de Luys Ros, se encabritó entre los dientes. Y mucho después, cuando le vencían el sueño y la fatiga, la oyó decir en aquel tono nasal y pijo que alguna vez captó en las hermanas Olvido y Maribel de la Torre:

—Eres un señor que está muy bien, oye.

A la mañana siguiente, al despertar, revisó mentalmente lo escrito en la víspera. Descubrió entonces que las mentiras sufren también un desgaste de la memoria, y que necesitan, como los recuerdos y los sueños, las urgentes reparaciones del amanecer. Abandonó el lecho de Mariana, que aún dormía, y en la cocina preparó tostadas y café, que llevó a la mesa del jardín. Más tarde vio a Mariana deslizándose medio dormida en el baño, así que decidió mear en el césped. Evocar su urgente y desdeñoso orgasmo con la muchacha le deprimía. Mao, trotando pesadamente, vino hacia él desde el cobertizo con un pincel cruzado en sus fauces. Luys Ros lo acarició, le quitó el pincel y lo estuvo mirando un rato, vaciando la vejiga. Luego se abrochó, caminó hasta el cobertizo y entró seguido del perro. En un rincón, bajo el polvo y las telarañas, había un amontonamiento de hamacas rotas, oxidadas bicicletas de niño, neumáticos, sillas, una paleta de pintor y tubos resecos. Habría jurado que vio la tela sujeta con cuatro listones antes incluso de apartar los trastos que la ocultaban. Una pintura amazacotada donde predominaba el verde, de trazo impreciso bajo el polvo. Después de frotar con la mano apareció una versión invernal y familiar del jardín, y entonces Luys Ros notó un retroceso de la sangre. A la derecha se alzaba el sauce, a la izquierda los erizados cactus y el espectro deshojado del rosal, y, en primer término, el perfil borroso de Olvido, su mujer, sentada en la mecedora, tejiendo una bufanda azulgrana. El retraso de Olvido que se había inventado.

Soltó el cuadro como si le quemara las manos al oír una voz femenina en la casa. Salió del cobertizo. Era su cuñada Maribel de la Torre, que acababa de llegar y hablaba con su hija a través de la puerta del cuarto de baño. Enseguida salió al jardín al encuentro de Luys Ros.

—¿Qué tal se ha portado esta salvaje? —dijo besándole en la mejilla—. Me prometió que te dejaría trabajar…

—Ningún problema —balbuceó él dejando vagar la mirada por el jardín, encuadrando la perspectiva: desde aquí debió ser, o pudo ser, aquí emplazó el caballete. Reaccionó—: ¿Quieres café, Maribel? ¿Te quedarás unos días?

A partir de este momento, Luys Ros sintió la necesidad de precipitar aquello, fuera lo que fuese y como quiera que se llamara, no sabía el qué. Se sentaron a la mesa y ella comentó su mal aspecto: deberías escribir menos y tomar más el sol. Pasó luego, a instancias de él, a hablar de su pobre hermana Olvido; por cierto, tenía algo importante que decirle, quiso hacerlo seis meses antes, después del funeral, pero te fuiste tan de repente y tan afectado...

Luys Ros, con cierta brusquedad, la interrumpió:

—Dime una cosa, Maribel. ¿Tú sabías..., tú crees que entre mi mujer y Juan Antonio, hace años, pudo haber algo...?

Maribel sonrió con amargura por encima de la humeante taza de café.

—Todo el mundo lo sabía menos tú. En fin, qué importa ya. Fue en el invierno del cuarenta y cinco, creo recordar. Aquí, en esta casa, un fin de semana que estabas en Madrid... Pero no te tortures ahora, es agua pasada. Poco después yo me separé de Juan Antonio y él se fue a vivir a Zaragoza, ya sabes. De modo que sólo se vieron esa vez, me consta.

—Te consta —pudo decir Luys Ros.

—Hablemos de otra cosa. Se trata de su muerte, mejor dicho, de su enfermedad...

—Nunca estuvo enferma del corazón —probó él a negar, pero sin convicción—. Me lo he inventado...

—En realidad, nunca te lo dijo. Tenía una fístula desde muy joven, pero no lo supo hasta el año cuarenta y uno, poco antes de casarse contigo. Nos prohibió a todos decírtelo, incluso al viejo doctor Goday, ¿le recuerdas? Ella esperaba superarlo con el tiempo, entonces no era grave. Lo fue años después, pero siempre consiguió ocultártelo.

—Para ahorrarme un sufrimiento, supongo —dijo él con un resto de ironía.

Así pues, ya no hacía falta asesorarse: intensos dolores en el pecho y en los brazos, parálisis parcial, desvanecimientos, etc. Desechados definitivamente diabetes, leucemia e insuficiencia renal. Maldito, orgulloso realismo, inútil fidelidad a lo real: ya todo estaba concluido desde hacía años, y hoy seguía igual de concluido. Hay otros mundos, pero todos están en éste.

—Los primeros años prefirió callar, sí —dijo Maribel—. Luego, por costumbre y por desprecio. Pobre Luys, todo esto debe resultarte muy duro. Pero no me digas que ignorabas cuánto llegó a odiarte.

—Lo sabía —tartajeó Luys Ros, cada vez más abatido, lo… sabía.

—Su mayor placer era hablar de tu absoluta ignorancia de todo. Realmente, querido, nunca te has enterado de nada.

Dispuesto a apurar la pócima hasta la última gota, Luys Ros añadió:

—Por cierto, sales en las memorias.

—Me lo temía—dijo Maribel—. Sin embargo, espero que en una cosa hayas sido discreto…

Luys Ros bajó los ojos, dejó con mano temblorosa la taza en la mesa y dijo:

—¿En cuál?

—No te hagas el inocente. Ya hace más de veinte años, cómo pasa el tiempo. Tus consejos me ayudaron mucho aquella noche, fuiste un consuelo para mí; aunque luego pasara lo que pasó…

Ya sin capacidad de asombro, Luys Ros sintió el helado filo del hacha en la nuca.

—Lo que pasó, sí —añadió su cuñada—. Estabas muy borracho, más que yo, pero encantador. Siempre te he agradecido que no volvieras a hacer la menor referencia a esa noche en Pamplona. Lo mismo espero del libro. Si no por mí, hazlo por Mariana.

Veintisiete años, deslenguada hija del desencanto y la dimisión siempre aplazada. Sí, santo Dios. Paladeando aún la cereza prohibida del pecho filial, acumuló fuerzas para estirar el cuello y facilitar el tajo:

—¿Quieres decir que Mariana es mi hija? —preguntó inútilmente.

—Debí decírtelo hace años, pero…

Bronceada por un sol excesivo, mecida por emociones diversas, a Maribel le chispeaba el lagrimal, anegado de una dudosa felicidad. Maribel de la Torre, las mejores caderas del imperio. Ay. Luys Ros se levantó como un autómata y alegó necesitar una copa, encaminándose hacia la casa. En realidad, iba a su cuarto de trabajo. Quedaba una posibilidad, una sola. Al cruzar la sala de estar vio a Mariana echada de bruces en el diván sucio de arena, la cara sobre un libro abierto. Sus brazos colgaban a un lado como malignas serpientes muertas. Por entre la maraña de pelos, unos ojos azules como los suyos se abrieron despacio para mirarle y unos labios secos se distendieron: la descarada sonrisa refrendaba una decisión que él nunca debió postergar.

Arriba, en su estudio, abrió todos los cajones de la vieja consola. Cuando introdujo la mano en el último, ya no le quedaba sangre en las venas. Tanteó a ciegas una confusión de objetos olvidados y remotos, perdidos en la memoria falsa. Los dedos casi insensibles tocaron primero el bulto, la fantasmal camisa azul roída por los ratones, luego reconocieron las formas del arma. Ya la puntual Parabellum de culata anacarada estaba en su mano temblorosa. Durante el interminable trayecto hasta la sien, Luys Ros vio otra vez al viejo Mao viniendo hacia él por el jardín con su trote pesado y el sosegado escepticismo de sus ojos, llevando en su boca el pincel que pintó el cuadro que él imaginó. Durante una fracción de segundo aún alentó una débil esperanza al recordar, con diabólica precisión, un hecho real en medio de tantos espejismos: muchos años atrás había quitado realmente el cargador de la pistola, pensando en los niños, y lo había arrojado al mar, de verdad, mi hijo mayor lo vio, en serio, el chico fue testigo, aún se acordaría, de verdad…

Pero en aquel laberinto de refugios ruinosos donde Luys Ros se había extraviado, la ficción ya no podía hacerle más concesiones a la realidad —o la realidad a la ficción, qué más daba—, ya no era capaz de asumirla por más tiempo, ni de respetarla o conformarla a su conveniencia. Y allí estaba el puntual cargador, esperándole, allí estaba el espectral estampido y la convocada bala camino de su cerebro.

El pacto

Hay otros mundos, pero están en este.

PAUL ÉLUARD

Antón Batallé no sabía hacerse el nudo de la corbata mirándose en el espejo. Trastocaba las coordenadas, invertía los puntos de referencia y los gestos y extraviaba el tacto. Según sus compañeros del Partido Comunista, templados, como él, en los duros años de clandestinidad, esa desmañada e infructuosa relación con los espejos honraba a un dirigente obrero. Según su mujer, era una forma sutil de coquetería.

Por fin, con la jocosa ayuda de todos, terminó el nudo de la corbata, abultado y tedioso. Estaba listo para acudir a la cena.

—No pidas habas a la catalana —le recomendó Madrona al darle la americana—, piensa en tu úlcera.

—Comerá bien —dijo el mayor de los hermanos Banau, con cara preocupada—. Es una cena política…

—Para mí todas las cenas son políticas, por eso tengo el estómago fastidiado.

—Ten cuidado con ese tipo —dijo el otro Banau.

—Sólo quiere proponerme un pacto de cara a las elecciones.

—Pues procura llevar tú la voz pactante.

—Debería acompañarte alguien, que sepas al menos que estamos cerca —añadió el primer Banau.

—He dicho que no quiero escolta.

Su mujer, mientras le sacudía unas motas de polvo en los hombros, le quitó del bolsillo superior de la americana una docena o más de palillos. Cuándo perderás esos hábitos carcelarios, Antón, murmuró. Batallé consintió una vez más ese expolio doméstico y cotidiano. Pero poco después, ya en la calle, cuando se despedía de los hermanos Banau, la mano se le fue instintivamente hacia el bolsillo en busca del palillo. El gesto era un hábito mental más que físico, un complemento de la reflexión que precedía siempre a sus decisiones más importantes.

Los hermanos Banau se despidieron de él para ir a las oficinas del partido y esperar allí sus noticias. Si necesitaba algo, no tenía más que llamar. Antón Batallé caminó por la acera de su casa en dirección al restaurante, que estaba en la próxima esquina. Cojeaba esa noche menos de lo normal, quizá porque había menos humedad. Vivía en Travesera de Gracia, en un viejo edificio de cuatro pisos que había resistido los mil embates de una inmobiliaria gracias a la contundente dialéctica de su mujer, que le había hecho frente.

Llegó al restaurante antes que su rival político y llamó por teléfono a su hijo. Quería preguntarle el título de cierto libro de Laureyanu de la Mora, por si el tema surgía en la conversación durante la cena. *Mis conversaciones pescando con Franco o el crepúsculo de los salmones*, era el título olvidado —y olvidable.

—Espero que tu editor y tú os forréis con eso.

—No fue idea mía publicarlo, papá, si eso te tranquiliza...

—dijo Jaime Batallé—. A propósito, ¿es cierto que hoy cenas con un representante de Alianza Popular?

—Lo sabrás en su momento, si considero que debe saberse. Recuerdos a la graciosa y pesada anarcosindicalista de tu mujer y a los niños.

Nada ni nadie le impedía matar la espera con un whisky, tal vez con almendritas saladas. Ya estaba la mesa preparada, en un reservado de olorosa penumbra y floralmente complicado. El restaurante, profundo y laberíntico, emitía un sedoso murmullo de lujo y de volátil música de avión, de esa que no pertenece al cielo ni a la tierra, y la calefacción era excesiva.

Laureyanu de la Mora entró sonriente y con la mano tendida, desplegando una pistonuda actividad verbal y también manual, excusándose por el retraso mientras se desprendía de guantes, abrigo negro, sombrero y un fajo de periódicos. El camarero se lo llevó todo al guardarropa y él se sentó a la mesa. Era un hombre recio, investido de una elegancia sospechosa, o tal vez simplemente madrileña; una prestancia untuosa y decididamente pectoral ofreciéndose de medio perfil, con repeinados cabellos negros, compactas mejillas sombrías y diríase mal afeitadas, tabernarias o abyectas.

—Ostras —dijo Batallé.

—Buena idea. Yo también.

La cena terminaría con altos y complicados helados, pero fue chata y quisquillosa, con intocables salsas de reconocida malignidad y pescados de dudosa tradición literaria —para Batallé, al menos—, regados con excelente vino blanco, eso sí.

—Ya veo que entiende usted mucho de pescados —exclamó el dirigente del PSUC—. Se nota leyendo su libro *Con Franco pi-*

caban todos. ¿O es *Con Franco pescábamos más*? Siempre me confundo…

—¡Ja, ja, ja! ¡Muy bueno, amigo Batallé! —dijo el dirigente de Alianza Popular—. Creía que los comunistas no tenían sentido del humor.

—Nos queda un poco, ex ministro.

Laureyanu de la Mora observó unos segundos a su rival por debajo de las espesas cejas negras, recelando algo.

—¿Y recuerdos, malos recuerdos, también le quedan?

—A quién no.

—Ajá. A quién no le quedan malos recuerdos. En España hay mucho que olvidar.

Y a continuación, doblando ceremoniosamente la servilleta, como si celebrara misa, el ex ministro De la Mora pasó al tema que le había traído a esta cita. Por encima de incertidumbres diversas, recelos y escrúpulos de la memoria, corrompida por el ejercicio de la política y la impunidad moral, el político mesetario planteó la conveniencia de un pacto aparentemente trivial. No necesitaban explicarse las razones, pues ambos las sabían de sobra, ni entrar en detalles acerca de la urgencia del mutuo olvido y de sus ventajas.

Se trataba, en resumen, de que Antón Batallé se aviniera a olvidar una fecha comprometida en la vida de Laureyanu de la Mora y a cambio de ello, éste olvidaría otra fecha comprometida de la vida de Batallé.

—Enfundemos la memoria, nos conviene a los dos —dijo el representante de la derecha—. Es la hora de pactar. Por el bien de todos.

—¿Sabe una cosa, ex ministro? Nunca pensé aprovecharme de aquel error suyo.

—Por supuesto, claro. Lo mismo digo. Pero ya sabe que en política conviene atarlo todo…

—Páseme la mostaza, haga el favor.

—¿Cuál? ¿Ésta?

—Cualquiera.

Sus dedos, antes de rozar los del otro captaron en el aire quieto y musical, mohoso, la condición nociva que destilaba el gesto, el pálpito de la amenaza. Los hechos eran remotos y muy banales: el 7 de mayo de 1937, Antón Batallé fue visto por su rival en cierto lugar y en circunstancias que hoy preferiría olvidar, no por escrúpulos de moral personal, sino de conveniencia política. El 13 de abril de 1942, el entonces ministro Laureyanu de la Mora fue visto a su vez por Batallé, en París, secundando ciertas actividades pronazis igualmente necesitadas hoy de piadoso olvido político.

Convinieron en que esas dos fechas habría que borrarlas del calendario vital de ambos, tacharlas, dejarlas en blanco.

—Por suerte —dijo Laureyanu de Mora— yo soy el único testigo de su error y usted del mío. La solución es fácil.

—No crea usted que me avergüenzo…

—¡Naturalmente, naturalmente! Su trayectoria es intachable, querido amigo, lo mismo que la mía, si me permite esa falta de modestia… Pero ya sabemos que en política la verdad no siempre es oportuna o, digamos, necesaria.

Carcomida por la retórica, su voz crujía como un vetusto y prestigioso mueble.

—Hablemos claro —dijo Batallé—. Usted teme que yo pueda esgrimir este recuerdo si así conviene a los intereses de mi partido. Y me amenaza, si lo hago, con esgrimir usted el suyo.

—Amenaza es una palabra que no me gusta. Digamos que le prevengo…

—Déjese de virguerías, ex ministro. Acepto.

Tiene gracia, pensó: olvidar aquel día, suprimirlo de mi pasado, aniquilarlo, tirarlo por inservible, relegarlo al viejo desván de la desmemoria. Como si nunca hubiese existido. No resistió la tentación de contárselo al político rival; precisamente ese día me gané dos cosas, dijo con nostalgia, que han de acompañarme hasta que muera: esta leve cojera, al disparárseme la pistola antes de tiempo, y a la mujer que había de ser mi esposa, a Madrona, que entonces era enfermera. Vaya, vaya, añadió con un deje de nostalgia, y su mano buscó instintivamente un palillo en el bolsillo interior de la americana. Y allí estaba el palillo, junto con una docena o más, como siempre. Miró el palillo en su mano, blanco, un poco áspero al tacto y levemente arqueado, lo miró sorprendido (¿no le había quitado Madrona todos los palillos, antes de salir de casa?) lo miró atentamente pero sin percibir aún sus efluvios vengativos, su vibrátil desquite.

La voz de Laureyanu de la Mora lo distrajo.

—Lo que son las cosas, la fecha que me afecta a mí también encierra recuerdos importantes en mi vida. Precisamente ese día lo tenía destinado para venir a Barcelona a operarme de cataratas en la clínica Barraquer y romper definitivamente mi noviazgo con una joven, una burgalesa que aquel año veraneaba en S'Agaró…

—Tiene gracia, sí —rió Batallé, aliviado, tirando el palillo—. Si no hubiese ido usted a París en tal fecha, ¡quizás aún estaría soltero! O tal vez se habría casado con otra.

Prosiguió el juego de lo que pudo haber sido y no fue con algunos licores y el aroma de los habanos. Y el trato, finalmente, quedó cerrado. Laureyanu de la Mora debía regresar a Madrid esta misma noche y se fue directamente al aeropuerto, donde le esperaban dos de sus más íntimos colaboradores.

Antón Batallé, con las manos en los bolsillos, enfiló la acera en dirección a su casa. A los dos pasos notó un cambio de ritmo en el andar, como si de pronto hubiese ganado peso, lo hubiesen lastrado. No cojeaba en absoluto. Antes de llegar a su casa, antes de alzar los ojos a la gris fachada familiar, pudo imaginar que allí cerca, en las sombras, algún confuso elemento cuajaba.

Primero pensó que había errado el camino, que estaba en la otra acera. Pero no: reconoció la farmacia y el garaje. Sin embargo, en medio, donde debía estar el edificio de vetustos balcones que albergaba su vivienda y donde su mujer lo esperaba ya seguramente en la cama, sólo se alzaba un altísimo esqueleto metálico que emitía una roja fosforescencia en la noche, como si aún perdurase allí el insumiso polvo de las batallas; una obra en construcción. No cabía la menor duda: su casa no estaba donde siempre había estado.

Fue hacia la cabina del teléfono y marcó el número de su hijo.

—Jaime, ven enseguida… Creo que no me encuentro bien…

—¿Cómo dice? ¿Quién es usted?

Era una voz de mujer, su nuera, la veleidosa anarquista. No, allí no había ningún Jaime Batallé, sí, el número era ése y el abonado trabajaba en Ediciones Unión y era hijo de Madrona Foix, sí, pero, ¿oiga…? ¿Qué le pasa, se siente usted mal?

Bañado en un sudor frío, buscaba más monedas en el bolsillo. Marcó otro número, el de la sede del partido, pero le contestó el dueño de una tienda de ultramarinos, en Sants, con voz de fastidio.

Aquí no es el *pa amb suc* y el *pa amb oli* oiga, menos coña. Llamó luego a los hermanos Banau al semanario *Arreu*, pero le dijeron que qué broma era ésa, que estos señores trabajaban en el diario *El Alcázar* y vivían en Madrid desde hacía muchos años. Cuando quiso darse a conocer, colgaron.

Salió de la cabina a trompicones, buscó más monedas en el bolsillo, se le cayeron, gateó por el suelo recogiéndolas, perdió la agenda y la volvió a encontrar, nuevamente en la cabina marcó el número de un periodista de *El Correo Catalán*.

—*Martí, estic fotut!* —clamó—. Me estoy volviendo loco. Escúchame y calla. En primer lugar, creo, supongo que soy Antón Batallé…

—Hombre, señor Batallé. ¿Qué hace usted por Barcelona? ¿Preparando su campañita, eh? Je, je. ¿Qué tal por Madrid…?

Empezó a intuir la magnitud del desastre cuando gritó que él vivía en Barcelona desde siempre, desde que volvió del exilio, y el sagaz periodista le respondió ¿usted en el exilio?, esto tiene gracia, oiga, ustedes los ex franquistas son la pera, je, je, no tienen remedio.

Consiguió Batallé que dejara de reír y contestara a sus desesperadas preguntas. Sí, el periodista sabía que Antón Batallé era un dirigente de Alianza Popular y había escrito un librote de éxito titulado *Mis tardes de pesca con Franco* o algo así, y que estaba casado con una Villajoyosa y tenía ocho hijos y vivía en Madrid y…

Sin capacidad de reacción, sin sangre casi en las venas, él mismo fue reconstruyendo el resto sin ayuda del periodista. Era, en realidad, la mar de simple: aquel famoso día que el pacto con la derecha acababa de borrar de la agenda de la Transición, jamás existió en su vida y en consecuencia no se hirió en la pierna fortuitamente y por eso ahora no cojeaba y por lo tanto no fue al hospital y nunca conoció allí a la enfermera Madrona ni se casó con ella ni tuvo un hijo ni ingresó en el partido ni habitó jamás esta casa que, sin la resistencia de su mujer, acabó en manos de la inmobiliaria y fue destinada al derribo, y por eso ahora, en el solar, construían un nuevo edificio. Pero eso no era todo, lo intuía, lo sabía (y Martí se lo confirmó): Laureyanu de la Mora no recordaría tampoco haber vivido cierto día, años atrás, no fue a París para asistir a ninguna reunión, en vez de ello vino a Barcelona a la clínica del doctor Barraquer y se operó de cataratas y riñó con su prometida burgalesa de entonces y en la clínica conoció a una enfermera llamada Madrona Foix, adscrita al PSUC, con la cual casó y tuvo un hijo que hoy era el director literario de Ediciones Unión, donde el propio Batallé había publicado su libro *Mis tiros al pichón con Franco* o algo así…

—Es usted muy de la broma, oiga —dijo Martí—. Va, ex ministro, que es tarde y tengo sueño…

Batallé dejó caer el auricular, ya no le quedaban monedas. Así pues, era miembro de Alianza Popular, y Laureyanu de la Mora, donde quiera que estuviese, era miembro del PSUC. Sin capacidad de asombro vio entonces llegar a sus dos colaboradores, que le habían estado esperando en el aeropuerto, y sin oponer resistencia se dejó sacar de la cabina y meter en el coche y llevar hasta El Prat, donde fue literalmente izado al avión para volar luego hacia Madrid, hacia un despacho y unas responsabilidades y una mujer y unos hijos que no conocía. ¿O sí los conocía? Identificó, en un fugaz parpadeo de lucidez, a sus dos solícitos colaboradores que le atiborraban de café: los hermanos Banau, fúnebres periodistas de *El Alcázar.* Le quedaba el consuelo de pensar, mientras se amodo-

rraba planeando sobre la capital del reino, que Laureyanu de la
Mora aún salía peor parado con el pacto, ya que le esperaban gro-
tescos y abultados nudos de corbata y espantos de incompetencia
en el espejo, una cojera para toda la vida, una úlcera, una mujer
insoportable y una nuera ácrata.

En cuanto a él, lo más humillante, lo más insufrible y cretino,
era —lo estaba leyendo en la agenda— una cena para mañana mismo con el beatorro de don Santiago Udina Martorell.

Dos años después volvería a encontrarse con Laureyanu de la
Mora en una estrambótica y soñolienta coalición gubernamental,
e intercambiaron fatigas reumáticas y oculares, recuerdos y mentiras. Bien mirado, no había gran cosa que lamentar: habían hecho
con el pasado lo que buenamente habían podido, puesto que poco
o nada habían sabido hacer con el porvenir.

La liga roja en el muslo moreno

Después de cenar, mientras mordisqueaba aburridamente una manzana ácida, Nieves bajó la bolsa de la basura a la calle. Iba en albornoz y calzaba unos zapatos negros de tacón con dos tiritas cruzadas sobre los dedos. Tiró la bolsa y la manzana dentro del contenedor y se quedó un momento parada, los brazos cruzados, mirando en mitad del arroyo a un lustroso gato negro que se lamía el sexo. Jamás había visto a un gato hacer eso en medio de la calle.

Cuando entraba de nuevo en el portal oscuro, un hombre le salió al paso esgrimiendo un cuchillo de cocina.

—¿Quién es usted? ¿Qué quiere?

—No grite y no le pasará nada.

—Dinero no llevo…

—No quiero dinero. —El hombre se situó a su espalda y ella notó su aliento febril. También notó la punta del cuchillo en la nalga—. Camine hacia la escalera y empiece a subir.

Nieves obedeció. Le temblaban las piernas. Se le desprendió un zapato y tanteó el suelo con el pie hasta calzárselo.

—Lleva unos zapatos muy bonitos —dijo él.

—No me haga daño, por favor.

—Quiero charlar un rato con usted.

—¿Adónde me lleva?

—A su casa. Sé que vive sola. Podríamos subir en el ascensor, pero no lo haremos. Dentro del ascensor yo no tendría más remedio que violarla inmediatamente. Además, tengo claustrofobia.

—Vivo en un cuarto piso que en realidad es un sexto…

—Lo sé. Camine.

—Haré lo que usted me pida, pero no me haga daño.

Apenas había podido verle la cara, pero sabía que era muy joven. Un muchacho espigado, de manos grandes y flequillo sobre los ojos. La hoja del cuchillo tendría unos veinte centímetros.

—¿Se portará bien? —dijo él cuando iban por el tercero—. ¿Será amable conmigo?

—Sí, sí.

Tenía la esperanza de cruzarse con algún vecino de la escalera y que el violador se asustara y emprendiera la huida. Pero no. Entraron jadeantes en el piso y pasaron al salón. Era un apartamento pequeño, muy caluroso y desordenado. Había un balcón abierto sobre la calle y la única luz provenía del televisor encendido, sin sonido, y de una lámpara de pie junto al sofá.

—Siéntese en el sofá —ordenó el violador—. Yo me sentaré frente a usted, en esta butaca. Y tranquilícese.

Seguía empuñando el enorme cuchillo con firmeza, el brazo estirado hacia el suelo, como si fuera a rajarla de abajo arriba de un momento a otro. Llevaba un pantalón tejano muy sobado y una camisa inmaculadamente blanca de manga larga, abrochada en los puños y hasta el último botón del cuello. Parecía un chico formal, bastante ingenuo, no maliciado por la moda juvenil ni por el lenguaje marchoso, pero en sus ojos claros y fríos anidaba una estridencia, un desatino. El pelo lacio, el cuello largo, los hombros caídos.

—Ay. guárdese ese cuchillo tan horrible, se lo ruego —dijo ella—. No hace falta que me lo enseñe… todo el rato.

—Así está bien.

—Es usted… muy joven. Y guapo. No tiene ninguna necesidad de andar por ahí amenazando a las mujeres con un cuchillo. Seguramente más de una se acostaría con usted por gusto…

—No diga tonterías. Debe usted comportarse con normalidad, conversar con naturalidad, mostrarse confiada y simpática y no hablar de lo que no entiende.

—Bueno.

—Como si estuviera con un amigo que ha venido a visitarla.

—Bueno.

—No me gustan las mujeres asustadas.

—De acuerdo.

—Deje un poco entreabierto el albornoz sobre las rodillas. Así, eso es… La luz artificial le va al pelo a su muslo bronceado. Se ha puesto unos zapatos muy bonitos para bajar la basura.

—Ni siquiera me había fijado. ¿Le gustan?

—Trátame de tú.

—¿Te gustan?

—¿Qué lleva debajo del albornoz?

Nieves meditó la respuesta. Decidió decir la verdad.

—Nada. ¿Te molesta?

—Me da lo mismo. O sea, no, es mejor así. Tengo una prima que en la playa, debajo del traje de baño, lleva sostén. Es muy bruta. ¿Cuántos años tiene usted?

—Veintiséis.

—¿A qué se dedica?

Por segunda vez, ella consideró la conveniencia de mentir. Pero de nuevo optó por la verdad.

—Soy… Ten piedad de mí. Soy… una pobre chica de la calle.

—¿De la calle?

—Soy una prostituta.

—¡No me diga! Nunca había visto a una prostituta en albornoz. Creía que en la intimidad eran más dejadas y sucias, más… venéreas… Conque una fulana. Está bien. Cruce las rodillas, haga el favor. Eso es. Deje resbalar el albornoz sobre el muslo… Así. Y no apriete las solapas sobre el pecho como si tuviera frío.

—Es que estoy muy asustada.

—Naturalmente. Podría rebanarle los pechos con el cuchillo, o rajarle el cuello de oreja a oreja. Piénselo un poco.

—Dios mío.

—O cortarle los pezones. Pero no tema. Generalmente me porto bien. Relájese. Deje el zapato un poco desprendido del pie, así, a punto de caerse… Me gusta ver el talón desnudo, los tobillos…

—Dios mío. ¿Qué vas a hacerme?

—Tengo que pensarlo. Soy muy detallista.

Nieves lo miraba fijamente, intentando adivinar sus intenciones.

—Te daré gusto, si quieres —dijo—. Sé quién eres.

—No, no lo sabe. Usted cree que soy el Preservativo de Gracia, el violador que tiene atemorizado a todo el barrio. Lo llaman así porque trabaja con condón y guantes…, eso me han dicho. Un tipo muy considerado. Pero yo no soy ese gilipollas, señora.

—¿No eres un violador?

—Yo sólo soy un maníaco sexual.

—Entonces ¿qué te propones? Haré lo que me pidas, si no me haces daño.

—Oh, no es gran cosa. Me propongo atisbar sus pechos duros y puntiagudos por entre las solapas de su albornoz flojo, y calibrar sus muslos largos y sedosos, y adivinar la firmeza de los rizos de la pelvis, su grado de humedad y su color, y comprobar si sus nalgas son altas y respingonas y si lucen hoyuelos, y si sus pezones se ponen duros al pellizcarlos suavemente… Soy un obseso sexual, nada más.

—Pero me amenazas con un cuchillo.

—Es que no soy tonto. Sin cuchillo, ninguna mujer me haría caso.

—En eso te equivocas. Ya te he dicho que eres muy guapo…

—No intente liarme. —Esgrimió el cuchillo frente a su nariz con gesto amenazador—. ¿Me entiende? Podría ponerme nervioso y sacarle las tripas de un tajo. De verdad se lo digo.

—Está bien. Te creo. Te creo.

—Ahora le haré algunas preguntas. ¿Tiene usted algún cardenal o cicatriz en los muslos, senos o glúteos?

—No. ¿Por qué?

—Soy estudiante de medicina.

—¿De veras?

—¿Alguna señal de nacimiento, antojo o peca o algo así?

—No.

—¿Alguna mancha rojiza en la cara interna de los muslos? ¿Algún arañazo en la espalda hecho por el novio o el querido?

—No tengo novio ni querido.

—Póngase esto.

Sacó del bolsillo una liga roja con puntillas negras y la tiró al regazo de Nieves. Ella cogió la liga y la miró detenidamente, y luego volvió sus ojos atemorizados hacia el maníaco sexual.

—Póngase la liga en la pierna derecha —ordenó él—. Vamos, deprisa, no tenemos toda la noche.

Ella obedeció. Dobló la rodilla, alzándola contra el reflejo luminoso y parpadeante del televisor, y los faldones del albornoz resbalaron del todo dejando el muslo al descubierto. Introdujo el pie en la liga, la deslizó por la pierna estirada, subiendo, y la ajustó en el muslo, bastante arriba, con un chasquido elástico que hizo estremecer al muchacho.

—Bien. Ahora quédese como está. Así, con el albornoz flojo. Habrá observado que soy muy cuidadoso con los detalles. Eso debería tranquilizarla.

—Pues me ocurre todo lo contrario.

—Denota que no soy un violador convencional. Que no voy a penetrarla a lo bruto por delante ni por detrás, ni nada de eso.

—¿Me lo juras? Pareces buena persona. No tienes pinta de buscarle la ruina a una pobre chica como yo. ¿No podrías soltar ese horrible cuchillo?

—Luego.

—¿Cuántas veces lo has hecho?

—¿El qué?

—Amenazar a una mujer indefensa con el cuchillo.

—No muchas. Pero es la primera vez que me reciben en casa. No sabe cuánto le agradezco a usted el calor de hogar. Normalmente me veo obligado a refugiarme en portales oscuros, callejones solitarios y descampados del extrarradio. Incluso dentro de los ascensores, y eso que me ponen enfermo. Es bastante duro, porque a mí me gusta la conversación, el olor del café, el humo de los cigarrillos, ver un rato la tele, cambiar de canal… —Se interrumpió bruscamente y miraba a Nieves entristecido, la expresión contraída, como un perro perdiguero que estuviera cagando—. No me interprete mal —añadió, y se levantó para cambiar de canal en el aparato receptor. Pero no elevó el sonido. En la pantalla, una folclórica de grandes tetas y enjoyada hasta las cejas cantaba desgañitándose con grandes aspavientos—. Me refiero, claro está, a los canales de televisión. Ya se habrá dado cuenta de que soy un violador sentimental.

—Me he dado cuenta.

—La gente de este país no cuida los sentimientos, no practica la cortesía interior. Yo me he propuesto ser un violador sentimental degustador de café, y con el tiempo lo seré.

Nieves no supo qué decir. Escuchar aquellos disparates era inquietante, pero el silencio era peor. En el televisor parpadeaban las imágenes de la cantante andaluza dándose aires de señorona tetuda y gran artista. Las risueñas rodillas de Nieves estaban desnudas frente a ese parpadeo y el joven maníaco sexual las miraba fijamente, miraba los hoyuelos en la piel bronceada por el sol recibiendo el juego de luces y sombras. De pronto él cambió el cuchillo de mano, se levantó, se sentó junto a ella en el sofá y deslizó la mano derecha entre sus muslos. «Quieta, paloma», dijo. Nieves notó que la mano ardía y se abrió de piernas despacio, instintivamente, no tanto por un reflejo del miedo como por la necesidad de relajarse ella y, a la vez, de calmar al muchacho. Pero no le quitaba ojo al cuchillo. La mano encendida se había posado con serenidad en la pelvis y con los dedos frotaba suavemente los rizos duros. Enseguida el dedo corazón tanteó los labios y los separó iniciando un experto movimiento rotatorio, primero muy lento, luego penetrando decididamente en busca del clítoris. Nieves se retorció a pesar suyo.

No sabía si abandonarse a las caricias o no; por supuesto ella podía controlar su cuerpo y sus humores sexuales y mantenerse fría, insensible, o podía disimular deseo, como hacía siempre en su trabajo, o casi siempre. Pero ignoraba cuál podía ser ahora la mejor táctica; corresponder al manoseo del chico, mostrarse sensible de verdad, sin fingimientos —¿quién es capaz de fingir en esta situación?—, seguramente lo complacería y lo ablandaría, lo haría menos peligroso. En cualquier caso, el dedo se movía con una habilidad diabólica y se iba hundiendo cada vez más profundamente entre las mucosas húmedas, parándose de vez en cuando sobre el clítoris para engatusarlo, encenderlo. En cierto momento, mientras aún pensaba en lo que le convenía hacer, pero jadeando ya ante la inminencia del espasmo, Nieves notó que otro dedo, el índice, se unía al corazón y proseguían juntos, lubricados y enardecidos, moviéndose ahora con una sabiduría sorprendente en un muchacho tan joven, despacio, ralentizando su progresión hacia el orgasmo y sin permitirle alcanzarlo. Ella había adelantado la pelvis y separado un poco más los muslos para facilitar la maniobra, y poco después, cuando se mordía los labios conteniendo un gemido, bruscamente él retiró la mano.

Nieves lo miró asustada.

—¿Qué pasa? ¿No me porto bien?

—Ahora nos iría bien un cafelito —dijo él frotándose las manos, el cuchillo entre los dientes.

—Si quieres —dijo Nieves desconcertada, pero atreviéndose a ponerle la mano en la bragueta—, te hago una cosita y te quedas feliz y tranquilo, y luego te vas a tu casa a dormir… Y aquí no ha pasado nada. ¿Te parece?

Notó a través del pantalón la verga hinchada y durísima. El chico apartó la mano con suavidad.

—A mí lo que me gusta es la paja-conversatorio tomando café, la paja hogareña —dijo él muy serio—. ¿No sabe usted lo que es?

—No…

—Se trata de conversar y tomar café y ver la tele. Ya de chaval, cuando me juntaba con los amigos, nos sentábamos en corro y hacíamos la paja-conversatorio. Yo recitaba poesías. Ahora lo que necesitamos es un cafelito. —Se levantó—. Vamos a la cocina. Hará usted café y lo tomaremos aquí sentados, viendo la tele.

Ella se levantó muy preocupada y lo condujo a la cocina. Notaba la punta del cuchillo en la espalda, aunque en realidad él mantenía el cuchillo a un palmo de distancia, siguiendo con los ojos el movimiento de las nalgas bajo el albornoz. Ella acentuó el balanceo de los glúteos, deseando enternecer al chico de algún modo. Preparó la cafetera, encendió el gas y la puso a calentar. Al levantar los brazos para abrir el armario y sacar las tazas, se le soltó el cordón del albornoz y éste se abrió. Sus pechos quedaron al aire y ella se irguió sobre sus zapatos de tacón alto con una tacita en cada mano. Asiendo el cuchillo con la mano izquierda, él encajó las ingles en las nalgas de Nieves y con la derecha acarició sus pechos, demorándose en los pezones, haciéndolos rebrincar con suaves golpecitos de las yemas de los dedos. La otra mano, la del terrible cuchillo, descendió hasta alcanzar su vientre plano y musculado, se quedó un rato allí efectuando suaves masajes y luego rodeó la cintura y bajó por atrás acariciando las nalgas altas y prietas, deslizando el dedo pulgar por la raja y alcanzando del otro lado la pelambre del pubis. Ella había separado las piernas nuevamente y se preguntaba dónde estaría el cuchillo. «Este cabrón retrasado mental me está destrozando los nervios», pensó. Y le dejó hacer, sin soltar las tacitas. Restregaba las nalgas contra él, intentando averiguar si estaba empalmado. Morcillona, pensó. Quería que el chico tuviera cuantas más erecciones mejor, intuía que eso lo hacía menos peligroso. Quería pero no se atrevía a susurrarle palabras de estímulo, frases cariñosas, como solía hacer con los clientes.

—¿Te gusto, rey mío? —dijo mientras echaba la cabeza hacia atrás y restregaba los cabellos por su cara.

—El café ya casi está…

—¿Dónde tienes el cuchillo?

—Detrás de usted.

—Olvídalo, por favor. Se te está poniendo dura, a que sí.

—¡El café!

Había empezado a silbar la cafetera y él se sobresaltó. Se apartó y Nieves apagó el gas, sacó la azucarera y cucharillas, lo puso todo en una bandeja y regresó al salón. Dejó la bandeja en una mesita frente al sofá, donde se sentó como antes, con el albornoz flojo. Él lo hizo a su lado esgrimiendo el cuchillo y durante un rato no dijo nada.

Nieves llenó las tazas de café sin que le temblara la mano.

—¿Azúcar? ¿Cuántos terrones?

—Me da igual. Lo que me gusta es el olor del café.

—Te pondré dos.

—Ahora quiero que me haga una descripción de sus pechos. Que me diga cómo son.

—Es mejor que los veas —dijo ella—. Mira.

Hizo resbalar las solapas del albornoz sobre los hombros y descubrió los pechos, pero él, rapidísimo, volvió a tapárselos.

—Ahora no quiero verlos; quiero que usted me los describa. Solamente eso. Una descripción, lo más detallada posible.

—Pues qué te voy a decir. Son unos pechos de tamaño regular, morenos, me gusta exponerlos al sol, con la piel muy fina… Redondos y firmes.

—Pues sí que estamos bien. Redondos y firmes. No vuelva a decir un tópico como éste si no quiere que le corte la yugular con mi cuchillo.

—No, no quería decir eso. La verdad es que mis pechos son más bien pequeños, ligeramente bronceados, de punta y un poco separados, quiero decir de esos que miran hacia los lados…

Mientras hablaba, observó que él no la miraba a los ojos, sino a la boca. Con aire distraído, Nieves deslizó la mano entre las solapas del albornoz y se acarició el seno, calibró su tamaño y su peso, su firmeza y su textura, y endureció el pezón pellizcándolo levemente. Pero él no dejó de mirar su boca pálida.

—Sí —añadió ella—, son pequeños y juguetones. Caben en el hueco de la mano.

—¿Y qué más?

—Los pezones son del color del vino rosado, y se ponen duros cuando los roza la seda, la brisa del mar o los labios de un muchacho…

Calló de pronto, sorprendida de sus propias palabras. «Qué bonito me sale», pensó. Vio la misma sorpresa feliz en los ojos claros y misteriosos del joven maníaco sexual y prosiguió:

—También la punta de una lengua los puede estimular, a mis pezones. Una lengua cálida, en su justo grado de humedad, un poco rasposa… A veces pienso en la lengua de los gatos. Entonces se vuelven aún más duros, su tamaño aumenta el doble. ¿Quieres comprobarlo? Te dejo lamerlos, si quieres.

—Está intentando hacerme alguna jugarreta.

—Te juro que no. Me gustaría aliviarte… Anda, relájate y confía en mí.

Seguía acariciándose el pecho. Movió la mano con rapidez y dejó al descubierto el hombro izquierdo y el comienzo del brazo, fue bajando la ropa y el pezón se liberó brincando, oscuro y erecto. Entonces él cerró los ojos.

—¿Por qué haces eso? —dijo Nieves.

—Prefiero ver con el pensamiento el pecho que me ha descrito.

—Pero si es éste. Míralo.

—Que no. Cuando estoy pensando no necesito ver nada.

—Hijo, tú estás enfermo —se atrevió a decirle—. Por muy estupendos que te imagines los pechos, éstos, los míos, son de verdad. Y si dejas el cuchillo y quieres acariciarlos… En fin, no sé qué más puedo hacer por ti.

El chico dejó el cuchillo sobre la mesita, junto a la cafetera, y de paso olfateó el olor del café. Dijo:

—No se le ocurra enseñarme el chomino.

—No, no.

—No, hasta que yo se lo pida.

—Está bien.

—No lo soportaría.

—De verdad que estás enfermo, corazón —dijo ella con tristeza—. ¿Te ha visto algún médico?

—El café se está enfriando y es una lástima.

Estaban muy juntos y Nieves notaba el calor de su muslo pegado al suyo. Suspiró y dijo:

—Me gustaría hacer algo por ti, de veras...

—Yo le diré lo que debe hacer. De momento vamos a tomar el café, como personas decentes.

—Está bien —se resignó ella—. ¿Lo quieres solo o con leche?

—Solo. ¿Y usted?

—También.

—Debería usted tomarlo con leche. Sienta bien por la noche, sobre todo a las mujeres de la vida. Un cortadito. Yo se lo prepararé.

—Pero si no me gusta.

—Insisto.

—Bueno. Hay leche en la nevera.

—No necesitamos leche de la nevera. Va usted a hacer lo que yo le diga. Primero tómese un buen sorbo de café, pero no se lo trague, manténgalo en la boca y calentito. Así, muy bien... Ahora échese de espaldas en el sofá, de cara al techo, y abra la boquita. Pero sin derramar una gota de café. Eso es.

Ella obedeció con presteza, maravillada y aliviada: por disparatado que fuese lo que ahora se proponía este mochales, siempre sería mejor que tenerle al lado esgrimiendo el enorme cuchillo. Seguía pensando que sólo había un medio de que esta loca aventura terminara bien, y era que el muchacho alcanzara alguna forma de orgasmo, seguramente complicada, y se marchara dejándola en paz. Tumbada panza arriba en el sofá, el albornoz abierto, sentía el café calentito en la boca a punto de derramarse. Alzó la rodilla y colocó una pierna por encima del respaldo del sofá, abriéndose, y miró al chico con amañada expresión de dulce somnolencia. El contempló su vientre liso y sus muslos un breve instante, y no se entretuvo más, parecía tenerlo todo muy bien ensayado: se puso a horcajadas sobre su pecho, apoyando las rodillas, y una mano en el sofá para no oprimirla con su peso, abrió la cremallera de los tejanos y se sacó la verga ya rígida y oscura, cubierta de arañazos y con una gran vena hinchada. Su rostro aniñado y sereno no revelaba nada de lo que estaba pasando. Viendo arder el pene a unos centímetros de su cara, Nieves abrió unos ojos como platos y sintió que un leve acceso de tos le subía por la garganta amenazando con hacerle escupir el café, que se derramaba un poco en las comisuras de su boca. Comprendió que el pene ya estaba erecto desde hacía mucho rato, apuntando hacia arriba dentro de la bragueta. El enrojecido glande rozó el labio inferior y entonces ella, sin que él le dijera nada, anticipándose a su deseo, ciñó la verga con la mano derecha y empezó a desplazar la piel arriba y abajo, regulando el ritmo y la cadencia de sus movimientos. Lo acercó más a su boca abierta repleta de café y alzó un poco la cabeza para recibir mejor la rociada de esperma que había de brotar del fondo de las glándulas. Sin embargo, no quería apresurar nada: ésa era la única forma de anular el peligro, y cuanto más prolongara la situación, la antesala del orgasmo del muchacho —y seguramente de su propio orgasmo, tal como iban las cosas—, tanto mejor para ambos. De vez en cuando él mojaba el glande enardecido en el café, como si fuera un bizcocho; lo metía y lo sacaba, dejándolo gotear, y ella deslizaba los dedos arriba y abajo a lo largo de la vena hinchada y las cicatrices.

El aroma del café lo impregnaba todo. Con cierta dificultad, porque tenía la boca ocupada, Nieves dijo:

—¡ Aao, ico! ¡E ejas uuata! O eí e uieras ana iaiaión. (¡Carajo, chico! ¡Me dejas turulata! No creí que tuvieras tanta imaginación.)

—¿Qué dice?

—E eto e u ietido y u aondo. (Que esto es muy divertido y muy cachondo.)

—No hable ahora.

—Aaiiae as etas ientas epaas a eche, aio. (Acaríciame las tetas mientras preparas la leche, cariño.)

—No la entiendo.

—¿E uta? (¿Te gusta?)

—¿Cómo?

—E i e uta. (Que si te gusta.)

—Mucho, mucho.

—On a ano izea, e a ienes esouaa, oías ellizae os ezoes, aor. (Con la mano izquierda, que la tienes desocupada, podrías pellizcarme los pezones, amor.)

—Ai, ai. O hae iino. (Así, así. Lo haces divino.)

—Ah, ah, ah…

—Eea u oco. (Espera un poco.)

De modo que durante bastante tiempo, deslizando sabiamente los dedos sobre los costados del pene, sintiendo su acelerada palpitación, mojando el glande una y otra vez en el café, estirando el prepucio, arañando suavemente la piel con las uñas pintadas de rojo, acariciando el frenillo, oprimiendo el cuello lo más abajo posible, cerca de los testículos, y restregando desesperadamente la palma mojada de la mano sobre el glande enardecido, rojo como una cereza y próximo a estallar, ella controló la situación hasta que el joven pero inesperadamente diestro y complaciente maníaco sexual, presa ya de dulces sacudidas, de oleadas de placer que le nacían en los riñones, adelantó los ijares e introdujo totalmente la verga en la tembloteante boca llena de aromático torrefacto, y después de tres o cuatro violentas convulsiones, mientras ella sentía desbordarse el café y chorrearle por las mejillas, se vació.

Nieves permaneció un rato boca arriba con los ojos cerrados, saboreando el insólito cortado. Él subió la cremallera de los tejanos y se sentó muy formal en la butaca frente a ella. Buscó el cuchillo con los ojos, pero no lo cogió. Ella se incorporó despacio, ciñéndose el albornoz y mirándolo con recelo.

—¿Qué tal? —dijo—. ¿Te sientes mejor?

—Sí.

Miraba el cuchillo, pero no parecía tener intención de volver a esgrimirlo; parecía más bien desaprobar su presencia. Con la voz dulce y húmeda ella propuso:

—¿Quieres más café, antes de irte?

El chico la miró, pero no dijo nada, y ella añadió:

—Todavía estoy un poco aturdida. Ha sido… muy estimulante. —Guardó silencio unos segundos y dijo—: No creas que tengo muchas oportunidades de gozar con un chico tan guapo y tan fino como tú. La mayoría de las veces me ocupo con unos pencos que vaya…

—¿Usted finge que se corre, cuando trabaja?

—No siempre.

—¿Qué criterio sigue usted para correrse o para fingir que se corre? ¿Qué le induce a hacer una cosa u otra?

—Depende.

—¿Qué condiciones debe reunir su cliente para que usted se decida a correrse?

—Ante todo, debe ser amable conmigo. Tratarme con dulzura.

—Huy. Se correrá muy de tarde en tarde.

—Pues sí.

El joven maníaco sexual meditó un rato. Luego dijo:

—¿Y por qué lo hace?

—¿Fingir?

—Sí.

—A los hombres les gusta creer que nos corremos. Mejor dicho, les gusta creer que ellos hacen que nos corramos.

Las manos en las rodillas, sentado muy tieso en el borde de la butaca, el muchacho la miraba con recelo, como si no diera crédito a sus palabras. Después de reflexionar un momento, dijo:

—A mí me da igual.

—¿Estás seguro? Piénsalo un poco.

—¿Y cómo lo hace?

—Me estremezco, jadeo, suelto gemidos, simulo que me hace daño. Grito, le susurro a la oreja qué gusto, más, dame más, ay, rey mío, me voy, cosas así. Y le araño la espalda, le muerdo el cuello, me retuerzo, le rodeo la cintura con las piernas, hago contracciones con la vagina, etcétera.

—Cuánto trabajo. Parece usted una buena persona.

—Sí, soy muy sentimental.

—¿Qué piensa de mí?

—Me habría gustado conocerte en circunstancias normales, sin ese cuchillo —dijo ella sinceramente—. ¿No se te ha ocurrido pensar que podrías gustarme, sin ese cuchillo?

—En circunstancias normales, no hay caso. Yo no hago nada en circunstancias normales.

—¿Cómo lo sabes? ¿Lo has probado alguna vez?

—No.

—¿Y por qué no, criatura?

—No estoy bien del coco. Eso creo.

—Pero eso se puede arreglar. Hay médicos…

—Los médicos no saben nada. Me han visto cientos de médicos. Médicos mentales, psiquiatras y todo eso. Todos follan con las enfermeras, fuman, cuentas chistes verdes y beben, me engañan… Me han hecho electros, muchas preguntas, me obligan a dibujar cochinadas, me enseñan manchas de tinta. Me preguntan si me la meneo pensando en chicas decentes o en putas de lo más tirado.

—Vaya. ¿Y tú que respondes?

—Yo creo que no estoy bien de la azotea. Eso creo. Pero cuando me hago la cosa no pienso en chicas decentes ni en furcias de lo más tirado.

—¿No? ¿En quién piensas?

—En una señora ama de casa, joven, como usted, en bata o albornoz, con rulos en el pelo y los pechos sueltos, bajando la bolsa de la basura a la calle o batiendo un huevo en el plato, de pie en la cocina…

Cogió el cuchillo, lo miró por ambos lados, dándole vuelta a la hoja, y lo volvió a dejar en la mesita.

—Siento no llevar rulos —dijo ella—, ni ser muy buena ama de casa. Pero te gusto un poco, a que sí. No me harás ningún daño, ¿verdad?

—Tenga cuidado. Ya le he dicho que estoy un poco mochales. ¿No ve mi sonrisa torcida y demente, el tic nervioso de mi ojo izquierdo y la baba verde que cuelga de mi labio inferior?

—No veo nada de eso.

—Porque ahora lleva usted flojo el albornoz, y yo le veo el vientre y los muslos y me estoy excitando otra vez. Y cuando estoy así me comporto como una persona normal, y hago cosas normales.

—Eso está bien —dijo ella mirándole la bragueta.

—Usted me toma por tonto.

—Qué va. Oye, ¿quieres comer algo, antes de irte? ¿No tienes hambre?

—Hoy no he comido nada. Estoy deambulando por las calles de Barcelona desde por la mañana temprano. Pero no tengo hambre.

—¿Y beber? ¿Puedo ofrecerte algo de beber, antes de que te vayas?

—No he dicho que me vaya. Ahora usted se quita la liga roja y se la pone en la otra pierna. Vamos, haga lo que le digo. Despacio.

Ella estiró la pierna y luego la alzó y la mantuvo en alto mientras ajustaba la liga, haciéndola chasquear sobre la piel. Antes de fijarla, la deslizó arriba y abajo del muslo ciñendo éste con los dedos de ambas manos, como si midiera su grosor. El albornoz dejaba ver la oscura pelambre del monte de Venus.

—¿Así? —dijo Nieves—. ¿Lo hago bien?

—¿Tiene unas medias? —dijo él—. Quiero que se ponga medias. Rápido.

—Pero ponerme medias, llevando albornoz…

—Medias y albornoz, eso es lo único que debe llevar. ¿Tiene medias o no?

—Claro.

—Tráigalas.

—Enseguida, no te enfades.

Nieves fue a su cuarto y volvió en el acto con unas medias negras. Se las puso concienzudamente, despacio, sentada frente a él, exhibiendo sus largas piernas, deslizando las manos una y otra vez, con suavidad, a lo largo de los muslos y las pantorrillas. Una de las medias quedó sujeta con la liga roja, la otra concluía con brusquedad un poco más arriba de medio muslo, donde la conjunción ardiente de la seda negra y la carne morena resultaba, a ojos del muchacho, plenamente satisfactoria.

Luego ella se levantó, el albornoz flojo, las manos en la cintura, y lo miró a los ojos.

—¿Te gusta así? —dijo—. ¿No quieres nada más, antes de irte?

—Me lo estoy pensando.

Nieves suspiró resignada.

—Yo sé que no te quedarás tranquilo hasta que me tengas. Así que no perdamos más tiempo. Fóllame y terminemos de una vez.

El obseso sexual parecía abstraído, mirándole las piernas.

—Afloje la liga sobre la media —dijo—. Que la media quede un poco arrugada sobre el muslo… Un poco caída.

Ella obedeció y luego se acercó al chico y se sentó a horcajadas sobre su pierna derecha, restregando la pelvis en el muslo. Él le manoseó las nalgas con fuerza, constatando su vigor. Al cabo de un rato, cuando ella empezaba a jadear, él dijo:

—Ahora vamos a la cocina y usted me hará una tortilla de patatas con las medias caídas y los zapatos puestos.

—¿Una tortilla? ¿Ahora?

—Sí. Con las medias caídas.

—¿Y después te vas con tu cuchillo?

—Después me voy.

—¿Lo prometes?

—Lo prometo.

Recuperó su cuchillo y se dejó conducir a la cocina cogido de la mano. Allí, ella le pidió el cuchillo para pelar y cortar las patatas y él se lo dio. Mientras ella trabajaba, él se colocó a su espalda, le subió los faldones del albornoz y le acarició las nalgas. Luego, cuando ya se calentaba el aceite en la sartén, ella batió dos huevos en un plato moviendo el tenedor con vertiginosa rapidez. Se volvió hacia él y lo miraba confiada y un poco húmeda, de pie, el albornoz abierto a ambos lados de los muslos, las medias negras un poco caídas y arrugadas. Él se retiró un paso y ahora la miraba con las manos en los bolsillos y dijo:

—¿Sabía usted que masturbarse de pie es bueno para la circulación?

—No, no lo sabía.

—¿Usted nunca lo ha hecho?

—Cuando era jovencita…

—A ver cómo lo hace. Sin soltar el plato, por favor.

—Está bien. Mírame.

Nieves apoyó la espalda en el frigorífico, arqueó la cintura, se abrió de piernas y con la yema del dedo mayor buscó rápidamente el clítoris. La boca entreabierta y los ojos entornados, dirigió al muchacho una mirada de súplica, mientras con el dedo anular separaba un poco el labio del lado derecho y con el dedo índice el labio izquierdo. Notó el clítoris endurecido y resbaladizo y frotó el dedo hacia arriba y hacia abajo presionando levemente, deteniéndose en la entrada de la vagina. Seguía con la mano izquierda en alto sosteniendo el plato con las yemas batidas y el tenedor. No quiso cerrar los ojos, ni los apartó de la cara de él: lo miraba directamente a los ojos en el momento en que, dejando escapar un débil gemido, hundió el dedo en la vagina lenta pero firmemente. Entonces, rindiendo la cabeza ante el joven aprendiz de violador, inició una serie de caricias circulares que le arrancaron más gemidos y seguidamente emprendió con el dedo el camino de regreso hacia el clítoris, ya muy encabritado y mojado por completo, para bajar de nuevo hacia la vagina con renovado ímpetu. Sus ojos semicerrados y ahora llenos de dulzura no se apartaban del chico. Sintió que los pezones se le ponían erectos y duros y que su cuerpo empezaba a ser invadido por pequeñas oleadas de placer. Contraía la vagina cuando el dedo entraba y la aflojaba al retirarse, imprimiendo gradualmente más rapidez conforme aceleraba el ritmo y sentía alcanzar la culminación. Entonces lo vio a él, como a través de un velo, avanzar hacia ella con el pene enhiesto en la mano, y retiró el dedo y dejó que la cogiera de las nalgas y la levantara del suelo y la penetrara. Empezó a culear con furia hasta que un repentino latigazo lamió su espina dorsal, entonces arqueó aún más la cintura, contuvo el aliento y gimió y se le derramó la yema de huevo batida del plato que sostenía en la mano.

Sin darse cuenta había cerrado los ojos y permaneció un rato ensimismada, hasta reponerse.

Cuando abrió los ojos, el loco muchacho ya no estaba en la cocina. Tampoco en el salón, y no había ni rastro de su temible cuchillo. Lo buscó por toda la casa, inútilmente.

Al volver a la cocina para recoger del suelo la yema derramada, descubrió que aún no había bajado la bolsa de la basura a la calle. Pero llevaba las medias negras un poco caídas y la liga roja seguía ciñendo su muslo moreno.

El caso del escritor desleído

Las serpientes eran tan venenosas que su
mirada mataba. De ahí que el héroe Iskander
pudiera gastarles la broma terrible de echar espejos en el Valle para que las culebras se mira-
sen en ellos y se ocasionaran la muerte,

SIMBAD EL MARINO

Érase un escritor de ficciones que durante treinta años se había
negado temerariamente a conceder entrevistas a la televisión. Hoy,
cinco años después de los sucesos que se narran en esta historia, hay
quien opina que el mismo escritor no fue otra cosa que una ficción,
una apariencia física, pues lo único que queda de su azaroso paso
por el mundo es el anagrama de su nombre: RLS. Así firmaba sus
libros, y así le decían en familia y en los medios profesionales:

—Errelese, deberías dejarte ver en la tele de vez en cuando.
¿Es que nunca te han pedido una entrevista?

—Muchas veces. Pero no me gusta hablar de la faena. No es
divertido ni relevante.

Y así durante treinta años. Gozaba de cierto prestigio y de una moderada fama, pero ni la uno ni lo otro le interesaban. Su recha- zo sistemático a los requiebros audiovisuales le había acarreado algún problema a la hora de promocionar sus libros, y no pocos malentendidos. Su mujer nunca se lo reprochó, pero en el fondo no lo aprobaba. Sus editores se habían resignado a lo que les parecía prácticamente un suicidio y su agente literario opinaba que era una forma de coquetería que se adelantaba a su época, que había que respetar y que haría furor en el futuro.

RLS era un hombre de pocas palabras y sólidas convicciones, menudo y discreto, vestía con esmerada pulcritud y cierto atilda- miento, y odiaba las entrevistas.

La tarde del 18 de julio de 1989 se dejó convencer para ser entrevistado brevemente en un programa cultural que se emitía de madrugada por la segunda cadena de TVE. Decidió comparecer por gentileza hacia un escritor amigo y puso tres condiciones: que la entrevista fuese en directo, que no debían hacerle ninguna pre- gunta sobre su propia obra ni sobre su vida y que a su espalda, en el plató, colgaran una gran fotografía de Mr. Hyde estrangulando a la puta Ivy.

Todo transcurrió según sus deseos y de forma bastante aburri- da, salvo un par de preguntas finales que la presentadora del pro- grama le disparó a bocajarro:

—Señor Errelese, ¿por qué firma sus novelas con estas inicia- les? Suponemos que corresponden a su nombre. ¿Tal vez Ramón López Solís...? ¿Rufino Lasa Sala...?

Él no se dignó contestar, los ojos en el suelo y una leve efusión sanguínea en la cara. Su verdadero nombre era Rufino Ladrón Sor- do, que no le parecía adecuado para un escritor realista. Tampoco quiso explicar por qué pidió que colgaran tras él un fotograma ampliado de Mr. Hyde/Fredric March apretando el cuello de Ivy/ Miriam Hopkins con sus horribles manos peludas. Por último, su conocido rechazo al medio televisivo, mantenido a lo largo de treinta años, picó también la curiosidad de la presentadora:

—¿Por qué no nos quiere? —entonó melindrosa—. ¿Qué tiene usted contra nosotros, señor Errelese?

—Lamento que me haga esta pregunta —dijo él con la voz suave—. Pero la contestaré. La televisión está creando una nueva especie humana, un mundo de opinantes mastuerzos y mirones descerebrados, adiposos e impotentes, y a mí no se me ha perdido nada en ese mundo.

En ese momento, cuando la cámara se le aproximaba con la intención de sacarle un primer plano —fue lo que pensó, aunque no tardaría mucho en considerar una intención menos halagadora—, estalló el foco más próximo a él, seguidamente se produjo un cortocircuito y mucho humo, y otro de los focos también explotó. La presentadora pidió disculpas y, pasado el susto, reanudo la conversación:

—Vaya, lo que acaba usted de decir parece una acusación en toda regla.

—Olvídelo. Ustedes saben de eso, practican muy bien la estrategia de la desmemoria.

—Y sin embargo, pese a tan riguroso veredicto, usted ha venido.

—He venido exclusivamente a rendir homenaje a mi amigo y maestro Juan Carlos Onetti. Y puesto que hemos terminado, usted me dispensará. Me siento ligeramente indispuesto. Buenas noches.

Su intervención duró apenas tres minutos. Al alejarse de las cámaras y de su campo de tiro notó fugazmente el primer síntoma: algo muy frío se licuaba a lo largo de su tráquea, como si hubiera tragado un trozo de hielo del vaso de whisky y lo sintiera allí clavado, entre pecho y espalda, goteando un rencor concienzudo.

De vuelta a casa, repasando mentalmente lo que había dicho, sólo una frase le parecía afortunada y no estaba seguro de que fuera suya: «En el buen escritor, la verdadera emoción aparece y se manifiesta allí donde no se la describe ni se la nombra. Onetti es un maestro en eso.» No era gran cosa, y aunque había logrado su objetivo, recomendar encarecidamente la obra del amigo, sentía un extraño desasosiego.

Preguntó a su mujer y a sus hijas, que seguían pegadas al televisor, qué tal había quedado ese imbécil de Errelese haciendo monerías ante las cámaras, y le dijeron que bien, sin el menor entusiasmo. Olvido, su mujer, hija de un boticario de pueblo que se enriqueció con una pócima contra las almorranas y acabó dirigiendo unos grandes laboratorios farmacéuticos, añadió:

—Pero se te veía mal, Rufi. Bastante mal.

—¿A qué te refieres? —dijo él—. ¿Parecía mal enfocado?

—No sé. Movido.

—¿Movido?

—Difuso. Y muy deprimido. ¿Tomaste tu trankimazín?

Su hija pequeña fue más explícita:

—Borroso, papá. Salías muy borroso. Horriblemente borroso.

—Desleído, diría yo —precisó la resabiada hija mayor—. A ratos parecía que te estuvieras disolviendo en agua, como un alkaseltzer. —Y soltó una risita.

—Algo salió mal —recordó él—. Falló una cámara…

—Pero a la entrevistadora se la veía perfectamente —observó su mujer—. Sólo tú salías como… difuminado.

RLS se encogió de hombros.

—También explotó un foco… Bueno, qué más da —y añadió con sorna—: Nunca me había puesto delante de esos malditos artefactos. No han sabido cogerme el perfil bueno, así que no pienso volver por allí.

—La cámara no te quiere, papá —bromeó la hija menor.

—Será eso, hija.

—Justo castigo a tu soberbia, Rufi —bromeó Olvido.

—Seguramente —admitió él, con la cabeza gacha.

—¿Quieres verte? Lo hemos grabado.

—Mañana. Estoy muy cansado. Eso de cultivar el personaje ante millones de televidentes aborregados resulta agotador, además de obsceno. Buenas noches.

Al día siguiente se mareó mirándose al espejo y sufrió una fuerte bajada de la tensión sanguínea. De la manera más tonta —eso creyó al principio: por andar distraído o adormilado— meó fuera de la taza del váter dejando el suelo perdido; no pudo dirigir correctamente el chorro de orina porque no lo veía. Poco después sufrió doble visión y un persistente zumbido en los oídos.

Aconsejado por su mujer, acudió a la consulta del doctor Trías, su médico de cabecera y amigo íntimo; más que amistad, lo que ambos cultivaban era una complicidad de lecturas y alcoholes diversos. El médico le ordenó echarse en la camilla, tanteó su hígado apretando con los dedos y después preguntó qué le había pasado exactamente. RLS le contó la meada invisible y aventuró que debía tratarse de una depresión; dijo que a ratos sentía mucho frío interior, como si su cuerpo estuviera abierto y expuesto a corrientes de aire, y que otras veces le parecía estar disolviéndose en un vaso de agua igual que una pastilla efervescente o algo así.

El doctor Trías le rió la broma y le recetó tres poemas metafísicos de Quevedo, dos poemas satíricos de Sagarra y un vasito de oporto cada noche antes de acostarse. También rellenó una solicitud para que le practicaran un estudio arterial mediante las siguientes exploraciones, según escribió de su puño y letra: Doppler Transcraneal Tridimensional y Eco-Doppler de Troncos supra-aórticos, afecto de Sd. vertiginoso e inestabilidad.

—No me jodas —exclamó RLS admirado—. No sabía que en tus recetas imitaras la prosa psicodélica de Julián Ríos.

—Como bromista eres bastante chapucero —protestó el doctor Trías—. Yo soy ante todo un científico riguroso, y tú no eres más que un maniacodepresivo con una tendencia esquizoide, así que, de momento, te prohíbo fumar.

Cuando pasó el vídeo de la entrevista televisiva que habían grabado sus hijas comprobó que, en efecto, se le veía muy borroso. Cada gesto que hacía, cruzar una pierna sobre la otra o ajustarse el nudo de la corbata, parecía ralentizado y dejaba tras de sí esa estela fugaz que deja en las fotografías un objeto en movimiento. Todo lo demás a su alrededor, incluida la bella presentadora y los papeles y libros que manejaba, aparecía nítido y en su sitio; sólo su imagen tenía otra textura, otro ritmo y otra luz, como si perteneciera a otra película, a un celuloide rancio, diríase: una tonalidad distinta que traía consigo otra atmósfera, otra historia. Pero lo más extraordinario era que las garras peludas de Mr. Hyde y su cara de mono mientras procedía a estrangular a la pobre Ivy en la fotografía ampliada que colgaba a su espalda, y que deberían haber quedado parcialmente ocultas porque estaban detrás de él, ahora podían verse a través de su estómago porque éste se transparentaba.

Pasó el vídeo otra vez, y luego otra, y decidió que el realizador del programa había mezclado dos tomas con alguna finalidad estética; una virguería técnica, una transparencia copiada de Rouben Mamoulian o de George Stevens.

Ese mismo día, hallándose en una librería, fue reconocido por una señora que le pidió su autógrafo esgrimiendo un ejemplar de su último libro y un bolígrafo de tinta roja. RLS la complació, no sin problemas: firma y rúbrica surgieron ante sus ojos y los de su admiradora, pero se esfumaron al instante, y no dejaron ni rastro en el papel. Parecía cosa de magia. Pensó que la tinta carecía de la suficiente densidad o que le faltaba algún ingrediente, y firmó y rubricó nuevamente de forma vigorosa y enrevesada, como hacía siempre, pero presionando mucho más: el trazo sanguinolento apareció, bastante aguado y fantasmal, y al instante volvió a esfumarse en la nebulosa blanca del papel. Sólo después de varios intentos y con otros bolígrafos, rodeado de la curiosidad general y las atenciones del personal de la librería, consiguió fijar un palidísimo remedo de su autógrafo.

El incidente le dio mucho que pensar. ¿Tendría algo que ver aquella ligera indisposición que sufrió en su primera comparecencia televisiva? Para salir de dudas decidió someterse a la prueba de una nueva entrevista y pidió a sus hijas que lo grabaran. Volvía a sentir el escalofrío del cubito de hielo incrustado en la tráquea y el lento, punzante goteo interior.

Pensaba hacerse invitar, pero no fue necesario: en los medios audiovisuales se interpretó su primera e inesperada aparición ante las cámaras como el fin de una cabezonería insensata, una rendición ante el poder supremo de la imagen, y varias cadenas privadas ya reclamaban su presencia. Con tal motivo, sus editores le felicitaron instándole a participar en programas de gran audiencia y de muy diversa roña y pelaje: debates sobre extraterrestres y parapsicología, concursos millonarios y debates públicos sobre la corrupción política, el anticatalanismo galopante, la postura de los obispos frente al condón o los grandes incendios forestales… Le recomendaron muy encarecidamente huir de los programas dedicados a libros.

—¡Vamos a recuperar el tiempo perdido! —exclamó entusiasmado el director de relaciones públicas de la editorial.

—¡Que te vean, cuanto más mejor! —dijo su editor.

—Ojalá no sea demasiado tarde —murmuró RLS pensando en su salud.

La segunda comparecencia tuvo lugar en un gran estudio que lucía un decorado espectacular con piscina y trampolín, gradas repletas de público y mucho trajín de sonrientes azafatas faldicortas. Era un concurso de audiencia nacional conducido por un popular periodista, y los televidentes podían concursar desde sus casas por teléfono respondiendo correctamente a preguntas muy simples, y, al final, en un breve espacio dedicado al personaje invitado, debían adivinar al autor de una cita literaria previamente escogida por él, y que aparecía escrita en la pantalla a lo largo de la entrevista. Después de invitarle a sentarse y de improvisar unas breves palabras de presentación, el conductor del programa le preguntó, muy sonriente:

—Ante todo nos gustaría saber, disculpe nuestra curiosidad, por qué ha rehuido usted las entrevistas en televisión durante tantos años.

RLS permaneció mudo y absorto frente a la sonrisa plastificada del presentador. En esta ocasión no había requerido la compañía de Mr. Hyde, pero sentía sus manos ardientes y peludas, que olían a azufre, apretando su cuello. Durante diez minutos, el gran comunicador no logró arrancarle una sola palabra. Simuló ante la audiencia un fallo técnico y ordenó que le cambiaran el micro prendido en la solapa, pidió un vaso de agua y una silla más cómoda para su invitado, le ofreció un café, y nada. Finalmente, RLS pareció despertar de su letargo y dijo:

—He venido ahora para verme después.

Enigmáticas palabras que no hicieron mella en el presentador. Hizo una señal al cámara de la grúa para que se acercara y sacara un plano del nudo impecable de la corbata de su invitado, mientras palmeaba amistosamente su rodilla.

—¡Vaya, nos ha salido usted muy bromista, señor Errelese! A propósito, estas iniciales corresponden a su nombre y apellidos, naturalmente. Déjeme adivinarlo… ¿Roberto Lara Segura? ¿Rafael Linares Salinas? ¿Raúl Lemos Sancho?

RLS pensó en su incipiente transparencia: la siniestra sonrisa y las garras de azufre seguían en su estómago haciendo su trabajo.

—¿Y por qué no Robert Louis Stevenson?

—¡¿Por qué no, en efecto?! —dijo el presentador—. ¡Muy agudo, sí señor! ¿Tal vez lo escogió porque es usted un fan del autor de *La isla del tesoro*?

—Bueno, era la única forma de parecerme a él en algo…

En ese momento se recibió la primera llamada telefónica. Una señora de Madrid. La cita de autor famoso que RLS había escogido era: «Os lamentáis de que el culo de las mujeres es monótono. Hay para eso un remedio muy sencillo: olvidarlos». Era una sabia recomendación de Gustave Flaubert a Guy de Maupassant, infatigable frecuentador de burdeles. Los guionistas del programa habían expresado sus recelos ante la frase, apelando al buen gusto del que siempre había hecho gala el concurso (aquí se escuchó la risa sarcástica de Mr. Hyde), pero en eso RLS se mostró inflexible: o se aceptaba su propuesta o se iba a casa.

—¡¿Con quién tenemos el gusto de hablar?! —preguntó el presentador.

—Con Matilde.

—¡Muy bien, Matilde! ¡¿Puede usted decirnos quién es el autor de nuestra cita de hoy?!

—¡Pues es que no estoy segura, la verdad…! —dijo la concursante, muy excitada.

—¡Adelante, mujer, sin miedo! ¡Tiene medio millón de pesetas al alcance de la mano! ¡No es ninguna broma, Matilde!

—Ay, ¿por qué no me echa usted una ayudita?

—Imposible, querida señora. Yo no sé el nombre del autor. Sólo nuestro ilustre invitado lo sabe, él lo escogió.

—Ay. ¿No será este… cómo se llama? Este que sale siempre por la tele y habla mucho… Ay, lo tengo en la punta de la lengua… ¿Don Benito Pérez-Dragó?

—Pregunte a la señora si le suena mejor don Ramón María de Gala-Inclán —dijo RLS.

—¡Sí que me suena, sí! —dijo ella.

—Es un curioso emparedado, y dudo que le gustara al escritor gallego —opinó el conductor del programa en un alarde de erudición, de buen gusto teatral y de intuición erótica.

Siempre sin dejar de sonreír, el gran comunicador miró a RLS, esperando su veredicto.

—En fin, dele usted a esta señora su medio millón —dijo el escritor invitado con la voz suave— y que se compre un pesebre.

Se volvió a un lado, hacia una de las azafatas, y pidió otro vaso de agua.

—¡Cuánto lo sentimos, Matilde! —dijo el presentador—. Parece que no hubo acierto. ¡Gracias por llamar y suerte la próxima vez! —Y colgó el teléfono mirando a RLS con el rabillo del ojo. La azafata de sonrisa congelada trajo el vaso de agua y, al disponerse RLS a cogerlo, su mano se cerró en el aire y el vaso fue a parar al suelo y se hizo añicos; vio sus dedos traspasando limpiamente el cristal y el agua, sin tocarlos, asiendo nada. «Perdón», murmuró, y se puso lívido.

Poco después hubo otra llamada. Una concursante de Valencia.

—¡¿Es don Camilo José Cela?! —dijo una voz chillona—. Porque esta clase de cochinadas…, vamos, que los culos y todo eso es lo suyo, muy propio del don Camilo ese. Seguro que es él. Menudo guarro.

—No. Este señor que dice usted es un prosista castizo y campanudo —dijo RLS—, y yo he venido a dar testimonio de un novelista excelso.

De vuelta a casa puso el vídeo en marcha, mientras le preguntaba a Olvido qué tal había salido esta vez. Ella dijo que fatal, mucho peor que la otra noche.

—No estoy hecho para esta clase de gansadas —gruñó él—. ¿Por qué crees que me he negado durante tantos años?

Su mujer pulsó el mando a distancia y congeló la imagen.

—Mírate, Rufino. Pareces un fantasma.

Estaba, en efecto, un poco más desvaído, más transparente. Olvido pulsó otro botón y la imagen se animó de nuevo. En cierto momento podían verse los rotundos muslos de la azafata que le traía el vaso de agua: la muchacha avanzaba a su espalda con la bandeja y el vaso, los muslos moviéndose rítmicamente dentro de los pulmones de RLS maltratados por el tabaco, en una singular combinación gráfica de vigor y belleza juvenil, de carcoma senil y tiniebla pulmonar. Negándose a la evidencia, buscando todavía algún tipo de excusa, RLS opinó que debía tratarse de un defecto de la filmación, una anomalía técnica.

—Que no sabes comportarte ante las cámaras —dijo su mujer—. Que no estás acostumbrado, vaya.

—¿Crees que debería dejarme entrevistar con más frecuencia?

—No te vendría mal. Pero pareces muy cansado... ¿No te encuentras bien?

—Me siento raro. No sé... con mala conciencia. —Pero no quería renunciar al humor—. Lo que se dice un tipo con dobleces, poco legal. Falso, digamos, como un vino adulterado, una perdiz de granja o una leche desnatada.

—Qué tonterías dices, Rufi.

Después de negarse durante días, accedió a someterse a diversas pruebas y análisis clínicos. Ante su enfermizo empecinamiento en querer compararse, debido a ciertas coincidencias en la sintomatología, con un alkaseltzer o un sidral —decía sentir dentro del cuerpo una «efervescencia visceral y anímica»—, el doctor Trías sentenció:

—Amigo mío, el hombre no es otra cosa que un producto químico, y como tal, disolvente. Te suponía enterado de esta fatalidad. O esta bendición, según se mire.

RLS expresó el temor de que su mínima presencia en la prensa escrita entre 1965 y 1975, apenas media docena de entrevistas —y dos de ellas con el gran Del Arco— acaso fuera el germen de este virus que de algún modo ahora lo estaba descarnando y propiciaba su lenta disolución ante las cámaras de televisión.

—Seguramente lo incubé entonces —dijo—. ¿Me has visto en la tele?

—Por supuesto que no —dijo el médico.

—Se me ve fatal —se lamentó cabizbajo—. Fatal.

—Jamás pensé que eso pudiera preocuparte.

El diagnóstico del doctor Trías fue que estaba neura, sencillamente, y le recetó un complejo vitamínico, cigarrillos fuera, whisky con agua pero sin hielo y más dosis de entrevistas televisivas y tertulias radiofónicas, por nauseabundas y ponzoñosas que le parecieran; cuantas más, mejor.

—A ver si, con un poco de suerte, provocamos una respuesta inmune en el organismo, estimulando algún tipo de anticuerpo —añadió el médico—. Debes darte prisa. Y mostrarte agresivo, hacerte notar.

Sin pensárselo dos veces aceptó otra entrevista en un programa cultural de cinco minutos, titulado 5 MINUTOS CON LOS LIBROS y emitido a las 2.30 de la madrugada. Lo dirigía y presentaba un escritor verborreico con cara de primate ilustrado, célebre por sus hazañas sexuales y sus efusiones místicas, y siempre recién regresado del Tíbet.

—Gracias por venir, Errelese —le dijo a modo de saludo, ya los dos en el aire—. Sabemos que no le gusta ser entrevistado.

—La mitad sí me gusta.

—¿Cómo la mitad?

—No me gusta lo de entre, pero lo de vistado sí. Lo necesito.

—Le veo muy pálido. ¿No le han maquillado?

—Ya veremos luego cómo estoy. O no lo veremos, depende.

El conductor del programa se removió inquieto en la silla.

—Bien. Yo sé que nuestros telespectadores, y sobre todo sus

lectores, interpretan su presencia en los medios televisivos como un deseo de pactar, de normalizar unas relaciones con el ente que nunca fueron fáciles... ¿Qué les diría, a sus lectores, desde esta pantalla tan denostada por usted?

—Usted me está pidiendo que me reconcilie con el mundo. Hasta aquí podíamos llegar. Ya puede usted esperar sentado.

—Queridos amigos —con la sonrisa torcida y la voz gangosa, el presentador se dirigió a su audiencia—, esta noche contamos con la presencia escurridiza, legendariamente inestable, por no decir vocacionalmente invisible, de un escritor bastante leído. Bastante. Creo que a todos nos gustaría saber en qué anda metido ahora, un adelanto o una primicia de la obra que está gestando, o por lo menos el título...

—«Los horrores conyugales de Zaragoza». Novela gótica.

—¿Es una broma?

RLS sonrió complacido. Recordó la recomendación del doctor Trías. «Sé agresivo.»

—No se vayan ustedes —dijo mirando al objetivo de la cámara—, que pronto llegarán los famosos tertulianos sermoneantes y sabelotodo. Sé cuánto les chifla esa escoria.

—Oiga, a ver si nos aclaramos, porque...

—Usted es un charlatán radiofónico y televisivo, la peor especie de besugo que se da hoy en este país.

—... porque ya nos pasamos de tiempo.

—Bueno, si tanto le interesa, pues no, no estoy escribiendo ninguna novela, por ahora. Estoy trabajando en una antología de las majaderías televisivas que los españoles se tragan sin rechistar. En realidad, en este momento no necesito lectores. Necesito mirones. Gente que me mire.

Sin disimular su fastidio, el monito presentador se puso a revisar sus notas.

—Veamos… ¿Usted cree que el poder utiliza a los intelectuales, o los intelectuales al poder?

—El emputecimiento es mutuo. Las posturas, diversas. Blenorragias y sífilis, a manta. Conozco a un escritor que escribe los discursos del Rey y aprovecha para citarse a sí mismo.

—¿Para quién escribe un escritor cuando escribe, Errelese?

—Un escritor cuando escribe, escribe para el escritor que está escribiendo en su escritorio.

—O sea, para sí mismo —el presentador ahogó un bostezo apretando un bolígrafo entre los dientes—. Mire, yo no he leído casi nada de usted, ya me perdonará, pero me han dicho que usted sólo escribe del pasado.

—Es una gentileza para con mis lectores no contemporáneos. Ustedes, los que comen en el pesebre audiovisual, están condenados a no tener pasado.

Confuso, el entrevistador con cara de monito volvió a consultar sus apuntes. Había entre él y su invitado una mesita con un jarrón verde conteniendo una docena de rosas rojas. RLS se levantó y colocó el jarrón con las rosas en otra mesa, a su espalda. El monito parlante le preguntó por qué lo hacía, y él dijo que, cuando revisara la grabación, las rosas lucirían muy bien en torno a su espinazo, o tal vez dentro de su estómago. «Veremos», dijo.

—Veremos —repitió el entrevistador, muy mosqueado—. Al parecer, esta palabra le encanta: veremos. Tengo que rogarle que no insista con sus sarcasmos, señor Errelese. Hemos comprendido. Sigamos. Usted de niño coleccionaba cromos de ciclistas famosos, ¿verdad?

—Sí. El ciclista que más me gustaba era Paulette Goddard, gran escalador, siempre con dos tubulares cruzados sobre el pecho.

—Ya.

—También me gustaba mucho Joe Louis, el bombardero de Detroit. ¿Lo conoce?

—Más o menos.

La entrevista iba de mal en peor, según deseaba RLS, pero ahora el presentador no parecía tener prisa por acabar.

—Usted presume de francotirador y de volar como el águila solitaria, ¿no es cierto? —añadió.

—Me gustan más los pardales. Y las golondrinas, pero sólo aquellas que no volverán. Mi padre tenía un perro que lo acompañaba en su recorrido diario por las tabernas del barrio, y al que solía invitar a tapas y agua mineral con unas gotas de anís. Por supuesto, los dos bebían con moderación. Las albóndigas le gustaban mucho a ese perro, y también los callos. Pero ni mi padre ni el perro comieron jamás pajaritos fritos. Una vez un tabernero sin escrúpulos obsequió al animal con un pajarito frito, el perro lo husmeó, luego miró a mi padre y le dijo: «Es una golondrina, y de las que vuelven». Entonces mi padre le arreó una buena nata al tabernero, y él y su perro se fueron de allí para no volver nunca más.

—Es una historia demasiado natural. Permítame ahora una pregunta tal vez un poco incisiva y que nunca le habrán hecho, seguramente: ¿novela urbana o novela social?

—Novela escalibada.

—¿Por qué se hace el longuis? —el monito dicharachero esbozó una sonrisa irónica muy esquinada—. ¿No será que no sabe qué responder?

RLS meditó cerrando los ojos. Sentía el estómago lleno de aire y se desabrochó la americana, y en este momento todos los telespectadores (nueve, según revelaron más tarde los índices de audiencia) pudieron verlo desde sus hogares: dentro del abdomen, enredadas en las rayas azules de la camisa y en un pálido laberinto de intestinos, estallaban doce rosas rojas en un jarrón verde. Una cristalina efusión, una transparencia perfecta.

—Es usted un botarate —dijo finalmente RLS.

—Lo mismo digo, compañero. En fin, ya sabe usted que en televisión el tiempo es oro…

—Cuando no es mierda.

—Está bien, vale. Gracias por venir, y buenas noches.

—Muy buenas.

Llegó a casa agotado y se acostó sin lavarse los dientes por no verse en el espejo. A la mañana siguiente le preguntó a su hija menor si había grabado la entrevista. Quería verla enseguida.

—Ahora no puede ser, papá. Estoy grabando una peli.

RLS no pudo reprimir un suspiro de alivio, tan aterrador le parecía enfrentarse nuevamente a su imagen. El televisor estaba apagado y la pantalla oscura, color ala de mosca, reflejaba rencorosamente una figura estilizada y espectral, la suya. El vídeo en marcha emitía un silbido de serpiente.

—Pero me grabaste, no se te olvidaría —dijo RLS.

—La tengo ahí, papá.

—¿Viste si yo salía bien, natural?

—Supongo que sí. Ya veremos.

—¿Tendré que esperar mucho? ¿Qué estás grabando ahora?

—*Cumbres borrascosas.*

—Ah, muy bien. —Paseó nervioso por el salón—. Por cierto, ¿grabaste ayer tarde *El ladrón de Bagdad*?

—Sí, papá.

—Estupendo. Me gustará verla esta noche después de cenar. Una forma logradísima de felicidad, que diría Borges. ¿No opinas lo mismo, hija?

—Sí… ¿Quién es Borges?

—Dejémoslo. Esta noche quiero ver *El ladrón de Bagdad*.

—No puede ser. Esta noche grabaremos *Río Rojo*.

—Ah. Ésta la veremos mañana…

—Tampoco podrá ser, papá. Mañana estaré grabando *La fiera de mi niña,* una de Tarzán y un reportaje sobre Elvis Presley. Otro día, papá. Lo siento.

—Sí, otro día.

Pero sabía que nunca volvería a ver esas películas, y su hija probablemente tampoco, porque se pasaba el día grabando y el vídeo siempre estaba ocupado; nunca, por muchos vídeos que hubiera en la casa, habría ya tiempo ni ocasión más que para congelar y almacenar imágenes. Así que para verse tuvo que saltar de la cama a las cinco de la madrugada, sacar del vídeo la cinta que no paraba de grabar y poner la de su última entrevista. Tal como temía, estaba mucho más esfumado, su figura parecía una tela de araña y a ratos puro humo. Vio perfectamente el ramo de rosas enredado en sus intestinos y notó un desfase de la voz en relación con el movimiento de los labios: el sonido, muy débil, se oía unos segundos después de que sus labios formulasen las palabras; no era que sus respuestas se demoraran porque las meditara demasiado, mientras el monito presentador hacía muecas de cara a la audiencia, sino que la voz, por alguna causa desconocida, se le quedaba dentro un buen rato. Hacia el final de la entrevista congeló la imagen en el vídeo con el mando a distancia y observó lo que quedaba de RLS bajo la intensa luz de los focos del plató televisivo; en el lugar donde él debería estar, en la silla, estallaban las rosas y se agitaba una forma convulsa y gris parecida a una nube de mosquitos. Fue un instante. Luego reapareció su cuerpo, pero siempre borroso y exangüe.

Ya no le cabía la menor duda: estaba desapareciendo. Recordó el sarcástico dictamen del doctor Trías: no habiendo desarrollado anticuerpos gráficos, tu cuerpo serrano sufre un paulatino pero irreversible rechazo del medio audiovisual.

Dos horas después, al entrar en el cuarto de baño, su mujer lo vio desnudo mirándose en el espejo.

—Estoy empezando a desaparecer, Olvido.

—Pero ¿qué dices? ¿Estás seguro?

—Cada día me siento más desleído. Me voy, querida, una fuerza misteriosa e incontenible me está borrando del mapa.

Su mujer comprendió al instante y, sin perder la serenidad, corrió a decírselo a sus hijas.

—Papá se esfuma.

Las niñas acudieron presurosas y se plantaron en el umbral del cuarto de baño, se quitaron sus gafitas de miope y limpiaron los cristales con el borde de la falda, se las pusieron de nuevo y miraron a su padre con la mayor curiosidad.

—¿A ver, papá? —dijo la pequeña.

—No hay mucho que ver, hija.

—Estate quieto un momento, déjanos ver.

Nunca tuvo ningún pudor ante sus hijas, pero ahora, en su estado, prefirió taparse los genitales con las manos. Precaución inútil, claro.

—Seguramente, papá, lo que padeces es un tipo de inmuno-deficiencia con efectos secundarios —opinó la mayor, lectora voraz y entusiasta de literatura farmacéutica editada por su abuelo en los folletos de los medicamentos—. Algo está pasando en tus glándulas hormonales, seguro. A que te sientes raro, con sofocos y náuseas. No debes conducir en ese estado.

—En la televisión —dijo Olvido— se te ve mucho peor que al natural. En fin, qué le vamos a hacer. Claro, tantos años de abstinencia no podían traer nada bueno. Si no hubieras sido tan cabezón, habrías desarrollado anticuerpos, como han hecho tantos escritores, y habrías vendido el doble de libros. Ahora ya es demasiado tarde.

Sacando fuerzas de flaqueza, RLS se enderezó y dijo:

—Te equivocas. Siempre estoy a tiempo de hacer el papanatas. He ido a la tele y volveré. ¡Os cansaréis de ver esa jeta!

Su mujer y sus hijas insistieron en que era un grave problema de glándulas, secreciones y hormonas, y lo convencieron para que acudiera sin pérdida de tiempo a la consulta de un famoso endocrino que trabajaba en el Centro Superior de Investigaciones Científicas y en el Instituto de Magnetismo Aplicado de la Universidad Complutense.

—Parece usted un poco diluido, en efecto —fue el primer comentario del profesor Colom—. Y no es para menos, claro. Son muchos años haciendo el gilipollas, jugando a esconder su imagen, coqueteando con ella, cuando no negándola o despreciándola. He estudiado su caso a fondo. ¿A qué se deben esos escrúpulos en medio de tanta basura cultural? Usted parece no haber entendido algo tan elemental como eso: este país inculto tiene la mierda de televisión que se merece. Y punto, ¿fuma usted?

—Siete paquetes diarios.

Mientras tomaba notas en un bloc, el catedrático meditaba cogiéndose la barbilla con la mano peluda.

—¿Cuánta televisión ve usted al día? ¿Dos, tres, cuatro horas? ¿Ve usted *Corazón*? Se lo recomiendo, es un programa muy bueno, genial, a mí me gusta mucho. ¿Escribe usted con ordenador?

—Y sin darle tiempo a responder, añadió—: ¿Qué marca de ordenador? Sepa usted que se han dado casos de un tipo de osteoporosis, desconocida hasta ahora, causada por ondas magnéticas de ordenadores japoneses, con destrucción de fibra muscular y acompañado de heces en forma de melena...

—Yo no trabajo con ordenador. Bolígrafos, lápices y Olivetti.

El ilustre científico lo miró con recelo.

—Es usted un antiguo —dijo como si emitiera un diagnóstico inapelable. Luego examinó sus notas—. Bien, veamos. Usted se ha negado durante más de treinta años a cultivar su imagen pública alegando razones muy diversas, ninguna de ellas convincente. ¿No calculó usted las consecuencias inmunológicas de una decisión tan insensata?

Observando la tersa y oronda faz del sabio endocrino, RLS empezó a desalentarse. Habló despacio y con una voz muy débil, impostada.

—Precisamente yo pensaba que mi decisión era la sensata. Creía que la mejor manera de cultivar la imagen pública era beber vino tinto con moderación y consumir verdura y fruta fresca; mantiene tu peso ideal, no estropea los colores, no irrita la piel, el algodón no engaña y, además, te ayuda a regular el nivel de colesterol...

—¡No diga usted sandeces! —Echó el endocrino una experta ojeada a los análisis y añadió—: Genéticamente hablando, me temo que hemos llegado demasiado tarde; en treinta años, sus células audiovisuales se han atrofiado.

—Comprendo —reflexionó tristemente RLS—. Va a resultar profético lo que me dijeron una vez: Si no sales en televisión, no existes.

—Mire, las fantasías eróticas no me interesan. En realidad, usted sufre interferencias electromagnéticas. —Y con su cara de luna observó atentamente al escritor—. Claro que también podríamos hallarnos ante una variante del llamado «efecto placebo». Es decir, secuelas de una sugestión. —Con mirada severa y conminatoria esperó a que el paciente terminara de encender un cigarrillo—. Por la razón que sea, y sin descartar la más obscena o lírica, usted se creyó a pies juntillas eso de que si no sales en la tele no existes. Veamos. ¿Le cuesta mucho verse en los espejos?

—¿Usted cómo me ve? ¿No ha dicho que me encontraba desleído?

—Creía haber dicho diluido.

—En mi caso, es más apropiado lo primero.

Rió lo que creía una broma el endocrino y luego discurrió largamente sobre las diversas formas del «efecto placebo» y sus secuelas, una de ellas el contagio por simpatía o adicción pasajera, aunque, paradójicamente, precisó el científico, esa dolencia magnética se daba sobre todo en pacientes teleadictos y en ciertos rabiosos contertulios radiofónicos.

—Resumiendo: que usted, con su terca negativa frente al audiovisual, frente al imperativo de la imagen, usted, con esa perra, digamos, que le ha dado por no figurar ni en un sello de correos, pues lo ha logrado. ¡Ya no figura casi nada y quizá pronto no figurará absolutamente nada en parte alguna de este país ni del extranjero! Ahora bien, no sólo usted se ve a sí mismo desleído, sino que ha conseguido que los demás también le veamos así por contagio magnético. En este momento estoy viendo el asqueroso humo de su cigarrillo entrando y saliendo de sus pulmones, o sea, me he sugestionado yo también. Haga el favor de apagar el cigarrillo, déjese ver más por televisión y vuelva dentro de una semana. Está grave, pero veremos qué se puede hacer. Pague a la enfermera en recepción.

RLS se negaba a dar por perdida su imagen y se lanzó impetuosamente a recuperarla. Y así, a la desesperada, de plató en plató y de programa en programa, fue revolcándose día tras día en las más pestilentes charcas audiovisuales, compartiendo pantalla y magazines, cháchara y morro con astrólogos adivinos y columnistas de moda, con hipnotizadores y humoristas chabacanos, políticos corruptos y pomposas estrellas de la ópera, concursantes y tertulianos, oficiantes de misterios sin resolver y matrimonios rijosos y desvergonzados, putonas desorejadas de la jet marbellí pavoneándose en el programa *Corazón* ante un curandero vestido de santón y purpurina, un auténtico delincuente. Pero todos sus esfuerzos parecían condenados al fracaso. Siempre con su atuendo impecable, pulcro, atento, soportaba estoicamente toda clase de pendejadas verbales y de horteradas visuales con la esperanza de ver más perfilada su figura, más reforzada y consolidada su imagen. Inútilmente. Además de emborronársele, la cara se le ablandaba cada día más y se le caía, literalmente se le desmoronaba con los rasgos distorsionados: su cara empezaba a parecerse a una cara dibujada por Francis Bacon.

Alguien le recomendó el uso de la almohada cervical, tan voceada en la radio y la televisión, artilugio que misteriosamente le proporcionó una erección intempestiva al despuntar el alba, con la consiguiente melancolía. Probó el agua imantada que también anunciaban en la radio y su estreñimiento crónico se alivió, pero no su delicuescencia carnal y ósea, su vidriosa y etérea corporeidad, que persistía en las pantallas de televisión, en los espejos y en los ojos redondos, perplejos y resignados de su mujer y de sus hijas. Día tras día era más acusado ese desahucio ignominioso que afectaba no sólo al organismo, sino también a la vestimenta, traje y ropa interior y zapatos y corbata, por mucho que cambiara de atuendo o acumulara prendas sobre la piel: gruesos jerseys y acorazados gabanes y forradísimos abrigos, lo cual resultaba una tortura en pleno verano, y hasta gabardinas fabricadas en Taiwan y trajes de goma de submarinista y de buzo. Hubo de rendirse a la evidencia: el cuerpo y la ropa se habían confabulado para desvanecerse al unísono. Más desesperado cada día que pasaba, consultó a curanderas y teólogos, santones y echadoras de cartas y, sobre todo, asesores de imagen. Uno de ellos le aconsejó dejarse ver vestido de legionario durante un mes, y luego dos meses tocado con un genuino tricornio de la Guardia Civil. Otro curandero, famoso por haberle endosado a Antonio Gala el bastón, la tonadilla de abuelita resabiada, las retahílas de madre abadesa y la prosa patriotera-andaluza, le prescribió sombrero y gabardina en todas sus apariciones televisivas, y que esgrimiera impertinencia y malas pulgas, que se hiciera notar.

—Y no olvide nunca esto que le voy a decir —le recomendó por último el asesor de imagen—. Muchos cretinos salen en la televisión no porque sean famosos; son famosos cretinos porque salen en la televisión.

—Enterado.

Al mismo tiempo, en sus ratos libres, RLS devoraba anuncios

de prensa por si surgía alguna oferta interesante. Un día leyó uno bastante sugestivo:

RELAX RITA «SOPLILLO»

Sexy-Life-Leben-Vida-Vita con Rita «Soplillo», maravillosa jovencita 18 a. insufla vida al cuerpo con su boca carnosa. Confortables instalaciones con bañera redonda y vídeo. Rigurosa higiene y discreción. T. 69.00.69. Lunes y viernes con Mari Pili y 6 amigas complacientes. 1.000 manual, 2.000 manual con francés, 3.000 compl. ¡Os esperamos!

Concertó una cita por teléfono. Rita «Soplillo» resultó estimulante hasta alcanzar cierto cosquilleo existencial en las ingles, pero ni un paso más allá. Era lectora entusiasta de Chesterton y pasaron un buen rato rememorando las aventuras del padre Brown. Él abandonó un instante la cama para mirarse en el espejo y constatar desolado que seguía imparable el proceso de esfumación, y entonces Rita «Soplillo», viéndole de espaldas, reveló el sorprendente conocimiento que tenía de la obra de Chesterton al citar de memoria una de sus punzantes ironías, acerca de un general.

—Visto de espaldas, eres el hombre que necesita la patria —le dijo.

Con todo, los poderes del famoso soplillo no alcanzaron a insuflar peso ni volumen estables a RLS, que volvió a casa muy nebuloso y deprimido.

Al día siguiente participó en un *reality-show* dedicado a una sufrida ama de casa de L'Hospitalet que había cortado los huevos a su marido mientras dormía, los había metido en la picadora, sazonado luego con hierbas y especias, mezclado con champiñones y pasado por el minipimer, obteniendo un revoltillo que se comió tranquilamente sentada en el sofá y viendo en la televisión, según confesión propia, el programa a *Lo que necesitas es amor*. Nada más iniciar su intervención, RLS se empleó a fondo insultando al gran comunicador que dirigía el debate televisivo y a todos los que estaban en el estudio.

—¡¿Qué se propone?! —chillaba el presentador con el peluquín torcido.

—Me dijeron que eso era un *reality-show*, así que quiero ver el cuerpo del delito. Quiero ver los huevos revueltos.

—¡Usted es un provocador! ¡La señora dice que se los comió!

—¿El plato entero? —dijo RLS—. No me lo creo. Seguro que dejó un poco en la nevera para el día siguiente, conozco esa especie televisiva y marujona de ama de casa: previsora, roñica y sentimental. Pregunte a la señora, verá como dejó una pizca de los huevos de su marido en la nevera. Pregúntele.

—¡En tal caso, la máquina de la verdad nos lo dirá! —exclamó furioso el presentador.

—Su máquina y este doctor yanqui que la interpreta son más falsos que un duro de chocolate. ¡Aquí lo que queremos es ver el minipimer chorreando las partes pudendas del marido asesinado…!

—¡Largo de aquí! ¡Estamos en el aire, y puede haber niños viéndonos! ¡Es usted un irresponsable!

—Estoy dispuesto a asumir mis responsabilidades audiovisuales, del mismo modo que asumo las jurídicas y las fiscales, si me dice usted cuáles son las suyas, y si me enseña el minipimer…

Y así un día y otro, y en todos los platós. Puesto que la necesidad de hacerse ver y notar era cada vez más urgente y vital, RLS no dudaba en emplear las artimañas más deleznables, en especial la trifulca verbal en directo y en horas de gran audiencia, implicando siempre a los comunicadores de mayor éxito. Si quería convertirse en un figurón audiovisual, éste era el camino más rápido.

—Su programa, señor comunicador, es una refinada forma de tortura —le dijo dos días después a otro presentador, esta vez de TV3—. Y aquí falta el cadáver.

—¡Haga el favor de explicarse!

—Lo haré cuando me apetezca.

Era un magazine con números musicales y tertulianos populares: un cantautor catalán con voz de cabra enamorada, un pedigüeño director de cine autonómico, un sacerdote autor de bestsellers, una descerebrada autora de telenovelas venezolanas y un señor bajito que dijo ser socio del Barça y llamarse Oriol Llapat i Faixat.

—¿Qué se hiso del ocsiso? —dijo la afamada autora de telenovelas al oír lo del cadáver.

El presentador no le hizo el menor caso.

—¡Señor Errelese —dijo mirando con ira a su invitado—, tengo que pedirle que abandone el plató inmediatamente! ¡No consentiré sus insultos!

—¡A mí también me ha insultado, muchas veces! —dijo el peliculero esclerotizado y subvencionado hasta las cejas—. ¡Y siempre dice pestes del cine catalán!

—¡En mi programa no lo consentiré! ¡Este director merece un respeto!

—Tal vez —dijo RLS—. Pero ni un duro del bolsillo de los contribuyentes.

—¡Esa es otra cuestión, señor mío!

—No. Esa es la cuestión. —RLS miró al director y añadió—: A ver si nos entendemos, zoquete.

—¡Fuera del plató! ¡Largo! —gritó el presentador.

RLS obedeció encaminándose hacia la salida, pero no oía sus pasos. Mientras, improvisando una sonrisa tranquilizadora, el comunicador sobaba a su audiencia y anunciaba:

—Y ahora, queridos amigos, para quitarnos el mal sabor de boca, les propongo unos minutos de auténtico placer: las canciones más célebres de Cole Porter en la voz de Nuria Feliu.

Al oírlo, saliendo ya del mortífero campo de visión de las cámaras, RLS se volvió y dijo por encima del hombro:

—¿Lo ve, cómo es usted un sádico?

—¡Llévense de aquí a este cabrón! ¡Fuera!

Todo fue de mal en peor. Apenas podía ver su cara en el espejo y su voz se apagaba. Su sombra se borraba en el suelo y su cuerpo flotaba en la calle como una gasa o como una ceniza sin reposo. Esa vaguedad de contornos lo obligaba a operaciones estrambóticas para obtener referencias visuales; si no quería acabar degollado, tenía que afeitarse cada mañana con sombrero y bufanda; para cortarse las uñas de las manos y los pies, primero se las pintaba con laca roja. En la ducha, al enjabonarse, descubría hasta qué punto era ya inconsistente y translúcido. Antes su cuerpo era de alabastro, como el del poeta, ahora era de cristal turbio, un poco ambarino, visiblemente expoliado. Y los síntomas de la irreversible dolencia eran ya abrumadores; al bajar las escaleras y mirarse los pies, y no verlos, sufría intensos mareos; no podía dormir si no cubría sus ojos con un antifaz porque los párpados no le protegían de la luz. Y seguía meando fuera del váter porque no veía la orina ni sabía adónde dirigirla.

Ya no veía ninguna posibilidad de regeneración en unas células que se devoraban a sí mismas con asombrosa voracidad, ya casi
no guardaba recuerdo del fuego que había corrido por sus venas y
sus arterias, ni de sus pulsaciones ni del aire entrando y saliendo
de sus pulmones, y apenas si era capaz de representarse su propia
imagen siempre tan celosa y tontamente preservada de la indiscre-
ción y la grosería audiovisual, pero aun así decidió concederse una
última oportunidad y participó en una mesa redonda con otros
colegas en una librería repleta de público, con motivo de la presentación de un libro, y hallándose allí sentado y muy circunspec-
to, cuando aún no había tomado la palabra, mientras revisaba
unos apuntes, sufrió repentinamente una efusión gaseosa que pre-
sagiaba la primera desaparición total, aunque no definitiva. «Una
especie de eclipse, y duró muy poco —así lo definió después en la
consulta del endocrino—: Me di cuenta de que ya no estaba allí
cuando alguien retiró mi silla… porque estaba desocupada.»
Cuando reapareció, al cabo de media hora, estaba muy desmejo-
rado, su presencia física era tan gaseosa y precaria y su voz tan
débil que nadie le hizo el menor caso, ni los contertulios ni el
público asistente; nadie lo miró ni le preguntó nada, ni respetó
sus intervenciones a destiempo, porque le pisaban la palabra, era
muy difícil verle. El moderador del coloquio dijo en cierto momento: «Al parecer falta un contertulio, pero no sabemos quién
puede ser.»

Después de un esfuerzo titánico, con las venas a punto de estallar, consiguió aparentar una silueta evanescente y vaporosa, y
duró poco.

En vano él pataleó y gritó que estaba allí, en vano pidió la
palabra con grandes aspavientos y expresó opiniones que no me-

recieron la atención de sus colegas ni del auditorio, y así fue perdiendo energías y fuelle, hasta que, presa del desánimo, se entregó resignado a un silencio elocuente, sereno y gentil, y rindió la cabeza sobre el pecho. Entonces sufrió la segunda desaparición completa, fulgurante.

Volvió a reaparecer al llegar a casa, mientras se servía un whisky con agua, pero sabía que se había iniciado la fatídica cuenta atrás. Su última consulta fue con un psiquiatra y en un estado casi cataléptico. No quiso tumbarse en el diván por miedo a no levantarse.

—Sufre usted una fuerte depresión figurativa —dijo el psiquiatra—, una dolencia que aqueja sobre todo a los pintores. Tapies la padece, o mejor dicho, la cultiva muy satisfactoriamente con esa Fundación que nos ha costado un huevo a los contribuyentes. Pero ésa es otra historia. Bien. Voy a recetarle algo que le va a sorprender: hágase fotos, muchas fotos. Pero sin sombrero. Y escuche la radio, atienda a los líderes de audiencia, a los creadores de opinión. ¡Mucha radio!

Se hizo retratar por fotógrafos ambulantes y afamados profesionales, por sus propias hijas y por ocasionales viandantes, y no quedó un solo fotomatón en la ciudad en el que no se hubiera sentado muy quieto mirando aterrado el insomne ojo del destino. En cada una de esas instantáneas creía retener unos segundos de vida. Luego, buscándose en ellas, apenas podía reconocer aquel derrotado espectro de sí mismo. Se buscó también en el álbum de fotos de la familia, en las de juventud y de niñez, en algunas muy antiguas y amarillentas donde vio a sus padres y abuelos paseando por el parque Güell y dándole la mano a… nada, a una sombra. Le entristeció sobre todo una vieja foto muy querida en la que se veía a su padre gateando en la playa, mirando a cámara y riéndose, con una pala y un cubo de juguete milagrosamente suspendidos en el aire. El niño que fue RLS ya no estaba allí, cabalgando feliz a lomos de su progenitor, espoleando la imaginación hacia la gran aventura del futuro, hacia un destino que prometía la gloria y la fortuna.

Pasada la medianoche, poco después de que sus hijas apagaran la televisión y se acostaran, sintió la imperiosa necesidad de ir a su dormitorio a darles las buenas noches y un beso, como cuando eran muy niñas, y al cruzar el salón vio en el espejo un torpe esqueleto andante con osamenta de cristal y envuelto en una tela de araña que lo emborronaba. Si eso era todo lo que quedaba de él, mejor no moverse del espejo, pensó. Pero el espejo era también la guarida del tiempo, y ese tiempo lo devoraba lo mismo allí que en las covachas luminosas de la televisión. Entonces recordó que, al entrar en los platós televisivos, siempre le asaltó la sucia idea de que allí, bajo la luz de los focos, celebrado y bobo, podía en cualquier momento caer en la banalidad más absoluta, en alguna ignominia. Renunció pues a que ese fantasma entrara en el dormitorio de las niñas y se convirtiera en una pesadilla para el resto de sus vidas, y volvió sobre sus pasos para encerrarse en su estudio. Esa misma noche anotaba lo ocurrido en su diario con la estilográfica, y según iba escribiendo, escuchando el rasgueo familiar y armonioso de la plumilla sobre el papel, observó que las palabras se borraban una tras otra apenas surgían y no dejaban ni rastro. La tinta azul desaparecía casi en el instante de haber trazado la palabra, devorada por un virus, chupada por la misma nebulosa blanca de la hoja como si ésta fuera un secante. Un sudor frío recorrió lo que quedaba de su espalda. Se precipitó sobre sus fichas y sus libretas de notas y blocs de apuntes y descubrió que todo cuanto trazó su mano se había borrado, y también el manuscrito de su última novela y tres capítulos de la misma que ya había pasado a máquina y daba por buenos. Desenterró del fondo de un armario los demás borradores y manuscritos encuadernados: lo mismo, folios en blanco, la nada más blanca, inmaculada, inocente. Sencillamente, todo se había esfumado: ni los títulos quedaban, ni una línea, ni una palabra, ni una anotación al margen, ni una tilde. Entonces le asaltó a RLS una sospecha pavorosa y corrió hacia los estantes de libros, cogió su última novela recién publicada, la abrió procurando mantenerse impávido y con los ojos cerrados todavía unos segundos, por cobardía, por un reflejo automático de rechazo de la evidencia inútil, por otra parte, pues sus párpados de humo ya no podían protegerlo de ninguna imagen traicionera de este mundo, y ahogó en su garganta un grito de horror: el texto impreso se estaba borrando, de la primera a la última página. Como roídas por un ácido, algunas palabras se arrugaban ante sus ojos antes de desaparecer, otras parecían fundirse, parpadeaban débilmente un instante y se apagaban. Audaces adjetivos, fulgurantes metáforas, ajustados y limpios diálogos cuya emoción contenida le había costado años de trabajo y correcciones sin fin, largas oraciones trenzadas con ritmo y furor y ternura, noches en vela olfateando el aroma desconocido de un vocablo, garras y alas de una prosa que él había creído más válida y duradera que su propia vida, no dejarían ni rastro. El título y la dedicatoria a su mujer habían desaparecido también; sólo quedaban en las páginas primeras y en las últimas algunas referencias que no tenían que ver con él, como el nombre de la editorial, su razón social y comercial y el de la industria gráfica que imprimió el libro, pero ni siquiera el número de registro del depósito legal y tampoco la numeración de las páginas.

Con el alma a los pies, RLS afrontó la terrible evidencia: todo lo que había escrito a lo largo de treinta años se estaba desleyendo no sólo en la vasta biblioteca de su estudio, sino también y seguramente al mismo tiempo en miles de hogares y en las manos —ahora mismo, quizá— de cientos o miles de lectores, y en bibliotecas públicas, librerías y grandes almacenes y aeropuertos y estaciones ferroviarias, en las pomposas ferias de libros y en los humildes tenderetes de saldos, y hasta en alguna improvisada fogata debajo de un puente, mientras calentaba los huesos de algún vagabundo. Y lo mismo debía ocurrir en sus libros traducidos a otras lenguas, en otros tantos países.

Pero aun en medio de tanto expolio, RLS no se dio por vencido. En su juventud, cuando era pobre y desconocido, había escrito con seudónimo algunas novelas del Oeste, literatura alimenticia, de quiosco. Buscó alguna de estas novelitas en los tenderetes de los Encantes y en las librerías de viejo y dio finalmente con un ejemplar en buen estado, casi nuevo, de *El pistolero de Arizona y su sombra,* por Ray L. Stevens. Recordó el título al ver el dibujo de brillantes colores en la portada. Todas las páginas estaban en blanco.

—¡Ésta sí que es buena! —exclamó el viejo librero— ¡Jamás vi una cosa igual, señor!

—Algunos libros estarían mejor así—dijo con aire apesadumbrado RLS—. ¿Tiene usted algún otro título del mismo autor?

—¿Qué autor? ¿Qué título? Aquí no se lee nada… —el librero achicó los ojos para ver mejor, luego miró a su cliente esforzándose igual—. Se debe a la mala impresión, seguro. Una chapuza.

Además, es una edición muy antigua; algo le ha pasado a la tinta, después de tanto tiempo.

—Es una reedición, y bastante reciente.

—Pues es verdad. Qué raro. A ver si tengo por ahí otro ejemplar…

—No se moleste —dijo RLS—. Da lo mismo.

Bueno, no hay por qué lamentarse, se dijo al salir de la librería, piénsalo un poco: a fin de cuentas, a tu personita y a tu querida obra completa encuadernada en piel, acompañada de tu foto favorita de perfil y fumando en pipa, no os aguardaba otra cosa que el olvido, dentro de unos años o unos siglos, qué más da. Qué importa realmente que ese olvido se anticipe un poco. Esta extraña dolencia que te aqueja, esta imparable disolución física y anímica, este virus maligno o maldición audiovisual o lo que diablos sea lo que está deshaciendo tu imagen y convirtiendo en polvo tus huesos y la memoria futura de ti, no hace en verdad otra cosa que acelerar el trabajo de las termitas del tiempo y anticipar el destino final que el gran depredador, el olvido, nos reserva a todos.

En la calle, fugitivo de sí mismo, RLS sintió de pronto en el cogote el zarpazo de otra sospecha y apresuradamente sacó la cartera y examinó sus muchos carnets que le acreditaban: el de conducir, el de la Sociedad General de Autores, el de la ACEC, el de identificación fiscal, el de Asistencia Sanitaria, etcétera. En todos ellos había desaparecido su nombre y apellidos y su número de registro. Y en el DNI no sólo se había evaporado su nombre y su número, sino también sus huellas digitales, su fotografía, su sexo, su grupo sanguíneo, su fecha de nacimiento y su firma.

Al atardecer de aquel mismo día, después de dar una conferencia en el Instituto Francés, que tuvo que suspenderse por su inexplicable incomparecencia aunque él estuvo allí sentado en su mesa de conferenciante, disertando durante dos horas sobre los probables ingredientes que contenía la famosa pócima que transfiguró al gentil doctor Jekyll en el peludo Mr. Hyde, al llegar a casa vio a su mujer y a sus hijas comiendo pizzas frente al televisor. Nunca le habían gustado las pizzas. Pidió a Olvido su plato de acelgas y sus dos rodajas de merluza de cada noche, pero ella no le atendió ni dejó de mirar la televisión. RLS se acercó más, se paró delante de su mujer, tapando la pantalla, y de nuevo reclamó su frugal cena. Ni caso, y además ahora tanto Olvido como las niñas seguían sorbiendo con los ojos el mejunje multicolor de la pantalla a través de su cuerpo etéreo, ya totalmente translúcido: en medio de sus pulmones había una lavadora centrifugando, un paquete de detergente y dos parlanchinas amas de casa.

—Olvido, por favor… La cena.

Su voz era apenas un susurro, no podía competir con la cháchara del anuncio. Después de varios intentos, comprendió que no le veían ni le oían y se sentó abatido en el sofá junto a sus hijas. Percibía el olor de sus cabellos y se conformó con eso. En realidad no tenía hambre, sólo ganas de dormir, y no podía: se le cerraban los párpados de ceniza, pero a través de ellos todo a su alrededor giraba como un tiovivo. Suavemente, con una mano que ya no era de este mundo, acarició el pelo y la nuca de su hija pequeña, y ella ni se enteró.

—¿Quieres que te lea un par de capítulos de *La isla del tesoro* antes de dormirte, como cuando eras chiquitina…? —le dijo, los ojos rebosando de lágrimas que no tenían sal, según comprobó con la punta de la lengua al pillar una que resbalaba por su mejilla.

No obtuvo respuesta.

Poco después Olvido se levantó y dijo «Ya está bien por hoy», apagó el receptor y ella y las niñas se fueron a dormir, dejándolo solo. Obedeciendo a no sabía qué último resorte de la memoria muscular o de la buena crianza, aún tuvo tiempo y energías para incorporarse a medias y decir «buenas noches», cuando ya las tres mujeres desaparecían de su vista. Luego volvió a sentarse, y allí muy quieto en un extremo del sofá, en medio del silencio de la casa, escuchó sus acúfenos, el silbidito de los oídos por el que se le iba la vida, y el rumor de sus células y de sus huesos deshaciéndose poco a poco; era un leve crujido casi armonioso, como el de la brisa meciendo un cañaveral en un atardecer de verano, eso pensó RLS, y, escritor al fin y a pesar de todas las calamidades, decidió probar una vez más a anotar el símil en su pequeño bloc de notas. Apenas podía empuñar el bolígrafo. Escribió compulsivamente con una caligrafía ágil y armoniosa, intachable, pero invisible.

Bueno —se dijo con una sonrisa que se sostuvo fugazmente en el aire como un plumón—, no hay mal que por bien no venga: finalmente parece que he conseguido lo que he estado anhelando durante toda mi vida, la escritura transparente, el estilo invisible. Que se jodan los críticos. Frente a él, en un hueco de la gran librería que llegaba hasta el techo, el receptor apagado de la televisión se agazapaba insomne rumiando su pócima venenosa de mañana, y la pantalla ahora sin luz, cenicienta, lo espiaba de reojo con un reflejo mortecino, regurgitando todavía resabios de imágenes, babosidades de última hora. Lo que no reflejaba la pantalla era la imagen apesadumbrada del escritor; el sofá sí se reflejaba, sombríamente, pero él ya no estaba sentado allí. Entonces sintió diluirse en sus venas la certeza de la sangre y el polvo audiovisual de la memoria, sintió como un vertiginoso desagüe interior por el que se le estaba escurriendo la vida desde la raíz de los cabellos hasta la planta de los pies. Anidaba en su pecho y en su cabeza un aire enrarecido, ancestral y ensimismado como el polvo que flota después del hundimiento de una casona vieja y desahuciada. Evanescente y remoto, ya sin miedo, resignado a su suerte, el cuerpo se le antojaba traspasado por la niebla y la luz de otro planeta, invadido por el polvo de mármol que sueñan las galaxias, por el aire espeso de las tumbas. Y con estas emociones, nunca antes sentidas, se durmió.

Desapareció definitivamente en el transcurso de una recepción ofrecida por el Rey a los escritores y editores en el palacio de la Zarzuela. No se sabe si la fecha fue premeditada. Unos días antes, su estado evanescente en fase terminal había experimentado una ligera mejoría —una cierta consistencia nebulosa, si bien aumentaba la transparencia cristalina de la osamenta— y aunque eran muy precarios su estado mental y sus reflejos, nada hacía prever un desenlace tan fulminante.

Él mismo intuyó que su disolución era inminente cuando entraba en el amplio salón real, abarrotado de invitados que bebían y conversaban formando corros. Notó súbitamente que sus pies perdían contacto con el suelo. El segundo síntoma lo percibió al intentar coger un vaso de whisky de una bandeja que portaba un camarero, y su mano no cogió más que aire. Entonces, perdido el tacto, palideció hasta confundirse con el mismo aire. Ingrávido, silencioso, se fue diluyendo y al poco rato lo que quedó de él era poco menos que un recuerdo vago, una idea remota y adulterada, tres letras sepultadas en el polvo. Y fue en ese estado físico y mental de evaporación irreversible que RLS se acercó tímidamente y por última vez a los corros de amigos y colegas para quedarse pegado a ellos escuchando sus opiniones muy quieto y un poco al margen, cabizbajo, atento, las manos a la espalda. En eso estaba, admirando el floripondio del idioma o la galanura gestual de unos y de otros, un rato aquí y otro rato allá, cuando, creyendo que alguien detrás suyo le requería para ser presentado y saludar al Rey, se giró diligente ofreciendo su mano abierta para descubrir en el acto que no era el monarca el que le tendía la suya, sino un avispado mallorquín con flequillo y mirada atravesada, un colega que era el paradigma del escritor trepa más audiovisual y envanecido, por lo que encogió con brusquedad el brazo y simuló rascarse el lóbulo de la oreja sonriendo burlonamente. Y en ese preciso instante, visto y no visto, RLS dejó escapar un silbido prolongado, como si se desinflara, y se diluyó por completo dejando boquiabiertos a los que habían podido distinguir en algún momento su borrosa figura. La última fase de su desleimiento se produjo de manera rotativa y vertiginosa, girando sobre sí mismo como si un remolino de viento lo chupara después de desvivirlo y deshacerlo allí en medio del salón, rodeado de invitados sosteniendo vasos de whisky y charla convencional.

No se le oyó despedirse, disculparse ni lamentarse de nada, y no dejó el menor rastro. El dinámico mallorquín que le había tendido la mano, y cuyas dotes de percepción de la realidad poética nunca fueron notables, ni dentro ni fuera de la Zarzuela, se quedó con un palmo de narices balbuceando la evidencia: «¡Ha desaparecido!».

Alguien entre los presentes creyó oír todavía, en medio de la efímera estela de polvillo que permaneció flotando unos segundos, un hilo de voz lanzando un agravio que al cabo del tiempo el mismo arribista y chorizo balear también olvidaría. Porque ocurrió que nunca jamás, después de la recepción real, volvió a hablarse de RLS, y al poco tiempo no quedó memoria de él ni de su obra.

El día que se fue, totalmente desleído, era el 23 de abril, festividad del Libro. En mi modesta opinión, no pudo elegir fecha más apropiada ni mejor ocasión.

Noticias felices en aviones de papel

A la memoria de Paulina Crusat,
que me abrió la puerta.

Quizá hemos acabado con el pasado, pero
el pasado no ha acabado con nosotros.

BERGEN EVANS

1

—Y nunca olvides, hijo mío, que el amor verdadero que puedas merecer de una mujer no será el que estás buscando, sino el que no sabías que estabas buscando.

Fue el último consejo que Bruno recibió de su padre tres días antes de cumplir los quince años, cuando esperaba y deseaba no volver a verlo nunca más en la vida. Después de pensar unos segundos, el chico respondió con voz casi inaudible:

—Ya.

Bruno era un adolescente silencioso y esquivo, agazapado detrás de una timidez estratégica elaborada precozmente. Sus padres, Amador y Ruth, se separaron cuando él tenía nueve años. Se habían conocido en una comuna hippy de Ibiza a mediados de los años setenta, ya talluditos ambos, él con treinta y cinco años y Ruth con treinta y dos, y fue un amor a primera vista, entrañado en la vorágine de los cambios y las incertidumbres que vivía el país por aquellas fechas. Amador Cano Raciocinio había nacido en Mugía, un pueblo de La Coruña, y se crió en Barcelona, adonde emigraron sus padres en los primeros años cuarenta. Exseminarista y exvendedor ambulante de colchones y de una marca de chocolatinas, en la comuna presumía de unos cursos seminales en la Universidad de Berkeley, daba clases de yoga y de solfeo y tocaba el clarinete. Era un tipo rubicundo, besucón y ocurrente, el colega que cae bien a casi todo el mundo antes de hacer involuntariamente desgraciado a casi todo el mundo. Experto en liturgias pacifistas y mermeladas caseras, las mujeres veían ráfagas de viento y libertad en sus ojos azules, y él propiciaba ese espejismo.

Ruth Vélez era una belleza morena sin pulir, de apariencia discreta y sumisa, piel pecosa y mirada lánguida, una mirada que irradiaba fervor sexual sin ella saberlo. Recién separada del dueño de un merendero de Santoña, llegó a Ibiza de la mano de un fotógrafo que la abandonó a los dos meses. Cocinaba deliciosas croquetas que vendía baratas y confeccionaba rosas de lana y vistosos adornos florales con toda clase de telas. Bruno fue un bebé deseado por Ruth, pero no por Amador, y nació en un lecho de flores donde se mezclaban y confundían las rosas de verdad y las rosas de mentira, mecido por canciones de Pink Floyd, ritos contraculturales y aromas de marihuana y de membrillo artesanal.

En el otoño de 1983, orientándose en medio de una evanescente atmósfera cargada de sexo, utopías y humo, Ruth se planteó el futuro de su hijo y el suyo propio. Harta de las descaradas infidelidades de Amador y de sus trapicheos laborales, motivo de continuos sobresaltos y disputas, propuso una separación temporal para reflexionar. Pensaba irse un par de meses a Barcelona con el niño. Silvia Fisas, una amiga desencantada de la comuna, acababa de abrir una tienda de ropa ibicenca en el barrio gótico y le ofrecía un puesto de vendedora. Amador no se opuso, aunque le pidió aplazar la marcha una semana. Prometía enmendarse. Pero dos días después, una tarde ventosa y con llovizna, se fue en bicicleta a dar una clase de yoga y ya no volvió. Ni al día siguiente ni a la semana siguiente. Entonces Ruth liquidó su pequeño negocio, cogió al niño y se trasladó a Barcelona.

Un año después recibió una postal de Amador desde Marrakech pidiéndole perdón y anunciando su próxima llegada a Barcelona y el deseo de reconciliación. Pero no apareció hasta cinco años más tarde y de paso hacia Nepal, en cuyos montes de Mustang, según dijo, debía reunirse con una escritora mallorquina de novelas policíacas a la que había dado clases de solfeo y clarinete en una comuna de Tenerife. Era a primeros de junio y explicó que, demorando la partida a Nepal a fin de conseguir antes algún dinero, llevaba un mes alojado en una pensión barata del barrio de la Ribera dando clases de yoga tántrico a una cantante mexicana de rancheras. Llevaba la cabeza rapada, vestía túnica azafrán de lama tibetano y cargaba en la espalda una pequeña mochila color caqui y en el pecho un sombrero charro junto con el clarinete. En la mochila podía leerse FENG SHUI escrito con rotulador. Ruth le dijo que estaba dispuesta a perdonarle todo, menos que se presentara ante su hijo vestido de mamarracho.

—¿Cómo puedes decir eso, mujer? —se lamentó Amador—. No nos moverán, ¿recuerdas?

—¡Pero si no has parado de moverte en toda tu vida!

—Si te refieres a que la he pifiado un montón de veces, sobre todo contigo, lo admito y te pido disculpas. Pero hablo de otra cosa.

—Ah. Otra cosa.

—Hablo de nuestras convicciones, nuestros anhelos...

—Ya. Aquellos anhelos.

—Pues sí. Yo todavía suspiro por los lejanos jardines de Córdoba.

—Ah. De Córdoba.

Ella no lo miraba a la cara. Sonreía imperceptiblemente y se miraba las uñas. Amador recordó que eso, que escuchara sus disculpas mirándose las uñas, precedía casi siempre al perdón que no sabía negarle.

—*We shall overcome*, ¿recuerdas, Ruth? —añadió—. Te interesará saber que ya no fumo maría ni apestosos Ideales, soy otra persona en busca de otra persona. O viceversa. ¿Sabes?, he reflexionado sobre el asunto y estoy decidido a licenciarme en budismo. —Mirándola de soslayo, calibrando su estado de ánimo, añadió en tono zumbón—: Está más que demostrado que la reserva espiritual de Occidente no es España, qué más quisiéramos, y tampoco la montaña de Montserrat ni el Barça son la reserva espiritual de Cataluña, así que lo nuestro...

—Ya, bueno, ¿te quedas a cenar? He hecho macarrones.

La inesperada visita fue un trámite desagradable. Bruno no podía entender que su madre recibiera a este hombre como si nada hubiera pasado. Después de saludarlo ceremoniosamente, pero con mal disimulada hosquedad, el chico se había encerrado en su cuarto.

Vivían en el entresuelo del número 7 de la calle Congost, en el barrio de Gracia, un piso modesto alquilado a una tía de Silvia Fisas, la amiga exhippy, en cuya tienda Ruth seguía trabajando y vendiendo sus flores de lana. Bruno, después de estudiar con desgana y poco provecho en un colegio público del barrio, estaba a punto de entrar como aprendiz en una pastelería de la plaza del Sol, cuyo dueño estaba casado con una clienta de Ruth. De momento sería el chico de los recados. Amador dijo que habría preferido que su hijo optara por el clarinete en lugar de la percusión —lo estaba oyendo aporrear un tambor en su cuarto—, pero un clarinete en si menor, como el suyo, que exigía un oído privilegiado y una sensibilidad superior. Le mostró a Ruth un avión de papel de diario que dijo haber recogido poco antes en la calle, frente a la casa, y que pensaba llevar consigo a Nepal, porque le traería suerte.

—Mira lo que hay impreso en las alas —agregó—. Lee. «Chocolate negro.» Y aquí, mira: «Galletas y bizcochos». ¿Un código secreto? ¿Alguna contraseña? No, querida Ruth, un presagio, una señal del destino. El futuro será dulce. Además, juraría que este pequeño avión lo ha hecho mi hijo, porque aunque es muy tosco, es igual que los que yo le hacía cuando era niño, allá en nuestras queridas playas de Shangri-La, no sé si te acuerdas…

—Para, por favor —musitó ella—. Por favor.

Intentando ocultar la tristeza de sus ojos bajo la mata de pelo ensortijado, Ruth sintió de pronto una oleada de calor y un cosquilleo en la planta de los pies. Estaba en la playa pisando una arena cálida, escuchando el rumor sosegado del oleaje, y apartó los cabellos con la mano y ladeó la cabeza con melancólica flojera en el cuello ofreciendo el rostro a la brisa marina, pero acto seguido vio sus pies descalzos sobre las baldosas del comedor, de modo que se dio la vuelta y se fue con paso rápido al dormitorio dejando a Amador, al de ayer en la playa como al de hoy aquí, con la palabra en la boca. De los felices días de flores y mieles, ella conservaba la hermosa cabellera rizada y la costumbre de andar descalza por casa. Sentada en la cama, se calzó las zapatillas con cierta premura.

Cuando volvió al comedor, Amador le dijo que tenía la piel preciosa y perfumada como siempre. También le dijo que por favor convenciera a Bruno para que dejara de tratarle de usted y le tuteara, y anunció que antes de irse quería hablar a solas con el chico.

—¿Qué puñeta se propone aporreando ese tambor? —inquirió.

—Nada, supongo. Le gusta.

—¿Y por qué me llama señor Raciocinio en vez de papá?

Ruth reparó en sus mejillas cenicientas, inanes y mal rasuradas.

—Siempre te respetó mucho…

—¿De veras? El asunto tiene sus perendengues. ¿No le has enseñado modales? ¿Cómo se le ocurrió semejante idea?

—No lo sé. Pregúntaselo, está en su cuarto.

—Pues voy a verle y tendrá que escucharme. Va a cumplir quince años. Todavía soy su padre, todavía soy Amador. O viceversa.

Pródigo en añagazas para eludir responsabilidades, o para endosárselas a otros, en su voz menesterosa anidaba una nostalgia arcádica, un ronroneo en la oscuridad, algo que Ruth aún captaba a su pesar. Para Bruno, sin embargo, nada de eso significaba nada, salvo melindrosas argucias de gorrón. Recordaba el dulzón y persistente olor a membrillo de sus manos, y poco más. De modo que mientras el chico era informado sobre Krishna y los misteriosos avatares de una vida errante en su búsqueda del Atman, el ámbito luminoso donde vive el alma, precisó el señor

Raciocinio, mientras escuchaba su perorata decididamente plasta de pie en el umbral del cuarto en actitud desmañada, pero esgrimiendo los palillos del tambor frente al rostro a modo de autodefensa y con los ojos entrecerrados, como sumidos en una invencible somnolencia, en menos de un minuto aquel hombre que pretendía ser su padre se había convertido en un vagabundo pirado, un mangante, un ventrílocuo vendedor de imposturas y patrañas, el superviviente peripatético de algún fracaso o de algún extraño malentendido con el mundo. ¿Por qué mierda quiere saber si ese avión de papel que ha encontrado en la calle lo he hecho yo?

—Ni sé cómo se hacen, señor Raciocinio —alegó.

—Claro que sabes, hijo. Yo te enseñé. —Los ojos anegados de agua azul lo miraban con afecto—. Son cosas que nunca se olvidan. Vuelan, pero no se olvidan. Probablemente, cada avión que lanzas al aire, es un sueño que emprende el vuelo…

Me cago en los sueños que vuelan, me cago en todo lo que estás diciendo que vuela, señor Raciocinio, pensó Bruno mientras se golpeaba el pecho con los palillos mirando el techo con aire distraído. Su padre se los quitó sin brusquedad, sonriendo, y luego, en un gesto repentino que parecía obedecer más a un desconsuelo que a una efusión cariñosa, tomó su cabeza con ambas manos.

—Volar, flotar, tal vez soñar, he aquí la cuestión —dijo con una flema insidiosa enredada en la voz—. ¿Recuerdas la canción? Por el mar corren las liebres, por el monte las sardinas… Esto no quiere decir que todo el monte sea orégano, eso no. Pero atentos siempre al retrovisor, ¿eh?, pues hay que saber mirar al pasado si queremos ver el futuro. Porque, aunque no alcances a verlos, hijo mío, los jardines están cada vez más cerca…

Y una puta mierda, cabrón, se dijo él cerrando los ojos. Lo que no se ve, no existe, y lo que sueña un farsante chalado muerto de hambre, todavía existe menos, es pura filfa. Las santurronas manos posadas en su cabeza olían ahora a membrillo casero agriado, y la voz también. De pronto se vio retenido en un pasado por el que no sentía más que incredulidad y desafecto, preso de unas vivencias que se negaba a aceptar, mientras esa voz a la que tampoco podía dar crédito emergía de un paisaje irreal dibujando escenas donde se confundían la ensoñación y la trapacería, lo vivido y lo imaginado. Cantos y guitarras alrededor de fogatas en la orilla del mar, mariposas nocturnas revoloteando entre la humareda, muchachas de muslos dorados con flores en la cabeza. El niño hippy recibe lecciones de clarinete cabalgando a lomos de un delfín, o acunado en una barca llena de membrillos, o correteando desnudo por la playa, o sobre una alfombra de margaritas y amapolas que se extiende desde su casa hasta el mar. El cumpleaños más alegre y concurrido de su madre, croquetas y tarros de mermelada artesanal en el mercadillo de Punta Arabí, y ella sentada detrás del tenderete, sola, llorando. Salmos y meditaciones y su padre caminando desnudo con una larga trenza que serpentea desde la nuca hasta la oscura regatera entre las nalgas. Su colección de camisas floreadas secándose al viento en el tendedero de Arenas Blancas. Sus manos sobre el clarinete moviéndose como dos arañas rubias y peludas…

Ahora, explicándole cómo enamoró a su madre en un tiovivo, ella cabalgando un tiburón y él una sardina, se oyó un estrépito de loza, un plato o una taza rompiéndose en pedazos contra el suelo de la cocina, y la voz apagada de Ruth, como si hablara consigo misma:

—Mentira.

Sin que se alterase su semblante risueño, mientras miraba los palillos del tambor en sus manos como si de repente no supiera qué hacer con ellos, Amador aguzó el oído por si llegaban más comentarios.

—No pasa nada. En Ibiza siempre se le caía algún plato, ¿te acuerdas?

—No, señor.

—No me llames señor, puñeta. Te decía que tiene flojera en las manos, tu madre.

—Ya.

Le dolía que Bruno no lo invitara a pasar a su cuarto, que mantuviera bloqueada la puerta con la espalda y un pie apoyados indolentemente en la jamba, pero lo que más le dolía era que le negara el tuteo y se dirigiera a él por el segundo apellido, tan pretencioso y altisonante.

—En fin, hijo, lo que te he contado es lo que pasó.

—¿De verdad?

—Totalmente. Palabra por palabra.

—Ya.

—Es tu vida. Y no tienes por qué lamentarte ni avergonzarte de nada. Te lo digo yo.

—Ya.

—Entonces, ¿qué te pasa?

—Pues verá, no sabría explicarle. No, en serio. Es que… es que no sé de qué me habla.

Amador resopló, paciente. Era un hippy veterano y pragmático, acostumbrado a suscitar recelos.

—¿Cuándo te enterarás de algo, muchacho? A ver, ¿tu madre no te ha hablado de nuestra vida en común allá en la isla?

—Bueno, sí, un poco. Pero es que no es eso. Lo que pasa… —vaciló un momento—. Verá usted, señor Raciocinio, es que no me lo puedo creer. ¿Qué quiere decir eso que lleva escrito en la mochila, feng shui?

—Quiere decir agua y viento, la fuerza telúrica del globo terrestre.

—Ah, vale. De verdad, lo digo en serio, me gustaría creer en todo eso, pero verá…

—Mira, hijo, te diré una cosa. En este mundo, los que no creen en nada tampoco se libran de sus angustias. Yo no sé si creer en Dios o en el diablo sirve de algo, lo que sé es que el agua y el viento están ahí por alguna razón…

—Sí, pero es que todo eso que me cuenta usted, perdone que se lo diga, pero… no me lo puedo creer. Es lo que pasa.

—Lo que pasa es que te has hecho mayor antes de tiempo —dijo Amador—. A saber qué te contaría tu madre. Las mujeres son un enigma, ¿sabes?, sobre todo las que nos quieren proteger. Pronto serás un hombre, así que voy a decirte algo acerca de ellas. Nunca olvides… ¿Me escuchas?

—Sí, señor.

Poco después, cuando Ruth los convocó para cenar, Amador se metió en el cuarto de baño con su mochila y los palillos del tambor y estuvo allí encerrado más tiempo de lo normal. Bruno lo oyó sonarse ruidosamente la nariz varias veces. Poco después lo oyó hacer gárgaras, muy sostenidas y en diversos tonos. Ruth parecía no querer enterarse. El chico reparó en el aspecto abatido de su madre y temió que pudiera echarse a llorar en cualquier momento. Le dijo que no quería sentarse a la mesa con el señor Raciocinio, que estaba mareado y se iba a dormir, y no atendió sus ruegos de que por lo menos se despidiera. Volvió a su cuarto y dejó la puerta abierta para escuchar lo que hablaban en el comedor.

Durante la cena predominó la voz de él, enredado en largas explicaciones sobre confusos proyectos de viajes, epifanías y nuevas formas de ganarse la vida basándose en analogías, espejos y correspondencias, tercamente empeñado en que todo eso debía tener algún sentido tántrico, hasta que, de repente, confesó que de todos modos, para algunas cosas, empezaba a sentirse viejo, cansado y vulnerable. Le dijo que siempre que tocaba con el clarinete la canción que a ella tanto le había gustado, aquella que dice «aquel cerezo rosa que creció en un rincón de tu jardín», pensaba en sus pechos de manzana. Hubo unos minutos de silencio, que rompió una voz casi inaudible con palabras que parecían de consuelo, luego las patas de una silla chirriando sobre las baldosas, otro largo silencio —mierda, ¿se estarán besando?, pensó— culminado en un sollozo, ¿de quién?, y a partir de ahí la voz de él ya no fue la misma:

«Quiero que sepas que te agradezco la acogida, Ruth. No esperaba menos de ti… —Otro bajón en el tono, y ya no quedaba ni rastro de aquella cadencia arcádica—. Os he decepcionado un poco, lo sé. Un hombre ha de ser responsable de sus asuntos. Pero es que yo no tengo asuntos, nunca los he tenido, yo tengo… caminos. Y mi peregrinaje es silencioso y extraño, como el de las arañas, que tanto miedo te daban cuando vivíamos juntos, ¿recuerdas? Sé adónde voy, siento el latido del universo en mis sienes. Este nuevo viaje, por ejemplo… Aunque ahora, vamos a ver, es probable que tarde algún tiempo en irme, antes debo ocuparme de algunas cosas. Tampoco hay ninguna prisa, en fin, no sé, la verdad es que no hay nada decidido… —Otro sollozo, también sin identificar y añadió—: Por favor, Ruth, no hay por qué lamentarse. En realidad, todo está un poco en el aire, ¿sabes? Ahora mismo, la pensión donde me alojo, tan recomendada por unos amigos, y por cierto, vaya antro de mala muerte, bueno, pues resulta que además está en obras, y no es que yo me angustie fácilmente, pero podría ocurrir cualquier cosa y encontrarme mañana en medio de la calle... ¿Crees que podrías... que podrías alojarme aquí provisionalmente, Ruth? ¿Sólo un par de días o tres, querida Ruth?»

De nuevo el chirrido de las patas de la silla y un largo silencio. Bruno aguzó el oído esperando la respuesta de su madre.

—Por mí... —empezó ella, y tras una pausa—: Pero me temo que no puede ser.

—¿Por qué no? Sólo por unos días...

—Tu hijo no ha olvidado y no te acepta. ¿O no te has dado cuenta?

—Hum. El chico es un poco insolente, ¿no crees?

Silencio.

—Pero nunca miente —musitó Ruth.

—Está cabreado con todo. Y es una lástima. La vida es demasiado corta para estar cabreado todo el tiempo. Díselo. —Y en tono conciliador añadió—: Jamás le levanté la mano, tú lo sabes. En la cabaña de la playa lo pasamos bien los tres, a que sí. Si crees en el karma, todo vuelve, todo volverá a ser como antes... Te daban miedo las arañas, ¿recuerdas? Dime una cosa, Ruth... Tú fuiste feliz allí, ¿verdad?

De nuevo silencio. El siseo de un sifón en un vaso.

—¿Aún tienes aracnofobia, querida Ruth?

La respuesta tardó un poco.

—¿Eso qué es? Algo malo, seguro.

—Oh, no, una palabra nueva. —Otra pausa—. Tú siempre le tuviste miedo a lo nuevo, ¿verdad, Ruth?

Poco después optó por irse, pero antes se encerró otro rato en el baño. Se despidió de su hijo en el pasillo y a través de la puerta, que Bruno no abrió pese a los insistentes ruegos de Ruth, y sólo se oyó un «adiós» sordo, como si el chico hablara bajo un montón de sábanas. Escenificando una ejemplar entereza de ánimo, Amador le ordenó a Ruth que no insistiera, y ella, nadando en un mar de dudas, sumisa, resignada una vez más a su fragilidad, lo acompañó en silencio al recibidor, donde lo obsequió con un fular azul con topos blancos que anudó alrededor de su cuello, le besó en la mejilla y después le abrió la puerta. El hippy irreductible se despidió sin muchas palabras y manteniendo a duras penas el aire pistonudo de sus mejores años, el clarinete en bandolera y la sonrisa esforzadamente indemne en el rostro devastado, quemado por el sol de la derrota.

Al día siguiente, en el cuarto de baño, Bruno recuperó uno de los palillos del tambor. El otro no lo encontró. Pasado un tiempo, de todo cuanto su padre hizo y dijo esa noche, sólo recordaba el palillo perdido y aquel inesperado consejo, que parecía contener una disculpa y una adivinanza a la vez, acerca de lo que uno siempre anda buscando en las mujeres y lo que acaba encontrando.

2

Dos meses después, un caluroso sábado de principios de agosto, Bruno salió de la pastelería Rosich y Hnos. de la plaza del Sol, en la que ya trabajaba desde hacía tres semanas, y caminaba hacia su casa cuando se vio de pronto pisando una calle sembrada de aviones de papel. Aturdido por el sol implacable de las dos de la tarde y un poco mareado por el olor dulzón que traía consigo de la pastelería, al ver allí esparcidos por el suelo tal cantidad de aviones temió ser presa de una alucinación o un espejismo, pero al verificar el rótulo de la calle constató que no soñaba ni se había extraviado: estaba en su propia calle, la corta y estrecha calle Congost, sin asfaltar y con aceras descalabradas. Los pequeños aviones cubrían parte del arroyo frente a su casa, había como treinta o más y estaban hechos toscamente con páginas de periódicos y de viejos tebeos. No eran de los estilizados y aerodinámicos, sino plegados según el modelo antiguo, con alas, doble morrito picudo y cola enhiesta. Sin salir de su aturdimiento, vio uno que caía en picado en medio de la calle y otro que planeaba y aterrizó a sus pies. Lo cogió y leyó en las alas: «Hoy, chocolatada infantil en el parque Güell».

Se paró un instante y miró alrededor. No pasaba nadie. La música de una radio salía de la ventana de la señora Candelaria. Creyó oír la voz cascada de un loro y levantó los ojos al balcón rebosante de geranios y claveles de la anciana señora Pauli. Cegado por el sol, alcanzó a ver el brazo desnudo y flaco retirándose de la barandilla después del primer impulso, la mano abriéndose en el aire y liberando otro pequeño avión de papel que emprendía un corto vuelo hacia arriba, contra el azul intenso y luminoso; allí el avión pareció detenerse un instante y girar, como un pájaro desorientado, para caer acto seguido en barrena sobre la calle, mientras el brazo de la vieja todavía alzado desaparecía del balcón.

Poco después Bruno entraba en casa. Su madre lo oyó llegar desde la cocina.

—La señora Pauli, que subas a verla.

El chico colgó la chaqueta en el respaldo de una silla y se quedó parado, con los ojos en el suelo. La mesa ya estaba puesta.

—¿Ahora?

—Quiere hablar contigo.

—¿Para qué?

—No me lo ha dicho. —Ruth salió de la cocina acalorada y atándose el pelo en la nuca con una cinta. Indicó una vieja bufanda de lana roja colgada en el respaldo de una silla—. De paso le llevas esta bufanda. Comeremos cuando vuelvas.

Bruno chasqueó la lengua, contrariado.

—Qué chaladura se le habrá ocurrido esta vez. Cada día está más pirada.

—Ya sabes que no me gusta que digas eso, hijo.

—¿Has visto qué hace con los tebeos que le regalaste?

—Lo he visto.

—Los rompe para hacer aviones de papel.

—Vaya, como si te importara mucho.

—Eran míos.

—Pero si los tenías olvidados en un cajón. Tú ya no lees tebeos, ya eres mayorcito.

—¿Y por qué le ha dado por tirar aviones?

—Dice que son para los niños que juegan en la calle. Qué quieres, se entretiene con eso, pobre mujer.

—El jueves tiró galletas. El perro del señor Amadeo se las comió.

—Bueno, anda, coge la bufanda y sube a ver qué quiere —le ordenó su madre—. Y vigila, sobre todo si está fumando. El otro día apagó la colilla en una madeja de lana. Espera un momento —dijo viendo que ya se iba—. Llévale unas nueces, le gustan mucho.

—Las tirará por el balcón. Seguro.

Su madre lo miró con expresión severa.

—A ver. Vas a ser amable con ella, ¿de acuerdo?

Casi todo lo que sabía de la extravagante inquilina del segundo primera lo sabía por su madre y por cotilleos del vecindario. En el barrio era conocida como la señora Pauli y muchos creían que era un diminutivo de Paulina, pero en realidad se llamaba Hanna Pawlikowska. Había nacido en Varsovia, tenía setenta años y llevaba casi cincuenta en Barcelona. Ruth decía que había tenido una triste vida de película. Llegó muy joven huyendo de la guerra y trabajó como bailarina en las revistas musicales del Paralelo. Contaba que allá en su país, en Polonia, cuando la invasión alemana, sus padres y casi toda su familia fueron recluidos en campos de exterminio y nunca más volvió a verlos, y que se acordaba mucho de un novio que tuvo, alto, rubio y muy deportivo, del que no supo de cierto si murió en las vías de la estación Gdánski o en el frente o si también fue deportado a Treblinka.

En las navidades de 1941 Hanna escapó de Varsovia por los canales del alcantarillado con la ayuda de un oficial alemán que se enamoró de ella y al que abandonó en la frontera suiza, y después de muchas peripecias consiguió llegar a Zurich y reunirse con Irena, su hermana mayor, casada con el pianista de una compañía vienesa de revistas musicales y operetas que estaba de gira por Europa. Hanna tenía entonces veintiún años, había recibido clases de danza, era muy guapa y tenía bonitas piernas, de modo que al año siguiente, cuando la compañía de revistas vino a España, ella ya formaba parte del cuerpo de baile. La compañía se llamaba Los Vieneses y sus actuaciones en Barcelona tuvieron tanto éxito que decidieron quedarse. Durante muchos años estrenaron revistas en el teatro Victoria del Paralelo, hasta que la compañía se disolvió. Irena y su cuñado fallecieron hace tiempo y hoy nadie del mundo del espectáculo parecía acordarse de la bailarina Hanna Pawli, según se anunciaba en los carteles. Era soltera, vivía sola con un loro azul al que llamaba Jacinto y el único familiar que le quedaba era una sobrina que vivía en la barriada de Sarriá y venía a verla dos o tres veces al mes. La anciana contaba con su magra pensión y obtenía algún dinero extra confeccionando flores de lana que su vecina Ruth le había enseñado a tejer aprovechando bufandas y jerséis viejos. Aún podía valerse por sí misma, pero subir y bajar escaleras la fatigaba mucho, y de vez en cuando Bruno, por imperativo de su madre, se ofrecía para ir al colmado o a la farmacia, o para limpiar la jaula del loro a cambio de una propina.

Siempre subía los peldaños remolón y cabeceando su descontento. La empinada escalera recibía un rayo de sol que se filtraba por la claraboya, pero aun así era bastante oscura. Las nueces entrechocaban en la pequeña bolsa de rejilla con un sonido hueco y medroso, como de gallinas cloqueando. Se sentó en el último escalón, sacó una nuez de la bolsa y la partió pisándola con el zapato, cuidando de no aplastarla. Con el rugoso fruto en la boca volvió a pensar en su forma tan fea, parecida a un cerebro humano disecado, y ahora lo asoció confusamente a las cosas raras que solía hacer y decir la señora Pauli. Terminaba de masticar la nuez cuando llamó al timbre. No tardó en oír el ágil taconeo al otro lado.

—¿Quién es? —dijo una voz mimosa tras la puerta.

—Soy Bruno, el chico del entresuelo.

—¿El entresuelo? ¡Huy, no debes quedarte ahí, niño! O se está por encima del suelo o por debajo. Así es la vida.

—Ya.

La puerta permaneció cerrada. La voz mimosa insistió:

—Entonces, ¿qué haces en el entresuelo? ¿Subes o bajas?

Bruno se armó de paciencia. No era la primera vez que oía a la vieja loca hablar del entresuelo como si fuera una adivinanza. Nunca vio claro si era una broma o lo decía en serio.

—Subo porque mi madre me ha dicho que suba, señora Pauli. Nada más que por eso.

La puerta se abrió liberando una fragancia a polvos de talco y asomó una carita arrugada con una sonrisa de oreja a oreja.

—Pasa, cariño. Tengo que pedirte un favor.

Debido quizá a la penumbra del piso, aunque también le pasaba a plena luz del día, Bruno tenía siempre la impresión de ver en la cara de la anciana más rasgos de los que había, como si el rostro se moviera debajo del agua pugnando por fijar una imagen estable. De ojos chispeantes, menuda y con la espalda muy tiesa, envarada toda ella y con una boca grande brillante de carmín, en general su aspecto era el de una cacatúa emperifollada y presumida. El pelo negro recogido en un moño y estirado en las sienes hacía resaltar las pequeñas orejas. Los ojos oscuros de muñeca, ribeteados de pintura, y los párpados asiáticos, dulcemente pesarosos, pestañeaban risueños y cansinos, tiznados de un azul casi negro. Vestía una bata malva de satén con cenefas rojas y se ayudaba con un bastón de puño marfileño. No mostraba fatiga alguna propia de la edad, todo lo contrario, se desplazaba rápida y segura y con un sobrante de energía mal controlada y un tanto abrupta, como un remedo del paso suspendido de la cigüeña, que hacía del bastón un adorno o un complemento de su coquetería más que un apoyo.

—Ven conmigo —dijo, dándole la espalda.

La siguió por el pasillo en penumbra, un breve trayecto entre paredes que lucían un raído empapelado y una doble hilera de fotografías enmarcadas, a las que siempre solía prestar alguna distraída atención. En casi todas, el mismo conjunto de coristas en un escenario, piernas al aire y muchas plumas y lentejuelas, o vestidas de calle y posando sonrientes en la puerta del teatro Victoria, cenando en un restaurante, dando de comer a las palomas en la plaza de Cataluña o subiendo todas juntas y alborotadas a una «golondrina» del puerto. Alguna vez Bruno se había parado a mirar la fila de bailarinas que levantaban la pierna al unísono a la luz de las candilejas, preguntándose cuál de aquellas alegres muchachas podía ser la señora Pauli cincuenta años atrás. También había cómicos y músicos con esmoquin blanco posando sonrientes en fotos de estudio, todas dedicadas y firmadas. Y hoy, una vez más, retuvo la mirada en el perfil aguerrido de un joven boxeador, torso lampiño y puños desnudos en guardia, posando en una vieja fotografía de colores desvaídos con dedicatoria ilegible y una fecha: Warszawa, 1939. Era la única que tenía un marco dorado. En el ángulo superior derecho de la foto se veía una jaula con un periquito o un canario de color amarillo subido y un cartelito con su nombre: Janek. Siempre que miraba esta foto al pasar, Bruno se preguntaba qué extraño vínculo afectivo podía haber entre un púgil y un periquito.

Cuando entró en el comedor, cuyo balcón sobre la calle se abría a una cegadora explosión de luz, el loro se balanceó sobre el respaldo de una silla y soltó un gruñido.

—Tranquilo, Jacinto —dijo la señora Pauli blandiendo el bastón—. Es nuestro amigo, el chico del entresuelo.

—¡Córcholis! ¡Córcholis! —graznó Jacinto.

La señora Pauli tendió el dedo artrítico, el loro lo agarró y fue trasladado a su jaula colgada en un perchero.

Un tedio estival y blanquecino, como de otra época, flotaba en la estancia igual que un polvillo luminoso, y Bruno siempre se introducía en él con indolencia no exenta de recelo. Una mesa redonda y alrededor tres sillas de rejilla, un sofá con muchos almohadones y flecos, la mesita en un rincón con el viejo tocadiscos, el perchero de pie con el loro, más fotografías de la farándula enmarcadas, la estantería con algunos libros y el vetusto aparador con su gran espejo exhibiendo profusión de platos y tacitas de cerámica.

—De parte de mi madre. —Bruno le entregó la bufanda—. Dice que es lana de primera.

—Oh, gracias, cariño.

La señora Pauli dejó la bufanda en el sofá, junto a una madeja de lana y dos agujas de hacer punto, y se miró en el espejo del aparador. Comprobó el estado del moño, se tocó una pestaña y se ajustó la bata. Bruno aún tenía la bolsa de nueces en la mano cuando ella, mirándolo con picardía, se la arrebató y se dirigió al balcón a toda prisa. Al llegar junto al desbaratado sillón de mimbre rodeado de macetas se encaró a la calle sonriendo y su pequeña mano huesuda y salpicada de manchas avanzó en el aire como lo haría una invidente o una sonámbula, o como si entrara a tientas en algún dominio mágico, hasta dar con el herrumbroso barandal.

—No te acerques, niño —dijo—. Es mejor que no veas lo que hay abajo.

Bruno pensó en los aviones de papel estrellados.

—Ya sé lo que hay abajo, señora Pauli.

—No, no lo sabes, rey mío. Y es mejor así.

Bruno se impacientó.

—Mi madre me ha dicho que quería usted verme.

La anciana apoyó el bastón en la mata de geranios y permaneció de pie mirando la calle. Un sol de castigo caía a plomo sobre el balcón, los claveles rojos y amarillos que se enredaban en los balaustres parecían crepitar y el sillón de mimbre también. Bruno miraba a la señora Pauli diciéndose tiene el coco chamuscado, claro, tantas horas sentada al sol en este sillón tejiendo rosas de lana y pensando en las musarañas, mientras ella desgarraba la bolsa de rejilla con sus uñas lacadas de rojo vivo. La vio mover la mano en el aire, como si apartara una telaraña que le impidiera captar alguna señal o escuchar una voz lejana en medio del rumor de la ciudad, y enseguida esa mano temblorosa empezó a sacar nueces de la bolsa y las fue tirando a la calle una tras otra.

Es para mondarse, pensó Bruno. Por lo menos alguien se dará un atracón de nueces. Como si le hubiera oído, la señora Pauli murmuró:

—Para la pandilla que está sentada en el bordillo de la acera. Son buenos chicos.

Había cierta disonancia en su voz, y también una resonancia atonal, como si hablara en un ámbito cerrado. Después su mano soltó el barandal bruscamente, recuperó su bastón y entró de nuevo en el comedor. Una esbelta copa de cristal, en la mesita del rincón, exhibía dos gardenias de trapo con los tallos de alambre entrelazados, y la señora Pauli se paró a mirarlas diciendo:

—Estas son para mí. Las hice de unas viejas bragas de seda. Tengo pensado hacer un ramo de novia con gardenias y orquídeas de shantung. El ramo de novia que no tuve, cariño.

Bruno carraspeó, cada vez más impaciente.

—¿Quería usted verme, señora Pauli?

—Ya tenemos aquí las vacaciones —dijo ella volviéndose a él y como si acabara de ocurrírsele—. ¿Verdad que sí?

—Yo todavía no —se lamentó Bruno—. No empiezo hasta la semana que viene.

—¿La semana que viene? ¡Estupendo!

—Y sólo me dan quince días.

—¡Estupendo, estupendo! —La sonrisa, en sus labios de brillante rubí, se mantenía amplia, tensa, juvenil—. Tengo un trabajito para ti. Y bien pagado. Qué te parece, ¿eh?

Ya sé, limpiar la jaula del loro, pensó. Pero cuando escuchó el encargo no supo qué responder. La señora Pauli le proponía recoger los aviones de papel que viera tirados en la calle, los que no se hubieran roto, y devolvérselos. Le daría cincuenta céntimos por cada avión que le trajera en buen estado.

—Volveremos a lanzarlos. Los sueños pueden volar muchas veces —añadió—. Tantas veces como haga falta. Vale la pena, ¿no crees?

—Claro.

—La segunda vez vuelan mejor.

—Ya.

De pronto recordó la maldición que dedicó un día al gorrón y cuentista de su padre: Me cago en los sueños que vuelan, señor Raciocinio, me cago en todo lo que no se ve, porque no existe, precisamente porque no se ve…

—Lo que ocurre es que ellos a veces no los han visto volar —se lamentaba la señora Pauli—. O ese día ha llovido, o ha pasado la escoba de la señora Casilda, o el carro de la basura, y se los ha llevado. Pero se pueden recuperar muchos. De todos modos necesito hacer más y me hacen falta muchos periódicos… Ya no me quedan tebeos. ¿Podrías conseguirme periódicos, muchacho? Yo no puedo, bajar y subir escaleras empieza a ser un martirio para mis piernas, y con Érika mejor no contar. Porque hay que ver la sinvergüenza de mi sobrina, la conoces, ¿no?, la hija de mi hermana Irena, una deslenguada que presume de saber tratar a los hombres… ¡Los hombres de su vida, dice ella, ja! Fíjate, se acaba de separar de su segundo marido y ahora vive con uno que dice que trabaja en un periódico, ¿pues quieres creer que cuando Érika viene a verme es incapaz de traerme ni una hoja de periódico?

Bruno recordaba con agrado las visitas de Érika Korpinski a su tía. Contaba chistes, le daba cacahuetes al loro Jacinto y le enseñaba a decir palabrotas. La hija de Irena, una cuarentona llamativa y efusiva, nacida en Barcelona y más catalana que polaca, solía decir la señora Pauli, no se sabía si como elogio o reproche, a Bruno se le antojaba el tipo de mujer independiente, desembarazada y espontánea que le habría gustado como amiga predilecta de su madre.

—¿Me escuchas, cariño? —dijo la señora Pauli, viéndolo distraído—. Te decía que ni un solo diario es capaz de traerme esa descarada… De modo que ya sabes, búscame diarios. Necesitamos muchos, porque hay que seleccionar lo bueno y dejar fuera lo que sólo anuncia desgracias, guerras y miseria, que es lo que hay en la mayoría de las páginas, ¿me entiendes, muchacho?

Todos los diarios que pudiera conseguir, viejos o nuevos, precisó, daba igual, todos valían.

—Y te daré otros estupendos cincuenta céntimos por cada uno —añadió—. Es una ganga, ¿no te parece? Porque, a ver, ¿en qué podríamos emplear las vacaciones mejor que en eso, cariño? ¿Imaginas cuántas pesetas vas a ganar?

Él no veía la ganga por ningún lado, pero dijo que bueno, que lo pensaría. Se despidió y de vuelta a casa, bajando las escaleras, se preguntó de dónde puñeta iba a sacar diarios. El capricho da la vieja sólo sería rentable si conseguía muchos, y solamente contaba con el que su madre solía llevarse de la tienda y alguno que él podía birlar de la pastelería Rosich y Hnos. y del bar Trébol, aunque también, claro, con los diarios que la gente tiraba en las papeleras de la calle, si es que no le daba vergüenza ponerse a rebuscar en las papeleras como un indigente…

3

Bruno tenía pocos amigos de su edad y escaso trato con ellos. El primer día de vacaciones, al salir de casa por la mañana, un reflejo del sol rebotado de alguna ventana lo cegó durante un instante y sus pies tropezaron con las piernas de un muchacho sentado en la acera con la espalda apoyada contra la pared. No lo conocía, nunca lo había visto por el barrio. Tenía al lado un macuto astroso y unas cuantas hojas extendidas del diario *La Vanguardia*, sobre las que exponía su mercancía de segunda mano: una linterna eléctrica, unas gafas de sol, un sacacorchos metálico, una armónica, una lupa y un mechero de plástico con la cara de Betty Boop. De unos quince años, canijo, cabeza rapada, narizotas y orejas de soplillo, le rondaba un aire de murciélago y su aspecto no parecía muy saludable. En medio de la calle, otro chaval de unos diez años, pantalón corto y tirantes sobre el torso desnudo, trastabillaba sobre unos patines intentando mantener el equilibrio. A uno de los patines le faltaba una rueda. Lucía también cabeza rapada y con costras verdes, como tocada por alguna infección.

—¡Cuidado, Oskar! —dijo el niño murciélago con voz de pito. Y a Bruno—: Es mi hermano. ¿Qué, me compras algo?

Él no consideró necesario ni prudente disculparse por el tropiezo y centró su atención en la magra mercadería.

—¿Eres de por aquí? —inquirió—. Nunca te había visto.

—Vivo cerca. Venga, escoge, tengo de todo.

—¿A qué cole vas?

—¿Cole? Yo recojo chatarra, nano. Bueno, ¿me compras algo o qué?

—No sé. Todo esto no vale un pito. Déjame ver.

En cuclillas, examinó la linterna y luego la armónica. Ni la una ni la otra funcionaban. La lupa no tenía mala pinta. El cráneo rasurado del vendedor tenía forma de zepelín y olía a desinfectante. Bruno se quedó pensativo.

—Me interesa el diario —dijo de pronto.

—¿El diario? ¿Para qué puñeta lo quieres? Bueno, te lo regalo, pero cómprame algo.

—¿De dónde lo has sacado? ¿Tienes más?

Le hizo una propuesta. Le compraría la lupa, pero a pagar más adelante y a condición de que le proporcionara diarios. Se sentó amigablemente con él y le dijo que los buscaba para una vieja polaca un poco mochales amiga de su madre que se pasaba el día hablando con un loro azul y tirando aviones de papel de diario por el balcón. Y que le pagaba algo, no mucho, una miseria, por cada avión que recogía.

—Ahora tengo vacaciones y podré coger más, si tú me traes diarios —dijo.

—Pero qué dices. Yo trabajo con cosas de valor, colega.

Bruno le preguntó su nombre, y si era la primera vez que instalaba su mercancía allí.

—Los chavales de esta calle estáis en babia —masculló el precoz mercachifle—. ¿De verdad no sabes quién soy, nano? ¿Nunca has oído hablar de los hermanos Rabinad? ¿Ni del Cocoliso, que soy menda? Pues aquí nos tienes, presente y en persona.

Vendía sus cosas más preciadas porque necesitaba dinero para comprarse un casco de motorista, explicó, y que se llamaba Jan, pero todo el mundo le decía el Cocoliso. Añadió que dentro de poco entraría a trabajar en un taller mecánico y de mayor sería piloto de motos de carreras. Su padre guardaba un almacén de chatarra en la calle Tres Señoras y su hermano el patinador tenía unas cicatrices muy malas en la piel y en el coco y el médico le había recetado baños de sol, y por eso venían a esta calle, porque era una calle tranquila y no pasaban coches y Oskar podía patinar sin peligro.

Menudo cuento, pensó Bruno, estos vienen porque han visto caer nueces y galletas del balcón. Observaba sus cabezas mal rapadas, cenicientas y con alguna pupa, infectadas de una miseria extraña, como de tiempos pasados y sin posible cura, pero asumida por ellos tranquilamente, cuando de repente un avión de papel cayó a su lado.

—¿No te lo había dicho? —Bruno lo cogió—. Mira cómo está hecho, con una hoja de periódico. La señora Pauli hace miles de aviones, es su manía, y siempre marca palabras con un lápiz. Mira, lee lo que pone aquí, en las alas.

El Cocoliso le quitó el avión de las manos y leyó: «Llega "La Ciudad de los Muchachos"». Enseguida cayó otro avión con otra pequeña noticia en el costado: «Los jugadores del Barça regalan juguetes a los niños enfermos».

—¿Lo ves? —dijo Bruno.

—¿Y qué?

—Pues eso, que la tía está pirada. A veces los lanza por la noche, pero a la mañana siguiente el barrendero no deja ni uno, los barre sin darme tiempo a cogerlos. Si vienes temprano verás caer muchos en esta calle… Oye, se me acaba de ocurrir una idea. ¿Quieres ganarte unas pelas?

—Claro.

—Te doy cinco céntimos por cada avión que recuperes.

Los ojos rapaces del Cocoliso, cercados de sombrajos y con alguna legaña, eran como estiletes.

—¿Y para qué quieres tú esos papeluchos, colega?

—Son para la vieja. Me ha dicho que los que no se han estropeado al caer, los vuelve a lanzar.

El Cocoliso parpadeó, receloso.

—¿Y sólo me das cinco céntimos por avión, garrapo? ¿A cuánto te los paga ella, la loca?

Bruno observó el mal estado de sus dientes.

—Diez, venga.

—Veinte.

—Cincuenta por cada tres aviones.

—Vale.

No sabía dónde ni cómo podía conseguir periódicos. Al día siguiente por la mañana fue al mercado de la Travessera a comprar fruta y una lechuga por encargo de Ruth. En la calle no vio ningún avión y tampoco a los Rabinad. Se demoró mucho, tanto a la ida como a la vuelta, mirando en todas las papeleras que encontró a su paso, y cuando volvió ya era pasado el mediodía y los dos hermanos lo esperaban frente a la acera soleada con su cosecha de aviones. Los llevaba el Cocoliso en su macuto. Cuatro fueron desechados por Bruno porque estaban rotos. En las alas lucían titulares subrayados con lápiz rojo, y siempre eran buenas noticias. Jan el Cocoliso los contó y volvió a guardarlos en el macuto.

—Veintisiete.

—Te debo cuatro pesetas —dijo Bruno.

—Cuatro con cincuenta, nano. Nada, calderilla. Pero que sea al contado.

Había sacado un espejito del bolsillo y jugaba con el reflejo en los ojos de Bruno, que ocultó la cara al mentir:

—Claro, cuando la señora Pauli me page. Luego iré a verla. Ahora tengo que volver a casa a pelar patatas… Sí, no te rías, y a poner la mesa antes de que llegue mi madre, ¡ufff, con este calor…! Nos vemos mañana, ¿te parece?

El Cocoliso se guardó el espejito y se quedó mirándolo, receloso.

—Nada de mañana, majete. Nos vemos esta tarde. —Le entregó el macuto—. Toma, llévale a la vieja sus aviones. El macuto me lo devuelves luego junto con la paga. ¿Vale?

Bruno cogió el macuto y se refugió en casa, rumiando la necesidad de una estrategia dilatoria más eficaz a la hora de liquidar cuentas con el Cocoliso. Pero ciertamente aún tenía obligaciones que cumplir. La víspera su madre había hecho croquetas y guardó una docena en un plato, encargándole que fuera a llevarlas a la señora Pauli antes de la hora de comer. Era la una y media de la tarde cuando los hermanos Rabinad abandonaron su puesto en la acera y desaparecieron. Ruth no tardaría en volver del trabajo y Bruno ya tenía la mesa puesta, así que cogió el plato de croquetas y el macuto y subió al segundo primera.

—¡Qué bien! —exclamó la señora Pauli al ver el obsequio—. ¡Ruth es la reina de las croquetas! Le das las gracias de mi parte.

—Traigo aviones, señora Pauli.

La siguió por el pasillo con el macuto en bandolera. En el comedor la anciana rodeó la mesa acelerando el paso, el plato en una mano y el bastón en la otra. El loro Jacinto reclamó su atención desde la jaula, pero ella ni lo miró: iba presurosa y decidida hacia el balcón inundado de sol, la cabeza enhiesta y la mirada fija y un tanto alucinada, fuera lo que fuese aquello que la impulsaba. Abandonó el bastón entre las flores y tanteó el vacío más allá de la barandilla de hierro cuyo tacto quemaba, miró abajo con un desasosiego repentino en la mirada y, durante un breve instante, Bruno tuvo la impresión de que su mano en el aire se desprendía de lo real y se introducía en lo visionario. Indiferente al azote implacable del sol, sostenía el plato sobre el vacío como si fuera una ofrenda. Se comió una croqueta y acto seguido cogió otra y la tiró a la calle, de espaldas y por encima del hombro, sin mirar abajo. Bruno no pareció sorprenderse. La vio coger otra croqueta y tirarla del mismo modo, mirándolo con media sonrisa de complicidad.

—¡Allá van!

—¿No le gustan, señora Pauli?

—Precisamente, cariño. —Alargó el brazo con el plato y con pícara maledicencia añadió—: Escóndelas, haz el favor, que hoy viene mi sobrina. ¡Es muy comilona!

Se sentó en el sillón de mimbre y recuperó un vaso de té frío que había dejado en una maceta. Bruno dejó el plato de croquetas en el aparador y volvió junto a ella. Se disponía a sacar los aviones del macuto cuando oyeron a Érika abrir la puerta del piso con su llave. Antes de irrumpir alegremente en el balcón dejó oír su voz:

—¿Qué tal nos hemos portado, tía?

Morena, un poco nariguda, con el pelo cortado como un chico, pantalón vaquero muy ceñido y camiseta con la cara estampada de Albert Einstein sacando burlonamente la lengua, Érika Korpinski desprendía un olor fresco a lavanda y un aire permanentemente festivo y estival. Besó a su tía y exclamó «¡Cielo santo, qué calorazo!», como si lo celebrara. En un bolso grande traía yogures, semillas de jazmín, cigarrillos, té verde y magdalenas. Su tía le dijo que habría preferido un buen salchichón en vez de magdalenas, porque el salchichón aguanta más el golpe.

—¡Pero qué golpe ni qué niño muerto! ¿Ya estamos otra vez con eso, tía?

—El precio de las patatas está por las nubes, Érika.

—Pues ya bajará. Claro, te pasas el día entero en este puñetero sillón, y con este solazo… No te conviene, ¿sabes? —Le dedicó a Bruno una sonrisa cómplice—. ¿Verdad que no le conviene, Bruno?

—Le gusta mirar la calle —dijo él, un tanto embobado.

La señora Pauli le reprochó a su sobrina que se hubiera olvidado una vez más de devolverle las fotografías que le prestó. Dijo que eran el único recuerdo que le quedaba de su casa de la calle Nowolipie, en Varsovia, y le ordenó que se las trajera sin falta la próxima vez, porque las quería enmarcar.

—¿Más fotos todavía? —replicó Érika—. ¿No crees que ya no caben en esa pared?

—Las pondré en la mesita de noche. Sobre todo la foto de los seis.

Su sobrina le guiñó el ojo a Bruno al decir:

—¿Te refieres al famoso candelabro de seis brazos, tía?

—¡Siete, ignorante! —dijo la anciana—. Si te oyera tu pobre madre… Ya no respetas nada. Te hablo de las tres fotografías que te llevaste sin mi permiso, la de tus abuelos delante de nuestra casa y la de tu madre conmigo en la escuela de baile, cuando niñas. Y la foto de los seis muchachos en la calle. Sobre todo esa, que la quiero enmarcar.

—Ah, de esa foto quería hablarte. —Apoyó la espalda en la barandilla, abanicándose con la mano—. No sé por qué la conservas. No es de nadie de la familia. ¿De dónde la has sacado?

—No te importa.

—Claro que me importa. Si no me lo dices, no te la devuelvo.

—La recorté de un libro, o de una revista, ya no me acuerdo… En todo caso es mía. La enmarcaré y la pondré en la mesilla de noche, así que haz el favor de devolvérmela y no se hable más.

Érika suspiró dándose por vencida.

—Está bien, pero deberías entretenerte de otra manera. Podrías coleccionar fotos de futbolistas, por ejemplo —añadió con sorna mal disimulada—. En tus buenos tiempos, cuando eras la corista más popular del Paralelo, trataste a unos cuantos muy de cerca, ¿verdad, tía?

—Sí, querida. Mucho más de cerca de lo que supones.

—Te regalaré una tele, así estarás menos en el balcón. Y deberías salir a caminar un poco de vez en cuando. Bruno podría acompañarte… ¿Verdad que lo harías, chico?

—Claro.

—¿Lo ves, tía? Te mimamos demasiado.

Insistió sobre todo en que no se olvidara de tomar las medicinas y luego fue a la cocina y comprobó el contenido de la nevera, abrió una lata de Coca-Cola y echó una ojeada al dormitorio y al cuarto de baño y hasta revisó la jaula del loro. Vio las croquetas en el aparador y se comió una sonriendo ante las quejas de su tía, que le dijo que su insaciable gula le recordaba a un pretendiente que tuvo a los veinticuatro años, cuando actuaba en la revista «Viena es así», un importante empresario teatral que sólo comía croquetas de pollo y le creció una cresta roja en no voy a decirte qué sitio…

—Tía, no presumas de hombres maravillosos en tu vida porque todos han sido unos gilipollas y unos mangantes de mucho cuidado, lo sabes muy bien.

Luego hizo lo que Bruno esperaba desde que la vio irrumpir en el balcón. Lo cogió a él amigablemente por los hombros y lo llevó al comedor para hablarle un momento a solas. Como otras veces, le dio dos pesetas y le preguntó qué tal se portaba su tía, si algún vecino se había quejado por algo, si ponía la música muy alta, si hablaba sola, si se dormía al sol en su sillón. También quería saber si él o Ruth la habían visto tirar cosas desde el balcón.

—¿Cosas de comer? —preguntó Bruno.

—Cualquier cosa.

—Pues… alguna galleta. La semana pasada tiró un yogur. Dijo que estaba caducado.

—¿Eso dijo?

Se quedó tristona. Iba a añadir algo, pero no lo hizo. Por su parte, Bruno decidió no mencionar los aviones de papel ni las croquetas tiradas a la calle. Bajó los ojos y se puso en guardia: no quería establecer ningún vínculo con el mundo fantasioso de los adultos, no quería escuchar más rollos sobre lo bueno que tal cosa pudo haber sido y no fue ni más lamentos que pudieran recordarle el estilo victimista trapacero del señor Raciocinio. Y tampoco mencionó, por no dar ocasión a más preguntas, que el yogur estuvo en un tris de estrellarse en la cabeza del señor Amadeo cuando salía de su casa, ni que el taxista, al ver el yogur despanzurrado a sus pies, levantó los ojos al balcón gritando ¡Eeeeeh, señora, los caducados se tiran a la basura!

Cuando Érika se marchó Bruno vació el macuto y la señora Pauli contó y examinó los aviones, enderezando y alisando los que estaban maltrechos y volviendo a marcar con lápiz rojo algunos titulares. La anciana le pagó lo acordado y le pidió más periódicos.

Después de cada visita, Érika solía pasar un momento por casa de Ruth para agradecer las atenciones que tenía con su tía. Cuando Bruno bajó diez minutos después, estaban las dos charlando en la cocina, Érika con una cerveza en la mano y lamentando, disgustada, que su tía tirara yogures por el balcón, tanto si estaban caducados como si no. Ruth le contó lo que Bruno no le había contado del incidente con el taxista.

—Pero no pasó nada —añadió para tranquilizarla—. Su tía es muy bromista y el señor Amadeo otro que tal, y suelen gastarse bromas. El vecindario aprecia a la señora Pauli, puede creerme.

—De todos modos —dijo Érika—, si vuelve a hacer algo así, le ruego que me lo haga saber. Me tiene preocupada. Sé que mi tía vivió de joven una experiencia muy jodida, me lo contó mi madre hace muchos años, y me temo que últimamente le está dando vueltas a aquello. Su cabeza no rige bien, tiene ya muchos tacos, y pronto va a necesitar asistencia a tiempo completo. Un día u otro tendré que decidirme a llevármela a casa, aunque ella no quiera. En fin… Mire, Ruth, he hecho un duplicado de la llave del piso y me gustaría que la tuviera usted, por si acaso. ¿Le importa?

—Claro que no.

—Y si hace alguna barrabasada, avíseme, por favor.

4

Conseguir periódicos de la manera que fuera se había convertido en una prioridad. Lo primero que hacía Bruno por la mañana era birlar *La Vanguardia* tirada en el zaguán antes de que pudiera recogerla el suscriptor del principal segunda.

El tercer día de vacaciones se levantó temprano, se vistió deprisa y apenas se lavó la cara. Entró en la cocina peinándose, buscó una bolsa de plástico y cogió la más grande que encontró. En la mesa tenía la botella de leche y el bocadillo que su madre le preparaba antes de irse al trabajo. La cafetera sobre el hornillo eléctrico aún estaba caliente. Bebió la leche deprisa, envolvió el bocadillo en papel de estaño y lo guardó en la bolsa para más tarde. Se disponía a salir cuando Ruth entró en la cocina. Iba descalza y ajustándose el albornoz, cabizbaja y soñolienta, con una taza de café en las manos.

—¿Qué pasa, mamá? ¿Hoy no vas a la tienda?

—He dormido mal. —Tomó una pastilla que llevaba en la mano y se sirvió más café—. Iré más tarde. ¿Y tú adónde vas tan temprano?

Con el pie sacó un taburete de debajo de la pequeña mesa y lo estuvo tanteando, pero no se sentó.

—Por ahí, a dar una vuelta —dijo Bruno.

—¿Has desayunado?

—No tengo hambre. Me llevo el bocadillo para luego.

—Es de queso de cabra con un poco de mermelada de membrillo, como la que hacía tu padre… A ver si te gusta.

Seguro que no, iba responder él, pero optó por callarse. Después le diré que sí, pensó, que me ha gustado bastante. La vio tantear otra vez el taburete con gesto inseguro.

—¿Te encuentras mal, mamá?

—No pasa nada. Es sólo que… —Finalmente, con gesto desfallecido, se sentó—. No sé si hago bien en decírtelo, hijo.

—¿El qué?

Ruth cerró los ojos y esperó unos segundos.

—Han visto a tu padre tocando el clarinete en el metro.

Bruno ni pestañeó. Se sintió tentado de decir: ¿Y eso te extraña, mamá?

—¿Quién te lo ha dicho?

—Silvia. Lo vio ayer al mediodía, en las escaleras de la estación de Liceo. Yo pasé por allí diez minutos antes, fíjate, y no estaba, o no lo vi…

Él sí podía verlo ahora. Sentado en las escaleras con un platillo al lado, la mochila a la espalda, las dos arañas rubias haciendo cabriolas sobre el clarinete para llamar la atención de la gente, «aquel cerezo rosa que creció en un rincón de tu jardín», algunas monedas cayendo en el platillo… Calderilla para el señor Raciocinio.

—No me lo quito de la cabeza —añadió Ruth—. Quién sabe lo que puede haberle pasado. A lo mejor habría que ir, pero no sé, seguramente se avergonzaría de que lo veamos así… ¿Tú qué opinas, hijo? ¿Crees que deberíamos hacer algo? —Bruno permanecía en silencio—. ¿No vas a decir nada?

—¿Yo qué quieres que diga, mamá? —Se quedó pensativo un instante—. ¿Por qué no hablas con la sobrina de la señora Pauli?

Ruth lo miró extrañada.

—¿Con Érika? ¿Por qué?

—A lo mejor te podría ayudar. Su tía dice que entiende mucho de hombres... Que sabe cómo hay que tratarlos.

Ruth lo miró con una chispa en los ojos.

—¿Ah, sí? Vaya. ¡Qué cosas se te ocurren, hijo!

Se levantó con su sonrisa triste y depositó la taza en el fregadero. Abrió el grifo y se quedó mirando el chorro de agua. Enseguida recuperó el tono de lánguida ansiedad.

—Habría que ir a ver si necesita algo. Es tu padre. —Con un quiebro en la voz añadió—: Nunca te levantó la mano.

—Ya.

—Convendría que eso, por lo menos, no lo olvidaras.

Bruno agachó la cabeza.

—A lo mejor no era el señor Raciocinio —dijo—. Ya sabes que la señora Silvia es muy miope, y con esas gafotas que lleva aún ve menos, no ve tres en un burro... A lo mejor se ha confundido de persona. Podría ser, ¿no? —Esperó un poco antes de añadir—: Bueno, ¿me puedo ir ya?

Ruth suspiró.

—Dame un beso y vete. Luego subirás a ver a la señora Pauli por si necesita algo. Y le dirás que cuando venga su sobrina, quiero hablar con ella.

—Vale. —En la puerta se volvió a mirarla—. ¿Vas a ir a la tienda? ¿Puedes traerme el diario cuando vuelvas, mamá, por favor? ¿Te acordarás?

La primera luz de la mañana flotaba ante sus ojos como irisado polvo de diamante. No había caído ningún avión en la calzada ni en las aceras, los hermanos Rabinad aún no habían llegado, y, por el momento, el lado soleado de la calle donde Oskar solía tumbarse ofrecía solamente una delgada franja de sol en lo alto de los edificios. El chico del colmado sacaba a la acera los cajones de frutas y verduras y el camión de la basura asomaba el morro en la esquina de Torrente de las Flores. La señora Casilda, la mujer del taxista, barría la acera frente a su casa. Al alzar los ojos, Bruno vio a la señora Pauli asomada al balcón con la mano en alto y creyó que lo saludaba, pero acto seguido pensó que iba a lanzar un avión. Lo que cayó fue un plátano y pudo pillarlo antes de que llegara al suelo. Estaba más que maduro, era negro por fuera y pura mermelada por dentro. Lo guardó en la bolsa de plástico y esperó a ver si caía algo más, pero la anciana se retiró del balcón y volvió a salir con la jaula del loro, la colgó en la pared, le dedicó a Jacinto algunos mimos y luego se acodó en la barandilla y se quedó mirando la calle. Aunque tenía la sensación de que ahora ya no lo miraba a él, Bruno inició un leve gesto de saludo y se marchó.

Se hizo la parte alta del Paseo de San Juan a buen paso y asomándose a todas las papeleras. En una que estaba repleta, hurgando entre klínex, latas, botellas y vasos de plástico estrujados, encontró un ejemplar de *La Vanguardia* arrugado y con la primera plana manchada con una salsa maloliente. Arrancó la página y se llevó el resto. Más abajo, en la zona donde los jubilados jugaban a la petanca, un viejo se levantó de un banco dejando encima un *Diario 16*, y también lo cogió y lo metió en la bolsa. Al llegar a la plaza Tetuán pensó que tal vez era demasiado temprano, apenas las nueve de la mañana, así que se sentó en un banco y sacó el bocadillo de la bolsa. Le pegó un mordisco desabrido y lo volvió a guardar. Está buena la mermelada, muy buena, pero no tengo hambre, mamá, pensaba decirle…

También se le ocurrió que lo mejor era buscar en calles más concurridas y se fue caminando hasta la Rambla, donde había muchos kioscos y riadas de gente paseando arriba y abajo. En una papelera frente a Canaletas encontró *El Mundo*, pero el diario apestaba; lo habían usado para recoger la caca de un perro. Sobre la mesa desocupada en la terraza de un bar había un ejemplar del *ABC* que olía a pescado podrido y lo desechó. A buen paso, regateando ágilmente a los viandantes, no se le escapó ninguna papelera del paseo central. Con un vistazo sabía si valía la pena pararse a hurgar. Al lado de un puesto de flores vio en el suelo mojado una pila de periódicos que la florista usaba para envolver con sus páginas raíces y tallos y pequeñas macetas. Calculó que habría una docena. Esperó el momento propicio y en un descuido de la mujer se hizo con ellos, los metió en la bolsa y se escabulló entre la gente. Al llegar al cruce con las calles Boquería y Hospital se topó con la boca del metro de Liceo.

Bueno, ya que estoy aquí, se dijo, y se asomó a la escalera y miró. En el rellano había un joven de barba rubia y gorro de marinero que tocaba el acordeón y hacía bailar a una perrita con peluca roja y faldita blanca de tul. Al lado tenía una caja de habanos con algunas monedas. Ni rastro del señor Raciocinio. Descansó un rato apoyado en la barandilla y sacó el bocadillo de la bolsa, pero no lo mordió. Miraba la perrita que giraba erguida sobre sus patas traseras. Enseguida envolvió de nuevo el bocadillo y lo guardó. Que no se me olvide: que no es que no me guste esta mermelada, mamá, de veras, es que estoy desganado.

Decidido a seguir buscando, aunque ahora ya lo hacía obedeciendo a un doble y confuso objetivo, zigzagueaba en diagonal hacia la papelera situada frente al Café de la Ópera cuando, surgida de no sabía dónde, una sombra apresurada se cruzó en su camino y le adelantó pretendiendo lo mismo que él, según iba a comprobar enseguida, y se quedó parado, zarandeado por el trasiego de la gente en medio del paseo y sin capacidad de reacción. La sombra dejaba tras de sí un hálito vagamente dulzón, un soplo o una exudación corporal que a Bruno le resultaba familiar, abusiva e insidiosa, pero no había nada que ayudara a reconocerlo, salvo la pequeña mochila de color caqui con el rótulo *feng shui* escrito a mano. Llevaba gafas de sol y un gorro de visera prominente y vestía tejanos y camisa a cuadros con los faldones fuera del pantalón. Absorto, indiferente al bullicioso entorno, iba escuchando música con un pequeño transistor pegado a la oreja y con un palo hurgaba con afán en la papelera. Lo hacía con la mayor atención, revolviendo concienzudamente papeles y desechos, el rostro volcado sobre el recipiente como si husmeara la presa. Bruno tardó apenas unos segundos en identificar el palo: era, tenía que ser, el palillo extraviado de su tambor. Lo siguió a cierta distancia durante un rato y le vio examinar el contenido de dos papeleras más. En la segunda se entretuvo un buen rato rebañando el fondo; estaba al lado de una terraza muy concurrida y en la mesa más próxima a la papelera se sentaba una mujer madura de piel bronceada y aceitada, peluca rubia y un diminuto caniche sentado a sus pies. En ese momento Bruno presintió una sombra fugaz muy cercana en el aire, como si un avión de papel planeara sobre su cabeza, y desvió su atención a las ramas de un frondoso plátano. Enseguida oyó los gritos de la mujer:

—¡No se acerque a Ricky, usted! ¡No lo toque!

Cuando volvió a mirar, el señor Raciocinio estaba agachado intentando acariciar al caniche, que le mostraba los dientes y ladraba enfurecido, mientras la mujer gritaba histérica:

—¡¿Es que no me oye, guarro?! —El interpelado no se movió, no retiró la mano—. ¡Que no lo toque! ¡¿Cómo quiere que se lo diga?! ¡¿En chino?!

—Oh, sí, por favor —dijo él—. Entraré en otra dimensión.

Se incorporó con una sonrisa triste, dio media vuelta y se fue cabizbajo en busca de otra papelera, espoleándose con el palillo. Bruno fue tras él, y poco después, obedeciendo a un impulso que creía repentino, lo adelantó sin dejarse ver mediante un corto rodeo, y en la siguiente papelera se le anticipó actuando con decisión y rapidez, como si lo tuviera pensado ya antes de verlo o de presentirlo, antes de asomarse cautamente a la boca del metro, antes incluso de salir de casa: sacó de la bolsa el plátano maduro y el bocadillo, puso ambas cosas en la papelera y acto seguido se escabulló. Y no volvió la cabeza: no deseaba verlo rebuscando en la porquería con el palillo, aplicado y furtivo, no quería verlo allí de pie en medio de la gente con el plátano de piel negra en una mano y el resto del bocadillo en la otra, hincándole el diente y tal vez sorprendido por el inesperado sabor familiar de la mermelada…

Bruno remontó la Rambla de vuelta a casa con la bolsa colgada a la espalda, en la que llevaba algo más de quince diarios. Cuando, poco antes, había iniciado el recorrido Rambla abajo, decidió asomarse solamente a las papeleras del paseo central, dejando para la vuelta las de las aceras. Pero ahora ya no quiso seguir mirando.

5

Enfiló su calle cuando iba a ser la una y los hermanos Rabinad seguían sin aparecer, o ya se habían ido. Ningún avión en la calzada ni en las aceras. Se había levantado un poco de viento y el aire era cristalino, con una luz irisada que hacía entornar los ojos. La dueña de la mercería regaba la calle con un cubo de agua y la señora Candelaria sacudía una alfombra frente al portal de su casa. Recordó el encargo de su madre y antes de entrar en casa decidió visitar a la señora Pauli y cobrar por los diarios. Diez pesetas, por lo menos, calculó de nuevo, más la propina...

—Mi madre que si necesita algo.

—Entra, cariño. ¡Deprisa!

—Y aquí tiene los periódicos. Hay quince, o más.

—No podías llegar en mejor momento. ¡Ha pasado una cosa horrible!

Iba en camisón y se cubría los hombros con un chal, peinada y maquillada con el esmero de siempre y con un clavel rojo en el pelo. Estaba muy nerviosa y no prestó atención a lo que Bruno le decía y ni siquiera miró el fajo de periódicos. Explicó que había tenido que tapar corriendo la jaula de Jacinto con una toalla, pero no solamente para protegerle del viento, que le hacía tartamudear de miedo, sino sobre todo para evitarle un desagradable espectáculo. Y que se había apresurado a abrir de nuevo el balcón, pero que tal vez era ya demasiado tarde.

—Lo había cerrado por el viento —añadió—. Pero no sabía que el pobre pajarito ya estaba dentro.

—¿El pajarito? Ya. Mire, hoy le traigo casi veinte...

—No lo vi entrar, ¿comprendes? ¡No lo vi!

Se sentó muy abatida a la mesa del comedor, frente a una taza de té, una manzana, algunas magdalenas y un paquete de cigarrillos con un mechero plateado encima. Al lado había dispuesto un platillo con trocitos de magdalena remojada y una hojita de lechuga. Con un dedo tembloroso empujó el platillo hacia Bruno.

—¿Quieres sacarlo al balcón, por favor? —dijo—. Por si Janek lo ve. Porque aún está aquí dentro, pero como le gusta mucho la lechuga fresca, pues a lo mejor se anima a salir.

Bruno optó por obedecer con una mueca de fastidio y sin hacer preguntas. Vio sobre el aparador la jaula del loro cubierta con la toalla. En el sofá había un revoltijo de páginas de periódicos recortadas y unas tijeras. Volvió a anunciarle la buena nueva:

—Le he traído más periódicos, señora Pauli.

Diez o doce pelas más la propina, qué menos, ¿no?, iba pensando todavía, pero de momento ella no parecía querer escucharlo y su voz resabiada persistía:

—Es Janek, seguro, no hay un color amarillo como el suyo. Amarillo como el de una estrella en la manga —añadió, pensativa—. Yo no lo vi entrar. Oí que Jacinto protestaba por el viento. Le da tanto miedo… Así que cerré el balcón. Pero después oí que algo chocaba contra los cristales, por la parte de dentro. Es el periquito que le regalé a Michal por su primera pelea… —Se quedó ensimismada otra vez—. ¡No, que la primera la perdió! Fue por su cumpleaños.

—¿El cumpleaños de quién? —dijo Bruno por decir algo.

La escuchaba sumido en un letargo desdeñoso. Se le va la olla cada vez más, pensó. Se disponía a mostrarle los periódicos colocando ruidosamente el fajo sobre la mesa cuando la vio coger la manzana y salir al balcón. Caminaba sobre sus zapatos negros de fino tacón, ligera y ajena al entorno, como si escuchara una música interior y con el paso cambiado caprichosamente en cada baldosa debido a una impaciencia que no controlaba, y por un momento Bruno tuvo otra vez la extraña sensación de verla penetrar en un ámbito que no era este, un lugar que tenía otras dimensiones y otra luz y donde reinaba el silencio. Asomada al balcón, frotó la manzana en su pecho y luego levantó el brazo apuntando a un objetivo abajo en la acera. Durante unos instantes mantuvo el brazo en alto y la cabeza inclinada sobre el vacío, hasta que dejó caer la manzana. Entonces dijo:

—Ven, Bruno, acércate. ¿Ves aquel niño harapiento caído en la acera?

Él se asomó y vio a Oskar tumbado al sol con las manos en la nuca y los descalabrados patines en los pies.

—No se mueve, ¿lo ves? No puede. Cuando empiece a llover, porque no tardará en llover —añadió mirando el cielo intensamente azul, radiante, barrido por el viento, escrutándolo como si le fuera dado ver también lluvias venideras, además de pájaros muertos, pensó Bruno—, habrá que sacarlo de ahí y meterlo en un portal.

—No le va a pasar nada, señora Pauli. Conozco al chico.

—Seguramente se ha dormido, y eso es lo mejor que podía pasarle. Luego, cuando bajes, lo ayudas a levantarse y le preguntas dónde vive… Yo hoy no puedo bajar ni subir escaleras, me duele bastante la pierna. —Se retiró del balcón renqueando y, ya en el comedor, se volvió a mirarlo—. ¿Me has entendido…? Pero, niño, no pongas esa cara. A ver, te cuento. Hace muchos años, en el cine Windsor, vi una película, en la que un hombre, un borrachín, le pregunta a un amigo: ¿A ti nunca te ha picado una abeja muerta? Bueno, pues yo pregunto: ¿A ti nunca te ha entrado un pájaro por la ventana abierta, en verano? No digas que no, Bruno, porque es algo que suele ocurrir.

Añadió que siempre supo que esto tenía que pasar algún día. La abeja muerta que pica es la memoria, aventuró con un brillo de convencimiento en los ojos, el puñetero aguijón de nuestra memoria. Luego explicó que el pobrecillo Janek quería escapar y chocaba una y otra vez contra la ventana, porque detrás de la ventana creía ver el cielo azul abriéndose ante él. Dijo que estaba en la cocina preparando el té y que oyó aterrada su aleteo desesperado y los golpes contra el cristal, comprendió lo que pasaba y vino corriendo a abrir el balcón, pero no pudo verle.

—Tiene que estar por aquí. Se habrá escondido, si es que no se ha matado chocando tantas veces, estará en algún rincón, quizá con el ala rota, como ese niño acurrucado a la intemperie... Habría que buscar debajo del sofá, del bufet y de las sillas, ¿no crees, cariño? ¿Y si me ayudaras a buscarlo, por favor?

—Claro.

Decidió seguirle la corriente. Incluso se puso a cuatro patas y miró en los rincones y detrás de los muebles. Ella le seguía de cerca con la taza de té en una mano y el bastón en la otra.

—No está —dijo Bruno al cabo de un rato—. Se habrá ido. ¿Seguro que era un periquito lo que vio, o creyó ver, señora Pauli? ¿No sería un gorrión?

—Es Janek. No hay otro amarillo como el suyo.

—Ya. Volverá, no se preocupe.

—¿Tú crees?

—Seguro. Los periquitos de los boxeadores siempre vuelven.

—No sabía muy bien por qué había dicho eso. Y tampoco lo

que añadió ocultando una sonrisa maliciosa—: Pero eso sí, de noche. ¿No sabe que los fantasmas no vuelan durante el día, señora Pauli?

En el acto lamentó el pitorreo. No tenía gracia. ¿Por qué estas chifladuras de la vieja ya no daban para reírse como antes? Si ella veía por ahí el fantasma amarillo de un pájaro, y si ese pájaro era un periquito al que llamaba Janek, muerto hace muchos años en una jaula que tenía su novio el rubio boxeador polaco en su gimnasio antes de morir él también, quizá en el frente o tal vez en un campo de concentración, o en un cuadrilátero y con los guantes puestos, acaso en un terrible bombardeo —siguió fabulando a cuatro patas, sin ser plenamente consciente de estar fabulando—, si eso la complacía o la consolaba de alguna pena o desvarío, pues bueno, que así fuera. Las viejas solitarias se piraban así, seguro. La vio encender un cigarrillo y soltar pequeñas bocanadas de humo con parsimonia; parecía resignada, pero de pronto cogió dos magdalenas de encima de la mesa y se dirigió otra vez al balcón. De nuevo caminaba ligera, decidida y expectante, casi dando saltitos, como si en el balcón hubiera algo o alguien que no podía esperar. Dejó el cigarrillo encendido sobre el barandal de hierro y miró abajo alzando el brazo con las magdalenas en la mano. Durante un rato permaneció así, moviendo la mano de un lado a otro, luego las dejó caer, una detrás de la otra. Bruno oyó rodar los patines de Oskar y no necesitó asomarse. Vio también caer el cigarrillo al vacío cuando ella lo rozó sin querer con la mano.

—Mi madre dice que debería usted dejar de fumar. Que olvida las colillas por ahí, y es peligroso…

—Esta no llegará al suelo, no te preocupes —respondió ella

pícaramente—. Los niños pobres fuman y sueñan... Ven, tengo que decirte algo.

Volvió a entrar, se sentó a la mesa y bebió unos sorbos de té antes de comunicarle la novedad: ya no necesitaba periódicos, no hacía falta que buscara más. Ayer había caído en la cuenta de que todos eran periódicos de aquí, naturalmente impresos en español, dijo conteniendo unas repentinas ganas de reír.

—¡Ni que hubiesen estudiado idiomas, pobrecitos míos! ¡Por san Jacinto, ¿cómo he podido ser tan tonta?! Cuando lo pienso es que me avergüenzo. Te pagaré estos que me has traído, claro, pero ya no quiero más. Desde ahora haré mis avioncitos con hojas en blanco... Avioncitos totalmente blancos. Esta mañana ya he lanzado algunos. Se hacen mejor con páginas de libretas y de blocs y todo eso. Y si se acaban las libretas, pues compraremos un paquete de folios en la papelería, ¿no te parece?

—Entonces —dijo Bruno—, ¿ya no traigo más periódicos?

—No me sirven, cariño. La verdad es que ya desde el primer día no servían para nada, porque es otra lengua. Además, ¡es tan difícil encontrar buenas noticias en los periódicos! Porque, ¿sabes?, este país al que tanto quiero, y en el que tanto he bailado y me he divertido, lo reconozco, es un país gritón y malhablado, y lo es no sólo en la calle, también en los periódicos, que no suelen traer noticias felices para los niños. Así que necesito otra lengua, otras palabras, otra gramática. ¿Lo has entendido, querido Bruno? Y ahora dime qué te debo.

Otra lengua, otras palabras, otra gramática, otra chaladura. ¿Qué es lo que había que entender de los desatinos y del mareante parloteo de una vieja trastornada? Nada. Incluida la generosa propina, él se había ganado merecidamente las quince pesetas que

ahora la señora Pauli sacaba con delicadeza de un pequeño mone-
dero negro con cierre plateado y le entregaba sonriendo, y eso era
lo único que había que entender, de modo que dio las gracias y se
guardó la paga en el bolsillo. Antes de irse preguntó si seguía en
pie la otra parte del trato, recoger de la calle los nuevos aviones,
estuvieran hechos con hojas de libreta o de bloc y portadores de
otra lengua o de otra gramática o de lo que fuera, y si el precio por
pieza sería el mismo, y ella respondió que sí, por supuesto, cariño.

—¿Y dice usted que esta mañana ya los ha hecho volar?

—Unos poquitos. No sé si habrán ido cerca o lejos, y no sé si
los han visto, porque hacía mucho viento. Recuerda que si encuentras otros, los de papel de diario, no interesan.

—Ya. Bueno, ahora tengo que irme, señora Pauli.

Se percató del cordón suelto de su zapato izquierdo y se agachó. Había iniciado la lazada sobre el zapato, deprisa y malhumo-
rado, cuando vio una pequeña pluma suspendida en el aire. De
hecho la vio sin apenas mirarla, porque esa era su manera de afron-
tar lo que no quería o no podía admitir. La pluma era de un color
amarillo subido y se balanceaba frente a sus ojos, ingrávida, mínima, estremecida, un plumón insignificante en medio del polvo
irisado que flotaba dentro de una espada de sol que entraba por el
balcón. Con el cordón del zapato todavía enredado entre los dedos, esperó a ver la pluma posada en el suelo para preguntarse:
¿qué estás pensando, chaval?, pero bueno, ¿eres idiota o qué? Podía ser del loro, se dijo. Podía ser, en efecto, pero el plumaje de
Jacinto era intensamente azul, no exhibía ningún otro color en
ninguna parte, salvo una franja verdosa en el cuello…

No quiso coger la pluma ni mostrársela a la señora Pauli, no
dijo nada. Terminó de ceñir la lazada sobre el zapato, se incorpo-

ró y cruzó el comedor cabizbajo. Antes de enfilar el pasillo recordó las recomendaciones de su madre y se volvió.

—¿Necesita algo más, señora Pauli?

—Lana blanca para las margaritas. Y más telas, sobre todo terciopelo. Bueno, también seda. Díselo a tu madre.

—Está bien. Ah, se me olvidaba —añadió Bruno—. Que si ya tiene listas las rosas amarillas...

—No, no quiero hacer más rosas amarillas. Díselo. Traen malos recuerdos, las rosas amarillas.

—Vale. Ah, otra cosa, cuando venga su sobrina, que le diga que pase por casa.

—Por suerte no vendrá hasta final de mes —dijo la señora Pauli—. Adiós, guapo. Acuérdate de darle las gracias a Ruth por los calcetines de lana. Dile que estoy haciendo con ellos unas rosas rojas preciosas, preciosas de verdad. Serán rosas de calcetines, pero con perfume de rosas. ¿No me crees, niño?

Al salir lo paró una súbita reverberación de la luz y se frotó los ojos con los puños. El Cocoliso lo esperaba sentado en el bordillo de la acera frontal manejando el espejito y su reflejo. El cabrilleo de la luz lo desorientó y tuvo que pararse un rato. Incluso en pleno verano, la calle tenía un aire invernal. El Cocoliso se había descalzado y con la mano libre hurgaba en las junturas de los dedos del pie. Al lado tenía cuatro aviones. Llevaba sucios esparadrapos en los tobillos, el macuto en un costado y la boina prendida del cinturón. Oskar estaba tumbado al sol con los patines al lado y parecía dormido. En mitad de arroyo había una paloma coja picoteando lo que parecían restos de un bizcocho; daba saltitos alrededor como para impedir la huida de la golosina y de vez en cuando soltaba frenéticos picotazos. Bruno se frotó los ojos con los puños por segunda vez y volvió a indagar en la imagen que ofrecían los dos hermanos tirados en la acera. Vistos incluso bajo la luz más restallante del mediodía, cuando el sol procuraba encender la calle y avivar los colores, su aspecto ofrecía una tonalidad gris uniforme, como si fueran dos chicos escapados de una peli en blanco y negro, velados por la sombra pasajera de una nube o tal vez surgidos de ese desvarío ensimismado que se forma en la conciencia del que intuye de pronto, sin que haya razón para ello, que ya estuvo antes aquí, que esto ya lo había visto; era como si los hermanos Rabinad hubieran venido a devolverle al triste callejón una antigua potestad, una memoria abolida de pobreza y penuria, la vaga conciencia de que esto que él veía aquí ahora, estas maltrechas aceras donde aún crecía la hierba y este negruzco arroyo marcado con cicatrices de juegos infantiles, había pertenecido un día no muy lejano a niños de ojos furiosos que se pelearon con piedras, puñetazos y patadas; que esto fue otra calle, en otra ciudad y en otro tiempo, y que su azarosa y sombría historia no era extraña ni ajena a los desarrapados hermanos Rabinad.

En la misma acera donde estaban ellos, el niño de la mercería pedaleaba esforzadamente en su pequeña bici perseguido por el perro del taxista Amadeo, y el Cocoliso estiró la pierna en un intento de impedirle el paso o hacerle caer, pero el chaval lo esquivó. El perro se acercó a olisquear sus pies y enseguida se alejó con la cabeza gacha. Bruno tuvo la impresión de que la mañana se hacía más larga de lo normal, que el aire iba adquiriendo un turbio espesor y que ahora la calzada volvía a estar seca y más bien sucia, como si no hubiera sido regada poco antes. Anunciando lluvias desde el subsuelo, como en los días de fuerte bochorno, las cloacas exhalaban una suave pestilencia y en la embocadura de la calle el viento traía hojas secas de no se sabía dónde, tal vez de los plátanos de la cercana plaza Rovira, sólo que la hojarasca en agosto era más que improbable…

—¡Tachín, tachín, hoy cobramos por fin! —entonaba el Cocoliso desde el otro lado de la calle moviendo los brazos con gestos ampulosos de director de orquesta. Se calzó los maltrechos zapatos, recogió los aviones y cruzó la calle cojeando.

—¿Qué te pasa? —inquirió Bruno.

—Me torcí el tobillo.

—No me digas. ¿Cuándo habéis llegado?

—Llevamos aquí toda la mañana, nano. Pero, bueno, hoy por fin has cobrado, ¿no? Así que, venga, apoquina.

—La señora Pauli dice que me pagará mañana.

—¡Recastaña, ¿hasta cuándo va a durar esto?! Me huele a chamusquina, ¿sabes? Yo todavía no he visto ni una pela.

—Tranquilo.

—Y un huevo, tranquilo. Necesitamos la pasta, pero ya. Me gustaría hablar con la abuela. ¿Por qué no me dejas subir un día contigo?

—Ni hablar. Te mangarías algo, seguro, que te conozco.

—No. A ver, yo tengo una norma sagrada, chaval, y la cumplo a rajatabla. No mangar nada a las abuelas. Trae mala suerte.

Había otro avión tirado a pocos metros, junto a la boca de la alcantarilla. Era uno de los nuevos, hecho con hojas rayadas de cuaderno escolar, y no parecía muy entero.

—¿Y este qué? —dijo Bruno.

—No vale —replicó el Cocoliso—. Los rotos no, dijiste. ¿No ves cómo está? Un coche lo espachurró antes de que pudiera cogerlo. Un Alfa Romeo descapotable de color azul marino con asientos de cuero plateado, nano, de lo más chachi…

—Eres un embustero, Cocoliso. Por nuestra calle nunca pasan coches, y menos un Alfa Romeo.

—Pues hoy pasó. ¡Menda lo ha visto! El avión estaba aterrizando y se metió bajo la rueda.

—Sí, hombre, que me lo voy a creer. Lo habrás pisado. Trae acá. —Le quitó los aviones—. Hoy sólo has cogido cuatro, y de los que ya no valen. Hay que moverse más…

—¡Eh, para el carro, colega! Chano, chano, yo voy haciendo y no se me escapa ni uno. Pero muchos se van a la quinta puñeta, no te creas, la vieja tiene buena mano para lanzarlos. Algunos acaban dando la vuelta a la manzana, y a saber dónde aterrizan. Iba a mirar por ahí cuando me escoñé el tobillo. ¡Hosti, colega, lo único que he sacado hasta ahora es el tobillo roto!

Bruno optó por el silencio mientras examinaba los aviones. Todos hechos con hojas de diario, así que no valían. Además, uno tenía la cola rota, otro se había mojado, cada cual con su pequeño y benéfico titular medio borrado o desgarrado: «Regalos para niños enfermos del Cottolengo» – «Papá Noel viene en agosto» – «Nos visita el Gran Circo Americano».

—Me duele la rehostia, el cabrón de tobillo, pero no importa —decía el Cocoliso—. ¡Unidos por la pela, nano! Así que me debes lo del domingo y lo de ayer, más lo poquito de hoy, en total serán seis con cincuenta, más veinticinco céntimos de propina por los que dices que ya no valen. Y ya me estoy cansando de esperar, ¿sabes? Si no pagas pronto, te haremos la vaca. Estás avisado.

—Que sí, hombre. Pero acuérdate, a partir de ahora los de papel de diario no se pagan. ¿Lo has entendido?

—Vale, pero estos de hoy sí. —Lo miró con una luz astuta en los ojos—. Y otra cosa. He estado pensando, ¿sabes?, y se me ha ocurrido una idea. A ver. ¿La vieja sabe cuántos aviones tira desde el balcón? Quiero decir, ¿lleva la cuenta?

—¿Que si lleva la cuenta? Yo qué sé.

—Seguro que no. Te paga por pieza, o sea… ¡Es que tengo una idea, colega!

La idea era que ellos también podían hacer aviones de papel y llevarlos a la vieja locatis juntamente con los que recogían, y que ella seguramente no había contado antes de tirarlos, y así sacarían mucha más pela en cada entrega y no habría que estar pendientes de si llovía o hacía viento o pasaba el barrendero antes que ellos…

—Ideas de bombero es lo que tú tienes —cortó Bruno—. ¿No ves que sería una putada hacerle eso a la pobre vieja? Ni hablar. Qué morro tienes, Cocoliso. Además, un día de estos nos pagará todo lo que debe… Y mientras tanto, vigila, puede que le dé por tirar más.

—No. Ya ha entrado el loro y ha cerrado el balcón, porque hace un poco de viento. Su manía, no te lo pierdas, es que el viento vuelve locos a los loros…

Bruno recogió el avión chafado junto a la boca de la cloaca y comprobó que no valía para un segundo vuelo. Leyó en uno de sus costados, escrito a mano con tinta: *Jutro karmelki smietankowe.** Otro idioma, otra gramática, otra chaladura. Pensaba enseñárselo a su madre cuando la vio venir por la otra acera, pensativa y acalorada, abanicándose con un periódico.

* 'Mañana, caramelos de crema de leche.'

—No tardes, Bruno —dijo antes de entrar en casa.

Llevaba en una bolsa medio kilo de legumbres cocidas que acababa de comprar en la tienda de la calle Providencia, y la narizota del Cocoliso olió la comida a distancia. «Hoy toca garbanzos, nano», dijo. Amagó un puñetazo al estómago de Bruno, le dijo a su hermano que no se moviera de allí y se fue lanzando su grito de guerra:

—¡Chano, chano, y unidos por la pela, nano!

Se fue cojeando y Bruno se quedó pensativo, mirándolo, la mano apretando en el bolsillo la paga de la señora Pauli que no iba a compartir con nadie. Vio que Oskar se rascaba los tobillos roñosos, entornando los ojos. Tenía pus en los párpados. Acarició su cabeza pelona y enferma a modo de despedida, cruzó rápidamente la calle y entró en casa.

Mientras ayudaba a Ruth a poner la mesa, decidió no decirle que había visto al señor Raciocinio hurgando en las papeleras de la Rambla como un indigente; le diría solamente que le había gustado mucho la mermelada de membrillo del bocata porque era una mermelada que le recordaba la suya, con eso bastaría…

—He visto a tu padre —dijo Ruth de pronto.

—¿Sí? —repuso él, sorprendido—. ¿Has visto a papá?

Su madre suspendió el gesto, los cubiertos en la mano, y lo miró con media sonrisa.

—A papá, sí. A papá.

—¿Cuándo lo has visto?

—Trae el pan y siéntate. Hace media hora, en la Rambla. —Parecía tranquila, alisando cuidadosamente los pliegues del mantel, colocando los platos y los vasos—. Nos hemos sentado en una terraza y hemos hablado un rato. Iba con una perrita muy lista

vestida de bailarina. Tu padre está bien, se las apaña… Anda go-
rroneando cigarrillos, como siempre, pero me ha invitado a una
horchata.

—¿Eso ha hecho? Vaya.

—Se va a Holanda con un acordeonista amigo suyo, dice que
ahora los viejos hippies se reúnen en Amsterdam.

—¿Ah, sí? ¿Cuándo se va?

—Lávate las manos antes de sentarte a la mesa. —Le gustaba
decirle eso, era como recuperar un antiguo orden doméstico—. Le
he pedido que venga a cenar alguna noche. No se me ha ocurrido
qué otra cosa podríamos hacer por él. —Miró a Bruno, que parecía
confuso, y añadió—: De todos modos me ha dicho que no vendrá.
—Esperó unos segundos—. ¿No quieres saber por qué me ha
dicho que no vendrá?

Bruno pellizcó una miga de pan y se la llevó a la boca.

—Pero tú no volverás a juntarte con él, ¿verdad, mamá? Tú no
quieres que te haga llorar otra vez, ¿verdad?

—Claro que no. Pero es tu padre. Dice que solo vendrá si tú
se lo pides.

—¿Yo?

—Tú, sí.

Le gustaría que fuera a verlo, añadió, siquiera para decirle
adiós y desearle suerte, ya que la última vez que estuvo en casa se
portó muy mal con él. Bruno se hizo el distraído y al poco rato
se las apañó para cambiar de tema. Quería saber si Ruth tenía alguna pomada para cicatrices y granos de pus en la cabeza, porque
su amigo Oskar, el pequeño de los hermanos Rabinad, con los
baños de sol que le recetaba el médico lo estaba pasando muy
mal. Ruth quiso saber quiénes eran los hermanos Rabinad, dijo

que nunca los había visto, ni en la calle ni por el barrio, y que le extrañaba mucho que un médico recetara baños de sol para las cicatrices o los granos de un niño…

—De verdad que está enfermo, mamá —dijo Bruno—. Se pasa el día tumbado en la acera, tú misma has podido verlo.

—¿Ver qué?

—A Oskar. Estaba conmigo cuando has llegado, y su hermano Jan también…

—No he visto a nadie, hijo.

—Mamá, ¿cómo puedes decir que no los has visto? ¡Si estaban a mi lado!

—Pues deben abultar muy poco, porque no me he dado cuenta. —Meneó la cabeza, pensativa, aparcando el asunto—. Estaba pensando en otra cosa. En la señora Pauli… No está bien. ¿Le has dicho que quiero hablar con su sobrina? —No obtuvo respuesta—. ¿Me oyes, hijo?

—Ah, sí, se lo he dicho —farfulló él.

Estaba confuso y descontento. Confuso porque no podía entender que su madre no hubiera visto a los Rabinad. No eran más que un par de golfos, casi unos pedigüeños, siempre callejeando, solitarios y bastante andrajosos, dos buenas piezas sin oficio ni beneficio, habría dicho su madre, pero desde luego se hacían notar. Y descontento porque empezaba a sentirse mal por haber engañado tan premeditadamente al Cocoliso, quedándose con unas pesetas que no eran suyas. Después de comer salió a la calle con el desabrido propósito de darle el dinero a Oskar para que lo llevara a su hermano. Pero Oskar también se había ido.

6

Al día siguiente no apareció por la calle ninguno de los dos hermanos, y al otro tampoco. Esperó inútilmente el resto de la semana y al final decidió ir a la calle Tres Señoras en busca del almacén de chatarra del señor Rabinad, pero en esa calle no había ningún almacén de chatarra y nunca lo hubo, según le dijo un viejo portero que barría la acera. Aun así, confiaba en reencontrarse con el Cocoliso el día menos pensado; seguramente volvería con su macuto lleno de aviones, por lo que cada mañana salía a la calle con las seis pesetas y setenta y cinco céntimos que le debía en el bolsillo, recogía puntualmente los aviones que la noche anterior había lanzado la señora Pauli, adornados siempre con mensajes que no entendía escritos con lápiz rojo, y los metía en una bolsa. Subía al piso de la anciana y entregaba a cambio de calderilla aquellos pequeños artilugios aéreos de papel, cada vez más escasos y toscos, y lo hacía sintiéndose cada día menos seguro de participar en el caprichoso juego de una chiflada; más bien se sentía impulsado por una voluntad incierta, nacida de un compromiso personal cuya naturaleza no sabría explicar. En las frágiles alas de papel que el barrendero o alguna vecina hacendosa no habían conseguido descalabrar a escobazos, Bruno se entretenía deletreando palabras que acumulaban consonantes: *Tej nocy Ciastka. Jutro Chleb. Dzis ezekolada.** Le gustaba esforzarse en leerlas de viva voz; no pretendía descifrar su sentido, solamente probar otra voz, descubrir una tonalidad distinta. Le parecía oír hablar a

---

* 'Esta noche bizcochos.' 'Mañana pan.' 'Hoy chocolate.'

otro, en un tono grave y adulto, y se imaginaba estar diciendo cosas extraordinarias. Del suelo recogió el último avión, estrellado en la persiana del bar Trébol, y leyó: *Dzien Dobry. ¡Lomir say iberleben!* *

—¿Esto qué quiere decir, señora Pauli? —preguntó al entregarlo.

—Quiere decir buenos días, cariño.

El sábado de la segunda y última semana de vacaciones, a primera hora de la noche cayó un fuerte chaparrón y la calle quedó encharcada. Ruth había ido a cenar con su jefa y amiga a un restaurante del Raval, dejando la mesa puesta y la cena preparada para Bruno. A eso de las once Bruno sacó la bolsa de la basura y vio dos aviones junto al bordillo de la acera; la lluvia casi los había deshecho y un reguero fangoso los arrastraba hacia la boca de la alcantarilla. Al llegar a la esquina de Torrente de las Flores, donde estaba el contenedor, empezó a llover de nuevo con tanta intensidad que se refugió en un portal durante un rato. Corría a casa cuando cayó a su lado un paraguas negro, abierto. Alzó los ojos y por entre la cortina de agua y la difusa luz de la farola vio a la señora Pauli asomada al balcón, inmóvil bajo lluvia.

Recogió el paraguas y en casa se hizo con la llave del piso de la anciana que Ruth guardaba en el cajón de su mesilla, subió las escaleras corriendo hasta el segundo piso y abrió la puerta. El pequeño recibidor estaba a oscuras y también el pasillo, pero había luz en el comedor. El aguacero caía con fuerza en el balcón abierto, y allí estaba ella, en camisón y con un chal sobre los hombros,

---

* 'Buenos días.' '¡Sobrevivámosles!'

arrimada a la barandilla y mirando la calle. Tenía en las manos otro paraguas y lo abría cuando Bruno se paró jadeando en el umbral del balcón.

—Señora Pauli, ¿qué hace? Llueve mucho... ¿Se le ha caído un paraguas?

—Tengo muchos más, no te preocupes.

Su mirada estaba fija en la esquina de Torrente de las Flores donde parpadeaba una farola, y él adivinó en las pupilas brillantes la intensidad emocional del nuevo dislate.

—Ven, Bruno, acércate. Aquí, debajo del paraguas.

—Pero es que llueve mucho, señora Pauli.

—¿Ves aquel hombre en la esquina, el que lleva un brazalete con una estrella amarilla? Mira, se acaba de caer frente a la taberna con las manos en los bolsillos, ¿lo ves?, está en el suelo con las manos todavía en los bolsillos del pantalón, será del frío que tiene... Le he tirado el paraguas, pero no lo ha visto.

—Allí no hay nadie, señora Pauli. Por favor...

Tocó su brazo empapado instándola a entrar en casa, pero ella lo esquivó.

—Espera —dijo—. Tienes que verlo. No es fácil, porque la calle está llena de gente que camina de acá para allá, y tampoco quieren verlo, y si lo ven, no se lo pueden creer... Pero tú tienes que creerme, cariño. He visto pasar esqueletos andantes, te lo juro. Y no sólo en esta calle, también en la calle Leszno, que es como un cementerio.

—Ya.

—Y mira, allí, en la acera de enfrente, mira a esa mujer con un niño en brazos, acurrucada en el suelo. ¿La ves? Lleva tres horas sentada junto a la puerta.

—Sí, ya. Entremos, señora Pauli…

—¿Ves su mano abierta, que asoma tras la cabecita de la criatura? Pues no es que esté mendigando, no creas. Puede que esté muerta, y su hijo también, pero puede que no. Se le ha desprendido el zapato del pie, está allí tirado, ¿lo ves?, junto al bordillo… Habría que darle un paraguas y llevar el niño al orfanato de la calle Krochmalda antes de que pase la brigada de los sepultureros con la carretilla que recoge a los niños muertos… ¿Me oyes, cariño? —Había cerrado el paraguas para dárselo, y se contuvo al verlo indeciso y asustado—. ¿Qué te pasa? Desde aquí no se ve muy bien, pero cuando bajes y te acerques… ¿Es que no me crees, hijo?

Sin capacidad de reacción, empapado, Bruno miraba atónito el paraguas cerrado que la anciana sujetaba firmemente, como si leyera en la corva empuñadura la causa de la alucinación. Ella se desplazó a lo largo de la barandilla con animosos pasitos de baile, sin dejar de escudriñar la calle, y Bruno indagaba en sus alucinadas pupilas de muñeca ese punto de luz que traspasaba la cortina de agua y las sombras de la noche y mantenía viva la quimera. Abajo, la sucia luz de las farolas manchaba las fachadas de las casas y el callejón parecía vetusto y mohoso, un escenario espectral abierto a los desvaríos de la señora Pauli, aquel angustioso recuento de sombras y quebrantos que ella veía desfilar desde hacía quién sabe cuánto tiempo y que ahora él aceptaba en silencio y con cierta curiosidad involuntaria, más bien fastidiosa; no había que hacer caso, se dijo una vez más, eran desatinos o desahogos propios de una anciana perturbada. Pero esta noche se sentía aturullado y un tanto asustado. Le inquietaba sobre todo que el recuento de calamidades fuera tan reiterativo y explícito, adornado con tan sorprendentes y funestos detalles: el zapato extraviado bajo la lluvia, la mano muerta, la estrella en la manga... ¿Por qué la mirada de la vieja distinguía con tan minuciosa exactitud el más leve gesto de aflicción y abandono de esos bultos o sombras que se le antojaban tirados en la acera, fueran figuraciones o meras ocurrencias? ¿Y por qué ese empeño en hacérselo ver con pelos y señales, sin que se le escapara ningún detalle?

No tenía respuesta a eso y se limitó a desmentir una vez más y con escasa convicción que abajo en la calle hubiera alguien. Intentó hacerle ver lo real e inmediato: que era muy tarde y llovía mucho, que ella estaba empapada y que urgía entrar en casa si no quería pillar una pulmonía. Pero la tremenda mirada seguía fija en la acera frontal, atraída por urgencias o querencias más imperiosas. Lo único que podía hacer era insistir, y tiró suavemente de una punta del chal.

—Entremos en casa, señora Pauli, por favor. En la calle no pasa nada, no hay nadie. Yo vengo de allí y no hay nadie, se lo juro.

—¡¿Cómo puedes decir eso?! —protestó ella—. ¡Pon más atención, haz el favor! ¿O es que no me crees?

—Yo no veo a nadie, de verdad...

—Vaya. ¿Es que te da apuro mirar? —Evitaba la lluvia en los ojos haciendo visera con la mano, escrutando de cerca la cara angustiada del chico, y en tono lastimero añadió—: ¿Es eso, cariño? ¿Es que no quieres verlo?

—No, no. Verá, lo que pasa... bueno, no sabría explicarle, pero es que todo eso que usted ve, perdone que se lo diga, pero no...

—Dime solamente una cosa. Por favor. ¿Me crees o no?

Bruno bajó los ojos y retuvo la respuesta durante un instante que se le hizo eterno. Luego inclinó la cabeza y asintió dos veces.

—Entonces ayudaremos a esa pobre mujer —propuso la señora Pauli, y le puso el paraguas cerrado en el pecho, empujándole—. Baja y dale el paraguas, por favor. ¡Vamos, vamos, a qué esperas!

—Ya.

Entendió finalmente que no bastaba con mirar, que había que implicarse, y un minuto después bajaba a la calle, cruzaba el arroyo enfangado y ofrecía el paraguas abierto a un nido de sombras del que emergía una aldaba herrumbrosa y una puerta gris. Consciente de que la oscuridad y la lluvia podían emborronar la escena, se inclinó y gesticuló burdamente en atención a la supuesta presencia, otorgando volumen y perfil a una mujer acurrucada en el suelo y envuelta en harapos con el niño ovillado en su pecho. Se aplicó en ello despacio y concienzudamente; un simulacro improvisado con profusión de gestos, quizá demasiado solícitos y explícitos para resultar creíbles, pero persistentes, voluntariosos. Implicándose. El paraguas quedó abierto y de pie, apoyado en la puerta de madera despintada que batía la lluvia, y Bruno se incorporó y miró arriba buscando la aprobación de la señora Pauli. Entonces vio el chal cayendo desde lo alto con las alas desplegadas como un gran pájaro oscuro en medio de la lluvia, y más arriba a la anciana asomada al balcón y haciéndole señas para que se lo diera a la mujer. Y Bruno no vaciló; lo pilló en el aire, empapado de lluvia, lo sacudió, y, con él en las manos, volvió a inclinarse en atención al doliente perfil de las sombras y lo depositó sobre la cabeza y los hombros de la mujer, dormida o muerta. Por un instante, sus dedos ateridos creyeron rozar una frente cálida, una fugaz adhesión de la quimera. Al incorporarse vio que la señora Pauli se retiraba del balcón y apagaba la luz del comedor.

Cuando su madre volvió a casa le contó lo ocurrido y al día siguiente Ruth subió a verla. La encontró sentada en la cama, desnuda y con unas tijeras en la mano. Parecía muy abatida y desorientada. La jaula del loro estaba en la mesilla de noche y sobre el lecho revuelto había una libreta y hojas sueltas, dos aviones de papel a medio hacer y un lápiz rojo. Ruth la ayudó a vestirse y luego llamó por teléfono a Érika.

—Me estaba temiendo algo así desde hace tiempo —dijo Érika al llegar. Después de escuchar lo ocurrido la víspera por boca del propio Bruno, decidió que su tía no podía vivir sola por más tiempo. Le dijo a Ruth que ahora temía seriamente por la anciana y se reprochaba no haberse ocupado antes de ella; temía que sus cada vez más frecuentes salidas de tono y sobre todo su comportamiento en el balcón, las cosas raras que según Bruno solía hacer allí, tirar a la calle galletas y otras cosas de comer y aviones de papel para los niños, podía deberse a algo más que a un ocasional desvarío senil y sin sentido. Pensaba que el horror y la miseria de los días que vivió en el pasado se había apoderado de ella nuevamente y que, hallándose en ese estado de ánimo, cada vez que se asomaba al balcón y miraba la calle, en su memoria se abría un abismo y de pronto ya no estaba en este balcón ni veía esta calle, estaba en el balcón de su casa en el gueto de Varsovia y lo que ahora veía o creía ver aquí en la calle Congost eran tal vez escenas de aquel horror cotidiano que debía de ofrecer la calle Nowolipie, cuando sus padres ya habían muerto en Treblinka y ella vivía sola en casa, una muchacha de poco más de veinte años que encontró protección en un joven oficial alemán y se las apañó para escapar de aquel infierno.

—Por lo que sé —concluyó Érika—, mi madre tuvo mejor

suerte porque se había ido antes. Mi tía no pudo. Y aunque después consiguió huir, empiezo a creer que nunca pudo escapar de aquel balcón…

Ese mismo día, domingo, a última hora de la tarde, ayudada por Ruth, Érika llenó una maleta con algo de ropa, medicinas y lo que de momento consideró imprescindible para la anciana, incluidas las rosas de lana que tenía casi hechas, y después llamó a un taxi por teléfono. Sentada a la mesa del comedor frente a la jaula de Jacinto, la señora Pauli había quedado sumida en un silencio expectante, como si esperara instrucciones del pájaro.

Poco antes del mediodía, un par de vecinas la vieron subir al taxi desde un portal próximo y se acercaron, pero ella las ignoró. Se acomodó en el asiento trasero y sólo habló para reclamar la jaula de Jacinto a su lado. Detrás del cristal de la ventanilla, cuando el coche giraba en la esquina, sus ojos vivaces buscaron a Bruno, parado en el punto de la acera donde la víspera él había dejado el paraguas abierto y el chal para que una mujer y un niño ateridos se guarecieran de la lluvia, y le sonrió.

Terminaron las vacaciones y Bruno volvió al trabajo en la pastelería de la plaza del Sol. El primer día salió de casa muy temprano, cuando el sol empezaba a reflejarse en los cristales de las ventanas altas y aún no había bajado a la acera ni parecía querer bajar. La calle Congost al amanecer, con su apagado color y su silencio de terciopelo viejo, parecía aguardar a los hermanos Rabinad. Bruno llevaba en el bolsillo las seis pesetas y setenta y cinco céntimos que le debía al Cocoliso, y pensaba llevarlas encima hasta que lo encontrara. Ese mismo día, al anochecer, volvió a casa muy tarde y algo entristecido.

—¿Qué te ha pasado? —preguntó Ruth.

—No me ha pasado nada.

—¿Ah, no? ¿Dónde has estado?

—Por ahí, en ningún sitio.

Bajando los ojos, enfurruñado, acabó explicando que había ido a la Rambla a decirle a su padre si quería venir a cenar, pero no lo encontró.

—Un limpiabotas que lo conoce me ha dicho que se fue ayer mismo. —Y después de un tenso silencio, en tono desdeñoso—: Qué prisa, ¿no? Pues mira, él se lo pierde.

Ruth comprendió que el despecho era consigo mismo, que lamentaba haberse decidido demasiado tarde. Le dijo que no debía apurarse.

—La intención es lo que vale, hijo.

—Ya.

Dos días después, el empleado de una tienda de marcos y portarretratos de la calle Joan Blanques llamó a la puerta y le dijo a Ruth que la vecina del segundo primera no estaba en casa, que era la segunda vez que venía y no la encontraba; que si ella sería tan amable de entregarle a la señora Pauli unas fotografías que había encargado enmarcar. Las traía en un sobre y Ruth se hizo cargo para dárselas a Érika, que había de volver para ocuparse del piso.

Bruno sintió curiosidad y por la noche llevó el sobre a su cuarto y lo abrió. Eran tres viejas fotografías en sepia, tamaño postal, en marcos de cuero y con soporte trasero para sostenerse. Supuso que debían de ser las que la señora Pauli había reclamado a su sobrina en más de una ocasión. En una de ellas se veía al señor y a la señora Pawlikowski sonrientes y cogidos del brazo en la puerta de su casa, y en otra a las niñas Irena y Hanna en la escuela de

danza, ambas posando en maillot junto a la barra. En las dos fotografías el contraluz y el tiempo ido velaban los rostros, y la mirada
de Bruno resbaló sobre ellas indiferente. La tercera iba a dejarle
con la boca abierta. Era una foto recortada de alguna revista o
periódico, y en ella se veía parte de una calle empedrada, fachadas leprosas y una acera muy transitada, hombres y mujeres y
niños yendo o viniendo un poco sonámbulos y un punto andrajosos, sumisos y desganados en su rutinaria andadura, algunos parados en una suerte de espasmo o de fingida curiosidad,
una señora tocada con airoso sombrero, tres hombres con brazaletes blancos en la manga y otros abrigados con toscos tabardos y
gorras. Funestos presagios de miseria y sometimiento parecían
guiar sus pasos hacia el final de la calle, llevados por el desánimo,
la resignación y la fatalidad. Casi al fondo de la foto se distinguía
una farola y detrás un balcón con barandilla de hierro, al que se
asomaba una difusa sombra blanca. Y abajo en la acera, sentados
en el bordillo codo con codo y mirando fijamente a la cámara con
ojos depredadores, cinco muchachos descalzos, harapientos y famélicos, frente a otro igualmente sucio y descalzo sentado en lo
que parecía un leño. Al segundo por la derecha, cabeza rapada y
ojos alertados de murciélago, lo reconoció en el acto, y también a
su hermano, sentado en el leño.

Allí estaban los dos, en otra ciudad y con otros amigos, agazapa-
dos en el bordillo de la acera al acecho de otra oportunidad, tramando seguramente nuevas mañas o rapiñas para subsistir, marginales y
borrosos como siempre en su persistente fotograma en blanco y negro; sí, eran ellos sin la menor duda, los hermanos Rabinad pidiéndole cuentas con la mirada desde una calle desconocida y también
gris, también con sus fachadas leprosas y su aire de invierno eterno

detenido en el tiempo. Bruno lo negaba con la cabeza, pero no podía apartar los ojos de los dos muchachos, de sus pies descalzos y sucios, de su enigmático desamparo y su precaria libertad: sentía como si ambos lo estuvieran esperando para ir juntos otra vez a buscarse la vida por ahí, en las calles de otra ciudad hostil y bajo un cielo del que también podrían caer aviones de papel con buenas noticias.

Al cabo, del desconcierto fantasioso pasó al desencanto y al rechazo, y se rió de sí mismo, se dijo que ver aparecer a Jan y a Oskar en esa añeja fotografía era algo naturalmente disparatado e inexplicable, si es que no lo fue también, ahora que lo pensaba, haber visto o soñado su paso fugaz por la calle Congost. Y sin embargo, más allá del estupor, más allá de sus malparadas convicciones, quería creer que efectivamente eran ellos, sus dos amigos errantes y desvalidos. Estaba dispuesto a creerlo incluso después de leer por enésima vez el lugar y la fecha a pie de foto:

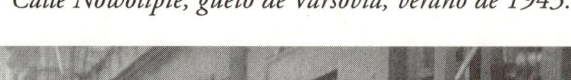

Calle Nowolipie, gueto de Varsovia, verano de 1943.

III

Colección particular

La sorprendente aparición del Capitán Blay

Una o dos veces al mes, por la noche, en la época en que yo aún no sabía que el Capitán Blay y el Hombre Invisible eran la misma persona, mi madre me mandaba a casa de la señora Concha, la Betibú, con una cesta de comestibles. Según todas las apariencias, la Betibú vivía sola y no tenía otro medio de vida que sus primorosos encajes de bolillos, muy apreciados por tas beatas ricas de la parroquia. Por alguna razón de antigua amistad o remoto parentesco que yo entonces ignoraba, mi madre, cuando volvía de sus atrafagados viajes al pueblo con patatas y aceite, siempre disponía una cestita para la Betibú: berenjenas, tomates y pimientos, alcachofas e higos secos.

—Madre, la señora Concha tiene un amante escondido en el armario que se come todas las cosas buenas que le regalas.

—No vuelvas a decir eso si no quieres que me enfade.

—Entonces, ¿por qué pone los garbanzos cocidos en el armario?

—Yo qué sé. Tú llévale la cesta y no hagas caso de lo que digan.

—Madre, en esta casa hay gato encerrado.

Yo era consciente del valor de las vituallas que transportaba, por lo que durante mucho tiempo interpreté erróneamente la advertencia de mi madre: «Vigila, que no te sigan y no te pares a hablar con nadie». Cumplía mi cometido como quien lleva a cabo una peligrosa misión. Cuántas veces, en invierno, caminando sigilosamente por las calles fantasmales de farolas ciegas en la barriada de La Salud, más allá del campo de fútbol del Europa, me paré simulando atarme el cordón del zapato o haciendo que miraba el escaparate expoliado y polvoriento de lo que había sido una tienda de modas —espectrales piernas femeninas levantadas al aire con las inedias andrajosas, torsos desnudos caídos de bruces, un pie de madera con un calcetín roído por los ratones—, hasta dejar que me adelantara el sospechoso, una figura tensa e intencionada cuyo melancólico perfil, sin embargo, al pasar junto a mí, no revelaba otra intención que la de hundirse en la noche, un oscuro determinismo de ciudadano anónimo y jodido que nada tenía que ver conmigo ni con mi cesta de vituallas.

Más adelante supe que la prevención de mi madre no se debía al temor de que me quitaran la cesta, sino a que se descubriera el secreto destinatario de la misma: otra persona además de la Betibú y cuya existencia yo ignoraba.

Un día, hurgando en la cesta, mi mano tropezó con dos caliqueños. ¿Caliqueños apestosos para doña Concha? Entonces se me ocurrió que mi padre, buscado por la policía, no estaba en realidad exiliado en Francia, sino escondido en casa de la Betibú. ¡Todo se explicaba ahora! ¡Por eso mi madre preparaba esas suculentas cestas de comida! ¡Eran para él! A no ser, claro está, que la señora Betibú realmente fumara caliqueños. Aviesamente, le pregunté a mi madre si los caliqueños eran para la señora Concha o para alguno de los muchos queridos que en el barrio se le atribuían: el sereno, un tranviario, el basurero. Mi madre receló, meditó la respuesta: «Lo que hay en la cesta no es cosa que deba importarte; la señora Concha nunca ha tenido queridos y es una buena mujer que se encuentra sola en la vida desde que la abandonó el Capitán y sus dos hijos murieron. Merece respeto y ayuda. Los caliqueños son para ella. Sí, tiene ese pequeño vicio».

Pero mi instinto no me engañaba. Había un hombre escondido en casa de la Betibú, si bien no era mi padre. Yo no veía a mi padre desde hacía casi seis años, y tenía seis años cuando lo vi por última vez. Estaba seguro de reconocerlo en el acto cuando volviera a verlo, pero no fue así. Una noche, a finales de marzo de 1945, un coche negro paró frente al portal de la Betibú cuando yo iba a entrar con mi cesta.

—Acércate, chaval —dijo el hombre de pelo rojizo sentado al volante—. ¿Eso que llevas es para la Concha?

Yo no contesté. En el asiento de atrás había otro hombre, el ala del sombrero le tapaba los ojos. Tenía una boca musculosa y dijo:

—¿No te acuerdas de mí?

Meneé la cabeza y protegí la cesta con ambas manos. El hombre sonrió abiertamente y entonces lo reconocí. Lo único que podía recordar de mi padre después de seis años era la musculosa sonrisa de caballo y cierta manera resabiada y pillastrona de mirar a mi madre cuando ella le daba la espalda. Ahora, en vez de darle un beso, habría preferido darle la mano.

—¿En casa todos bien, hijo? No le digas a tu madre que me has visto, es mejor que piense que estoy en Toulouse.

—Sí, señor.

—No me llames señor, hostia. Yo intentaba adivinar el bulto de su pistola en la sobaquera, bajo la americana cruzada y muy estrecha—. Subiremos contigo —dijo mi padre—, he de hablar con el Capitán.

—Sí, señor.

—No me llames señor, panoli.

En el comedor de la Betibú, mientras ella, zalamera y gordita, se hacía cargo de la cesta, el Capitán Blay apareció súbitamente ante nosotros. No llevaba la cara vendada ni las gafas de sol, pero supe en el acto que él era el Hombre Invisible que solíamos ver paseando por el barrio. Salió de un enorme y vetusto armario ropero instalado incongruentemente en el comedor, arrimado a un ángulo, y fue una aparición mágica: el armario negro se abrió, unas manos huesudas y pálidas apartaron los viejos abrigos y los trajes de muerto colgados en las perchas, y de una zancada el Capitán se plantó ante nosotros saltando desde su otro mundo, el de los hijos muertos y los ideales perdidos, el de la derrota y la locura.

—¡Salud, camaradas!

Lo primero que me llamó la atención fue que no sonreía con la boca, sino con los ojos.

El hombre invisible

El Capitán Blay vivía escondido en su casa, y cuando salía a la calle lo hacía disfrazado de «peatón atropellado», según su propia definición, supuestamente convaleciente en una clínica del barrio. Consistía el disfraz en un aparatoso vendaje en la cabeza que sólo dejaba ver una mata de pelo encrestado en la coronilla, gafas negras, pijama a rayas, gabardina y zapatillas. Cuando lo conocí, a mediados de los cuarenta, ya tenía muchos años y la mente trastocada. Era un anciano alto y flaco que esgrimía una voz llena de herrumbres y engorrosas flemas.

«¡Aquí EAJ-15, Radio Barcelona Libre y Clandestina!», pregonaba cada noche en su escondrijo al iniciar sus fantasmales emisiones destinadas a nadie, empuñando un micrófono de fabricación casera conectado a la nada: «Queridos radioescuchas, os habla un rojo que no se rinde. Camaradas, la lucha continúa». El capitán no tenía la menor duda de que sus mensajes de aliento eran transportados por las ondas. En un antiguo cuarto de baño inutilizado, al que se accedía a través de un armario ropero agujereado y arrimado a la puerta, disponía de una silla y una mesa pequeña y un extraño artefacto que él llamaba emisora: desechos de una radio galena de la Escuela de Radio por correspondencia Maymó acoplados a un viejo y destartalado mecano, con profusión de cables y clavijas. Un asombroso artilugio. Al anochecer, la chaladura del Capitán se convertía en auténtica locura y entonces se ponía a «radiar» discursos y proclamas, y anunciaba la inminente invasión de los Aliados y la caída del régimen. Firmaba los boletines informativos con el nombre de Capitán Blay, pero se llamaba Josep Lostau i Maduell. Entre locución y locución «ponía» discos de sardanas; es decir, cantaba sardanas haciendo él mismo de orquesta. Ocasionalmente inventaba seriales radiofónicos de amor y de guerra con Buenaventura Durruti y Federica Montseny de protagonistas. Él interpretaba todos los papeles y todas las voces. Daría años de mi vida por poseer una grabación de aquellas historias.

Pero todo moría en el aire. Nadie oía la voz mineral del narrador loco en la ciudad muerta, en la Barcelona amedrentada, aplastada y gris de la posguerra. Las ondas hercianas no transportaban los delirios de aquel cerebro disparatado, ninguna antena recogía su mensaje. El anciano era puntual en sus emisiones y en sus desvaríos. De la batalla del Ebro se había traído el tifus y una herida de bala en la cabeza, y sus dos hijos habían muerto trágicamente. El pequeño desapareció en las calles de Barcelona durante un bombardeo nocturno en marzo del 38 y el mayor fue muerto por la Guardia Civil en el valle de Arán en el 43. El Capitán Blay, ya loco, se enteraría de ambas muertes de manera indirecta y confusa años después, pero él siempre las intuyó y gustaba de explicar cómo habían ocurrido, como si hubiese estado allí: adivinaba la sangre y la fatalidad, el garabato de la muerte.

Le llamábamos el Hombre Invisible porque lo parecía. Nunca salía a la calle sin vendarse la cabeza y la cara y sin las gafas oscuras, la sobada gabardina sobre el pijama y las zapatillas de fieltro. Si alguien, extrañado por su aspecto, le preguntaba, decía ser un peatón accidentado, atropellado por un tranvía, y aseguraba convalecer en la cercana clínica del Remedio y que había salido a pasear un rato con permiso de las monjas. Frecuentaba las tabernas más recoletas y sombrías del barrio, bodeguitas olorosas en las que hombres silenciosos y melancólicos bebían de pie, en un precario equilibrio, un vaso de vino ácido y turbio. Él les preguntaba si habían escuchado por radio la última proclama del Capitán Blay y qué les había parecido, y ellos le seguían la corriente o le mandaban a hacer puñetas, según estuvieran de humor. Su chaladura era conocida en el barrio y no suscitaba ninguna especial curiosidad, salvo en nosotros, los chavales. Por lo general, las burlas callejeras que le dedicábamos no eran crueles. Los locos de la posguerra nos inspiraban un extraño respeto.

Su mujer era sordísima, pizpireta y gorda, una fatibomba presumida. La llamábamos la Betibú. Hablé de ella, muy de pasada, en mi novela *Ronda del Guinardó,* así como también del Capitán. Vivían los dos en un piso grande y antiguo cerca de la plaza de Sanllehy, en lo alto de la calle de Cerdeña. Al Capitán le gustaba leer novelas del Oeste, de Balzac, de J. Mallorquí y de Dostoievski. Eran ejemplares sobados que alquilaba en una polvorienta librería-trapería de la calle de Asturias que nosotros también frecuentábamos. Recuerdo ahora la curiosa chaladura que empujaba al valeroso anciano a las librerías y le obligaba, después de hojear algunos libros, a deslizar entre sus páginas un mensaje escrito destinado al futuro lector. Cuántas veces, en aquella vieja librería, hojeando novelas desencuadernadas, habíamos encontrado entre sus páginas un papel escrito por el Capitán recomendando o desaconsejando la adquisición del libro. Sus notas eran por lo general muy sensatas y justas. El Capitán ha mantenido esa conducta estrafalaria y útil a lo largo de cuarenta años, y todavía hoy, curioseando en las librerías más concurridas, suele dejar en ciertos libros sus avisos destinados al incauto lector. El otro día, en la librería Documenta, al abrir —por error— una novela de Baltasar Porcel titulada *El rey, la palangana y yo,* me saltó a las narices una cartulina con la siguiente advertencia: «No compre usted este libro que tiene en las manos. Es una solemne majadería perpetrada por una petulante mediocridad que se cree mejor que Hemingway. Gástese el dinero en vino. Consejo de amigo. Salud. El Capitán Blay».

A menudo pienso que deberíamos imitar al Capitán en esta tarea; evitaríamos una pérdida de tiempo y de dinero. Pero a mí me falta su autoridad moral.

En busca del padre

El armario ropero del que había salido el Capitán Blay estaba arrimado a un ángulo del comedor y las tablas del fondo, detrás de los abrigos apolillados y los mohosos gabanes, eran de quita y pon y permitían el paso al cuarto de baño, donde el Capitán se escondía desde el año 1938 y donde «radiaba» cada noche sus proclamas y seriales subversivos.

Mi padre y su compañero, sentados, aceptaron la copa de coñac que les ofreció silenciosamente la Betibú. Hola, Capitán. Me han dicho que sales a la calle disfrazado. De vez en cuando necesito estirar las piernas. Pues vengo a pedirte que no salgas, es peligroso. ¿Peligroso para quién, Palau? Para ti, Capitán, y para nosotros. Tranquilo. Si me interrogan sé lo que debo decir: *collonades*. Con las *collonades*, la policía de Franco se hace la picha un lío.

Mi padre lo miraba fascinado. Pero ¿por qué, Capitán, qué idea te dio de repente, qué te lanzó a la calle disfrazado de mamarracho? El Capitán Blay carraspeó y dijo algo extraño: ¡Ah!, el comportamiento de un cadáver en el mar es imprevisible.

Mi padre ya había sido informado de que el viejo estaba medio tarumba. El Capitán llevaba el pijama a rayas que le habíamos visto por la calle, la gabardina echada sobre los hombros y zapatillas de fieltro. Era el Hombre Invisible que nosotros conocíamos, pero sin la cara vendada. Poco después, con sus largos cabellos blancos y su bigote y su perilla, me hizo pensar en el anciano Búfalo Bill que yo tenía en un cromo. Sería mejor que el chico se fuera, dijo el compañero de mi padre. Llevaba boina y tenía la cara y las manos rapiñosas, tostadas por el sol. Un maquis, decidí, fascinado por su perfil de águila. Déjale, respondió mi padre, ya es mayorcito y sabrá mantener la boca cerrada. ¿Verdad, hijo? Yo asentí en silencio. Era consciente de asistir a una reunión clandestina, la primera en mi vida.

Mi padre se puso serio y concretó sus preocupaciones. Venimos a pedirte, por favor, que no salgas de casa, Capitán, podrías comprometer al grupo. Los rusos ya están en las puertas de Berlín, Palau, la guerra se acabará pronto. No estés tan seguro. Todavía no debes dejarte ver. Pero si no me dejo ver. Capitán, es un mal momento precisamente por eso; lo mejor es dejar pasar esas bobas ilusiones de liberación que se han suscitado aquí con el avance de los Aliados… Estas bobas ilusiones de liberación no pasarán jamás, lo interrumpió el viejo. Desengáñate, Capitán, los Aliados no llegarán hasta El Pardo, no tocarán al Caudillo. Pero la gente necesita creerlo, Palau. Bueno, no discutamos; en cualquier caso, lo más prudente es quedarse en casita y esperar a ver qué pasa; luego, cuando haya pasado esta euforia, déjate ver con toda tranquilidad. Nunca me dejaré ver con tranquilidad, señor mío. Mi padre se rió. Tú no hiciste nada malo, Capitán, no mataste a nadie, te dejarán en paz. Te equivocas, me buscan, yo he sido un rojo expoliador y bolchevique y aún tengo las pezuñas ensangrentadas. Mi padre lo miraba con una mezcla de recelo y estupor, pensando: el viejo luchador se ha vuelto mochales en su largo encierro.

La conversación me estaba decepcionando, por muy clandestina que fuera. La Betibú no oía los disparates de su marido, o ya estaba acostumbrada a ellos, y se sentó en una silla baja para hacer sus encajes de bolillos con el enorme cojín apoyado en la pared y en su regazo. Los bolillos saltaban en sus dedos con un alegre tintineo. Eso es lo que soy, añadió el Capitán. Maté y torturé a sesenta y nueve curas, violé a una monja amarrada al carrito de un afilador y jugué al fútbol con la cabeza rebanada de un obispo. Estás de broma, Capitán. Mi padre miró a su compañero en silencio, miró a la Betibú, que, ajena a todo, seguía manejando sus bolillos, y otra vez al Capitán. No debes temer nada, un amigo te está arreglando los papeles. No quiero papeles. Y no comprendo cómo ahora puedo ser un peligro para vuestra seguridad y no serlo el año que viene. Si tienes la desgracia de haber vivido la mierda fascista cuando joven, luego esta mierda te acompañará, donde quiera que vayas, el resto de tu vida. Eso es verdad, Capitán. Y no me dejaré ver, no temáis; en realidad, ni yo mismo quiero verme, Palau, me doy miedo. Soy un ser satánico y bolchevique a más no poder, de modo que si salgo de casa lo hago vestido de otra persona. A nadie le gusta toparse en la calle con un rojo criminal que ha socavado los valores de Occidente y tiene las pezuñas ensangrentadas, ¿comprendes?

¿Y de qué te disfrazas, Capitán? De nadie, de aquel que no es. Así no comprometo a nadie. Mi padre cambió una mirada triste con su compañero y ambos se levantaron. Entonces el Capitán regañó a su mujer por no invitar a cenar a los camaradas, pero ella no le prestó atención. El Capitán, que había estado hablando en catalán, al dirigirse ahora a la Betibú lo hizo en castellano. Con ella siempre hablo la lengua del imperio, dijo a mi padre, porque está muy sorda y tengo que gritar, y estas paredes son de papel. No se puede uno fiar ni del vecino.

Vi marcharse a mi padre repentinamente abrumado por penas y recuerdos. A mí me dio un beso, y al Capitán, una palmada en la espalda. No salgas a la calle todavía, le dijo por última vez desde el rellano de la escalera; por favor, no salgas, sigue escondido.

En los dos años siguientes no volví a ver a mi padre ni una sola vez. Mi madre creía que seguía en Francia, aunque ya no recibía cartas suyas. Yo siempre pensé que estaba escondido en Barcelona, en casa de alguna familia catalanufa, y desde la cual planificaba sus hazañas. Se lo dije un día al Capitán Blay y me dio la razón. Vive escondido en casa de otra mujer, afirmó, una pelandusca. Se ofreció a ayudarme para encontrarlo y maquinó una estrategia.

Así empezaron mis aventuras con el Capitán Blay en la ciudad muerta.

La cadena del miedo

El día que el Capitán Blay se aventuró a salir de casa con su disfraz de señor arrollado por un tranvía había perdido treinta kilos de peso, una guerra y dos hijos, el respeto de su mujer y, según todas las apariencias, buena parte del poco seso que siempre tuvo. Transcurrían aquellos fantásticos días llenos de peligros y maldades, con su olor a pólvora y a carroña flotando todavía en el aire.

En la primera salida que efectuamos juntos, el Capitán perfeccionó su disfraz de «accidentado» llevando el brazo en cabestrillo. Vagamos al anochecer por todo el barrio, recalando en algunas bodegas espesas y mal alumbradas de Providencia, Torrente de las Flores y San Luis, y vimos mendigos dormitando en la escalinata de la iglesia de San Juan, gatos famélicos escarbando montones de basuras, aceras desventradas donde crecía la hierba, calles espectrales que el Capitán había conocido bulliciosas. Tengo la impresión de volver a visitar una ciudad despoblada, abandonada a la peste o a los bombardeos, dijo. Pasaban hombres presurosos y acogotados bajo el peso de oscuros abrigos de solapas alzadas, se deslizaban en las tabernas como ratas asustadas o se escabullían de ellas adormilados y tambaleantes, sombras escoradas que se alejaban restregándose contra las paredes y mascullando confusos agravios.

Parado en la esquina había un hombre con impermeable gris en posición de firmes y con el brazo en alto, saludando al estilo fascista de cara a una ventana abierta de la que salían las notas briosas del himno nacional, que emitía la radio. A unos cincuenta metros, en la esquina siguiente y en la misma acera de la misma manzana, vimos a otro hombre parado sobre el bordillo en idéntica posición de saludo, mirando al primero y como respondiendo a su saludo: firmes y brazo en alto. Fuimos a su encuentro. La gente pasaba por su lado evitando tropezar con él y sin atreverse a mirarlo.

—¿Estás viendo lo que yo veo, muchacho? —me dijo el Capitán Blay—. Observa a este anónimo ciudadano y considera su fervor patriótico. Es muy poco probable que desde donde está pueda oír el himno nacional que emite la radio en aquella ventana, como lo está oyendo aquel otro ciudadano patriótico, así que debe de tratarse de un gesto de solidaridad estética con él, o tal vez de miedo. ¿No opinas lo mismo?

—Puede ser, Capitán. Casi todo lo que hace la gente hoy lo hace por miedo.

El Capitán Blay meneó tristemente la cabeza vendada. Bajo la mascarilla de gasas asomaban deshilachados grumos de algodón que se enredaban en las barbas blancas.

Seguimos nuestro camino, y nada más doblar la esquina, sobrepasado el segundo salutante, en la siguiente bocacalle vimos a un tercer ciudadano parado en la misma postura de salutación, de cara al segundo salutante y viéndole de perfil. Este tercer salutante no solamente no podía oír el himno nacional; ni siquiera podía saber lo que miraba el segundo, a quién o a qué diablos saludaba.

—Su fervor patriótico es mucho más meritorio —observó el Capitán—, o su canguelo es superior. Fíjate bien, muchacho. Este salutante saluda al salutante que a su vez saluda al salutante que saluda al himno nacional radiofónico, que a su vez saluda a la bandera de la patria a quién sabe cuántos kilómetros de aquí.

—Parece una adivinanza, Capitán.

—No lo es, hijo, se trata de algo mucho más serio. Se trata del terror.

Pero había más salutantes, más hombres parados brazo en alto, mirándose unos a otros y formando una especie de cadena: en la siguiente esquina, y en la otra y en la otra. Eran ciudadanos grises y estáticos, acoquinados y respetuosos, que no escuchaban ningún himno nacional ni podían ver al primer salutante, que tal vez ya se había ido a su casa. Y yo imaginé, mediante una hipotética visión aérea del barrio que me sugirió el Capitán, a un hombre parado en cada esquina, brazo en alto, todos iguales y unidos por un reflejo simpático del miedo. El Capitán se acercó al último salutante y se paseó en torno a él, mirándole con curiosidad y en silencio. El otro no descompuso el ademán. Finalmente el Capitán dijo:

—¿Qué hace usted? ¿Le parece bonito, burlarse así de nuestro impasible ademán, eh?

Sin mover un músculo, sin pestañear, el salutante lo miró con el rabillo del ojo, recelando. Tuvo un escalofrío al ver la cabeza vendada del Capitán. Musitó entre dientes: «Cuidado, cuidado».

—¿Se encuentra usted bien? —preguntó el Capitán.

—Haga el favor —susurró el hombre—. No me burlo, señor,

yo pasaba por aquí y he visto aquel otro señor saludando, y me he parado a saludar yo también. ¿Qué otra cosa podía hacer? Nunca se sabe quién puede estar mirándote. Doy por supuesto que este señor saluda a la enseña nacional, aunque yo no pueda verla: debe de haber un cuartel por aquí cerca y estarán bajando bandera.

—Era una radio, lejos de aquí —dijo el Capitán—, y ya no suena.

En este momento el penúltimo salutante, en quien el último se miraba, bajó el brazo allá en su esquina y se escabulló entre los presurosos viandantes. Entonces el ciudadano anónimo que soportaba la curiosidad del Capitán Blay también bajó el brazo y se relajó.

—Yo, por si acaso, ¿sabe? —dijo suspirando—. Y de verdad que no hago burla de eso, señor, Dios me libre. Pero una vez oí un toque de corneta bajando bandera y no me paré, y un señor me llamó rojo separatista vendido al oro de Moscú y además masón.

—Bueno, vamos a dejarlo —dijo el Capitán—. Oiga, le convido a un vino y charlamos, parece usted un ciudadano feliz y respetuoso con el régimen.

Sin duda el Capitán quería birlarle la cartera, pero la presunta víctima se excusó: «Tengo mucha prisa, perdone». Y el salutante anónimo dio media vuelta y se escabulló en la noche.

Paseando con el hombre invisible por la ciudad muerta

En sus años mozos, el Capitán Blay había sido un fino carterista. Un atardecer ventoso de primavera, mientras paseábamos por los alrededores de Can Compte, me hizo una demostración de sus habilidades. En el tramo oriental de la calle Legalidad, las dos farolas habían sido rotas a pedradas. El capitán Blay me cogió de la mano y se paró a escuchar el rumor del viento en las palmeras. Un coche frenó bruscamente a nuestro lado, el conductor asomó la cabeza por la ventanilla bajando el cristal y le preguntó al Capitán si la calle Legalidad quedaba muy lejos. Llevaba camisa azul y un chaquetón de cuero desabrochado que dejaba ver una batería de estilográficas prendidas en el bolsillo interior. El Capitán le contestó que nos encontrábamos precisamente en la calle Legalidad, pero lo hizo en catalán, y el hombre lo atajó con sequedad:

—Hábleme en cristiano. Vengo de Madrid.

—Com diu?

—¡Conteste en español, cuando le pregunten!

El Capitán no se inmutó. Ejercía un catalanismo pata negra. Así que repitió:

—Com diu, gamarús?

—¡Que yo le entienda joder!

Observó el brazo en cabestrillo del Capitán, el pijama, su cabeza vendada y las gafas negras, y añadió:

—¿De dónde sale usted con esa facha? ¿Se ha escapado de un quirófano?

—No n'has de fotre res, gamarús.

El conductor echó el freno de mano y con ademán nervioso acabó de bajar el cristal de la ventanilla.

—¡Me hable en español, le digo! —insistió—. ¡O se va usted a enterar! ¿Dónde para la calle Legalidad?.

El Capitán Blay esbozó una sonrisa maligna detrás de las gasas y se inclinó respetuoso hacía la ventanilla, dejando que se balanceara su brazo en cabestrillo. Miró las estilográficas y calculó: si en este bolsillo las estilográficas, en el otro la cartera.

—Usted perdone —dijo—, es que lo hablo tan mal, el caste-llano. Y no es sólo por el acento, no, que uno tampoco pretende compararse con un señor de Valladoliz… Es por la sintaxis, ¿sabe? La construcción de la frase, la natural fluidez de la lengua. ¡Qué soy de burro, yo! Pero leo mucho, ¿sabe?

El conductor se impacientó:

—¡Acabemos! La calle Legalidad, ¿está por aquí o no?

—Pues verá, está un poco lejos —tartajeó el Capitán.

Comprendí que iba a enviarlo a hacer puñetas al otro extremo de la ciudad, al laberinto de las afueras.

—Coja esta calle para abajo y al llegar a la plaza Joanich tuerce a la derecha, luego la primera a la izquierda y llegará a la avenida del Generalísimo, antes llamada Diagonal, y perdone, entonces coge a la derecha de la estatua de mosén Cinto Verdaguer, poeta vernáculo, sulfúrico y separatista de dudoso talento, como usted sabe. Bueno, pues coge a la derecha y todo recto hasta pasado Pedralbes, sigue todavía un par de kilómetros y verá un letrero que lo indica, no tiene pérdida.

Mientras hablaba, el Capitán apoyó el brazo en cabestrillo en la ventanilla y la otra mano en la capota del automóvil. En cierto momento hizo tamborilear los dedos en la chapa. Era como el ruido de gotas de lluvia, y el hombre que estaba al volante alzó los ojos un segundo y se distrajo. Fue suficiente. La mano que colgaba en el cabestrillo se movió con rapidez fulgurante hacia el costado derecho del conductor con el índice y el corazón abiertos en forma de pico, y visto y no visto: un billetero muy plano de piel marrón se deslizó en el bolsillo interior de la gabardina del Capitán.

—¿Lo ve, como saben ustedes hablar como Dios manda? —sonrió burlón el conductor, girando la llave del contacto—. Lo que pasa es que no quieren, de mal nacidos que son, coño.

—¡Que soy distraído! —se excusó el Capitán, compungido—. ¿Quién no va a querer hablar el idioma del imperio? Precisamente yo sé bastantes idiomas. Francés, inglés…

—Con uno nos basta y sobra —el hombre puso el motor en marcha—. Usted habla todavía como un perro, pero ya se le quitará el acento con el tiempo.

—Con el tiempo, sí señor, eso espero —cabeceó sumiso el Capitán—. Vamos haciendo lo que podemos, los perros catalanes, sí señor. Y no se olvide: todo recto hasta salir de Pedralbes. No tiene pérdida.

—Antes de irme quiero que me haga otro favor, hombre. —Se echó a reír y miró al estrafalario personaje con ojos burlones y conmiserativos—. Me cae usted bien, coño, imbécil. A ver, repita conmigo: dieciséis jueces comen hígado… Dígalo rápido.

—Es un verso patriótico de Joan Maragall.

—Vamos, recítelo.

—Pierde mucho con la traducción. Se refiere a un hombre que ahorcaron en la montaña de Montserrat, ya sabe, Monteserrado, donde está la Morenita…

—Me lo traduce, venga.

—Sí señor, a la orden. Dieciséis jueces comen hígado de un ahorcado. Tiene otro también muy bueno, el poeta Maragall: *elàstics blaus suats fan fàstic*. Está dedicado al glorioso ejército alemán.

—Tradúcelo al cristiano, capullo —riéndose el conductor.

—Tirantes azules sudados fan…tásticos.

—Eres un tío divertido, para ser catalán. ¡Hala, que te zurzan!

Soltó su asmática risa, pisó el acelerador y el coche arrancó bruscamente. Antes de verle doblar la esquina, el Capitán tiró de mi mano y nos escabullimos en dirección contraria. En la cartera había ochenta pesetas y el Capitán me dio la mitad.

—Se las das a tu madre —dijo, y arrojó la cartera con todo lo demás a la cloaca.

El vampiro del cine Delicias

En la época en que mi madre y yo aún creíamos que mi padre seguía exiliado en Francia, el inspector Arnedo, de la Brigada Social, nos visitaba una vez al mes indagando su paradero. No parecía un policía. Se suponía que tenía que registrar el piso, pero no lo hizo nunca. Mi madre lo recibía en bata y zapatillas, le ofrecía café-malta y charlaban amistosamente. El inspector iba muy bien peinado, se parecía un poco a Charles Boyer —el actor preferido de mi madre—, y tenía una sonrisa gentil. Mi madre siempre le decía lo mismo: «Sigo sin saber nada de mi marido, vive en Toulouse, al parecer con otra mujer». El inspector sonreía tristemente: «No haga caso de habladurías. Avíseme si vuelve, que no se meta en más líos y si no tiene delitos de sangre le prometo interceder por él. Conste que lo hago por usted y por el chico…».

El inspector, a veces, me daba una peseta y cincuenta céntimos para ir al cine. ¿Qué año sería exactamente? En el cine Delicias y en el cine Rovira ponían películas de tres jornadas: *El tanque humano*, con el Cobra. *Los tambores de Fu-Manchú*, con Alan Parker y Nayland Smith. *Las aventuras del capitán Maravillas*, con Tom Tyler. Se cantaba *La caravana*, *Perfidia* y *Tatuaje*. La ciudad estaba llena de tísicos que podían chuparte la sangre. Frecuentaba el cine Delicias un jorobado muy pálido al que llamábamos el Vampiro Tito. Pertenecía al barrio, pero nadie sabía dónde vivía ni de qué. Se sentaba en la primera fila para ver mejor, y nunca se quitaba la bufanda ni el abrigo. A su lado siempre había alguna mujer que se ladeaba hacia él ofreciéndole el cuello o la oreja, según su altura. Entonces él se volvía hacia ella y le hablaba al oído, y parecía que la estuviera chupando la sangre o que se confesara. Eran dos o tres mujeres, siempre las mismas, y se turnaban. Tenían en común que eran esposas o hermanas o madres de hombres desaparecidos, huidos a Francia. Un sábado por la tarde, al entrar en el Delicias, vi al Vampiro Tito con la boca pegada al cuello de mi madre; no llegaba a su oreja. Mi madre permanecía rígida mirando la pantalla, donde el elegante William Powell se inclinaba gentilmente hacia Myrna Loy, y yo me sentí muy inquieto. Vi cómo mi madre le daba al Vampiro Tito un bocadillo envuelto en papel de periódico. El Vampiro Tito lo desenvolvió y empezó a comer sin dejar de deslizar palabras al oído de mi madre. ¿Qué le estaría contando? Después mi madre se levantó y salió del cine.

Al cabo de un tiempo, cuando el inspector Arnedo vino a hacer su inspección de rutina, mi madre le dijo que tenía noticias de mi padre a través de alguien que hacía frecuentes viajes al sur de Francia y trataba a los exiliados:

—Ahora lo sé de cierto —dijo mi madre—, vive con la viuda de un camarada muerto hace dos años, pero no son amantes ni nada.

El inspector sonrió con pena:

—¿Sí? ¿Quién se lo ha dicho, el Vampiro Tito?

—Inspector, no debería llamarlo así, pobre hombre, no hace mal a nadie.

—Señora, es un sinvergüenza que engaña a la gente por dos reales o un bocadillo: nunca ha estado en Toulouse ni en ninguna parte, no viaja a Francia ni es amigo de los republicanos exiliados, todo se lo inventa, es un estafador de tres al cuarto, un chorizo y un mangante, y hace mal en escucharlo.

El inspector estaba indignado, o más bien dolido.

—Voy a darle un buen escarmiento a ese mamarracho.

Mi madre se quedó algo confusa, pero dijo que, de todos modos, tanto si el pobre jorobado decía verdad como mentira, ella seguiría requiriéndole siempre que necesitara saber de mi padre.

—Pero ¿qué diablos puede contarle ese embaucador? —inquirió el inspector, muy apenado—, ¿de verdad cree usted que ve a su marido en Francia? ¿Cómo puede usted tragarse esos cuentos?

Pero ella no le reveló nada. Sólo pensaba en su marido.

—Por lo menos —dijo—, hay una mujer que lo cuida.

En cuanto al Vampiro Tito, siempre imaginé que sus confidencias serían como películas: medio verdad, medio mentira. Inventaría la casa de la viuda donde vivía mi padre allá en Toulouse, el color de los ojos de la viuda —satisfaciendo una curiosidad de mi madre—, sus cuidados y atenciones, los niños sin padre, la dura vida del exilio, los camaradas y el trabajo…

—Pero él sólo piensa en ti y en el chico, en su familia de Barcelona —diría el astuto Vampiro Tito.

—¿Cómo está de salud? —preguntaría mi madre.

—Bien, más delgado, como todos.

Mucho tiempo después, cuando mi padre ya había regresado a Barcelona y vivía escondido en alguna parte, conspirando y atracando bancos, mi madre seguía dejándose engañar por el Vampiro Tito en las primeras filas del cine Delicias. Le daba un bocadillo de sobrasada o de mortadela, y a cambio escuchaba sus patrañas. ¿Por qué lo hace, me preguntaba yo, cómo puede dar crédito a los reiterados embustes de ese monstruo desdichado? ¿O en realidad no se lo cree? Lo comenté con el Capitán Blay, paseando un día por la ciudad descolorida y gris, la ciudad de los muertos, y el Capitán me dijo:

—La idea de que a tu padre lo cuida una mujer en alguna parte tranquiliza a tu madre. —Y añadió misteriosamente—: Y, en fin, en un país espectral y acojonado, la gente tiende a imaginar cosas que no han sucedido.

El niño del antifaz

A los diez años, nada más llegar del pueblo de los abuelos, mi madre me metió en el colegio del Divino Maestro de la calle de! Laurel, muy cerca de mi casa. Un colegio con ese nombre no era de fiar, ni siquiera para una persona religiosa como mi madre, pero era el más barato que encontró. El colegio no contaba con un local propiamente dicho; estaba en la misma vivienda del maestro, una torre de planta baja con un pequeño patio; el aula era la galería de la torre, y por lo menos tenía mucha luz. El maestro era un solterón muy severo y muy beato, un señor flaco y amarillento que se parecía a Pío XII y que se llamaba don Ricardo Espinosa de los Monteros. Nos hacía rezar el santo rosario cada día y comulgar los primeros viernes de mes. Estuve tres años en ese colegio, hice muchos novillos y no aprendí nada. En 1954, con veintiún años y a punto de marcharme a Ceuta a hacer la mili, decidí hacerle una visita al señor Espinosa de los Monteros. Me abrió la puerta un palmo y no me dejó pasar. Le dije que me iba a la mili y que venía a despedirme de él. Ya no tenía alumnos y estaba muy envejecido y medio loco. Seguía viviendo solo y a través de la puerta entreabierta pude ver que iba en calzoncillos y con sombrero de copa. La casa olía mal, vi restos de comida tirados en el pasillo y el maestro blasfemaba, maldecía de la hostia y el copón, él, que había sido un hombre tan devoto. Estando ya en la mili supe que se lo habían llevado a un manicomio. Después derribaron la torre y alzaron un edificio de apartamentos. Hoy en el sitio del colegio hay un restaurante chino.

Ahora el barrio parece un inmenso parking. Ya no hay niños sentados en las aceras, jugando a contar aventis o intercambiándose tebeos y cromos. En la época en que todavía iba al colegio del Divino Maestro yo tenía mi parada de tebeos usados y de novelas baratas en la acera delante del cole. No me dedicaba a la venta, sino al intercambio. Dos novelas de Zane Grey por una de Sandokán. Te doy tres de La Antorcha por una de La Sombra. Dos tebeos del Guerrero del Antifaz y uno de Monito y Fifí sin cubiertas por uno del Agente Secreto X-9. Un álbum de cromos con ciclistas y boxeadores, completo, por un álbum de *Los tambores de Fu-Manchú*, sin completar y desencuadernado. Un día salió el maestro del cole-vivienda y me desbarató la parada. Pisoteó las novelas.

—Estas noveluchas de tiros son perjudiciales para la moral y un tarsicio no debe leerlas —dijo.

Nos llamaba tarsicios a los chicos que pertenecíamos a la Congregación de San Tarsicio, creada por el Divino Maestro, con obligación de comulgar un día a la semana que cada uno tenía asignado —yo los martes, pero no iba nunca— y de llevar garbanzos crudos dentro de un zapato, para hacer sacrificio. El caso es que yo podía trasladar mi parada a otra calle, lejos del Divino Maestro, pero me mantuve en mi sitio. Aquella esquina soleada de la calle del Laurel, bajo las acacias floridas, me gustaba. Los domingos por la mañana veía pasar en doble fila a las niñas de la Casa de Familia, Rosita entre ellas, camino de Las Ánimas, para asistir a misa.

El Capitán Blay solía venir a la parada para intercambiar novelas de El Coyote. Te cambio *Los jarrones del virrey* por *Los apuros de don César.* Una tarde el Capitán llamó a la puerta del colegio y habló con el señor Espinosa. Le dijo que si volvía a pisotear mis novelas y tebeos le pegaba fuego al Divino Maestro. El señor Espinosa de los Monteros se limitó a sonreír conmiserativamente y dijo que rogaría a la Virgen pidiéndole que le concediera al Capitán buena salud, claridad de ideas y muchos años de vida. Otro día el Capitán me trajo un antifaz que él mismo había hecho recortando con unas tijeras una vieja cartera escolar de piel negra que perteneció a sus hijos.

—Póntelo. Así el Divino Maestro no se atreverá a molestarte otra vez.

—Desde ese día hice intercambio de tebeos y novelas con el antifaz puesto y mi parada callejera se vio muy frecuentada. Venían chavales de todo el barrio, incluso de lo más alto del Guinardó y del Monte Carmelo. Poco a poco me fui acostumbrando al antifaz y lo llevaba puesto a todas horas. Iba al cine con él, a comprar el pan y el racionamiento de mi madre, me lo ponía para llevarle a la Betibú la cesta de comestibles, para ir al cole y a la parroquia, y sobre todo para pasearme por la ciudad muerta en compañía del Capitán Blay. Llevando el antifaz negro me sentía más unido al Capitán, a su vocación de Hombre Invisible, a su ronca voz mineral y valerosa, a sus estimulantes ocurrencias y a su loca pasión por la libertad. Caminábamos cogidos de la mano, entraba con él en las tabernas y me gustaba oírle discutir de política. Su dialéctica era temible, hacía preguntas comprometedoras que nadie se atrevía a responder.

—¿Cuántos años cree usted que estará mandando en España ese cabrón de Caudillo?

—Haga usted el favor, hombre.

—Se lo pregunto porque tiene usted cara de cagarse en este país cada mañana al levantarse.

—Circule, abuelo, ¿quiere que le metan en la cárcel?

—Mire, reconozco en el acto a las personas que se cagan cada mañana en España y en Paco Rana: lo llevan escrito en la cara.

—Olvídeme, oiga.

—Está bien, pero déjeme decirle algo más: el gobernador civil es un mostrenco y el obispo es un soplagaitas.

—Cállese la boca de una vez, Capitán, y beba algo —dijo el tabernero.

—Bueno, un tinto para mí y una gaseosa para el niño del antifaz. Pero no pienso callarme.

A partir de entonces en el barrio empezaron a llamarme el Niño del Antifaz.

«8 som i serem 8»

El Virolai Vivent era una congregación formada por siete devotas damas de la parroquia de Las Ánimas que rendían culto a una imagen de la Virgen de Montserrat metida en una pequeña capilla portátil de madera. Una especie de servicio religioso a domicilio. Cada feligresa tenía asignado un día de la semana. Recibía a la Virgen en su casa y podía venerarla durante veinticuatro horas, hasta que pasaban a recogerla para entregarla a la siguiente congreganta. En cada hogar, colocada la capillita en lugar preferente del comedor o de la alcoba, la Moreneta era objeto de un culto ferviente y patriótico, casi clandestino, un ritual de catacumba con trémolos de resistencialismo político, lleno de emoción y de peligro: oraciones, versos, flores, cirios y canciones en voz baja, con toda la familia unida por la fiebre de lo prohibido y el anhelo de libertad.

La capilla tenía dos puertecitas de madera y un pequeño cajón que cerraba con llave y con una ranura semejante a la de una hucha. En esa ranura las siete pías damas congregantes depositaban cada semana una peseta y algo de calderilla. Una vez al mes se abría el cajoncito y el dinero recaudado era para las huerfanitas de la Casa de Familia, que se encargaban, de acuerdo con el párroco de Las Ánimas, del mantenimiento de la capilla y de su traslado.

Una de las siete damas congregantes del Virolai Vivent era la Betibú. Recibía la Moreneta los martes y la veneraba en el dormitorio, menos el ratito que el Capitán Blay trasladaba la capilla a su refugio-emisora detrás del armario ropero. No era para rezarle a la Virgen ni para encenderle ninguna velita. Introducía hábilmente un cuchillo en la ranura de la hucha y hacía saltar una peseta y calderilla. Una tarde, hurgando con el cuchillo, sacó una estampita que representaba a Sant Jordi matando al dragón. En el reverso de la estampa alguien había escrito «Visca Catalunya». El Capitán Blay leyó el mensaje y meditó unos instantes.

—¿Lo ves, muchacho? Nunca hay que perder la ilusión de establecer contacto con los viejos camaradas de lucha. La gente tiene ganas de comunicarse como sea, tiene fe en la victoria final. He aquí un alma valiente y solitaria que nos manda señales. Perdona que te hable en castellano, las paredes oyen.

Como usted quiera, Capitán.

—Dame un lápiz.

—A la orden.

Y en el mismo reverso de la estampa el Capitán escribió «Visca la República», y debajo, en letras aún más grandes, «8 som i serem 8», la extraña contraseña. Dobló la estampa y la introdujo de nuevo en la ranura de la capilla. Luego siguió hurgando con el cuchillo hasta conseguir hacer saltar otra peseta y algo de calderilla.

La Virgen la traía Rosita cada martes después de comer. He hablado de esa niña en mi novela *Ronda del Guinardó*; era una de las huérfanas de la Casa de Familia de la calle Verdi, y por esa época tendría unos catorce años. Los chicos del barrio solíamos verla de acá para allá acarreando la capilla apoyada en su cadera, como si llevara una damajuana. Calzaba sandalias de goma y los calcetines le bailaban alrededor de los tobillos morenos. Tras entregarle la capilla a doña Concha, Rosita se quedaba un par de horas en su casa aprendiendo a hacer encaje de bolillos con un cojín gigantesco.

Durante la semana siguiente, la Moreneta hizo su habitual recorrido visitando los otros seis hogares piadosos, y el martes siguiente paró de nuevo en casa de la Betibú. El Capitán metió la capilla en su refugio y una vez más hurgó en la ranura con el cuchillo. Sacó otra estampita de Sant Jordi Matalaraña en la que alguien había escrito «Visca Companys, el president mártir» y la consigna «8 som i serem 8». El Capitán Blay saltó de alegría. ¡Hemos establecido contacto con alguien que mantiene viva la llama sagrada, muchacho! Gracias a esos contactos furtivos, pronto sabremos algo de tu padre y sus valientes camaradas. Luego el Capitán propuso que saliéramos a la calle a dar una vuelta para detectar los anhelos antirrégimen del ciudadano anónimo, amordazado y maniatado. Y no lo olvides, chaval, me previno, hablamos siempre en castellano para disimular. A la orden, Capitán.

Se puso el disfraz de Hombre Invisible, pero no pudimos salir porque al otro lado, en el comedor, Rosita aún no se había ido. Hacía encaje de bolillos siguiendo las instrucciones de doña Concha.

—Vigila a esta niña y avisa cuando se vaya. No la pierdas de vista, es peligrosa.

—Sí, Capitán.

Nada me gustaba tanto como obedecer esa orden. El tintineo de los bolillos, en los dedos de Rosita, convertía la casa en una pajarería. La niña estaba sentada en una silla baja y apoyaba el gran cojín tubular en su regazo y en la pared. Hacía saltar los bolillos entre sus dedos casi sin tocarlos, con una rapidez endiablada. Yo la espiaba desde el refugio del Capitán, apostado detrás de los viejos abrigos colgados en el armario, y la vi arremangarse la falda, resoplar acalorada, tironear los calcetines que le caían sobre los tobillos y echar miraditas de reojo en dirección a mí. Atenta a las instrucciones de doña Concha, con el enorme cojín erguido entre sus piernas, soplando las greñas que le caían sobre los ojos, es una de las imágenes más bellas y estimulantes que guardo de aquella maravillosa casa de locos.

El hombre escondido

Nunca supe si la red de espionaje tendida por el Capitán Blay, aquel frenético ir y venir de mensajes cifrados dentro de la capilla portátil, era real o pura imaginación del anciano loco; si realmente unos cuantos viejos republicanos jugaban a conspirar alimentando la última, patética esperanza de dar la vuelta a una guerra perdida, o si todo no era más que una falacia senil del propio Capitán. Tal vez él mismo escribía los mensajes y tramaba la conspiración que supuestamente habría que proteger mi padre, buscado por la policía. Pero nunca pude constatarlo.

En cualquier caso, el Capitán extrajo de la capilla de la Virgen, hurgando con el cuchillo, un papel que decía: «Palau vive en el miércoles», y debajo la contraseña. Palau era el nombre de guerra de mi padre. Ahora sólo hace falta saber en casa de quién se hospeda la Moreneta cada miércoles, dijo el Capitán. Y aventuró una hipótesis:

—Creo que el miércoles es la torre de la señora Coll-Rodó. Es muy catalanista y republicana y muy amiga de los camaradas. Cuando se trata de hacer algo por la causa, no se lo piensa dos veces.

—Capitán, ¿qué quiere decir «8 som i serem 8»?

—Como toda buena contraseña, no quiere decir nada, muchacho. Es el sinsentido del sentido. Las personas que dan cobijo a la Moreneta son siete, una por cada día de la semana, pero yo he lanzado la contraseña que incluye a uno más, porque con tu padre *8 somos y seremos 8*, lo digo en castellano por si alguien nos está escuchando. Pues bien, alguien ha recogido mi mensaje y confirma mis sospechas: me devuelve la contraseña y me informa de que tu padre se esconde en el miércoles, es decir, en casa de una patriota que acoge a la Virgen los miércoles. ¿Comprendes?

—Sí, Capitán.

—Mañana sabremos qué casa es ésta, se lo preguntarás a Rosita.

—A la orden, Capitán.

Rosita, bonita, ¿adónde llevas la capilla los miércoles? A casa de la viuda Coll-Rodó, niño. Y una vez entregada la capilla, ¿qué haces allí, Rosita? Plancho la ropa, sacudo las alfombras y lavo los platos. ¿Te dan propina, Rosita? Me dan cosas de comer, niño. ¿No has visto nada raro en esta casa? Sí, el abuelo, el padre de la señora, lleva barretina y tiene un loro carcamal que recita versos patrióticos en catalán, escucha Radio España independiente y canta en las veladas líricas del jardín. El día de Pascua yo iré al jardín de la señora Coll-Rodó a cantar caramellas. Yo también estoy invitada, con las niñas de la Casa de Familia. Qué bien, Rosita. ¿Y de verdad no has notado nada raro en la casa?; por ejemplo, ¿no has visto a un señor con sombrero gris escondido en alguna parte? No he visto a ningún señor con sombrero gris escondido en ninguna parte, niño.

El domingo de Pascua el Capitán y yo acudimos a la velada lírica en el jardín de la torre de la viuda Coll-Rodó. Fue fácil colar al Capitán, la puerta estaba abierta y había gente de la parroquia entrando y saliendo todo el rato, y muchos chicos de la calle. Les daban chocolate y galletas. Presidía la velada artística el doctor Joaquín Masdexexart, Pbro., de nariz aguileña, barriga prominente y verbo torrencial. El impetuoso prelado improvisó un discurso en catalán relamido que arrancó lágrimas a las señoras. Se servían pastas y vino dulce a los mayores. Los invitados eran en su mayoría feligreses de la parroquia y ocupaban los bancos de piedra del jardín y sillones de mimbre, rodeados de rosales y claveles, aguas saltarinas de fuentes y surtidores y niños pobres del barrio. Flotaba el aroma sutil de lo catalán clandestino, el ritual de la lengua oprimida. Con contenida emoción, discretamente, la velada lírica alcanzó su punto culminante con las poesías recitadas por pálidas señoritas parroquiales, con las canciones folclóricas cantadas por un quinteto de señoras pías y, sobre todo —momento particularmente emotivo—, con el *Cant de la senyera,* de Joan Maragall, recitado con brío por un joven de mirada febril, cabellos engomados y gesto ampuloso. Seguidamente, un tenor bajito, pulcro y sonrosado entonó la sardana *Per tu ploro,* también de Maragall: *Adéu, rosa d'abril! Adéu, rosa encarnada! Demà, lluny del teu roser, d'enyorament me moriré.*

Incluso al Capitán se le escapó una lagrimita de emoción por debajo del aparatoso vendaje y las gafas negras de Hombre Invisible. Más tarde, cuando declinaba la fiesta, el Capitán me cogió de la mano y me llevó hasta la viuda Coll-Rodó, que lucía un elegante vestido de seda lila y un abanico de nácar con las montañas de Montserrat.

—Perdone que le hable en castellano, señora, es para despistar, hay fascistas camuflados en todas partes…

—*Digui, digui.*

—Señora, este chico es hijo de Palau, el gran defensor de nuestra causa.

La viuda me sonrió y rozó mi mejilla con la mano gordezuela y perfumada que sostenía el abanico. No puedo describir lo que sentí. No esperaba que la viuda fuera tan joven, tan elegante y tan guapa. Me habría quedado allí mirándola un día entero. Ella estaba incómoda, pero no apartaba los ojos de mí, sin hacer el menor caso del Capitán (a propósito, nunca comprendí el escaso interés que despertaba el Capitán con su fantástica pinta de hombre atropellado por un tranvía o de Hombre Invisible loco, tan alto y tan flaco, con su pijama a rayas y su gabardina desastrada y su cabeza de zepelín vendada hasta la coronilla; como si estuviera ya muy visto y todo el mundo supiera que estaba lelo). Finalmente, la viuda Coll-Rodó hizo con la mano un gesto vago, como si nos echara la bendición a los dos, y dejando al Capitán con la palabra en la boca se alejó hacia el mosén y las pías damas. Capté, antes de que nos diera la espalda, un rictus amargo en sus labios pulposos, sensuales. En este momento se elevó de nuevo la voz trémula, delicada y ostentosamente catalanufa del pulcro tenor sonrosado entonando *Rossó, Rossó, llum de la meva vida*, en medio de un silencio casi religioso, y la viuda hermosa se inmovilizó debajo de la rosaleda fragante con la mano yerta sobre el pecho.

Entonces, detrás de una ventana baja de la torre, me pareció ver a mi padre o la imagen de un recuerdo de mi padre: estaba de pie tras el cristal mirando el jardín, en mangas de camisa, el ala del sombrero gris sobre los ojos y el revólver en la mano, sonriendo a la viuda desde la penumbra.

Vagones de tren ametrallados

Sentado frente a su emisora clandestina, el Capitán Blay. empuñó el micrófono y transmitió a su auditorio imaginario el disparate sanguíneo que lo aquejaba. Aquí EAJ 15 Radio Barcelona Libre de Catalunya Independent.

—Queridos radioyentes, os habla el Capitán Blay desde su emisora secreta instalada en las mismas narices de la dictadura. No desesperéis, ciudadanos. El régimen tiene los días contados. Fuentes bien informadas próximas al cuartel general de los Aliados en Europa aseguran que Eisenhower, Montgomery, Zhukov y Koenig están considerando la conveniencia histórica de desplazar sus tropas liberadoras desde Berlín hasta Madrid y así limpiar Europa total y definitivamente, no sólo del nazismo alemán y del fascismo italiano, sino también del nacionalsindicalismo español, con su mierda de Caudillo, su mierda de Falange y su mierda de obispos...

Y así durante una hora. El cuchitril en el que vivía escondido el Capitán, un antiguo cuarto de baño, estaba atiborrado de macetas y cajones con geranios y claveles. Del retrete y del bidé, inutilizados desde hacía años, cegados con tierra, crecían frondosas enredaderas de un verde esplendoroso, y del lavabo caían hasta el suelo brocados de madreselva en flor. El escondrijo parecía una jungla. El sol entraba a raudales por la ventana posterior, que daba sobre los descampados de la calle de Cerdeña y desde donde se veían las airosas torres de la Sagrada Familia y, más lejos aún, el mar. Ese día, terminada la vehemente perorata radiada, el cielo se encapotó súbitamente y empezó a lloviznar. Me puse mi antifaz negro y el Capitán me invitó a una gaseosa en una taberna del barrio que tenía la radio encendida sobre el mostrador. Creía el Capitán que su locución era oída y comentada por los parroquianos de la taberna, cuatro o cinco borrachines locuaces y afables que estaban al tanto del desvarío radiofónico de cada tarde.

—Buenas tardes, señores —saludó el Capitán—. ¿Han escuchado ustedes por casualidad el interesante, oportuno y bien documentado comentario político del Capitán Blay en EAJ 15 Radio Barcelona Libre que se acaba de emitir?

—Sí, hombre, sí, lo hemos oído.

—¿Y qué opinan, señores?

—¡Un coñazo!

—Pues a mí me ha gustado —dijo otro.

—No le deis cuerda, coño.

—Menudo rojazo es ese locutor. Lo dicho: un coñazo.

—Pues les sugiero que reconsideren su opinión, señores —insistió el Capitán—, porque se trata de un lúcido análisis de la situación internacional. En ninguna otra emisora y en ningún órgano de nuestra prensa amordazada por el régimen encontrarán ustedes un comentario más cabal, exacto y atrevido sobre la actual situación política y militar de Europa.

Hubo un murmullo de aprobación, demasiado unánime, y un intento de cambiar de tema porque la manía radiofónica del Capitán les aburría. Yo seguía con mi antifaz, bebiendo gaseosa. El Capitán iba, como siempre, disfrazado de señor atropellado por un tranvía. La taberna era un acogedor nido de sombras y olía a azufre. Un hombrecillo setentón que parpadeaba lentamente frente a un gran vaso de tinto miró al Capitán con cautela, se agarró al borde del mostrador con sus manitas de lívidos nudillos y dijo:

—Yo nunca oí esas charlas radiofónicas, pero me parecen collonadas. Y no sé de qué se queja este rojo separatista —añadió guiñándome el ojo—, si nunca hubo tanta paz y tanta prosperidad en este país.

—¿Paz y prosperidad? —intervino otro parroquiano—. Está usted de broma.

Un viejo con la cara picada de viruela susurró cabeceando: «Prosperidad. Ah, sí, prosperidad». Lo decía como si se tratara de un vino añejo muy apreciado que acabara de recordar.

—Aquí este señor con la cabeza vendada tiene razón: este país es un cementerio.

—Se está mejor en el cementerio que en una checa, oiga, respondió el anciano tortugón.

—Usted qué sabe, con el morapio que lleva dentro.

—Pues anda que usted…

—Yo bebo vino con sifón, señor mío. Usted a mí me la chupa.

—Señores, hagan el favor.

Después que el Capitán la había armado bien, pagaba la gaseosa y volvíamos a la calle, dejando a la parroquia discutiendo lo de siempre con las gastadas palabras de siempre. Pero ¿adónde ir en la ciudad muerta?

Cogidos de la mano, el viejo disfrazado de Hombre Invisible y el Niño del Antifaz caminaban por calles sin asfaltar bajo un cielo lluvioso. Paseábamos por el barrio en dirección a Horta. El Capitán me contó algunas arriesgadas misiones de mi padre como militante destacado de la guerrilla urbana. Casi todo mentiras. No los hechos en sí: la forma de contarlos, el furor justiciero de las palabras. Pero en esa época me gustaba oír esas mentiras: eran un correctivo a la realidad. El Capitán estrenaba vendas limpias, y su cabeza afilada y alta, con los pelajos enhiestos en la coronilla, parecía una jubilosa zanahoria.

Cruzamos descampados de tierra gris y calcinada, humeantes terraplenes de basuras. En medio de un páramo, inclinado levemente sobre una charca, había un vagón de ferrocarril herrumbroso con los flancos ametrallados. Los dos trozos de raíl que todavía sostenían al vagón, y que ya no podían llevarle a ninguna parte, eran los restos de una antigua vía que en tiempos cruzó este llano polvoriento erizado de matorrales y ginesta Era un viejo vagón de tercera con asientos de tablillas de madera y algún cristal entero en las ventanillas. Empezó a llover con fuerza y el Capitán propuso refugiarnos en el vagón. En la plataforma desventrada crecían ortigas y cardos, y dentro, sentado junto a una ventanilla, un vagabundo de ojos claros y piel renegrida apoyaba la frente en el cristal y el mentón en el puño. Podía estar dormido o muerto y parecía encontrarse allí desde siempre, desde que el tren había emprendido su primer viaje en medio de un paisaje brumoso e inhóspito, una tierra masacrada y yerma en la que el vagón aún parecía traquetear sosegadamente.

—¿Adónde se dirige este tren, buen hombre? —preguntó el Capitán Blay, y el vagabundo ni siquiera parpadeó.

Usted es germanófilo

El vagabundo de ojos claros y tez oscura seguía dormido o muerto, sentado muy quieto junto a la ventanilla del vagón de tercera varado en la hierba del descampado.

—Este tren ha sido ametrallado por la jodida aviación nacional —dictaminó el Capitán Blay sentándose delante del vagabundo. Una vez más, éste ignoró su comentario. Yo observé sus labios tersos y bien dibujados y sus sienes canosas y altas de hombre maduro y elegante, atormentado quizá por un amor contrariado y por la adversa fortuna. A pesar de su inquietante silencio, el Capitán no pensaba renunciar al placer de la conversación. Palmeó amigablemente su rodilla y dijo:

—Este tren será el que va a Toulouse, el tren de Palau y su grupo de valientes. Palau es el nombre de guerra del padre de este muchacho, el guerrillero urbano más buscado por la policía franquista después de Quico Sabaté y el Facerías. ¿No ha oído usted hablar de él? ¿Sabe cómo actúa? ¿Quiere que le cuente cómo recauda fondos despojando a los fachas, cómo limpia sus carteras sin tocarles un pelo, destinando luego la recaudación a las esposas de los camaradas presos o muertos?

El vagabundo no dio la menor señal de entendimiento, no parecía ni respirar. El vagón se ensombreció, como si acabara de meterse en un túnel, y el Capitán seguía hablando:

—Escuche una historia verídica del guerrillero urbano que ya empieza a ser leyenda. Cuando actúa solo se dedica a los germanó-filos, España está llena de germanófilos, y lo menos que se puede hacer con ellos es limpiarles la cartera. Así que, apostado en una esquina de la ciudad, Palau espera que el semáforo en rojo haga parar un buen coche, un Mercedes por ejemplo, el tiempo justo para permitirle a él sentarse al lado del conductor y clavarle el re-vólver en las costillas. Siga hasta salir de Barcelona y pare en la ca-rretera de la Rabassada. El conductor, un gordo lustroso y sanguí-neo, obedece. Una vez en las afueras y con el coche parado al borde de la carretera, antes de proceder a desplumar a su víctima, Palau inicia el siguiente diálogo con la mayor corrección y paciencia: Quiero que sepa que yo no soy un vulgar atracador. Actúo por ra-zones políticas y solamente contra personas contrarias a nuestra causa, como por ejemplo los germanófilos. ¿Me entiende?

—Sí señor.

—Muy bien, ahora permítame una pregunta. ¿Lee usted la prensa diaria? ¿Sigue usted los avatares de la Segunda Guerra Mun-dial? Siendo así, ya se habrá usted formado un criterio, habrá to-mado partido por un bando u otro.

—Yo de eso no entiendo, señor.

—Dígame la verdad, sin miedo: ¿es usted anglófilo o germa-nófilo? ¿De qué lado está? Porque debe usted saber que yo sólo atraco a los germanófilos, ¿comprende? A los germanófilos es que les tengo verdadera manía, y usted es germanófilo, a que sí. No lo niegue.

—Yo soy de Mataró —tartajea el gordo con una vocecita, las manos temblorosas aferradas al volante, mirando de reojo el revólver que empuña Palau.

—Vaya vaya —dice éste—, así que es usted germanófilo. Lo habría jurado.

—No señor, yo nunca me he metido en política...

—Nada más verle la cara me he dicho: mira, un germanófilo con su Mercedes camino de su casa, donde le esperan su rolliza mujer y sus hijos fatis y rubios de cara atocinada, y donde seguramente esta noche durante la cena escuchará en la radio, llorando, las noticias del último descalabro alemán en los frentes de Europa.

—Nunca escucho las noticias de la radio, no señor...

—Y es que no hay derecho vaya —insiste Palau—, Europa en ruinas y en la miseria, y ustedes, los cabrones de germanófilos, comprándose un Mercedes y haciendo su agosto con el wolfram y el estraperlo.

—No sé de qué me está hablando, señor, déjeme marchar, por favor, yo no soy más que un modesto fabricante de calcetines de Mataró, por favor.

—No pretenda usted engañarme, es usted germanófilo, a que sí.

—No señor, soy inocente.

—Usted lee la revista *Signal* y le gustan los aviones Messerschmitt y la cerveza, a que sí.

—No, por favor, me espera mi familia...

—Y naturalmente, como buen germanófilo, es partidario del Régimen, así que ya me está usted entregando todo lo que lleve de valor: la cartera, el reloj, la sortija de oro, el pasador de la corbata, los gemelos, la estilográfica. También ese paquete del asiento de atrás, ¿qué contiene?

—Es un regalo para mi mujer, nada, ropa interior: una combinación.

—Europa desangrándose y en ruinas y usted pensando en frivolidades. ¿Le parece bonito?

—No señor, pero es su cumpleaños…

—Venga, espabile, germanófilo, deme los gemelos. Eso es. Mira que ser germanófilo pudiendo ser anglófilo. No merecen ustedes vivir, de verdad. Ahora ponga el motor en marcha, dé la vuelta y vámonos de aquí.

Según el Capitán Blay, durante el camino de regreso a la ciudad, Palau seguía razonando acerca de sus actividades subversivas: «Yo sólo atraco a germanófilos, que conste. Usted mismo lo ha visto. Si fuera usted partidario de los Aliados no le habría molestado para nada. Pero es usted germanófilo. Aunque lo niegue, lo lleva escrito en la cara. Mala suerte, amigo —meneaba la cabeza vendada el Capitán, imitando a Palau añadiendo—: ahora pare el coche que me apeo y me despido cortésmente. Hala, a pasarlo bien, y a ver si cambia de ideas, germanófilo».

Esta supuesta hazaña de mi padre contada por el Capitán no despertó el menor interés en el vagabundo del tren, que seguía dormido o muerto con la cabeza apoyada en el cristal de la ventanilla. El vagón se movió, rechinando, cabeceó ligeramente sobre la charca, como si hubiera llegado a su destino. Había parado de llover y nos despedimos del extraño viajero, que no dio señales de vida. «Que tenga usted buen viaje, buen hombre —dijo el Capitán—, nosotros nos apeamos aquí.» Yo pensaba que el vagabundo estaba muerto. «Este hombre parece muerto, Capitán», dije cuando nos alejábamos del vagón, al volverme en medio del descampado y ver sus ojos abiertos mirándome a través del cristal empañado. «Y eso qué importa, dijo el Capitán. Lo que de verdad le pasa es que tiene hambre.»

Corrupción de la rosa

En la esquina soleada de las calles Escorial-Laurel, en la barriada de la Salud, tenía yo los domingos por la mañana mi parada de tebeos usados y novelas de aventuras. Extendía la mercancía sobre la acera, sujetándola con piedras si hacía viento. Acudían los chavales del barrio con sus sobados tebeos y novelas y hacíamos intercambio. Yo les atendía magnificado por el ritual y el misterio de mi antifaz negro, idéntico al de El Zorro. Los tebeos más solicitados eran los de *El hombre enmascarado, Jorge y Fernando, Flash Gordon, Juan Centella, El mago Merlín, El jinete de la pradera* y *Roberto Alcázar y Pedrín.* Y las novelas más buscadas, *La sombra, Pete Rice, Bill Barnes, Dov Savage* y *El Coyote.* También hacíamos intercambio de programas de cine. Las *pelis* más celebradas eran *El prisionero de Zenda, El capitán Maravillas, Los tambores de Fu-manchú, Búfalo Bill, La corona de hierro. Rebelión a bordo, Arsenio Lupin, Arizona, San Francisco, El hijo de la furia.* Y a veces también intercambiábamos cancioneros: *Bésame mucho, Perfidia, Tatuaje, Noche de ronda, Siempre está en mi corazón, Sombra de Rebeca* —¡sombra de misterio, eres la cadena de mi cautiverio, oh Rebeca, quimera y pasión!—, íbamos a los cines Rovira, Roxy, Delicias, Verdi, Máximo, Iberia, Bosque, Selecto, Proyecciones y Mundial. Ños gustaban Errol Flynn, Gary

Cooper, Tyrone Power, Clark Gable, John Wayne, Mickey Rooney, Cary Grant y Randolph Scott. Y dándoles la réplica, en papeles de malo, los canallas más elegantes y refinados de la pantalla: Basil Rathbone, George Sanders, George Raft, Conrad Veidt, Dan Duryea, Jack La Rué y Brian Donlevy. La plateada memoria cinéfila forjada en cines de barrio, hoy poblada de estrellas muertas.

Un luminoso domingo de invierno Rosita se acercó a la parada a curiosear los tebeos. Los calcetines le bailaban alrededor de los tobillos morenos y vestía un descolorido jersei de trama muy clara y desgastada que dejaba traslucir una tosca camiseta de hombre sobre los pechos. La niña ya estaba prostituida en esa época, pero nadie lo sabía. Llevaba apoyada en la cadera la capilla con la Moreneta; acababa de recogerla en casa de la señora Valdés y tenía que entregarla en casa de la señora Mir. También llevaba una novela de coloreadas cubiertas medio rotas titulada *Corrupción de la rosa*, que pretendió cambiarme por un almanaque de Flash Gordon casi nuevo. Le dije que ni hablar, aunque el título de la novela me intrigaba.

—Es una emocionante novela de amor y espionaje —dijo Rosita.

—Las novelas de amor me fastidian, niña.

—Te la cambio por dos tebeos de Juan Centella, va.

—Ni por uno.

Hojeé la novela por si traía ilustraciones, y vi entre sus páginas una nota escrita con estilográfica. Al instante pensé en los avisos que Capitán Blay introducía entre las páginas de los libros que no le gustaban. Pero no era más que una cartulina conteniendo unas anotaciones domésticas, un pedido de compra: dos cajetillas de cigarrillos, cepillo de dientes, cordones de los zapatos, hojas de afeitar y jabón Doce Camelias. No había nada de particular en la nota, dejando de lado el perfume romántico y rumboso de las Doce

Camelias, salvo que la caligrafía, nerviosa y aplanada, como azotada por un viento, era de mi padre. La reconocí en el acto sin la menor duda, pero quise asegurarme.

—¿Me vigilas la parada un momento? —pregunté a Rosita—. Cuando vuelva te cambio la novela.

Rosita aceptó y me fui corriendo a casa con la nota, busqué en el cuarto de mi madre una carta de Toulouse de hacía más de dos años, la última que recibimos de mi padre, y comparé las caligrafías. Idénticas.

Volví corriendo junto a Rosita.

—¿De dónde has sacado esta novela?

—Estaba en casa de la señora Fullat, la que tiene la Moreneta los jueves.

—¿Dónde vive?

—En una torre de la calle de la Virgen de la Salud.

—¿Y quién te dio la novela?

—Nadie, el trapero se la llevaba junto con un montón de revistas viejas y yo me la quedé.

—Este papel escrito, ¿ya estaba dentro o lo has puesto tú?

—Ya estaba en el libro, me ha servido de punto.

—Bueno, Rosi, te la cambio por un *Roberto Alcázar y Pedrín*.

—Qué roñoso, chaval.

—Lo tomas o lo dejas, niña.

—Vale, vale.

Recogí la parada y me fui corriendo a casa de la Betibú. Le mostré al Capitán Blay la nota y la novela y le conté lo ocurrido.

—Es una buena pista para encontrar a mi padre, Capitán; seguro que ha leído esta novela.

—Calma, muchacho, vamos a estudiar el asunto detenidamente.

—Lo primero que hizo el Capitán fue ponerse a leer el libro, pero en seguida lo dejó.

—Menuda birria, parece una novela de Baltasar Porcel (autor que en 1947 afortunadamente yo desconocía).

El Capitán reflexionó un rato y acto seguido se hizo cargo de la situación.

—Esta nota parece indicar que el heroico luchador antifranquista está más cerca de nosotros de lo que pensábamos; tu padre está o ha estado escondido en casa de la viuda Fullat, miembro fundador del *Virolai Vivent*, la congregación de separatistas que rinde culto a la Moreneta y a la patria oprimida. Le veo confortablemente instalado en esa discreta torre, en un pabellón camuflado entre los árboles al fondo del jardín: el reposo del guerrero, que entretiene las horas limpiando y engrasando su pistola, o conversando con la viuda, o leyendo. Tal vez ha leído esta novela, o tal vez no, eso es lo de menos; el caso es que escribió esa nota con encargos de compra para alguien y dejaría la nota entre las páginas de la novela; sería para la viuda o para la criada.

Yo arrugué la nariz: no me imagino a mi padre leyendo una novela de amor.

—No sabes de lo que es capaz tu padre, muchacho. En cualquier caso, está muy claro que ha tenido contacto con la viuda Fullat. Haremos una visita a esta guapa señora.

El final de la aventura

Yo no podía creer que mi padre, rabiosamente buscado por la policía, según siempre me hizo creer el Capitán Blay, se hubiese refugiado en casa de la viuda Fullat. ¿Cómo podía una viuda beata, por catalanista que fuese, esconder en su casa a un pistolero anarquista y ateo, un atracador de bancos blasfemo y comecuras?

—Siempre tuvo mucho éxito con las viudas —fue la risueña respuesta del Capitán—. ¿No la conoces, muchacho? Cosa fina, tendrá unos cuarenta años, pero aparenta menos, llenita, guapa, dulce, vestida siempre de negro, muy caritativa con los pobres de la parroquia y muy buena con los enfermos y los presos.

La viuda Fullat no quiso recibirnos. Vivía en una torre antigua con jardín, en lo más alto del Guinardó. A través de la verja de lanzas nos atendió una joven criada que no ocultaba su estupor: ante el estrafalario Hombre Invisible y un esmirriado niño con antifaz cogidos de la mano y preguntando si allí vivía el famoso guerrillero Palau, y si podía recibirles.

—Traemos un recado urgente de su mujer —dijo el Capitán Blay—. Este chico es su hijo, está buscando a su padre desesperadamente desde hace años.

—La señora no recibe, está muy acatarrada.

—No queremos ver a la señora, sino a su ilustre invitado, y es urgente, de vida o muerte.

Turbada, nerviosísima, la muchacha dijo que iba a hablar otra vez con la señora. Volvió y nos hizo pasar al jardín, rodeamos un estanque de aguas muertas y entramos en la torre. En alguna parte sonaba bajito el chelo de Pau Casals interpretando *El cant dels ocells*, y de pronto subió el tono y se oyó solemnemente por toda la casa. No vimos a la viuda Fullat. La criadita nos condujo hasta una galería de altos vitrales de colores que daba a la trasera del jardín, y se retiró. Lo primero que vi al entrar fue un amplio diván verde manzana lleno de almohadones, una mesita con bebidas y cosas de picar y un maravilloso biombo chino del que colgaban unos pantalones con tirantes y la camisa blanca de un hombre. No vi a mi padre hasta que irguió la cabeza en el diván, apartando perezosamente los almohadones, una copa de vino en la mano y comiendo tacos de jamón.

¿Aquel señor repantigado en el sofá era el guerrillero soñado, el terror de la Guardia Civil, la pesadilla de la brigada político-social? Llevaba pijama, batín de seda y zapatillas, iba peinado con mucho fijapelo y olía muy bien. Bronceado de cara, sonriente y más gordo, parecía recién salido de la ducha. Nos recibió con un entusiasmo forzado, a mí me dio la mano.

—Has crecido mucho desde la última vez que te vi.

Al Capitán le palmeó la espalda.

—Salud, Capitán. Veo que todavía vas disfrazado de hombre invisible.

—Todavía. Y para verte he tenido que mentir, Palau, no traigo ningún recado urgente de tu mujer.

—Da lo mismo, Capitán. Siéntate, hijo. Estás muy flaco.

Nos ofreció unos tacos de jamón y almendras saladas, que yo rechacé. El Capitán aceptó una copa de vino y mi padre brindó con él. «Por la causa», dijo riéndose. Lo observé detenidamente. Su aspecto general y el ambiente que lo rodeaba no guardaban la menor relación con mis sueños, alentados desde siempre por el Capitán Blay: el rey de la guerrilla urbana, comparable al Quico Sabaté y al Facerías, ése es tu padre. Siempre lo había imaginado en un cuarto oscuro, encorvado y misterioso bajo el cono de luz de una lámpara de flexo, engrasando su revólver; siempre en mangas de camisa, despeinado, temerario, luciendo la sobaquera con la funda del revólver, ultimando los detalles de un plan arriesgado

para asaltar un banco o para ajustarle las cuentas a un poli tortu-
rador. Ahora estaba delante de mí y pretendía hacerme comer
unos tacos de jamón. No, gracias. Mi padre cogió una servilleta
de papel, envolvió con ella una docena de tacos y los metió en mi
bolsillo.

—Luego tendrás hambre.

El Capitán no parecía menos desconcertado que yo. Se quitó
las gafas negras y, parpadeando entre el vendaje que le tapaba la
cara, sus ojos vagaron por la estancia.

—¿Cuánto tiempo llevas escondido bajo las faldas de la viuda,
Palau?

—No estoy escondido.

—Pero tú siempre has tenido que esconderte.

—Ya no, Capitán, hace tiempo que tiré los ideales a la cuneta.

—No hables así delante del chico.

—Pues será mejor que te lo lleves de aquí.

—No te reconozco, Palau.

—Las cosas han cambiado mucho, Capitán.

—Ya veo, te has convertido en un jodido macarra.

Mi padre soltó una carcajada, y el Capitán me cogió de la
mano como si quisiera preservarme de algún peligro.

—Deja de conspirar, viejo loco, y no líes al muchacho con tus
cuentos chinos.

Entonces el Capitán, con la voz amarga, dijo:

—Los nuestros van descalzos y pronto vendrán las lluvias. Por
tanto, ¿qué vas a hacer ahora, Palau?

—Nada. Dejar que pase el tiempo. ¿Y tú —me miró severamente— por qué sales a la calle con ese ridículo antifaz, niño?
¿Quieres volverte tarumba como el Capitán?

Me arrancó el antifaz y lo tiró al suelo, pero en seguida se calmó. Y de pronto, al apartar los ojos de él, detecté en el ambiente la cálida y discreta presencia de la viuda Fullat; era un perfume suave, una paciente disposición de las rosas rojas y amarillas en el jarrón, la serena combinación de colores en los cojines, el mismo batín granate de mi padre y su pelo negro peinado con fijador... Todo me hablaba de aquella mujer, y lo odié. Recogí del suelo el antifaz y lo guardé en mi bolsillo.

Así pues, éste era el legendario luchador que había abandonado a su familia en pos de un ideal, el mismo que ahora aceptaba los favores de una viuda rica, el que probablemente ya había enterrado la pistola en el jardín.

A pesar de su chaladura, el Capitán advirtió mi desencanto. Nos despedimos de mi padre y, de nuevo en la calle, volví a ponerme el antifaz y el Capitán me cogió de la mano.

—Aprende de la vida y venga ese jamón, muchacho, que nos lo vamos a comer. Es un buen jamón y tu padre es un poco sinvergüenza, eso es todo. A fin de cuentas —añadió para animarme—, ser un macarra atento y servicial también tiene su mérito. Se necesita sangre fría, mucha labia y buenas maneras.

Volvimos a mi esquina soleada de la calle Laurel y dispuse otra vez mi parada de tebeos y novelas baratas. Me prometí no quitarme el antifaz de la cara nunca jamás. Pero esa promesa, como tantas que he hecho en la vida, no he sabido cumplirla. Ese día, el Capitán Blay permaneció a mi lado en la esquina de la aventura hasta el anochecer. Y en cierto modo allí seguimos los dos, el Hombre Invisible y el niño del antifaz, cogidos de la mano.

Conócete a ti mismo, Fritz

(Sinopsis argumental)

Berlín, verano de 1946

Hans Kaufman, un judío afable y risueño, treinta y cinco años, llama a la puerta de su amigo y vecino de piso Fritz Schneider y le convida a unas copas de despedida, pues tiene previsto ausentarse de la ciudad por razones de trabajo y por largo tiempo. Lleva consigo una botella de vodka, de la que Schneider, que está sin trabajo y pasando una mala racha, dará buena cuenta enseguida. Hablan con cierta nostalgia de la profesión que ambos ejercían antes de la guerra como publicitarios, aunque entonces no se conocían.

—Había mucho talento entonces —dice Schneider.

—Sí, pero al servicio de un demente —dice Kaufman—. Estará de acuerdo, supongo.

—Oh, claro.

Son solteros, viven solos, tienen la misma edad y estatura y rasgos físicos afines, aunque Schneider es rubio y Kaufman es moreno. Animado por el vodka, Schneider se interesa vivamente por la guapa muchacha que a menudo ve entrar y salir del piso de

Kaufman, siempre de noche. Con una sonrisa ambigua, como avergonzándose, Kaufman confiesa que se trata de una prostituta llamada Judith, y que es argentina y una buena chica. Schneider parece interesado y pregunta si la chica es judía. Kaufman deja entrever cierta preocupación y cautela y responde que nunca le preguntó eso. Schneider se ríe de la timidez de su amigo y bromea despectivamente sobre ciertos remilgos sexuales de las putas judías. Sus comentarios revelan un profundo sentimiento antisemita.

Poco después, en el transcurso de la conversación, como por casualidad (en realidad un descuido de Schneider) Kaufman obtiene la evidencia de que se halla frente a un criminal nazi que vive con una falsa identidad.

Al verse repentinamente descubierto, Fritz Schneider mata a Kaufman con una pistola y examina su documentación, que lo acredita ciertamente como publicitario, soltero y sin familia. En su cartera guarda una carta, sellada en Argentina, con una oferta de trabajo en una agencia de publicidad de Buenos Aires. Hay cita concertada y fecha, así como la reserva del billete de avión.

Fritz Schneider se deshace del cadáver de Hans Kaufman y suplanta su personalidad, falsea su pasaporte, se tiñe el pelo de negro y viaja a Buenos Aires.

Buenos Aires, 1962

Con cuarenta y ocho años, casado, sin hijos, el rostro retocado mediante cirugía estética, Fritz Schneider, el falso Kaufman, ha logrado situarse muy bien, tanto en su profesión como entre la alta burguesía bonaerense, pero una mala gestión en la prestigiosa firma publicitaria en la que trabaja, y que le implica en un intento de estafa, le hace perder el empleo dejándole grandes deudas y la amenaza de un infamante proceso.

Estando en esas, el Kaufman usurpador recibe en su lujosa villa la visita de Samuel Borstein, un joven agente del Mosad, los servicios secretos israelíes. Borstein ha viajado a la Argentina con la misión de convencerle para que colabore de nuevo en la búsqueda y captura de Fritz Schneider, el criminal ex miembro de la Gestapo que ya había perseguido en Berlín y que ahora podría estar viviendo en Buenos Aires. Le hace saber a Kaufman que en los archivos de la Central del Mosad, en Tel Aviv, tuvo ocasión de examinar su último informe, fechado en Berlín en enero de 1947, en el que recomendaba abandonar la vigilancia sobre su vecino, dado que no parecía ser el criminal buscado, anunciando de paso su dimisión y su inmediato viaje a la Argentina por motivos personales y de trabajo. El falso Kaufman confirma este punto:

—Sí, en Berlín estuve siguiendo una pista equivocada, aquel hombre no era Fritz Schneider. Afortunadamente lo advertí a tiempo y decidí abandonar la vigilancia. Además, había recibido una excelente oferta de trabajo.

Se disculpa por haberse marchado de Berlín de forma tan súbita y desconsiderada, alegando que el fracaso de su misión le había sumido en un estado depresivo que propició su decisión de viajar a la Argentina. De todos modos, añade, ya había pensado solicitar el retiro mucho antes. Nunca se sintió a gusto en la piel de un cazanazis.

—Comprendo —dice Borstein—. Pero el caso no está cerrado. Y usted puede sernos todavía de mucha ayuda.

Le informa de que tiene motivos para creer que el verdadero

Schneider se refugió hace quince años en Buenos Aires con una identidad falsa, por lo que el Mosad está montando un servicio de vigilancia sobre algunos distinguidos miembros de la colonia alemana, habituales en los centros sociales que frecuenta el propio Kaufman. Éste se apresura a rechazar cualquier colaboración alegando sus problemas financieros. Finalmente, con mucho tacto, Borstein da a entender a Kaufman que conoce la delicada situación económica en la que se halla, y que si accede a colaborar de nuevo con el Mosad, informando regularmente sobre cualquier pista que pueda conducirles hasta Schneider, en Tel Aviv estarían dispuestos a pagar sus servicios muy generosamente. El impostor simula dudar, pero al cabo acepta. Sugiere una asignación mensual mientras dure la investigación y Borstein está conforme.

Con cierta premura, Kaufman empieza a proporcionar a Borstein información falsa sobre diversos personajes más o menos inventados, meros fantasmas a los que otorga la posible personalidad de Fritz Schneider, pero sin aportar pruebas definitivas que permitan su identificación, a fin de prolongar el engaño y seguir cobrando por los servicios.

Lola, la joven esposa de Kaufman, una española culta y perspicaz que llegó de niña exiliada con sus padres después de la guerra civil, ignora la identidad real de su marido. Refugio sentimental de Kaufman desde que éste anda enredeado en pleitos —pero con el crédito social del matrimonio intacto gracias a las buenas relaciones de ella—, Lola cree percibir de pronto ciertos cambios en el carácter y en el comportamiento de su marido. ¿Por qué se muestra tan inquisitivo y quisquilloso con el pasado de algunos amigos, alemanes o no? Inquiere la razón, y él se ve obligado a revelar el trato que ha hecho con Borstein. Según datos y estimaciones que obran en los servicios secretos israelís, le explica, el criminal nazi que buscan podría moverse en el ámbito profesional y social de sus amistades.

Lola desaprueba el trato que su marido ha hecho con Borstein, pero él le habla de su imperiosa necesidad de dinero y de la posibilidad de nuevas relaciones y contactos en el sector publicitario que le permitirán rehacer su empresa y su maltrecha economía. No sabes hasta qué punto los judíos controlan este negocio, dice con cierto resabio irónico.

De modo que Kaufman persiste en la simulación de estar indagando en la vida social e íntima de conocidos, tejiendo vagas sospechas y confusos recelos que a Lola le parecen siempre absurdos e injustificados. El impostor se revela un genio de la ambigüedad ofreciendo indicios falsos, meras conjeturas sin una base real, una actividad de la que ocasionalmente alardea frente a los reparos de su esposa, y que en alguna ocasión él mismo, divertido, define como «inocentes pesquisas sobre el tenebroso pasado imaginario de un alemán que jamás se dejará cazar».

En una recepción diplomática ofrecida por la Embajada alemana, a la que asisten Lola y Kaufman, éste se siente observado por una mujer muy atractiva, que le sonríe discretamente y con cierta ironía. Intrigado, pregunta por ella al agregado de prensa de la Embajada. Se trata de Olga Roth, una mujer de bandera y coleccionista de hombres, según se rumorea, viuda del que fuera primer cónsul de la Argentina en Berlín después de la guerra y actualmente amante de un coronel. Con una historia trágica, añade el funcionario: su hermana menor, que ejercía la prostitución en Berlín, se suicidó estrellándose con su automóvil cuando viajaba con su cuñado el cónsul, hace cuatro años. Murieron los dos.

En cierto momento, viéndole solo, Olga Roth se acerca a Kaufman y se presenta.

—Soy la hermana de Judith, sé cuánto hizo usted por ella en Berlín y quería darle las gracias.

Habla en un tono sosegado y levemente irónico, que intriga a Kaufman. Él se muestra afable, pero expectante y cauteloso, intuyendo el peligro.

—En sus cartas, Judith solía hablarme de usted, señor Kaufman —dice Olga—. De lo bien que se portó con ella en Berlín. Estoy convencida de que si no la hubiera usted abandonado, mi pobre hermana habría conseguido tarde o temprano enderezar su vida… Y seguramente aún viviría. Porque estaba muy enamorada de usted, no lo habrá olvidado.

—Por supuesto —dice Kaufman—. También yo la quise mucho, créame. Ignoraba que hubiese muerto, y lo lamento profundamente…

Fascinado por esta mujer, el falso Kaufman acepta una invitación para visitarla y recordar juntos a Judith. Olga lo recibe en un pequeño y lujoso apartamento, donde vive sola, y se le entrega después de servirle una copa y de unas pocas formalidades. Estando ambos todavía en la cama, ella se aplica un momento en recorrer con la lengua la nuca y los hombros de Kaufman, simulando un juego placentero, hasta que, de repente, le mira a los ojos y, sonriendo maliciosamente, pregunta dónde está la hermosa cicatriz. Kaufman no entiende. Mi hermana, le dice, me habló de una hermosa cicatriz que su Hans tenía aquí, en la espalda. Y sin dejarle que se reponga de la sorpresa, le hace saber que guarda dos fotografías de Judith y Hans posando sonrientes ante la puerta de Brandenburgo.

—Un Hans Kaufman —añade sin dejar de sonreír— que desde luego no es este que está en mi cama…

Saca las dos fotografías de la mesilla de noche y se las muestra.

La mirada del impostor mirando las fotos no revela la intención hasta unos segundos después, cuando, sonriendo y con la mayor tranquilidad, coge la almohada para ahuecarla con las manos y aparentemente acomodarla a su espalda, aunque en realidad lo hace para de improviso aplastarla sobre la cara de Olga y mantenerla así hasta que ella deja de bracear.

Luego el falsario se viste, coge las fotografías, las rompe a trocitos, que se guarda en el bolsillo, y se marcha.

Apremiado por Borstein, Kaufman se ve obligado a aportar sospechas más sólidas y decide otorgarle al personaje inventado una identidad real: el nazi buscado sería Hugo Zimerman, viejo amigo del matrimonio, funcionario en la embajada alemana de Buenos Aires, un sujeto desarraigado, solitario y alcohólico al que Lola guarda amistad y compadece y en ocasiones ayuda a espaldas de su marido, que le desprecia. Mediante informes confidenciales a Borstein, Kaufman atribuye a Zimerman, bajo su disfraz de zángano inútil, borrachín y bromista, la escurridiza personalidad de Fritz Schneider. Según sus indagaciones, Schneider se habría sometido a cirugía estética y reciclado en agente secreto al servicio de la República Federal Alemana, ocultando su identidad bajo el nombre de Hugo Zimerman y ejerciendo el cargo de agregado cultural en la embajada alemana de Buenos Aires, pero en realidad era el responsable de una organización secreta de ex oficiales nazis con ramificaciones en Uruguay y Brasil. Incluso intenta hacer recaer sospechas de que podría haber instigado o ser el mismo autor del extraño asesinato de Olga Roth, la amante del coronel Oregón.

Intrigada al ver a Hugo Zimerman objeto de semejantes sospechas por parte de su marido, empeñado en otorgarle al viejo amigo una personalidad secreta y perversa, Lola intercepta un informe confidencial a Borstein y descubre algo que todavía la intriga más. En su afán por dar veracidad a su labor investigadora y hacer más real y creíble al criminal nazi, el subconsciente le juega a Kaufman una mala pasada: expone algunos hábitos y manías que dice haber observado en el sospechoso Hugo Zimerman que coinciden con las del Schneider que él conoció, pequeñas debilidades privadas, caprichos hogareños y manías gastronómicas o de vestimenta, incluso algunos tics o fijaciones eróticas respecto a las mujeres que naturalmente Lola reconoce porque forman parte de su propia experiencia conyugal.

Confusa, trastornada, Lola es testigo de cómo la antigua personalidad de un desconocido emerge y se apodera de su marido, minando su impostura. Aparece ante ella un hombre autoritario, estricto y arrogante. El último informe para Borstein que intercepta está escrito con un secreto y acaso involuntario afán confesional y autodestructivo, en un estado mental próximo a la esquizofrenia: un desequilibrado Hans Kaufman expresa su miedo a un emergente Fritz Schneider y reclama una acción rápida y un merecido castigo. El informe, redactado inicialmente en tercera persona, de pronto y acaso inadvertidamente pasa a ser escrito en primera persona, revelando cómo asesinó en Berlín a un judío que le identificó cuando él ya casi le tenía convencido de su inocencia, cómo usurpó su identidad y cómo huyó a Buenos Aires. Evoca antiguas canalladas a judíos y comunistas durante su militancia en el partido nazi y vuelca todo su desprecio sobre su antiguo vecino de piso en Berlín por no haber sabido desenmascararle oportunamente ni apresarle.

Poco antes, Berstein había dado finalmente cierto crédito al informante, y el borrachín Hugo Zimerman es interrogado. Enterada Lola, acude a exculpar al amigo y reivindicar su inofensiva identidad, aduciendo que su marido se equivocó al informar sobre él. Borstein, que nunca acabó de creer en la culpabilidad de Zimerman, consiente en liberarlo. Acto seguido, intrigado ante la iniciativa de Lola, la interroga con tacto y discreción. ¿Desde cuándo sabe que su marido es confidente del Mosad? ¿Se lo dijo él o lo averiguó por su cuenta? ¿Por qué cree que aceptó colaborar con el servicio secreto? Por dinero, responde ella, sin querer ser más explícita. Y añade que si finalmente su marido ha señalado a Hugo como el hombre que buscan, podría ser solamente por celos… Lo dice sin la menor convicción y como si no le afectara en absoluto, y Borstein se da cuenta que miente. Aunque parece confusa e indecisa, Lola no deja de advertir que Borstein ha empezado a sospechar que Kaufman no juega limpio, pero de momento prefiere mostrarse reservada.

Sin embargo, después de llevarse a Zimerman a casa y hablar con él, siente que sus temores respecto al pasado oculto de su marido se confirman, y decide volver a entrevistarse con Borstein y confiarle sus sospechas.

Al saberlo, Schneider/Kaufman se derrumba. Camuflado durante quince años en la piel de su víctima, el impostor cree haber estado alejándose de sí mismo para finalmente descubrir que nada ha cambiado en su personalidad, salvo algunos rasgos y el color del pelo.

Sospechando que Lola piensa abandonarle después de revelar a Borstein lo que sabe, Schneider se propone matarla en presencia de Zimerman simulando un furioso ataque de celos. Empieza acusándola de haberle engeñado en varias ocasiones con Hugo Zimerman, presente en esa violenta escenificación de celos, y acaba por tener que asumir realmente el papel de furioso cornudo que interpreta, pues de pronto, ante su sorpresa, Lola confiesa una antigua relación con el viejo amigo, y éste, asustado, lo corrobora. Schneider se desconcierta y se inmoviliza, queda como indefenso y de pronto recupera, sin poder evitarlo, su antigua personalidad xenófaga y cínica, descarnada. Y aparentemente ya sin máscara, el falsario se entrega a la evidencia de haber servido al Tercer Reich, pide disculpas a Lola por la magnitud del engaño y por haber causado su desdicha, y, mostrándose derrotado y deprimido, promete entregarse a la justicia.

En realidad, lo que hace es disponer una trampa mortal descorchando una botella de vino previamente envenenado, destinado a Lola y a Zimerman, pero la habitual torpeza de éste, el infeliz y asustadizo borrachín, tropezando consigo mismo y alterando sin querer la disposición de las copas en la bandeja, dictará finalmente azarosa sentencia, y el ex oficial de la Gestapo Franz Schneider resultará ajusticiado.

FIN

Nota sobre los textos

Teniente Bravo ha sido, hasta la fecha, el único libro de relatos publicado por iniciativa de Juan Marsé. En 2002 se publicaron en la «Colección Austral» (Espasa Calpe, Madrid) sus *Cuentos completos*, en esmerada edición de Enrique Turpin, autor de la extensa introducción del volumen y de los interesantes apéndices que lo completaban. Esa edición, de corte más bien académico, se proponía ser lo más exhaustiva posible y —además de buena parte de los aquí reunidos— recogía un puñado de viejos y olvidados relatos publicados por Marsé en los años cincuenta y sesenta, así como un par de piezas más tardías de las que el propio Marsé prefiere en la actualidad prescindir.

El trabajo de Turpin constituye un valioso precedente de esta *Colección particular*, dirigida a un lector menos avisado y codicioso. Se trata aquí de configurar un recorrido por la narrativa breve de Marsé instruido por él mismo, quien se ha reservado el derecho de no dar cabida a piezas que decididamente no le satisfacen. El resultado ofrece, en su conjunto, una mayor coherencia, en la medida en que, además de obviar relatos escritos conforme a una estética muy lejana a la de la madurez del autor, descarta otros concebidos sin pretensiones literarias de ninguna índole.

Acerca de esto último, ya se ha aludido en el prólogo a esa «zona fronteriza entre periodismo y literatura» en la que Marsé (redactor jefe, en los años setenta, de revistas como *Boccaccio* y *Por Favor*, y asiduo colaborador de *El País*, a partir de los años ochenta) ha dejado un reguero de textos mixtos, de muy difícil clasificación. De hecho, la narrativa breve de Marsé surge casi toda en esa zona fronteriza, razón por la que su marco más idóneo sería un volumen que recogiera, junto a su cuentística propiamente dicha, también su obra periodística. Como sea, el recorrido que aquí se ofrece se decanta resueltamente por el lado más literario, más afín a los rumbos narrativos del autor, en cuyos márgenes se desarrolla.

La división del presente volumen en tres bloques obedece a un criterio claramente explicable. En el primer bloque se dan los tres relatos recogidos en la edición definitiva de *Teniente Bravo*, del año 1997, que respecto a la de 1987 suprimía, «por razones de unidad temática y formal», la pieza titulada «Noches de Boccacio», que aquí tampoco figura. En el segundo bloque se reúne un puñado de cuentos dispersos, en su mayoría recogidos ya en *Cuentos completos*, a excepción del último de ellos, «Noticias felices en aviones de papel», publicado muy posteriormente. En el tercer bloque se dan dos piezas hasta cierto punto raras, que sólo con algunos escrúpulos el autor ha consentido publicar.

La primera de ellas, «Colección particular», es un relato por entregas publicado en *El País* entre 1988 y 1989. Marsé nunca se propuso retomarlo, y hasta hace poco apenas se acordaba ya de su existencia, dado que no quedó recogido en *Cuentos completos*.

En cuanto a «Conócete a ti mismo, Fritz», ya se ha explicado en el prólogo que es la «sinopsis argumental» de un guión nunca entregado ni publicado, por lo que constituye, de hecho, la única pieza rigurosamente inédita de este libro.

A continuación se da noticia puntual de todas las procedencias:

«Historia de detectives» se publicó por vez primera en *Teniente Bravo* (Barcelona, Seix Barral, 1987), y ha seguido formando parte de este libro en todas sus reediciones. En la «Nota para esta edición» que antecedía a la reedición del libro en Plaza & Janés (Barcelona, 1997) Marsé decía: «He releído los tres relatos que componen este volumen con la intención de podar algunos flecos del lenguaje, eliminar meandros innecesarios del estilo y sobre todo proyectar claridad y poner orden allí donde he creído que hacía falta. Pero la prosa es un cuerpo vivo, si presionas en la planta del pie, los efectos pueden repercutir en un párpado o en una oreja: ecos y resonancias —que tal vez sólo capto yo— y ciertas consideraciones de tono y de ritmo me han obligado a dilatar o comprimir algunas situaciones, y reforzar o suavizar otras». Una advertencia que conviene tener en cuenta durante la lectura de ésta y de las dos siguientes piezas, que se dan aquí conforme a la última revisión del autor.

«El fantasma del cine Roxy» surgió de un encargo que le hizo a Juan Marsé su amigo Antonio Pérez, quien le pidió un cuento destinado a una nueva colección de Ediciones Almarabú. La colección se llamaba «Antojos», y era «un proyecto llevado adelante por el propio Antonio Pérez, Julio Ollero y Antonio Saura. Se trataba de una edición de tiraje reducida y cuidada presentación. En octubre de 1985, el escritor barcelonés ya tenía listo el cuento, y lo entregó para que apareciese a finales de ese mismo año, acompañado por las expresivas ilustraciones del pintor Bonifacio Alonso» (Enrique Turpin). Posteriormente quedaría recogido en *Teniente Bravo* (1987). A modo de apéndice, se da aquí el texto de una canción escrita por Joan Manuel Serrat que lleva por título «Los fantasmas del cine Roxy» y que alude al contenido del relato. La canción, con música de Serrat, se incluyó en su álbum *Bienaventurados* (BMG Music Spain, 1987).

«Teniente Bravo» se publicó por primera vez en el volumen al que dio título, en 1987. En un texto recogido asimismo como apéndice, Juan Marsé explica las circunstancias en que lo escribió. «*Teniente Bravo* y yo» se publicó en el *Diari de Barcelona* el 23 de abril de 1987, con motivo del Día del Libro y a propósito de la reciente aparición del libro.

«Parebellum» se publicó en la revista *Bazaar*, núm. 1 (1 de enero de 1977). El relato es la reelaboración de un artículo publicado previamente en la revista *Por Favor* y titulado «El pecado histórico de H. R.». La idea detonante tanto del artículo como del relato (así como de la posterior novela *La muchacha de las bragas de oro*, con la que Marsé obtuvo el Premio Planeta en 1878) le sobrevino al autor como reacción al cabreo que le causó la lectura de *Descargo de conciencia*, las memorias de Pedro Laín Entralgo, publicadas en 1976. «Parebellum» fue recogido en *Cuentos completos* (2002), y antes, cuidadosamente revisado, en la página oficial del escritor.

«El pacto» también fue escrito a consecuencia de la irritación que produjeron a Marsé las memorias de Pedro Laín Entralgo. El relato se publicó por primera vez en la revista *Por Favor*, n.º 139 (28 de febrero de 1977) y quedó recogido en *Cuentos completos* (2002), en versión revisada por el autor.

«La liga roja en el muslo moreno» se publicó en un volumen colectivo titulado *Fin de milenio* (Barcelona, Planeta, 1990), una iniciativa de Rafael Borrás, quien encargó el cuento a Marsé. En el volumen también participaban los escritores Juan Eslava Galán, Álvaro Pombo, Soledad Puértolas y Javier Tomeo. El relato fue recogido en *Cuentos completos* (2002).

«El caso del escritor desleído» es también un producto de encargo, destinado a un volumen colectivo en homenaje a Robert Louis Stevenson, de quien se cumplía el primer centenario de su nacimiento en 1994, fecha en la que apareció *Cuentos de la isla del tesoro* (Madrid, Alfaguara). Al homenaje contribuían también los escritores Julio Llamazares, Juan José Millás, Antonio Muñoz Molina y Arturo Pérez Reverte. El cuento de Marsé apareció previamente en *El País* en agosto de ese mismo año, como cuento de verano. El relato fue recogido en *Cuentos completos* (2002), a cuyo editor, Enrique Turpin, dijo Marsé: «Pienso a veces que este relato podía constituir una novela corta. Lo veo perfectamente ahora, con más elementos de complejidad… Pero me di cuenta de eso cuando lo estaba acabando y prácticamente entregando. Por eso no me gusta trabajar bajo esa presión del compromiso».

«Noticias felices en aviones de papel» se publicó como libro independiente en 2014 (Barcelona, Lumen), en una edición ilustrada por María Hergueta. En la última página del volumen se reproducía una foto de archivo que coincide con la que se describe al final del relato.

«Colección particular» se publicó por entregas en *El País* los días 4, 18 y 31 diciembre de 1988, 15 y 29 de enero, 12 y 26 de febrero, 12 y 26 de marzo, 9 y 23 de abril, y 7 y 21 de mayo de 1989. Con motivo de recuperarlo para esta edición, el autor ha revisado el texto, pero ha desistido de intervenir en él de manera profunda, dado que hacerlo le exigiría, según sus propias palabras, reescribirlo enteramente.

«Conócete a ti mismo, Fritz» permanecía inédito hasta la fecha.

I. E.

Índice